黒王妃

佐藤賢一

集英社文庫

黒王妃

目次

主要登場人物

カトリーヌ・ドゥ・メディシス（黒王妃）――イタリアメディチ家からフランス王室へ輿入れした。国王となった夫、アンリ二世の死後、黒衣をまとう。
アンリ二世――フランス国王。父王はフランソワ一世。
ディアーヌ・ドゥ・ポワティエ――アンリ二世の愛妾。
フランソワ二世――黒王妃の長男。父アンリ二世亡き後、国王となる。
マリー・ステュアール――フランソワ二世の妃。
シャルル九世――黒王妃の三男。兄亡き後、幼くして即位する。
アンジュー公アンリ――黒王妃の四男。
エリザベート――黒王妃の長女。スペイン国王フェリペ二世に嫁す。
マルグリット――黒王妃の三女。ナヴァール王に嫁す。
ギーズ公フランソワ――マリー・ステュアールの叔父。
ギーズ公アンリ――ギーズ公フランソワの息子。
エタンプ夫人――フランソワ一世の愛妻。

家系図

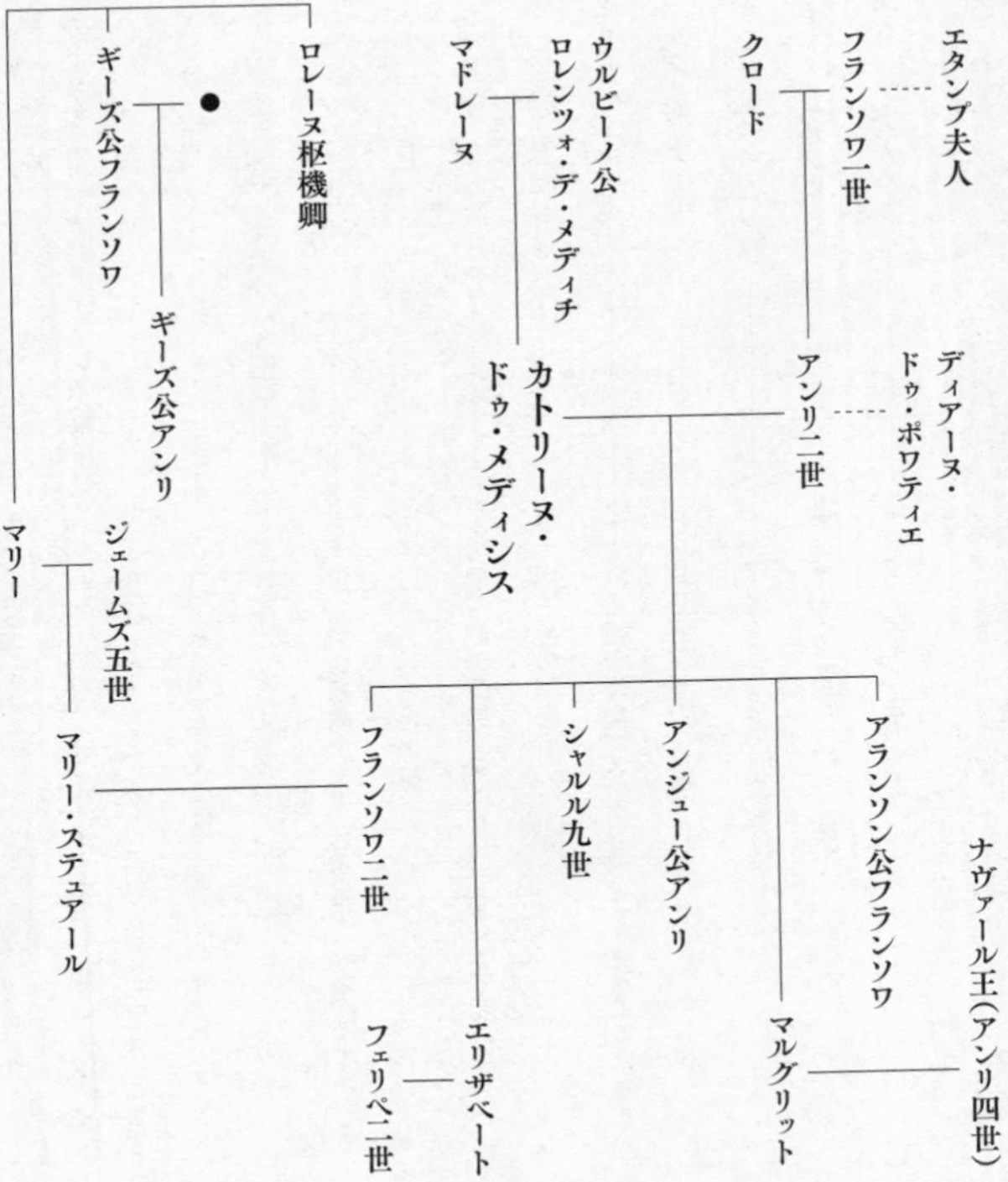
エタンプ夫人
フランソワ一世
クロード
ディアーヌ・ドゥ・ポワティエ
アンリ二世
ウルビーノ公
ロレンツォ・デ・メディチ
マドレーヌ
カトリーヌ・ドゥ・メディシス
ロレーヌ枢機卿
ギーズ公フランソワ
ギーズ公アンリ
マリー
ジェームズ五世
マリー・ステュアール
ナヴァール王(アンリ四世)
アランソン公フランソワ
マルグリット
アンジュー公アンリ
シャルル九世
エリザベート
フェリペ二世
フランソワ二世

LA REINE NOIRE

黒王妃

1 ✦ 占いは気になる

そのひとは黒王妃《くろおうひ》と呼ばれていた。

先年に崩御したフランス王アンリ二世の室、カトリーヌ・ドゥ・メディシスのことだ。黒王妃《ラ・レーヌ・ノワール》と名前があるのは、黒衣を好んだことによる。

金糸の飾り帯がついた黒羅紗《くろラシャ》だったり、金の花編み、または鎖編みで飾られた黒繻子《くろじゅす》だったり、銀糸の編み合わせで縁がつけられた黒タフタだったりと、素材も仕上げも様々なのだが、いずれにせよカトリーヌ・ドゥ・メディシスが身につけるのは、ほぼ常に黒衣なのだ。

若い時分は他の色も着たらしい。が、檸檬《シトロン》色だの、菫《すみれ》色だの、薄桃色だのが、人々の記憶に色鮮やかなわけではなかった。

何色を好むでも、何色が似合うでもなく、故王の存命中から目立たない王妃だった。それが未亡人となり、齢《よわい》四十超えとなるにつれて、ほとんど黒衣しか身につけなくなった。

口さがない宮廷の雀《すずめ》どもは囁《ささや》いた。

黒王妃は闇に紛れようとしているのだとか。人目を避けて、秘密の企《たくら》みがあるに違いないとか。黒衣というのは、魔法使いの類と交わした契約の一項なのだとか。

「いや、そんな不気味だだんてことはだい」

打ち消したのは、フランス王フランソワ二世だった。

言葉が曇るのは、生まれつきの病気で、いつも鼻づまりだからである。が、ただでさえ滞《せ》りがちなものを急かして、聞きづらいほどになれば、言い訳がましくも響いてしまう。

弁護の口ぶりは当然だった。アンリ二世の跡を襲った今上陛下は、つまりは黒王妃カトリーヌの息子なのだ。

自分の母親を庇《かば》い、堂々としていられないあたりにも、やはりというか、事情がある。

アンボワーズ城の上階広間、くすんだ赤で塗られた四壁に、きんと音が弾《はじ》けていた。

フランソワ二世に応えた、というより、さらに追い詰めて許さなかったのは、甲高い女の声だった。

「ショーモンに占星術師が集められたのは、本当の話でございますわ、陛下」

「それは、あれだ。母上は近く彼《か》の不動産を手放されるのだ」

「ショーモンの城と領地を手放されるから、どうだと仰《おつしや》いますの」

「あそこの塔の最上階には、天体観測室が拵《こしら》えてあったのだ。最後だから、ルッジエーリ兄弟に仕事をさせてやろうという……」

「ルッジエーリ兄弟というのは、専属の占星術師のことでございますね。けれど、それだけじゃなかったと聞きました。他にもオジエ・フェリエとか、リュック・ドゥ・ゴーリック、またの名をシメオーニだとか……」

「きび、ずいぶん詳しいだないか」

「陛下、なにを仰りたいのです」

「きびも占いは気になるんだね」

「………」

「だべて占いが好きなのだよ、ご婦人というぼのは」

ずずずと洟《はな》を大きく啜《すす》り、それから笑うフランソワ二世は、妙に嬉《うれ》しげにみえた。他愛《たわい》ない話だ。母上も不気味ではなく、他愛ないのだ。それがご婦人がたの相場じゃないのか。それくらいを仄《ほの》めかして、つまりは逆効果に収まる話も収まらなくする。

女の声は、はっきりとわかるくらいに不満げな濁りを帯びた。

「かもしれませんが、ショーモン城のそれは、ただの占いじゃありません。この三月の頭には、あのノストラダムスまでが招待されたというのですからね」

「それは……」

「サロン・ドゥ・プロヴァンスのミシェル・ドゥ・ノストラダムス、予言の書を出版して有名になった、あの占星術師でございます。わざわざ南フランスから呼び寄せて、ただの天体観測だったわけがありませんわ」

「…………」

「不気味に思われるでしょう、陛下だって」

フランソワ二世は返さなかった。そうして黙れば、自《おの》ずと上目づかいになる。相手の背が、すらりと高いからである。

女ながら五ピエ半（約百八十センチ）もあるというから、王も含めてフランス人なら、そのへんの男たちより遥《はる》かに高い。

見上げるうちに、フランソワ二世は目を細めることまでした。その伸びやかな肢体が、今度は輝いているかに感じられたからだった。

青いくらいに白い頬に、精巧な人形を思わせる端整な目鼻を合わせ、ツンとして、いつも澄ましているような。それでいて慈母のように全てを包みこんでくれるような。つまりは無理矢理にも打ち負かして、自分のものにしたいような。からかわれながら、いつまでも甘やかされていたいような。

二律背反の妄想を男たちに抱かせる、その美しい女はマリー・ステュアールといった。

フランス一の麗人とされながら、生まれはスコットランドであり、向こうでは「メアリー・スチュアート」と発音される。

いや、マリー・ステュアールが正しいというのは、ひとつにはフランスに暮らして、もう長かったからだ。幼少のときに海を渡ると、それきり十七歳になる今にいたるまで、一度も故国に戻っていないほどなのだ。

もうひとつには正式な手続きで、すでにフランス人と結婚していたことがある。一五五八年四月二十四日の日付で、嫁いだ相手が王太子フランソワだった。その夫が父王の崩御を受け、フランス王フランソワ二世に即位すれば、こちらも今上フランス王妃マリー・ステュアールということになる。

この若い夫婦だが、フランソワ二世のほうに遠慮するところがあった。王が二歳下で、いっそう若い十六歳なら当然だ。今夜させてもらえるか、もらえないか、それしか頭にないからには、王妃には傲慢な花のように振る舞われて、なお辛抱強くしているより仕方がないのだ。

たまさか母親の話にでもなろうものなら、いよいよ戦々恐々とせざるをえない。ちょっとした顔色まで窺《うかが》うのは、マリーにとっては姑《しゅうとめ》の話になるからだ。嫁姑の関係は、フランス王の宮廷でも最悪なのだ。

十分な沈黙で自分の優位を夫に思い出させてから、マリーは続けた。

「お義母《かあ》さま、なにを占われたのかしら」

「さ、さあ」

「やっぱり、あの話かしら」

「あの話というと……」

「わたくしに赤ちゃんができるかどうか」

「いや、そんなことは占わないよ。母上はそんなことは……」

フランソワ二世は跳ねる小動物のような動き方で、ぴょんと自分の椅子を離れた。小走りに妻に駆け寄ることさえした。が、これほどまでに動揺する理由があるのか。

マリーのほうが、かえって驚いた顔になった。

「落ち着いてください。陛下、どうか落ち着いて」

「落ち着いている。落ち着いている。しかし、私に赤子が作れないなどと、母上はそう考えでいるわけでばだい」

フランソワ二世は生まれつき病弱だった。わけても耳鼻の働きが優れない。慢性的な鼻づまりというが、それも少し悪くなるだけで、中耳に膿《うみ》を生じさせた。その黄色いものが外耳に溢《あふ》れ、つううと首まで垂れていることも、しばしばである。

もう十六歳であれば、王自身が悩んでいて当然だった。強迫観念にもなってしまう。だから、長生きできないのではないかと。だから、子供を作れないのではないかと。だから、母親に疎まれるのではないかと。

「だから、きびも、そんな……」

マリー・ステュアールは、ここぞと夫の手を取った。

「わたくしがついております。お義母さまが、どうお考えあそばそうと、わたくしだけは最後まで陛下の味方です」

「きび、マリー、ありがとう、マリー」

「ですから、落ち着いてください。それに、ええ、やっぱり陛下のことではございませんもの。ええ、ええ、違います。お義母さまが占うとしたら、わたくしのことです」

「きびのこと？　どうして？　きびなら非の打ちどころがないだないか」

「そんなことは……」

「きびのことなら心配していないよ、母上だって」

「わかりました。けれど、それなら、お義母さまは何を占うというのです」

「母上が占い師たちを集めるのは、うん、だにか不安があるときだ」

「不安？　なにか不安がございまして、お義母さまに」

「た、たとえば、そう、此度《こたび》の問題のことなどだ」

「此度の問題と申されますと？」

「こうしてアンボワーズにいるだないか。ブロワから宮廷ごと移ることになっただないか」

2 ✦ そう簡単な話じゃない

一五六〇年、その年明けからフランスは不穏だった。

画布さながらの静かな田園風景を誇り、アンボワーズ、ブロワ、ショーモン、シュノンソー、シャンボールと名城を点在させることで、世に「フランスの庭」とも称《たた》えられるロワール地方も、例外とはならなかった。

いや、王家に愛され、しばしば宮廷ごとの長逗留《ながとうりゆう》がみられたために、ロワール地方こそ騒がしかったといわねばならない。

ラ・ルノーディ卿《きよう》ジャン・デュ・バリーと、名前が挙げられていた。ペリゴールに由来する貴族という話だが、それがロワール河口の都市ナントに兵士を集結させたのだ。

二月の頭の話である。ノルマンディ、ブルターニュ、ガスコーニュと、王国各地から集められた五百人ばかりの貴族は、ついでトゥールに移動した。そこで散開、武装のまま待機しながら、狙うはブロワ城に滞在中の王の身柄の略取なのだと伝えられた。

反乱の企てかと思いきや、連中にいわせれば「若いフランソワ二世を正義の道に引き戻すため」の義挙だった。

その正義というのは「カルヴァン主義」のことだ。ラ・ルノーディ卿からして、ジュネーヴでジャン・カルヴァン直々に薫陶を授けられた大物であり、筆頭格の活動家であるとの触れこみだったのだ。

自らは「改革派」を名乗り、あるいは世に「抗議する者《プロテスタント》」とも呼ばれる人々の活動は、ルターのドイツ、カルヴァンのスイスにかぎるものではない。

それどころか、宗教改革の波が寄せない国などなかった。

カトリックの牙城を称するスペインはスペインで、プロテスタントの根絶のために異端審問所を倍加させなければならなかった。国王ヘンリー八世の離婚問題に端を発して、国ごと新教に改宗したイングランドにしても、王が交替するごとに、旧教に復したり、新教に戻ったり、裏を返せば新教徒を追放したり、旧教徒を弾圧したりと、混乱を免れてはいない。

フランスにも「ユグノー」とも呼ばれる新教徒が育まれていた。

最初に築かれた集会場が都市トゥールのユーグ門の近くだったというのが命名の由来だが、かかる施設もフランス全土に今や二千ヵ所を数えていた。

このユグノーが国内における地位の善処を求めるべく、王の身柄の略取という強硬手段に訴えようとしていたのだ。

いや、そんな大それた真似《まね》ができるわけがない。無責任な流言の類にすぎない。最初そう片づけて、宮廷は対処という対処もしなかった。

避難を考えるわけでもなく、陰気なパリに戻るのはまだ早いと、避寒の地ロワール地方を動かなかった。そのままブロワで念のための監視ばかりは続けたところ、怪しげな浮浪者の群れが近隣各所に出没するようになったのだ。

聖書の一節を唱えながら、あちらこちらと彷徨《ほうこう》し、なんのつもりかと尋ねれば、これから三万人の貴族が国王に請願書を提出する、一緒に行進すれば駄賃をやるといわれて来たと、それが連中の答えだった。

「それこそ気味が悪い話だよ」

と、フランソワ二世は続けた。万が一ということもある、そのときはブロワ城よりアンボワーズ城のほうが護《まも》りやすいと、過ぐる二月二十二日に宮廷を移したのは、なにより警備上の理由からだったのだ。

「ああ、母上も心を痛めておられる」

「けれど、それなら占うまでもないのじゃありませんこと」

「どういう意味だで」

「新教徒なんか、かたっぱしから逮捕してやればよろしいのです」

「そう簡単な話だない。ああ、宗教の問題は難しいのだ」

「陛下が難しいと仰るのは、お義母さまが反対なさっているという意味なのでは」

黒王妃カトリーヌが極端な弾圧政治に反対していると、それは宮廷周知の事実だった。幕を開けたばかりの新しい治世を、自ら好んで血で汚すことはない。王家から民心が離れたのであれば、それを取り戻すために大切なのは、むしろ寛容と慈悲の心ではないか。それくらいの理屈からで、ごくごく穏当な話でしかないのだが、それでもマリー・ステュアールは醜く顔を歪《ゆが》めてまで続けるのだ。

「少し出しゃばりすぎなのではなくて」

「いや、母上はそのような方でばない。むしろ控え目で……」

「ええ、わたくしとて、ずっと控え目な方だと考えてきました。けれど、最近のお義母さまは違います。御自分の意見を、それは、もう、図々しいくらいに主張なされます」

「そんだことは……」

「あなた、馬鹿にされているのですよ」

「………」

「悔しくはないのですか」

「といわれても、私には生みの母だし……」

「いつまでも子供扱いされて構わないと？　とうに成人して、結婚までしているのに？」

「きびをないがしろにするつもりはだい。私は母上のいいなりというわけでもだい。母上の考え方にも一理あると、私自身が判断して……」

「だから、駄目なのよ」

「なっ、なに」

「いえ、なにも」

「と、とにかく、私は決断した。新しい勅令を出すことにした」

これまた宮廷周知の事実として、アンボワーズの新勅令が一昨日の三月二日付で発布されていた。目下はパリ高等法院に審議させ、十一日の登記を目指しているところだ。

「将来は良きカトリックになるという約束において、平和裡《へいわり》に王国に暮らすことが許される穏やかな改革派の信徒たちと、追及されるべき輩《やから》、すなわち王、王族、諸大臣に対する暴動を、煽動《せんどう》する者、説教して回る者、謀《はかりごと》を巡らす者を区別しなければならない──と、そういう勅令でございましたね」

「そうだ。平和を重んじる勅令だ。うん、なにも戦いにすることはない。うん、うん、ドイツびたいに内乱にしてしまえば、なにも良いことはないわけだからね」

「と、それがお義母さまの意見なのだということは存じております」

「確かに母上は争い事が嫌いだ。けれど、それだけだ。宥和《ゆうわ》政策として、国の指針となしているのは、それが私の意見だからなのだ。ああ、弾圧に乗り出すのは簡単だ。けれど、それでは禍根を残す。残せば、次の争いの種になる。以前に増して、大きな争いとなる」

「そうでしょうか、本当に」

マリー・ステュアールの声は意外なくらいに鋭かった。フランソワ二世は目を丸くしなければならなかった。

「大きな声を出してしまって、たいへん失礼いたしました」

「いや、マリー、いや、いいんだ。だんでもいってくれ」

「わたくしの意見なんて、どうせ聞いてくださらないのでしょう」

マリー・ステュアールは拗《す》ねた声と一緒に背中を向けた。きっと追いかけてくれると疑いもしていない、ほとんど鼻につく身ぶりでもあるのだが、これに王は縋《すが》る勢いなのだから、なるほど止められるわけがない。

「そんなことはだい。私は誰の意見でも聞く。王として王国のためになる話ならば、誰の話でも……」

「それならば、申し上げます。わたくしは宥和政策なんて生ぬるいと思います。ええ、毅然《きぜん》とした態度を取らないと、侮られてしまいますわ。プロテスタントなんて、すぐに増長するんですもの」

「必ずしも増長するとは……。家臣にもプロテスタントがいるが、コンデにせよ、コリニィにせよ、誠実に私に仕えてくれて……」

「スコットランドは違います。わたくしの国は荒れております。プロテスタントの家臣たちが、国を滅ぼそうとしているのです」

フランソワ二世にもわからない事情ではなかった。

単なるスコットランド生まれではない。血統正しい王女というにも留《とど》まらない。父親のジェームズ五世は生後間もなく崩御、その唯一の嫡出子として、マリー・ステュアールは生後六日で、スコットランド女王になっていた。

　そのスコットランドが荒れていた。新教徒の蜂起で、今このときも内乱状態にあった。マリー・ステュアールの早口は畳みかけるようだった。

「それにスコットランドは外国じゃありませんでしょう。かの国だって、陛下、あなたの王国じゃありませんか」

　女王の夫の資格で、フランソワ二世は確かにスコットランド王でもあった。その即位は結婚と同時であれば、フランス王に即位するより早くスコットランド王になったほどだ。

「フランスの王冠、スコットランドの王冠、それだけじゃなくて、イングランドの王冠まで被《かぶ》ろうという御方《おんかた》であればこそ、もっと毅然となさいませと申し上げているのです」

　実際、イングランドが絡む話ではあった。スコットランドの反乱勢力を応援しているのが、同じグレート・ブリテン島のなかで新教を奉じている、イングランド女王だったのだ。

　そのエリザベスが必死だった。新教に固執するのは、旧教が離婚を認めていないからだった。ヘンリー八世と二番目の王妃アン・ブーリンの娘は、新教の理屈でいえば再婚後に生まれた嫡出子だが、旧教の理屈でいえば内縁の女に産ませた庶子にすぎないことになる。

屈辱的なだけではなかった。旧教の理屈で正統な王位継承権者を探すと、スコットランド王に嫁いだヘンリー八世の姉王女、マーガレット・テューダーの直孫にあたるマリー・ステュアールこそ、イングランド王位についても筆頭継承権者になる。

フランス、イングランド、スコットランド、三つの冠を被るというのが、そこだ。今は押しこまれているが、スコットランドの新教徒を打ち倒し、その勢いでイングランドに介入し、かの地に旧教の信仰を再興させることができれば、もう自動的に王冠を手に入れられるのだ。

大国フランスの実力をもってすれば、それも決して夢ではない。

「国内の新教徒なんかに手を焼いている場合ではありません」

「いや、援軍だら送るつもりだ。すぐにもスコットランドの戦争に」

「それが遅れる一方だというのです。新教徒に甘い顔をしているばかりで、問題はいつまでたっても解決しないままですもの。よろしいですか、陛下。ラ・ルノーディ卿とかいう、こたびの反乱の首謀者にも、エリザベスから大枚が渡されたとの噂《うわさ》があります」

「フランスのイングランド介入を牽制《けんせい》している。こたびの謀略には伏線もあるのだと、それはわかっておる。が、だればこそ、兵力を無駄にしたくないのだ。国内は宥和政策で片づけたいというのだ。母上の意見が傾聴に値するというのも……」

「値するのでしょうか、はたして」

「ど、どういう……」

「半島の方ですから、つまるところはマキャヴェッリ流でしょう」

かの『君主論』はフランスでも知られていた。この政治の指南書が捧《ささ》げられた相手こそ、黒王妃カトリーヌの実父なのだという話も有名である。

が、その『君主論』の評判が、すこぶる悪いものだった。

権謀術数の勧めにすぎない、卑劣でないとしても姑息《こそく》だ、フランスには必要ないものだと、この国ではほとんど禁書の扱いだ。悪魔の書というような言い方をされることもある。それこそ新教徒より質《たち》が悪いと――。

マキャヴェッリ流とまで母親を退けられ、さすがのフランソワ二世も声を荒らげた。

「母上はそのような方ではだい」

なおマリー・ステュアールは慌てることなく、にっこりと微笑《ほほえ》みかける。

「陛下、もしやお怒りになられまして」

「い、いや、怒ったというわけではだい」

「でしょうね。陛下が誇られるべきは父方の御血統ですものね。母方の血統などでは、ございませんものね」

「…………」

「王族だけに流れるという青い血の話でございます。けれど、お義母さまのほうは……」

「なんだ」

「おみせ屋さんの娘でしょう」

くすくすと笑いが起きた。同室していた侍従女官の類が口許《くちもと》を押さえていた。マリー・ステュアールも笑った。つられて、フランソワ二世までが頬を歪めてしまった。だからこそ、人垣が分けられたときは驚きだった。

「おやおや賑《にぎ》やかですこと」

進んできたのは黒衣だった。いくら目立たなかった王妃であり、また今も控え目な王母であるからといって、当のカトリーヌ・ドゥ・メディシスに居合わせられては、さすがに笑いづらくなる。

引き攣《つ》る顔で、フランソワ二世は聞いた。

「母上、いつから……」

「たった今です。笑い声が聞こえたものですから」

「ああ、そうですか」

「城内の礼拝堂に向かう途中でした。どうです。そなたたちも、一緒に祈りませんこと」

「祈り、ですか」

「ええ、このゴタゴタが早く解決しますようにと」

「ああ、やはり」

「御利益があること、請け合いですよ。なにしろ、私の両親が結婚式を挙げたのが、このアンボワーズ城のサン・テュベール教会でしたからね」

何度いっても覚えませんよ、あの嫁は。

私の父はウルビーノ公ロレンツォ・デ・メディチ。「おみせ屋さん」じゃありません。

マキャヴェッリがどうのこうのといっていましたが、あれだってフィレンツェ共和国の書記官まで務めた男です。役人ともあろう高飛車な人種が、自ら心血を注いで仕上げた『君主論』を、ただの「おみせ屋さん」に献呈するはずがないんです。

矛盾を笑われているとも気づかないんだから、本当に馬鹿な嫁――。

それに私の母はマドレーヌ・ドゥ・ラ・トゥール・ドーヴェルニュ、歴《れっき》としたフランス貴族の娘です。

祖父がオーヴェルニュ伯ジャン・ドゥ・ラ・トゥール、祖母にいたってはジャンヌ・ドゥ・ブルボン、つまりはフランス王家の傍流、親王家の生まれだったんです。王族の血まで流れているっていうのに、「おみせ屋さんの娘」だなんてね。

賢そうな顔をして、いえ、自分では本当に賢いつもりでいるんでしょうけど、とにかく、あのマリー・ステュアールは実は頭が悪いんじゃないかと、本気で心配になるときがありますよ。

だって、私の伯母というひと、母の姉ですけれど、そのアンヌ・ドゥ・ラ・トゥール・ドーヴェルニュなんかは、アルバニー公ジャン・ステュアールの奥方なわけですからね。

ええ、同じスコットランドの王族、「スチュアート家のジョン」のことです。ジェームズ五世の後見を務めた、一族の重鎮です。その姪《めい》である私は自分と縁続きでさえあるっていうのに、マリーときたら、ね。いくら嫌いな姑でも、扱《こ》き下ろすに事欠いて「おみせ屋さんの娘」ですからね。

両親がこのアンボワーズ城で結婚したというのも、本当の話です。一五一八年四月二十五日、ときのフランス王フランソワ一世陛下が仲人でした。

披露宴が十日も続いて、そりゃあ盛大な式だったとも聞いていますが、いくら話しても無駄ですね。はじめから聞く気がないんだもの、あの生意気な嫁ときたら。

いえ、立場は心得ています。出しゃばるつもりもありません。ええ、我慢するのは私のほうです。いつだって、私の役割は我慢なんです。

母の高貴な血筋のこと、盛大な結婚式のこと、あっさり忘れてしまうというのも、マリーに限った話じゃありませんしね。

ええ、人間なんて、すぐに忘れられるものです。それこそ誰かさんみたいに、私はここよ、ここにいるわよって、いつもいつも大騒ぎしているくらいじゃないと。

私の両親ですが、結婚はフランスでしたが、新婚生活はイタリアでした。発音の調子からわかると思いますが、父は半島の人間だったんです。

私も今は「メディシス」なんてフランス風に名乗ってますが、本当の発音はメディチ、ウルビーノ公ロレンツォ・デ・メディチの娘ですから、メディチなんです。なにしろフィレンツェ生まれですからね。一五一九年四月十三日、市内ラルガ通りのリカルディ屋敷、今でいうメディチ宮で私は生を受けました。

洗礼名はカテリーナ・マリア・ロモラ・デ・メディチ――。

カテリーナは曽祖母カテリーナ・ダメリゴ・サン・セヴェリーノから、マリアは生まれたのが土曜で、土曜は聖母マリアに縁が深いということから、ロモラは都市フィレンツェの伝説的な創建者ロムルスから、それぞれつけられたそうです。

その名前が悪いわけでもなかったんでしょうが、生まれたときは不吉な赤子だともいわれたとか。周囲に禍《わざわい》をもたらす相があるなんて、まことしやかに論じた占星術師がいたとか。

残念ながら、ね。不幸が続いたことは事実です。母は私を産んだ十五日後に亡くなりました。産後の肥だちが悪かったためで、まだ十七歳でした。

その五日後に今度は父が隠れました。病死でしたが、こちらも二十六歳でしかありませんでしたから、不吉といえば確かに不吉――といって、赤子だった私に、全部おっかぶせられてもねえ。

ひどかったのは、私のほうですよ。なにせ生まれて二十日で孤児ですからね。マリー・ステュアールなんかも、生後六日で父王に死なれたなんて、悲劇の女主人公みたいな顔をすることがありますが、まだしも母親は生きているわけでしょう。私は真実、父の顔も、母の顔も知りません。だからといって、可哀相《かわいそう》がられようだなんて、考えもつきませんでしたよ。

天涯孤独というわけではありませんでしたからね。ええ、生まれが正しいというのは、そういうことです。親がいなければ、かわりに一族が育ててくれるんです。祖母のアルフォンシーナ・オルシーニ、叔母のルクレツィア・サルヴィアーティ、もうひとりの叔母のクラリーチェ・ストロッツィと、母親がわりに手をかけてくれる女たちには困りませんでした。

父親がわりの保護者だって、なかなか立派なものでしたよ。聖職に進んでいた二人の叔父が、私の後見を申し出てくれたんです。ローマ教皇レオ十世こと、ジョヴァンニ・デ・メディチ、それと当時は枢機卿で、後日クレメンス七世の名前でやはり教皇の位に上る、ジューリオ・デ・メディチの二人です。

住まいもフィレンツェからローマに移されました。いえ、またフィレンツェに帰り、またローマに戻りと、何度か繰り返しましたし、政情不安が常のイタリアの話ですから、必ずしも平穏無事な日常が続いたわけではありません。けれど、それだからって、国が荒れるだの、滅びるだのと、いちいち騒ぎ立てようとは思いませんよ。

ええ、まずまず恵まれた生活だったといえるでしょうね。長じれば、きちんと縁談も持ち上がりましたしね。

決めてくれたのがジューリオ叔父で、ローマ教皇クレメンス七世になっていましたから、ローマ外交の手駒ということです。

自由がなかったなんて、嘆くつもりもありません。というか、当たり前の話ですもの。

権門に生まれたからには、自由な結婚などありません。でなくたって、イタリアの話です。あの国には家父長が決めた縁談に逆らう女なんて、いませんからね。

当時のローマ教皇庁が必要としたのが、フランス王国との同盟でした。叔父クレメンス七世の不倶戴天の敵といえば、スペインとドイツを治めていた皇帝カール五世でしたから。その対抗馬を求めれば、もう自動的にフランス王家になったわけです。

フランス王家のほうも、ジェノヴァ、ミラノ、それにナポリの征服を黙認するといわれて、是非にも教皇庁と結びたいと思ったようです。

それで私の縁談ですが、当時もフランソワ一世陛下の御世《みよ》で、その第二王子オルレアン公アンリという方が相手なのだと聞かされました。

一五三三年の話です。年内の十月二十八日には婚儀も行われました。イタリアから嫁ぎましたから、地中海岸のマルセイユで挙げて、それは盛大なものでしたよ。

ええ、空まで大騒ぎでした。フランス軍の祝砲が轟《とどろ》きましたからね。

海だって大人しくなんかしていなかった。赤と紫と黄色の布で飾られた十八隻ものガレー船が、列をなして港に入ったわけですからね。

教会という教会が鐘楼の鐘を揺らすなか、いざ市内に進むとなれば、派手な御仕着せをまとう護衛隊に囲まれながら、先頭に純白の教皇、あとに緋色《ひいろ》の枢機卿が十三人、大司教、司教、大修道院長、修道院長といった高位聖職者が六十人、さらに数多《あまた》の神父が続くといった具合で、きらきら光を弾くような聖職者の祭服が行進して、まさに際限ない体《てい》だったんです。

その後の披露宴だって、三十四日も続けられました。

悪いけれど、マリー・ステュアールの結婚式は、パリのノートルダム大聖堂でした。決まり文句で盛大といえば盛大だけれど、地中海岸ほどの明るさには欠けていましたね。財政困窮の折で節約が心がけられましたから、やっつけの感も否めませんでしたし。

花嫁衣装にしたってね。私の場合は錦織のドレスに白貂《アーミン》の毛皮で縁が取られた紫羅紗のコルサージュ、その全てに宝石が鏤《ちりば》められているといった華やかさでしたけれど、これがマリー・ステュアールとなると、貧乏くさいの臭くないのって。

ほとんど可哀相なくらいで、息子の嫁ということもありましたから、私は自分が持参してきた結婚衣装から分けて「大玉の七真珠」、かつてローマ教皇庁の至宝と呼ばれた宝石ですが、その思い出の逸品を贈ることにしたものです。

もちろん、マリー・ステュアールは受け取りましたよ。感激ですわ、お義母さまなんて、そういうときだけはニコニコしてね、もらうものはもらっておいて、ほんと、どういう神経なんでしょうね。

まあ、マリーのことは措《お》きましょう。

返す返すも、あの不出来な嫁に始まる話じゃありません。ええ、私が我慢しなければならなかった悪口の話です。私にしても正直なところ、フランスに来て、びっくりしたものなんです。

「御実家はフィレンツェのおみせ屋さんですってよ」

「平民が貴族に嫁ぐだなんて、あなた、他に聞いたことがおありになって」

「ただの貴族じゃなくて、王族ですわ。商人の娘が、今やオルレアン公妃ですもの。世のなかだって、そりゃあ、おかしくなってしまいますわ」

聞こえよがしの言葉にね、叩《たた》かれ続けの毎日だったものです。

ひどいことばかりいわれました。身分違いの結婚《メザリアンス》だというのが専らの評で、母が歴としたフランス貴族の出なんだとか、王族の血を引いているんだとか、そんなことは誰も思い出してはくれませんでした。

なんといったら、いいんでしょうか。フランスという国は、良くも悪くも父方なんでしょうね。フランス王はいても、フランス女王はいませんでしょう。女に王位を認めない国ですから、勢い個々の人間だって、父方でみられてしまうんです。

私にしても、カトリーヌ・ドゥ・メディシスです。どこまでいっても、メディチ、メディチで、ドゥ・ラ・トゥールにも、オーヴェルニュにも、ブルボンにもなりません。

薬屋の子供――なんて、言われようもしました。

メディチですからね。紋章というのが「六の小円」で、元々が丸薬の意味だと伝えられています。フィレンツェに最初に住みついた先祖が、どうも医者《メディコ》だったようなんです。

だからといって、薬屋の子供だとか、町医者の娘だとか、いずれにせよ平民の出なんだとか、いつまでも揶揄《やゆ》されちゃあ堪《たま》らないという思いもあります。

遠い先祖の話にすぎないわけですからね。それこそ、あの足りない嫁なんかに取り沙汰されたら、あんたのところは執事《スチユワード》上がりじゃないかと、ぴしゃりと叩き返してやりたくなりますよ。

それでも私は我慢しました。メディチの場合、由来は由来だでは片づけられない事情もあったからです。

いいえ、メディチにだって、ジョヴァンニ、コジモ、ピエロ、ロレンツォ、ピエロと、家長の名前が残るだけで二百年からの歴史があります。

医者でなく銀行家として、それも国際的な支店網を誇る大銀行として、イタリアを越えて名前を知られるようにもなっていました。

それでも、平民は平民なんですね。

フィレンツェ共和国の高官に任じられた者もいますが、だからといって、貴族になったわけではない。フィレンツェ貴族というのは別にいて、それは新規参入が認められない、ほんの数家に限られた閉鎖的な集団だったんです。

曽祖父のロレンツォなんか「豪華王《イル・マニフィコ》」の異名で語られて、事実上フィレンツェの王だったとも伝えられます。それでも身分をいえば、相変わらずの平民でした。ただの金持ちにすぎないというわけで、その息子のピエロなんかはなんの特権も認められず、現に共和国を追放されてしまっています。

悔しいと思えば、聖職に進むしかありません。聖職に血筋は無縁が建前ですからね。ものをいうのが、賄賂に使える財力だったりもするわけで、成功したのが教皇になった二人の叔父、ジョヴァンニとジューリオという格好です。

ローマで成功したおかげで、フィレンツェにも戻れるようになりましたが、ピエロの息子ロレンツォを送りこんだところで、ただの金持ち、所詮は平民と、追放前と変わらない境涯では心もとない、なんとか貴族にしてやりたいと、叔父たちが掛けあった先がフランス王家でした。そこでフランソワ一世陛下が融通してくれたのが、ウルビーノ公領だったのです。

そのウルビーノ公ロレンツォが私の父です。貴族、平民でいえば、メディチ家も貴族ではあるのですが、昨日今日の成り立てにすぎなかったというか、成り上がりとみなされざるをえなかったというか。

それでも嫁いでこられたのは、ローマ教皇の姪だったからです。

ええ、貴族であろうが、平民であろうが、成り上がりにすぎなかろうが、それはそれ、きちんと後ろ盾があり、外交の駒であるかぎりは、なんの関係もありません。

ところが、私が嫁いで間もなく、ジューリオ叔父が亡くなってしまいました。ローマ教皇クレメンス七世がいなくなれば、ローマとフランスの同盟も解消です。ジェノヴァ、ミラノ、ナポリの征服を教皇庁は黙認するなんて約束も、綺麗《きれい》に霧散してしまいます。

残された私は、フランス王家にとって、なんの価値もない嫁というわけです。それが「おみせ屋さんの娘」だというんです。

それからが、それは、それは、ひどいものでした。だから、我慢なんです。後ろ盾のない女というのは、ひたすら我慢するしかないんです。

誰かみたいに可哀相がられようとは思っていませんよ。実際、自分が我慢して済むなら、それはそれで楽なものですからね。

3 ✦ あまりに野蛮で

一五六〇年三月三十日、グラン・カロワと呼ばれるアンボワーズ城の中庭には、あたかも劇場が新設されたかのようだった。

城塞の物見櫓《ものみやぐら》を背負う形で据えられたのは、階段状の桟敷席だった。中央に国王フランソワ二世、王妃マリー・ステュアール、王母カトリーヌ・ドゥ・メディシス、王弟オルレアン公シャルル、さらにブルボン親王家を代表するコンデ公と国王一家が占める席が置かれると、その左右を固めたのがナントからオルレアンまで、ロワール地方の都市という都市から招待された賓客たちの一張羅である。

その華やかさひとつとっても、十分に劇場を思わせたが、なによりの証拠とばかりに三方の桟敷席に囲まれていたのが、会議の間くらいの広さがある木製の台だった。

これが舞台でなくて、なんだというのか。

ただ気になるところも、いくつかあった。

ひとつは舞台の中央に高さ三ピエ（約一メートル）ほどの衝立《ついたて》と思《おぼ》しきものが設置されている点、もうひとつはそのかたわらに椅子が運びこまれている点、最後が舞台そのものを含めて、全てが黒布で覆われている点である。

　グラン・カロワのざわつきが大きくなったのは、午前十時を少しすぎた頃だった。最初に現れたのは、折目正しい法服の男だった。舞台上の椅子に腰を下ろす頃を計ったかのように、続いて入場してきたのが、男たちの群れだった。

　風体は卑しくない。物乞いでもなく、貧農でもなく、それどころか、ぴったり胸板に貼りついた胴着など仕立ても見事で、貴族のものと思しき羅紗織ばかりだった。が、その色様々が泥だらけ、埃《ほこり》だらけで、白にしかみえなくなるほど汚れていた。

　同じように相貌も白く汚れていた。ぎょろぎょろした目の印象ばかり強いのは、皆が後ろ手に縛られて、顔を前に突き出し気味になっていたからだ。

　全部で五十二人――その全員が桟敷席の前を抜けるとき、コンデ公に辞儀を捧げた。ただ頭が下げられ、それだけで無言が貫かれたので、辞儀の事情は詳《つまび》らかにならない。喧《かまびす》しかったのが黒と白の修道服であり、もう三百年も変わらない風貌ゆえに、こちらはすぐドミニコ会士だとわかった。それが脅すような大声で繰り返すのだ。

「改宗を誓われよ。カトリックに改宗を誓われよ。さすれば、命は救われよう」

　それはフランソワ二世が発布を進めたアンボワーズ勅令の精神だった。

　とすると、手を縛られた五十二人は、全部が新教徒ということか。プロテスタントだからこそ、改宗が求められているのか。

「いや、我らは改革派として死ぬことに決めているのだ」

汚れた貴族たちは改宗を拒絶した。やはり、そうだ。

最後に登場したのが、覆面の男だった。胴鎧《どうよろい》を裸につけただけなので、上腕の筋肉の尋常でない様が一目瞭然だった。その太さときたら、大袈裟《おおげさ》でなく女の胴回りくらいある。

こうでなければ、重たい刀は振るえない。人間の頸《くび》を骨ごと斬り落とせない。

明らかに処刑人だった。舞台に上がると、かたわらの椅子に待機していた男が、筒に巻いていた紙を広げて宣言した。

「パリ高等法院の名において、宣言いたす。これより大逆罪に問われしプロテスタントの処刑を執り行う」

最初の罪人が舞台に上げられ、衝立の手前に跪《ひざまず》かされていた。腋《わき》でもたれて、両の腕を板の向こう側に垂らしたところに、背後から刀を振り出せば、首から上だけあちらに転がり落ちる寸法である。

処刑の準備が進む間に、残りの罪人たちは皆で合唱を始めていた。まだ寒い早春の風に乗るのは、詩篇《しへん》のようだ。

が、聖書の一節を引いた歌詞が、フランス語になっている。カトリックなら、ラテン語だ。わかりやすくフランス語に訳しているからには、やはりプロテスタントなのだ。

「幸いであることよ

悪者のはかりごとに歩まず

罪人の道に立たず
嘲る者の座に……」

歌声が途絶えた。ぱっと放射状に広がって、衝立に赤い花が咲いていた。ごっと重い音が続いたのは、毬《まり》さながらの動き方で、首が床に落ちたからだった。

その一瞬をやりすごすと、また合唱が再開した。

「嘲る者の座につかなかった方がおられる
まことに、そのひとは主のおしえを喜びとし
昼も夜も、そのおしえを口ずさむ」

陰謀と呼ばれたもの、世に「アンボワーズ事件」とも称された騒動が決着していた。アンボワーズ城を出撃して、フランス王の軍勢が先制攻撃をかけた。ロワール渓谷に潜伏していた新教徒たちを、残らず狩り出して回ったのだ。

三月十五日から数日の間に、叛徒《はんと》の大半が壊滅した。十九日、シャトー・ルノーの森で起きた小競り合いでは、蜂起の首領ラ・ルノーディが殺された。

火縄銃で額を撃たれた即死だったが、その死体は「ラ・ルノーディ、陰謀の主犯者、反逆の首謀者にして指導者」と貼り紙されて、アンボワーズ城の幕壁に吊《つ》るされた。

翌日には降ろされたが、遺体はさらに細切れにされ、四肢は城門の棒杭《ぼうくい》に、頭は槍《やり》の穂先に刺されて橋の袂《たもと》に、改めてさらされる運びとなった。

身体《からだ》のほうは幕壁に戻された。他にも殺された叛徒の死体という死体が紐《ひも》で括《くく》られ、

軒に吊るされた魚の干物さながらの横並びで、ぶらぶら風に揺られていた。

殺された新教徒はロワール地方全域で、千二百人とも伝えられた。

ローネイ、マゼール、ヴィルモンジ、カステルノの四副官を含め、生きたまま逮捕された五十二人については、二十七日から二十九日にかけて裁判が行われた。大逆罪で有罪という判決が出て、そこで全員が死刑と決まった。

死刑囚の合唱は途絶えない。赤い花は咲かなくなった。すでに衝立は赤黒く塗りつぶされ、ぱっと血が飛沫《しぶき》になっても、模様にはならないのだ。首のない胴体から溢れる大量の血液は、台座を伝い、舞台に広がり、さらに中庭の芝生を汚して、すでに小川の体なのだ。

一場に目に痛いくらいの鉄臭さが満ちていた。

まさしく非情な処断――。

フランソワ二世が決断したといえば決断した。が、そう思うフランス人は少ない。いや、ほとんどいなかった。ならば、なにからなにまで王をいいなりにさせている美しい王妃、マリー・ステュアールの決断か。

「一件落着にございます」

そう囁かれて、フランソワ二世はハッとした顔になった。刑場から目を離して振り返ると、囁き声で告げたのは四十年配の紳士だった。

澄んだ緑色の瞳といい、よく整えられた鬚《ひげ》といい、みるからに上品な紳士、それを気品というならば、さすが大貴族と自ずから身分まで知れるような男だったが、惜しいかな、右の頬には斜めに走る大きな傷跡が刻まれていた。世に「向こう傷《ル・バラフレ》」の名前で知られる、ギーズ公フランソワ・ドゥ・ロレーヌだった。
ギーズ公家はロレーヌ公家の傍流である。

ロレーヌ、あるいはロートリンゲンは法的にはドイツに入るが、フランス国境という地勢から古くより係わりが深い。傍流として立てられるや、当時のギーズ伯クロードがフランス王家に仕えることを決めても、そのこと自体に不思議はなかった。

瞠目《どうもく》すべきは、クロード、そしてフランソワと二代にわたる、忠勤ぶりのほうだった。わけてもフランソワは武勇に秀でた傑物だった。「向こう傷」の名前は伊達《だて》でなく、フランス軍を率いて、みるみる頭角を現したあげくに、今や王国屈指の名将なのである。

それが今また国王総代官の高位に任じられていた。読んで字のごとく、王の名代として、王国の不穏を制する役職である。

アンボワーズ城を出撃したのは、ギーズ公フランソワだった。世界最強と謳《うた》われたスペイン軍を向こうに回し、あるいは無敵と名高いイングランド軍を退けてきた一線級の将軍が、こたび国内勢力であるユグノーの鎮圧に振り向けられたのだ。

「う、ううむ」

フランソワ二世は言葉らしい言葉も返すことができなかった。平素からの悪癖で耳から垂れた黄色い膿をいじるだけでなく、王は青ざめていた。

並びの席を占めながら、王妃マリー・ステュアールとて幽霊さながらの白い顔だった。その温度もないような頰を擦《こす》らんばかりの間近から、こちらでもギーズ公は囁きを改めた。

「これでスコットランド出兵も、ようやく御意の通りかと」

「あ、ありがとうございます。え、ええ、叔父上には感謝の言葉もございません」

マリー・ステュアールは「叔父上」と呼んだ。

事実、ギーズ公は王妃の血縁だった。

前スコットランド王妃であるマリー・ステュアールの生母は、名前をマリー・ドゥ・ギーズという。ギーズ公フランソワの実姉なのである。

「ですが、叔父上、その……」

マリーは音になるかならないかの声で続けた。いや、いったん途絶えてしまうや、容易に先が続かない。これは優しい声を使って、懇ろに励ましてやらなければならない。

「王妃さま、なんなりと」

反対側の耳元で囁いて、王妃を促したのは、今度は僧服の男だった。

でっぷりと肥えてはいるものの、上品な顔立ちはギーズ公そっくりだった。肥えて印象が和らぐほどに、慈悲の心に満ちているかに目に映る。

ランス大司教というフランス随一の聖職を占め、それのみか緋色の帽子まで与えられることで、昨今は「ロレーヌ枢機卿」とも呼ばれるフランソワ公の弟、シャルル・ドゥ・ギーズだった。剣のかわりにペンに優れ、こちらは国政を切り盛りしてきた屈指の能吏だ。

武断の兄フランソワ、文治の弟シャルル、今やフランスは二人ながら王妃マリー・ステュアールの叔父である、ギーズ兄弟の天下だった。

一方的にカトリックの大義を掲げて、プロテスタントの弾圧を強行しても、異を唱える者などなかった。

宥和政策を反故《ほご》にされても、フランソワ二世は苦情のひとつも洩《も》らさない。王は美しき王妃の虜《とりこ》だからだ。その姻戚として国政を牛耳るのは造作もないことなのだ。

ギーズ兄弟こそフランスで生きていくための欠くべからざる後ろ盾であれば、またマリー・ステュアールも沈黙せざるをえない。

「いえ、いわれなくても、わかっております。ええ、王妃さま、スコットランドのことなら、本当に心配めさるな」

弟に遅れまいと、ギーズ公フランソワも続けた。

「我らがマリー・ドゥ・ギーズがスコットランドの摂政を務めるかぎり、かの国にイングランドの手は伸ばさせません。ええ、四囲の状況さえ許せば、このフランソワ・ドゥ・ギーズが自ら一軍を率いて、すぐにも姉上のところに馳《は》せ参じましょう」

「い、いいえ、そうではありません。あっ、なんと申しますか、それは大変にありがたい御話なのですが、しかし、その、夫とも相談しなければなりませんし、それに今は……」

「なんですな」

「こんなことになるなんて、わたくし……」

「こんなこと？　叛徒の処刑のことでございますか？」

「遠慮してもよろしいでしょうか」

「………」

「あまりに野蛮で……」

またひとつ、新教徒の首が肩から零《こぼ》れていた。ドサという感じで床に落ちると、ぬるぬるした血の海をツウと滑る。先に転げていた首にぶつかり、その首がまた滑る。

「そうだね、野蛮だね。ああ、遠慮しよう。ああ、それがいい。さあ、私につかまって」

腕を差し出しながら、フランソワ二世もそそくさと席を立った。ひとつ大きく洟を啜ると、救われた顔になってもいた。

それは国王夫妻が二人ながら、よろけ加減で踵《きびす》を返したときだった。

「おお、我らは大逆罪に値しよう。そこのギーズ一派が、この国の王であるなら」

首斬り台に押しつけられていたのは、ミシェル・ドゥ・カステルノ男爵だった。蜂起の首謀者のひとりだ。

グチャ、グチャ、ガッ、ガッと嫌な音が続いた。なにをどう叫ぼうと、もちろん死刑は容赦されなかった。

「けれども、こうなると、なんだか私たちが悪者みたいではないか」

ギーズ公フランソワがこぼすと、弟のシャルルは肩を竦《すく》め、それから別に水を向けた。

「どう思われます、王母陛下」

問いかけられて、カトリーヌ・ドゥ・メディシスは刑場から目を外した。それまでは首斬りから、目を逸《そ》らすこともなかったということだ。

いるかいないかわからないほど静かで、もちろん動揺した素ぶりもなかった。その顔はギーズ兄弟に向け直されて、なお感情ひとつないかの無表情だった。

「ですから、どう思う、こう思うもありません。ただ陛下の御ためであり、臣下の務めであるならば、なにも厭《いと》うべきではないでしょうね」

それが黒王妃カトリーヌの答えだった。


血が好きなわけじゃありません。ええ、誰が好きなものですか。

アンボワーズの処刑だって、正直いえば嫌でしたよ。人間が殺されるわけですからね。それを鶏《とり》でも潰しているのと同じに、平気で眺められるわけがないんです。

下々となると、処刑は一種の見世物だなんて喜ぶ向きもありますけれど、こちらはこちらで興奮状態ですからね。やっぱり平気でいるわけじゃありません。

差はあれ、心は乱れます。人間なら当たり前です。けれど、それを表に出したら、お終《しま》いなわけですよ、王族は。

公の裁きですから、前の王妃であり、今の王母である私くらいは、せめて平然としてみせないと、もはや格好がつきません。

つまりは、やってしまいましたよ、あの子たち。王たるフランソワ二世に、王妃マリー・ステュアールまでが、衆目のなかにもかかわらず、青ざめて、うろたえて、ぶるぶる震えて――。

王国の頭が、みっともない話です。あまねく王国に勅を発して、いってみれば王とは生ける法律なんです。それが顔面蒼白《そうはく》で、頼りなくフラついている。

この国の正義は揺らいでいますよと、自ら触れ回るようなものです。実は正しい裁判じゃないんじゃないかとか、なにか後ろめたい事情でもあるんじゃないかとか、無用の勘繰《かんぐ》りを好んで招くようなものです。

まがりなりにも人間を殺すわけですからね。そこは堂々としてないと。

まあ、フランソワは仕方ないかもしれません。王とはいえ若年ですし、それに宥和政策を進めて、土台が新教徒の処刑には反対でしたからね。

問題はマリー・ステュアールですよ。プロテスタントは問答無用に弾圧するべきだ、なんて、きゃんきゃん吠《ほ》えていたわけでしょう。その処刑はねがったりかなったりじゃないですか。こんな血なまぐさいとは思わなかったなんて、言い訳にもならないじゃないですか。

全てギーズ兄弟がやったことだ、ですって？　はい、はい、そうやって、メソメソすればね。フランソワあたりなら、子供のころから気立てが優しい子でしたから、ええ、ええ、そりゃあ、同情してくれるでしょう。

実際、ギーズ兄弟の仕業ですからね。ええ、半分からは、ギーズ公フランソワとロレーヌ枢機卿シャルル、あの二人のせいです。けれど、それを止めなかったのは、マリー・ステュアールなんです。誰かが悪いんだとすれば、やっぱりマリーが悪いんですよ。

まあ、止めたくても、止められませんね、あの御粗末な嫁では。

理想の後ろ盾だなんて、ギーズ兄弟に頼りきりでしたからね。いいなりになるしかいいなりになるしかありませんよ、もう。流されるしかないんですよ、自分の意志とは関係なしに。

それで構わない、好きに流してくださいませ、全てお任せいたしますというなら、もうなにもいいません。誰かに甘え続けていられるなら、それはそれで幸福な生き方かもしれませんからね。

ただ大抵は、そう上手《うま》いこと行かないものなんです。

流されないためには、ね、自分をひっかけておく、なにか釘《くぎ》のようなものが必要です。

誰かとの関係じゃなくて、あくまで自分が持っている強みとしての、なにかです。

それがマリー・ステュアールには、ないでしょう？　なにか、あります？　もしや調子づいているんでしょうか。

取り巻きの世辞を本気にして、天与の美貌こそ一番の武器だなんて、もしや調子づいているんでしょうか。

はん、とんだ自惚《うぬぼ》れと知るべきですよ。

実際、いわれるほど美人でもありませんしね。

ええ、私は美人だと思いませんよ。

スコットランドの女王だから嫁に迎えることにしましたが、でなかったら、あんな大女なんか。あてがわれたフランソワが、今だって不憫《ふびん》で、不憫で。

ええ、マリー・ステュアールなんか、ぜんぜん綺麗じゃありません。

イングランドのエリザベスのほうが綺麗でしょう。肖像画をみましたが、あれこそは絶世の美女だと、ええ、ええ、私なら断然エリザベスに軍配を上げちゃいます。

英語にいう、なんですか、ガッツもありますしね。上辺《うわべ》の器量なんかに自惚れないで、きちんと実力を蓄えてきた、あれは天晴《あっぱ》れな女ですよ。

かくいう私もエリザベスと同じでした。あら、いやだ、絶世の美女だなんていうつもりはありませんよ。あのエリザベスと比べられたら、そりゃあ、さすがに落ちますよ。

それだけに、ね、いっそうの努力を重ねました。後ろ盾と頼んだ教皇クレメンス七世が、みる間にいなくなりましたから、もう嫌でも頑張るしかなかったんですが、それでも弱音ひとつ吐きませんでした。

幸運に恵まれたこともあります。釘といいましたが、私には手持ちがありました。その尖《とが》った先を宮殿の壁に立てて、しっかり打ちこむだけでよかったんです。で、その釘ですけれど、ははは、そういえば、マリー・ステュアールが零していましたね。あまりに野蛮で――なんて、恥ずかしげもなく、ほんと、よくぞ口にしたものです。

だって、あれはスコットランドの女なんですよ。スコットランドですよ、スコットランド。野蛮といえば、スコットランドこそ野蛮が売りの国じゃないですか。偏見でいうのじゃありませんよ。地理と歴史の常識問題です。スコットランドといえば、グレート・ブリテン島ですけれど、あの島にはハドリアヌス帝の長城というのがありますね。ローマ帝国が繁栄していた時代に、その国境となっていたものです。北側のスコットランドは、つまりはローマ帝国の版図の外側なんです。

別な言い方をすれば、文明世界の外側です。きちんとキリスト教を受け入れて、今は違うんだと返すかもしれませんが、ハイランダーと発音するんですか、あの国の高地地方の住民なんか、今もってカエサルの時代の蛮族そのものだという話じゃないですか。

おかしな刺青《いれずみ》を顔にまで入れた連中が、茅葺《かやぶき》の掘立小屋に住んで、血のつながりがなくして……。

ある一族だけで村を組んで、隣村の別な一族と憎み合って、あげくに殺し合いを際限

戦争なんて上等な代物じゃなくて、殺し合いです。刀だの、斧《おの》だの、棍棒《こんぼう》だの、これまた古代の遺跡から発掘されたかと思うくらいの武器を振り回して、血なまぐさいといったらありません。血なまぐさいのが野蛮なら、スコットランドほど野蛮な土地もないんですよ。

ロウランダーは別だ、平地の住民は立派なキリスト教徒だ、立派な文明社会の一員だ、なんて返すのかもしれませんが、マリー・ステュアールなんかみていると、やっぱり御里《おさと》が知れるといいますかね。

文明を知らないということは、とりもなおさず、恥を知らないということなんです。その見本のようなマリー・ステュアールなら、自分はフランス育ちだから、くらいのことはいうのかもしれませんね。文化の国の宮廷で長じたがために、名ばかりの故国で繰り返されているような野蛮な習俗には、とてもじゃないが我慢できなくなったんだと。

けれど、それなら聞きたいものですよ。そのフランスの文化というのは、全体どこから来たものなんですかって。

いうまでもありませんね。ええ、半島から来たものです。ローマ帝国ですから、発祥の地はイタリアです。カトリック、カトリックと繰り返しますが、それだって総本

山はイタリアにあるんです。

なにも、そもそも論を振りかざしたいのじゃありません。歴史の話をしているつもりもなくて、それこそ現代の話です。

フランス語で「ルネサンス」といいますね。イタリア語の「リナシメント」の焼き直しにすぎませんが、とにかく、それは再び生まれること、再生とか、復活とか、再開とか、それくらいの意味になります。

ピンと来ましたね。ええ、そうなんです。なにが蘇《よみがえ》ったかって、古典古代の文化なんです。古《いにしえ》のギリシャ、ローマの価値が見直されたからこそ、文芸復興《ルネサンス》というわけです。

蘇るなら、辺境からなわけがありません。ええ、イタリアです。ルネサンスは古代世界の中心地、イタリアから始められているんです。

だから、ひとのことを「おみせ屋さんの娘」とかなんとか揶揄する暇があるんなら、アンボワーズ城をよく歩いてごらんなさいというんですよ。サン・テュベール教会に跪いて、よく祈りを捧げなさいというんですよ。

フランスで「レオナール・ドゥ・ヴァンシ」とか、「ドゥ・ヴィンシ」とか呼ばれている男の墓があります。正しくは「レオナルド・ダ・ヴィンチ」、言葉の響きでわかるように半島の人間です。私と同じ、トスカーナの生まれでもあります。

フランスでは専ら天才画家ですが、実は科学者や発明家の顔も持っていて、半島では万能の天才と呼ばれていました。

その墓がイタリアでなく、この国にあるというのは、当時のフランス王フランソワ一世に是非にと請われたからです。屋敷から、使用人から、扶持《ふち》まであてがわれながら、レオナルドは晩年を、アンボワーズに暮らしたんです。

文化を輸入するというのは、つまりは人を呼んでくることなんですね。私も半島の人間ですから、ええ、そうして輸入されたひとりなんだといえましょうね。同じフランソワ一世に別して王子の嫁にと請われたからには、それなりの理由があったというわけです。

フランス人が喉から手が出るくらいに欲しい半島の文化——それを私は子供の頃から、ごくごく自然な空気として吸ってきました。

仮に「おみせ屋さん」だったとしても、メディチ家こそ数多の芸術家の最大のパトロンでしたからね。ボッティチェルリでも、ミケランジェロでも、ちょっとしたものなら家のなかにね、もう普通に飾ってありました。

叔父たちの職場、つまりはローマ教皇庁ですが、あそことなると、もう、世界最高の芸術品で埋め尽くされているわけでしょう。

絵画、彫刻、建築、それにギリシャ語にラテン語、文学、音楽、数学、占星術、錬金術と、とりたてて努めなくても、文化は自然と身につきました。

先進地イタリア、その半島の文化こそ私の強み、よるべない私を余所《よそ》に流すことなく、しっかりとフランスにひっかけた釘だったんです。

知ってます？　マリー・ステュアールなんかも大喜びしているフランスの文化、その半分は熱心に人を呼んだフランソワ一世陛下の手柄です。けれど、残りの半分は私カトリーヌ・ドゥ・メディシスが、嫁入りと一緒に持参してきたものなんですよ。

野蛮とか、文化的とかいいますけれど、なにせフランスの女ときたら、私が嫁いでくるまで「野蛮なところ」を隠す術《すべ》も知らなかったわけですからね。

ええ、下ばき《カルソン》の話です。亜麻布《ラン》で作るので、下着《ランジエリー》なんて呼ばれることもありますが、いずれにせよフランスでは、それまではスカートのなかに、なにもつけていなかったんです。

アマゾンという乗馬の仕方がありますね。左足を鐙《あぶみ》にかけて、右足は曲げて、鞍《くら》の前橋《ぜんきよう》にあてるという、女乗りの一種です。

速駆けができるということで、これまた私がイタリアから持ちこんだものですが、ちょっと困ったことが起こるというか、要するに速駆けすると、その風で婦人服の裾がめくれあがるわけです。

秘密の部位が丸見えになってしまう──閉口した女たちが飛びついたのが、私が身につけていた下ばきだったんです。

食卓だって然《しか》りですよ。それまでのフランス料理ときたら、宮廷でも豚だの、鶏だのを、香辛料をふりかけて丸焼きにするのが、せいぜいでした。

はっきりいって、ね。不味《まず》くて不味くて、イタリア育ちの私には、とても食べられた代物じゃありませんでした。

そこで半島から連れてきた料理人に、ひとつ腕を振るわせたわけです。香草を使わせ、ソースを作らせ、焼くばかりでなく、蒸したり、煮こんだりと励ませたのです。そうしたら、どうですか。一月もしないうちに、フランス料理が別物になっていました。

さすがの大女ですから、マリー・ステュアールもよく食べますが、おいしい、おいしい、フランス料理は違うわなんて、際限なく口に運んでいるものだって、元を辿《たど》れば私の料理人が拵えたものなんです。

口に運ぶといえば、フランスには食器だってありませんでした。まあ、料理の相場が肉の塊でしたから、食器といえばナイフ、というより肉切り包丁ですね、それで切り分けるのが関の山で、あとは全て手づかみだったものです。

いわゆるナイフ、それとフォークをイタリアから持ちこんだのが私で、でなかったら今も指先が脂まみれなままですよ、フランス人は。

もっとも、マリー・ステュアールは今も食器の扱いが下手ですけどね。さすがスコットランドの女だというか、野蛮な手づかみのほうが似合う感じもありますしね。

フランスには化粧品だって、ろくなものがありませんでした。美肌に効く軟膏《なんこう》とか、蒸留の純度が高い香水とか、今でも私が連れてきた職人に作らせるのでなければ、イタリアから取り寄せたほうが早いくらいですが、それも惜しみなく与えました。

だからというわけでもないでしょうが、マリーなんかとは違って、同性にも好かれましたよ。ええ、私にも姑がいて、小姑《こじゅうと》がいましたが、不仲になんか全然なりませんでした。

私が嫁いできたときの王妃が、エレオノール・ドートリッシュという方でした。夫の実母というのでなく、フランソワ一世陛下の後妻となられていたのですが、元が皇帝カール五世陛下のお姉さま、ハプスブルク家の姫君であられましたからね。

さすが名門のなかの名門、おっとりした感じで、そもそも嫁いびりなんかと無縁でいらっしゃいましたが、イタリアの文化はスペインでも流行していましたからね。おもしろい、おもしろいと仰られて、私の話には、もう飛びついてくる勢いでいらしたものです。

フランソワ一世陛下にも姉君がおられました。ナヴァール王妃となられたマルグリット様です。マドレーヌ王女、マルグリット王女と、夫の妹たちもいましたが、その誰にも私は嫌われませんでした。

ええ、ええ、ナヴァール王妃マルグリット様なんかには、カトリーヌ、カトリーヌと随分可愛《かわい》がられたものです。やはりイタリアに傾倒著しい方であられましたからね。ボッカッチョの『デカメロン』を向こうに回して、『エプタメロン』という文学作品まで世に問うた、ある種の才女であられましたからね。

サヴォイア公妃となられたマルグリット様にも、お義姉《ねえ》さま、お義姉さまと慕われました。もう無二の親友といった感じで、今でも文のやりとりを欠かさないくらいなんですが、それもこれも私がイタリア語を手解《てほど》きしたのが始まりでした。

いいえ、イタリアの文化を単に鼻にかけるのだったら、美貌自慢のマリー・ステュアールと変わりません。つまり、ひたすら嫌味なだけです。私がそうならなかったというのは、上つらの美貌と内面の才知じゃあ、質が全く別だからなんです。

綺麗な女は往々にして傲慢ですが、賢い女は往々にして謙虚でしょう。どういうカラクリかと申しますと、文化というものはそれを語る人間に、自ずと内省を強いるんです。

それがマリー・ステュアールには完全に欠けていますね。美人だなんていいますけど、なるほど、それは文化的な資質じゃありませんものね。いってみれば、肉体の資質です。つきつめれば、ただの色香です。

やっぱり野蛮なんですよ、あの嫁は。

4 コンデでございます

一五六〇年三月の顚末《てんまつ》は「アンボワーズの虐殺」として世に広まり、フランス各地を波立たせた。無慈悲な処断に激怒したプロテスタントが、その報復に出たからだ。

口火を切ったのが、南フランスだった。四月、ガロンヌ河流域の都市アジャンで新教徒が蜂起、市内ドミニコ派の教会を略奪した。

六月十九日から二十一日にかけては、モンペリエが大きな炎に包まれた。略奪された教会は六十を数え、千二百人のカトリック教徒が虐殺されたと伝えられた。

七月十六日にはモントーバンのプロテスタントが、サン・タントナン教会を襲撃した。八月までには近郊ネグルプリスの教会が、新教派の礼拝のために接収された。

暴力によるカトリックの排除は、エクス、サロン、マルセイユと東のプロヴァンスに伝播《でんぱ》、そこからオランジュ、モンテリマール、ヴァランス、リヨンと北上していき、遂《つい》には南フランスと北フランスの境をなすオルレアンに到達、新教勢力による市内占拠という事態に及んだ。

かたわら、火元となった南フランスには、聖域も築かれつつあった。

フランス語にいうナヴァール、スペイン語にいうナバラは、歴とした独立の王国である。

王号を手にしていたのが、南フランスの大豪族アルブレ家だが、元来ピレネ山脈を跨《また》いでいた王国の南側は、スペイン王家に征服されてしまった。僅かに残された北側のみで、ナヴァール王を名乗ることになったとはいえ、フランス王の臣下としては、なお広大な領地を有していた。

女王ジャンヌ・ダルブレがアントワーヌ・ドゥ・ブルボン、つまりはフランス王家の分家であるブルボン家の末流、ヴァンドーム伯家の総領と結婚したことから、こちらの王国では親王家の格でもある。

これが自領におけるプロテスタントの礼拝を認めていた。いや、それに留まらず、カトリックを完全に排除し、全ての臣民に新教信仰を義務づける旨までを宣言した。

フランスの親王として強大な政治力を振るいながら、独立国ナヴァールの君主として不輸不入の権も唱えることができる。この絶妙な立場を利する権門を、我らが指導者として仰ぎながら、もはやフランスの新教徒は国家内国家すら打ち立てる勢いだ。

迂闊《うかつ》に弾圧に及べば、ナヴァールを根城に反乱を起こすのは必定である。内乱に発展すれば、オルレアンを出丸に使い、フランス王家の覇権に厳しく楔《くさび》を打ちこんでくるだろう。

八月二十一日、フランス王家は事態を収拾するために、新教派、旧教派、それぞれを代表する有力者をフォンテーヌブロー宮に集めた。

一種の名士会議を開催し、その場における話し合いで双方が納得できる道を探そうという趣旨だったが、フランソワ二世の名前で招かれた名士たちを実際に迎えたのが誰あろう、「アンボワーズの虐殺」を起こした張本人、ギーズ兄弟だった。

ギーズ兄弟が王宮の主人顔しているうちは、まともな話にならないと端《はな》から決めつけたか、ナヴァール王アントワーヌ・ドゥ・ブルボン、さらに信仰の強さは兄を凌《しの》ぎ、実質的に新教優遇を主導したともいわれる弟、コンデ公ルイ・ドゥ・ブルボンのブルボン兄弟は、再三にわたる王家の熱心な召集にもかかわらず、名士会議を欠席した。

あえて出席したのが、アンヌ・ドゥ・モンモランシーだった。フランス大元帥の座を占める国政の有力者は、先王時代にあっては自らが王宮の主人顔だった。

従前ギーズ兄弟の頭を押さえつけてきた立場でもある。王妃の親戚として出し抜かれた今にして、こしゃくなロレーヌ人め、やるならやってみろと、それくらいの気分はあるのだろう。

モンモランシーは千人を数える私兵を連れて入城した。「アンボワーズの虐殺」を受けた展開だけに、それは自衛の措置でもあった。

モンモランシー本人はカトリックだが、ガスパール・ドゥ・シャティヨン、世にコリニィ提督の名で知られる甥《おい》は、隠れもないプロテスタントだったのだ。

一族郎党にも新教徒は少なくない。宗教の物差しをあてるなら、大元帥は微妙な立場に置かれていた。さらなる事態の悪化を食い止めたい、コリニィ提督にいたっては千載一遇の好機として、平和裡にプロテスタントの居場所を確保したいと、一派はフォンテーヌブロー会議に大きな期待を寄せていた。

フォンテーヌブロー会議で前面に出されたのは、王家の宥和政策だった。熱心に進めたのが新しい国璽尚書《こくじしようしよ》、ミシェル・ドゥ・ロピタルである。

中央フランスの出身で、元来が土地の領主ブルボン家に仕えた男だった。初老の法曹は前の会計監査院長でもあり、その職務を通じてシャティヨン一族と親交を結び、かつまたギーズ兄弟の覚えも悪くない。

私生活においても、自らはカトリックでありながら、妻と娘はプロテスタントに改宗し、なお家庭円満であるという、まさに宥和政策のために生きているような人物である。

それでも、話し合いは難航した。

コリニィは熱弁を振るった。

「これと決められた場所で礼拝を行う権利だけは、是が非でも新教徒に与えられたい。イエス・キリストに寄せる愛があるならば、免じてフランスのあらゆる街、あらゆる村に、ユグノーのための教会を建てることを認められたい」

カトリックを代表して、頑として認めなかったのが、ロレーヌ枢機卿だった。

「馬鹿な、馬鹿な、馬鹿な。そんな真似をすれば、神の怒りに触れてしまいます。地獄に落とされてしまいます」

話は平行線だった。こうなれば、コリニィも好戦的な武人だった。

「度重なる弾圧にユグノーの我慢も限界であることを、お忘れなきよう。小生の求めが容《い》れられなければ、明日にも兵五万が立ち上がると、そのことだけは警告しておきますぞ」

武人というなら、こちらのギーズ公フランソワも後れるものではない。

「はん、それくらい受けて立つと、お仲間に伝えるがよろしい。五万の軍勢ですと？　はん、こちらはユグノーの首五万を、ひとつ残らず圧《へ》し折るのに必要な兵隊の、さらに倍の数を用意できると、そうも付け加えていただけたらありがたい」

ミシェル・ドゥ・ロピタルと打ち合わせて、介入したのが二人の高位聖職者だった。

「神を恐れる術を知り、王を敬う術を知るなら、ただ新教に帰依するだけで叛徒と呼ぶべきではありません。宗教の問題と政治の問題を、ひとつ分けて考えませんか」

ヴァランス司教ジャン・ドゥ・モンリュックが宥和政策の大原則を確かめれば、ヴィエンヌ大司教シャルル・ドゥ・マリヤックが仕切り直しを提案する。

「いずれにせよ、この場で全て決めることは困難を極めましょう。全てのキリスト教徒による公会議の召集が理想ですが、それは手に余るというなら、我らがフランスだけでも全国三部会《エタ・ジェネロー》を召集し、その場に問題の解決を委ねることにしては如何《いかが》か」

この意見が容れられた。

全国三部会とはフランス王国の議会である。聖職者を第一身分、貴族を第二身分、平民を第三身分として、それぞれの代表議員を召集したことから、三部会の名前がある。十四世紀まで歴史を遡れるものの、この議会はイギリスのパーラメント、あるいはスペインのコルテスなどと比べても、ずいぶん影が薄かった。

政治は王の独断――それがフランスの伝統だった。

増税を求めなければならなかったり、国土の大半が敵に占領されてしまっていたり、あるいは王が若年だったりしたとき、いいかえれば王家が弱体化したときにだけ、それを補完する他方の権威として召集されるのが、全国三部会なのである。

普通は開催されない。というより、滅多に開催されない。ゆえに、ほとんど忘れされている。議会が開かれていたなどという故事を、ぜんたい誰が発掘してきたのか、フォンテーヌブローで認められたのは、実に八十年ぶりの全国三部会だった。

オルレアンで十二月十日と、正式な場所と日取りも決められた。フランス王の宮廷も十一月には、そっくりオルレアンに移動となった。

風光明媚《ふうこうめいび》なロワール地方、それも正しくロワール河の畔《ほとり》に建てられた古都オルレアンだが、いくらか打ち捨てられた感がないではなかった。

王家の重要な拠点ではあり、代官が常駐すれば、法廷も常設され、駐屯する兵士の数も少なくなかったが、いかんせんルネサンス風の雅《みやび》には乏しかったのだ。

同じ都市でも懇ろに城館が整えられたアンボワーズ、ブロワ、シノン、あるいはシャンボール、ショーモン、シュノンソーといった森陰の地所に比べると、野暮な風が否めない。田園が冬枯れる十一月ともなれば、もう慰めという慰めもみつからない。

「お喜びください、陛下」

そうした言葉で入室したのは、ギーズ公フランソワだった。

場違いなほど明るい声が、面々の胸に不安を運んだ。十一月十六日、国王フランソワ二世の逗留のため、王家が市内に求めた居館の一室だった。

こちらに控えるロレーヌ枢機卿も、呼応して喜色を浮かべた。兄の登場を今か今かと待ちかねていた風さえある。

あらかじめ打ち合わせがあったのだと察すれば、いっそうの不安に襲われざるをえない。呼びかけられた当の陛下、フランソワ二世からして、ギクッとした顔になっていた。

「コンデを逮捕いたしました」

と、ギーズ公は続けた。フランソワ二世は沈黙に留まり続けた。無視したというより、すぐには言葉が出てこない様子で、それが証拠に直後には縋るような目になった。

臆病な眼差《まなざ》しがおろおろしながら流れた先には、当然マリー・ステュアールがいる。ギーズは全体なんの話をしておるのだ。答えよ、そなたの叔父上であろう。目はそう問いたげでもあったが、王妃のほうとて気のきいた返答はできなかった。

国王夫婦の音無しに、ギーズ公のほうが少し不満げな顔になった。

「ですから、コンデでございます。コンデ公ルイ・ドゥ・ブルボン、新教徒どもの首領でございます」

「それは存じておるが……」

フランソワ二世がようやく答えた。その先も続けようとしたのだが、しかし、しかし、と二度ほど繰り返したところで鼻が詰まった。

隣からマリー・ステュアールがハンケチを差し出した。ぶびぶび洟をかむ音ばかりが響いた。大忙しを装う国王夫婦は無論のこと、誰もがギーズ公に半端な言葉を返すより、顔面蒼白になるほうが先だった。

国璽尚書ロピタルも、ヴァランス司教も、ヴィエンヌ大司教も発言がない。となれば、あと部屋に残るのは、ひとりしかいなかった。

王母カトリーヌ・ドゥ・メディシスは、いつもながらの無表情だった。控え目で、言葉少なでもあったが、このときばかりは立場を自覚してか、自ら始めた。

「コンデ公が新教徒の首領であるとは皆が承知しております。それゆえに陛下は別して書状を遣わし、このオルレアンに呼びつけたのです」

フォンテーヌブロー会議の繰り返しにしてはならない。オルレアン全国三部会には王家としても、一通りでなく期するものがあった。

成功させるためにはブルボン兄弟、わけても熱烈な新教徒で知られるコンデ公の参加が、なんとしても必要だった。この二人の出席なくしては、新旧両派の宥和が宣言できたとしても、その中身が伴わないことになるからだ。

ところが、ブルボン兄弟は今回も出席を辞してきた。旧教派が強硬手段に訴えるのではないか。身の危険を覚えざるをえない。そう訴えてきたものを、なにも案ずることはない、暗殺も、逮捕も、襲撃もないと、フランソワ二世は直々の手紙で説得したのだ。オルレアンが選ばれたのも、そこだった。プロテスタントが強い街で、わざわざ全国三部会を開くのは、そうすることで参加者の安全を担保する必要があったからだ。

「そのあたりの事情はギーズ殿、あなたとて知らないはずがありますまい」

そう続けた黒王妃も、あからさまに責める口調ではなかった。が、どんなに調子を和らげようと、叱責にならざるをえない展開なのだ。

王の説得に折れて、ようやくやってきたコンデ公を逮捕する。これでは騙《だま》し討ちも同然である。身の安全を保障したフランソワ二世の体面も、また丸潰れだ。

まさに暴挙《あ》――それでも王妃の親戚として万能の権力を握るギーズ公の振る舞いであるかぎり、悪しざまに扱き下ろす声など上がるはずもない。

オルレアンのような敵地に来てやったのだから、これくらい当然だとでも思うのか、ギーズ公のほうは悪びれることもなかった。

「ええ、もちろん存じております。これが通常の話であれば、小生とてきっと堪《こら》えたことでしょう。ところが、今回は重大な事実が判明してしまったのです」

黒王妃は大きく頷《うなず》くことで、話の先を促した。

「ええ、カトリーヌ様、ラ・ルノーディらが起こしたアンボワーズ事件、その黒幕がコンデだったのです。その確かな証拠が得られたのです」

「というのは」

「アンボワーズ城で行われた処刑のことは、ご記憶であらせられますな。五十二人の罪人ども、自らが殺される直前にコンデに辞儀を捧げましたでしょう」

「王族に敬意を表したということではないのですか」

「王族に敬意を？　まあ、確かにそうではありました」

肥満体を揺り動かして、ロレーヌ枢機卿も加わった。

「しかし、新教を奉じる王族に、です。だからこそ、プロテスタントどもは、我らが指導者と目したのです。だからこそ、王の身柄を略取しろなどという無茶な命令にも、本気で従おうとしたのです」

「その証拠が、あの辞儀だったと？　ゆえにコンデの逮捕を命じたと？」

「国王総代官の権限として――ええ、そうでございます。コンデの陰謀なのだと、皆が了解していながら、そのことを誰も取り沙汰しようとしなかった。巧みに逃げられたからです。王族だからと気後れもあったからです。それをあえてした兄は、まさに英雄であると褒められるべきでしょう」

弟に持ち上げられながら、ギーズ公が話に戻った。

「いや、小生がひとりで決めたことではございません。小生の主張の正しさを、パリ高等法院が認めてくれたのです。高等法院長ドゥ・トゥーを議長として、訴訟委員会が設立されるとも聞いております」

「パリ高等法院が……。とすると、いかがです、国璽尚書殿」

　黒王妃は平らな口調で水を向けた。ハッとした顔になって、ミシェル・ドゥ・ロピタルのほうが慌て気味だった。結論だけを乱暴に、ポンと放り出すような格好にもなった。

「小生は署名いたしません。ええ、パリ高等法院でしたら、小生は……」

　手続きの問題でしかない。が、パリ高等法院が正式な訴状を作成するためには、評定官全員の書名を欠かすことができなかった。そのひとりが、ミシェル・ドゥ・ロピタルだったのだ。以前は会計監査院長を務め、今は国璽尚書を兼務しているとはいえ、本来は司法畑の人間なのだ。

「署名を拒否したからには、ロピタル、そのほう、小生が不当逮捕に及んだといいたいのか。パリ高等法院の内定も誤りだったと、そう……」

　ギーズ公は一気に沸点だった。平素の切れ者らしさを取り戻しながら、ロピタルは説明にとりかかった。

「いえ、不当逮捕と思うわけではございません。パリ高等法院の内定にも十分な根拠があると思われます。とはいえ、問題が問題でありますれば、より慎重な内定が必要かと」

「私の話は、あてにならないというか。ロピタル、きさま、この私を愚弄する気か」

「滅相もない」

「いや、そうに決まっている。ああ、そうだ。きさまは私を馬鹿にしておるのだ」

「恐れながら、殿下がどうこうというのではございません。事の性質が性質です。しかも時局が時局なのです。ここは慎重のうえにも慎重を期さなければ……」

「屁理屈《へりくつ》を申すな、ロピタル。ああ、わかった、きさまが署名しないというのなら……」

「コンデも王族ですからね」

「…………」

「仮に犯罪者であっても、王族を裁くというのは容易でないものです。しかも、全国三部会を控えた時期です。国王陛下の宥和政策を成就させたいと願うなら、今は新教、旧教、どちらの陣営からも逮捕者を出すべきではないでしょう」

黒王妃の介入だった。

ギーズ公はいったん沈黙に後退した。屈服したわけではない。あからさまに怪訝《けげん》そうな顔になって、この冴《さ》えない女が全体なんのつもりだと、今にも問いかけそうだった。

咳払《せきばら》いひとつで仕切り直すと、新たに呼びかけた相手は、王母でも、国璽尚書でもなくなっていた。

「よろしいのですか、フランソワ陛下」

「だ、だに」

「こんな風ではプロテスタントどもになめられてしまいますぞ」

「なめているのではだい。あの者たちは恐れているのだ。それゆえに武器を手放すことができだいのだ。ならば逆に安心させてやろうではだいかと、それが私の考えだ。それそれをギーズ公は無視した。無視して「アンボワーズの虐殺」に及び、無視してコンデ公の逮捕を強行し、今このときも無視しようと心を決めたようだった。

「宥和政策は結構でございます。が、今はコンデの話でございます」

「だから、コンデを釈放すれば、それ自体が宥和政策の一環になる……」

「十二月十日はいかがですかな」

「………」

「全国三部会の開幕日です。王国津々浦々から集まる議員たちが見守るなか、逆賊コンデの派手な処刑が執り行われるとするならば、これは、もう、みせしめとして、この上もないくらいでございましょう」

ギーズ公はフランソワ二世の体面など、もはや正面から潰しにかかっていた。

「さあ、陛下、ご決断を」

無礼に迫られながら、フランソワ二世が一番にしたことは、マリー・ステュアールの顔を覗《のぞ》くことだった。ところが、王妃は俯《うつむ》いたまま、目を合わせようとはしなかった。

ギーズ公フランソワが繰り返した。

「さあ、陛下、ご決断を」

「いえ、陛下、そんなに急ぐことではございません」

国璽尚書が加わった。ロピタルとギーズ公は王の左右から声を応酬させる体だった。

「陛下、新教派の増長は、ここで一気に断ち切るしかありませんぞ」

「いえ、陛下、ここは宥和政策を堅持なされませ」

「宥和政策では解決しない。イギリスをみろ。スペインをみろ。宗教の問題で一定の効果を上げた国では、弾圧あるのみだったではないか。フランスも弾圧政治を取るしか……」

「そんなことはありませんぞ。ええ、弾圧など愚の骨頂と知るべき……」

「うるさい、うるさい。朕はフランスの王であるぞ」

そう怒鳴ると、フランソワ二世は椅子から立ちあがった。ひとつ大きく洟を啜ると、もう踵を返してしまった。

「どちらへ」

王妃マリー・ステュアールに確かめられれば、さすがに邪険には扱わない。

「狩りに出かける」

気が晴れぬからと、フランソワ二世が述べた理由ばかりは、なんとか王らしかった。

5 ✦ 知っておられたのではないのですか

　ギーズ公フランソワは怒鳴っていた。

「グズグズするな。さあ、走れ」

　尖らせた指先で相手の背中を小突くことまでしていたが、内心の苛々《いらいら》がみえるほど、一代の権力者に相応の余裕とか、貫禄《かんろく》とかいったものは、どんどん感じられなくなる。細かに目くじら立てるほどに、追い詰められた人間に特有の、見苦しい焦りまでを感じさせる。

「おい、おまえ、なにニヤニヤしているのだ」

「ニヤニヤなどしておりません」

「それでも血相変えて急ぐという風じゃないぞ。一応は医者なのだろう。病人がいるというのに、のろのろしおって、まるで給金泥棒ではないか」

「恐れながら、私の給金はギーズ殿下にお支払いいただいているわけではありません」

「屁理屈をいうな。宮仕えの侍医の心得を問うているのだ」

「恐れながら、殿下に問われる筋でもないかと。私の雇い主は、王母陛下にあらせられますゆえ、王母陛下が……」

「そのカトリーヌ様が、きさまをお召しだといっているのだ」

「ならば、こんな無駄なお喋《しやべ》りで、私を引き止めないでいただきたい」

刹那くわっと形相ばかりは破裂させたが、ギーズ公も声までは出さなかった。

気がきいた言葉がみつからなかったのか。それとも怒鳴るほどにみっともないと、ようやく気がついたのか。あるいは天下に聞こえた名医アンブロワーズ・パレは、大声ひとつで切り捨てられる相手ではないと、かろうじて分別があったのか。

「ミサを上げてまいります」

かわりにロレーヌ枢機卿が声を上げた。兄が醜態を演じる前にと、気を利かせて割りこんだのかもしれなかったが、それにしても口上は陳腐だった。

「ええ、病気快癒を祈禱《きとう》してまいります。荘厳にミサを上げて、熱心な祈りを捧げた日には、きっと神が味方してくださいましょう」

中世の昔ではあるまいし、神通力だの、呪術だので片づくならば、そもそも医者など呼ぶ必要がない。そそくさと部屋を辞した弟を見送りながら、ギーズ公は口角を小さく歪めた。呆《あき》れたゆえの苦笑であったとしても、いくらか心を落ち着かせる薬にはなったらしく、そのあとは無言の手ぶりで、アンブロワーズ・パレを案内することができた。

オルレアン市内の居館の国王の部屋だった。

取手《とつて》を握る二人の侍従がサアと左右に分かれることで、続き部屋の扉が大きく開けられた。まっさきに目についたのは、裾の長い婦人服の並びだった。

天蓋付きの大寝台が据えられて、それを囲んでいた二人のうち、ひとりが物音に振りかえった。

飛び出したような大きな目は、名医の主人とされるカトリーヌ・ドゥ・メディシスで間違いなかった。が、高みから地上を見下ろす麒麟《きりん》を連想させながら、大きな身体ごと飛び出したのは、隣にいた若い女のほうだった。

「ああ、パレ先生でございますか。ああ、どうか。どうか、お助けください」

王妃マリー・ステュアールは小走りで医者を迎えた。そのまま膝を屈すると、文字通りに縋りついて、何度も何度も哀訴の言葉を繰り返した。

「どうか、陛下《おうが》を……。どうか、どうか、夫の命をお助けください」

寝台に横臥していたのは、国王フランソワ二世だった。

十一月十六日、王は言葉通りに狩りに出かけた。オルレアン郊外の森に馬を走らせて、数時間も獲物を追いかけた賜物《たまもの》で、気分がすっきりしたのはよかった。

が、その間に掻《か》いた汗が、冬の寒気に急速に冷やされた。あげくに風邪を引くというのは、ありがちな話でしかなかったが、そこはフランソワ二世だったのだ。

慢性的な鼻づまりが悪化した。夜には耳の激しい痛みに襲われた。

いや、いったんは治まって、翌十七日には予定の行事もこなした。オルレアンといえば、ドミニコ派が建てたサン・テーニャン教会が有名だが、丁度サン・テーニャンの祝日だった。

サン・テーニャン教会もカトリックの施設であれば、プロテスタントが占拠する都市にあって、やはり受難を免れてはいなかった。壮麗で知られた庭や回廊なども、すっかり荒らされていたが、だからこそ健在を公に印象づけなければならなかった。宥和政策は旧教派のほうの反感を和らげないでも、やはり破綻してしまうのだ。

フランソワ二世は晩課《ばんか》のミサに列席した。陰謀、反乱、それに異端の罪まで着せられたコンデ公の処遇についても、あるいは密《ひそ》かに答えを出していたかもしれない。

しかし、それを聞くことはできなかった。王は再び耳の後ろの激しい痛みに襲われた。

「錐《きり》を刺しこまれたみたいに痛い」

そう訴えると、堂内で気絶した。コンデ公の処遇がはっきり示されるどころか、もはや鼻づまりの聞きづらい言葉さえ、ひとつも聞くことができない。

十二月四日の今日まで、そのまま寝たきりだった。

国王付きの侍医たちは役に立たなかった。オルレアンまで数人も同道して、一番に駆けつけてもいたが、放血の処置と下剤の投与を繰り返す他には、なにひとつできなかった。

「当代最高の医者をもってしても、これなのか」

ギーズ公フランソワの苛々が始まった。王に復調してもらわなければ、コンデ公の処分は進まない。それどころか、万が一のことがあれば、その瞬間に失脚を余儀なくされる。

フランソワ二世を虜にしている姪が、もう王妃でなくなるからだ。新しい王が即位すれば、権力を独占してきた兄弟に残されるのは、恨み、妬み、そねみだけだ。ありえない話ではなかった。それどころか、フランソワ二世の医師団は匙《さじ》を投げ、早々に危篤を宣告してしまった。

「いや、当代最高は国王付きの医師ではありませんぞ。先進地イタリアの医学まで習得した、王母カトリーヌ・ドゥ・メディシス様付きの医師こそが最高なのだと聞いております」

神頼みが十八番《おはこ》のロレーヌ枢機卿が、常ならずも正鵠《せいこく》を射た。そうだ、そうだ、名医アンブロワーズ・パレがいるではないかという話になって、急ぎパリに遣いが出されたのが、十一月末の話だったのだ。

「もう先生しかおられません。お願いでございます、パレ先生、どうか、夫を助けてくださいませ」

マリー・ステュアールは続けていた。どれだけ繰り返されようと、その言葉に大した意味などはなかった。どうでも相手の歓心を買いたいにせよ、医者の手を取り、それを自分の柔らかな胸に奪えば、いくらか下品にみえたことは残念だった。

報われたわけでもなければ、なおのことだ。商売道具ともいうべき手を奪われて、閉口するパレは救いを求める目を投げた。

もちろん頼んだ先は、ギーズ公でも、ロレーヌ枢機卿でもない。黒王妃カトリーヌは、ひとつ頷きを返した。

「さあ、王妃、先生の診察の邪魔をしてはいけません」

「ああ、お義母さま。ああ、すいません。ああ、わたくし、なんてことを……。すいません、パレ先生。もしや、ご立腹なされまして。ああ、どういたしましょう」

「ですから、マリー」

マリー・ステュアールは動揺が激しく、二人ほど女官を使って、ようやく寝台から少し離すことができた。

いれかわりに消毒した白い手が前に進んで、ようやく医者の出番になった。

「では、拝見いたします」

アンブロワーズ・パレの見立ても絶望的だった。風邪で中耳にできた炎症が、その上の脳にまで達している。いいかえれば、どろどろの膿が頭蓋のなかを侵している状態である。もとからの鼻づまりで、中耳の膿に逃げ場がなかったからだ。本当なら鼓膜を切開して、すっかり外に出さなければならなかったのだ。

「こうも大量の膿が脳内に流れこんでしまった今では、もう手遅れといわざるをえません」

「手遅れ……、なんてこと……」

そう受けてから、マリー・ステュアールは悲鳴を上げた。

「なにか、ないのか」

ぐいと襟首をつかむ拳と一緒に、ギーズ公が言葉を入れた。

「ないこともありませんが……」

パレが答えると、部屋に戻っていたロレーヌ枢機卿が、ぱちんと大きく手を叩いた。

「おお、奇蹟《きせき》だ。我らの祈りが神に届いた。祈禱が功を奏したのだ」

その間にパレは、ちらと主人の顔を確かめていた。ギーズ兄弟に答えたのは、黒王妃に再び頷きを示されてからだった。

「要するに、膿の出口を作ってやればよいわけです」

「どうして作る。鼓膜では駄目となると、どこから……」

「我々に唯一残されているのは、開頭手術でございます」

数秒というもの、誰もが言葉を失わざるをえなかった。

人間の身体を刃物で開ける――それは被造物の神秘を覗きみる不逞《ふてい》であり、創造という神の御業《みわざ》に対する冒瀆《ぼうとく》であると考えられていた。

解剖といえば、レオナルド・ダ・ヴィンチの実験が知られるが、あれは本当の例外なのだ。あくまで先端の、そのまた尖った最先端を歩いた、孤高の天才の逸話にすぎない。

外科手術は一般的なものではなかった。手や足など末端を開くことがあったとしても、身体を開くことは憚《はばか》られる。それが、よりによって頭だという。開頭手術しかないという。

それはイタリアの医学を学んで、イタリア生まれの女主人に仕える、アンブロワーズ・パレしか持ち出しえない処方だった。

「お願いいたします」

静けさを破ったのは、王妃マリー・ステュアールだった。

「ええ、お願いいたします。陛下が助かるのであれば、開頭手術でもなんでも」

「そうだな。ああ、この期に及んで、躊躇《ちゆうちよ》している場合ではないな」

「ええ、兄上、その通りでございます。私も聖職にあるとはいえ、かねて教会が示してきた科学嫌いには、疑問を感じないではいられなかったものです」

ギーズ兄弟まで続けたが、パレが仕える主人は依然として、この一族ではありえない。再び目で確かめると、今度の黒王妃は頷きを返すのではなかった。常の無口を破ることで、あとの三人を驚かせながら、カトリーヌ・ドゥ・メディシスは口を開いた。

「パレに尋ねます。開頭手術をして、助かる確率というのは」

「恐れながら、高いとは申せません。仮に全ての処置が成功しても、神の御加護なくしては、ええ、ええ、それこそ猊下《げいか》が仰るような奇蹟を祈らねばならないくらいに、非常に低い確率でしか……」

「それというのは」

「脳を傷つける危険があります。繊細きわまりない器官であれば、ほんの切先《きつさき》ほどの傷がついても、もう取り返しのつかないことになるのです」

「ならば、止《や》めましょう」

と、黒王妃は答えた。それほど大きな声ではなかったが、はっきり聞こえた。抑揚が乏しいほどに、断固たる響きまで加えられたようだった。

それでもマリー・ステュアールは認められない。

「しかし、お義母さま……」

「もう陛下を楽にしてさしあげましょう。これ以上の苦しみを我が子に与えるというのは、ええ、母として、到底忍びないことです」

「けれど、助かるかもしれませんのよ」

黒王妃はゆっくりと首を振った。

「助かりませんよ。ええ、助からないのです、開頭手術などしても」

「どうして、そんなことがわかるのですか」

「残念ながら現代の医学は、開頭手術を成功させるほどには発達していないのです。あなたがたは、科学というものを買いかぶりすぎです」

「………」

「助からないなら、せめて静かに」

「しかし、カトリーヌ様」

ギーズ公フランソワは食い下がった。聖職者の特権と思うのか、ロレーヌ枢機卿は王母の手までつかんで逃がさなかった。もちろん王妃マリー・ステュアールは、そうする間も錯乱のひとつ手前で、泣き、叫び、縋りつきを繰り返すばかりだった。

つまりは時間が無駄に流れた。アンブロワーズ・パレが開頭手術を禁じられてしまえば、もう他の侍医たちには王の耳から薬を流し入れることくらいしかできなかった。

当然の結末として、フランソワ二世は死んだ。十二月五日、木曜日の午後だった。

「フランス王室は、これより四十日の喪に入ります」

宣言したのは、黒王妃カトリーヌだった。

泣き崩れるのに忙しいという以前に、マリー・ステュアールはもう王妃でなくなっていた。なにを宣言する権利もないのは、ギーズ兄弟も同じだった。

カトリーヌ・ドゥ・メディシスだけが王母のままで変わらなかった。すぐさま即位が宣せられるのは、フランソワ二世の弟、オルレアン公シャルルだからである。「シャルル九世」を名乗る十歳の少年も、黒王妃が腹を痛めた息子に変わりない。

「ですから、退室いたしましょう」

そう義母に促されると、マリー・ステュアールは立ち上がった。いくらか足元はふらついたが、思いの外にしっかりした動作だった。

しかも、わきまえていた。マリー・ステュアールは戸口のところで横にずれ、後に続いた者に先を譲ってみせたのだ。

なるほど、もう王妃でなく、かつて王妃だったにすぎない女は、なお王母である女には道を譲らなければならない。

黒王妃カトリーヌは、だからどうという顔でもなかった。その、どうやったら慌てるのか、どうでも狼狽《ろうばい》させなければ悔しいとまで思わせる無表情に、マリー・ステュアールは問いかけた。

「お義母さま、知っておられたのではないのですか」

声そのものは小さかったが、刃物の鋭利を感じさせた。恐らくは殺意さえこめられた問いだった。

それでも黒王妃の表情は動かない。横顔を突きつけたまま、目もくれてやりはしない。

「なにを知っていたというのです」

「陛下が死ぬということを、です」

「………」

「ショーモン城に占い師を集められたことがおありでした。あのノストラダムスまでが呼び寄せられたと聞いております。そのときの占いで、お義母さまはフランソワが近く死んでしまうということを……。だから、開頭手術を控えさせて……」

マリー・ステュアールは言葉に詰まった。それを最後に、なんとか繕われていた表情が、みるみる感情に攫《さら》われて、もうクシャクシャになってしまう。

可哀相に――それでも黒王妃が示したのは、支離滅裂な涙さえ瞬時に干し上げてしまいそうな、とことん乾いた冷たさだった。

「この私が陛下を殺したとでも」

カトリーヌ・ドゥ・メディシスが口にしたのは、なにかと戸惑うくらいの飛躍だった。が、それだけに反論はできない。誰も殺したとはいっていないとか、聞きたいのは知っていたかどうかなのだとか、話を正しいところに戻せる雰囲気でもなくなっていた。もとより、冷たい。生半可な哀訴など、その爪の先すら立てることができない。マリー・ステュアールは敗北を認めるしかなかった。

「いいえ、そのようなことは決して……」

扉がパタンと音をたてた。フランソワ二世の御世は、そうして静かに閉じられた。


なんとでも、おいいなさい。私なら平気です。

なにしろ人殺し呼ばわりだって、これが初めてじゃありませんからね。

だいたい、ドイツ人が活版印刷なんてものを発明してから、下らない本が刷られすぎるんです。フランソワが死んだ。そのことで最も得をする人間が、フランソワを殺した犯人だ。そんな調子で、誰も彼もが世の真理でも唱えるかのように得意顔なわけですからね。

安い本の読みすぎと閉口しないでいられないのは、そんなもの、実際には嫌いな人間を貶《おとし》めるための、まことしやかな理屈に使われるだけだからです。

だって、フランソワが死んで、なんの得があるというんです、この私に。今のフランソワ、フランソワ二世については、いうまでもありません。けれど、フランソワ、フランソワなら前にも死んだことがあります。義兄のフランソワ、私の夫アンリの実兄で、つまりはフランス王フランソワ一世陛下の第一王子、王太子フランソワ殿下のことです。

あれは一五三六年八月の、確か十日の話で、場所は南フランスのトゥールノンだったと記憶しています。

王家で地方巡幸に出たときですが、たまたま時間が空いたんでしょうね。フランソワ殿下は球戯《ジュ・ドウ・ポーム》を、つまりはイギリスにいうテニスですね、それを楽しまれたようなんです。

真夏の話ですから、汗だくになられました。喉が渇いたとも仰られて、冷たい氷水をグルグル飲み干したそうですが、それが悪かったようです。しばらくすると苦しいと訴えられて、その夜には熱が出て、あっという間に肺炎を起こして、そのままあっさりです。

いわれてみれば、私の息子フランソワが病に伏した経緯と、どこか似てないでもありませんね。そのへん、マリー・ステュアールは人伝《ひとづて》に聞いていたのかもしれません。

王太子フランソワ殿下に話を戻しますと、あのときも自然死ではない、もしや殺されたのではないかと大騒ぎになりました。

犯人として逮捕されたのが、セバスティアーノ・モンテククリという男で、殿下に氷水を差し上げた側仕《そばづか》えでした。モンテククリは、水に鶏冠石という砒素《ひそ》の硫化物を混ぜた、暗殺を命令したのはハプスブルク家の皇帝カール五世だと、そう自白したそうです。拷問にかけられた末の話ですから、すでに冤罪《えんざい》の空気が漂うわけですが、これがカール五世の耳に届くや、なんと皇帝は黒幕は自分ではない、オルレアン公妃になっているメディチ家の娘、カトリーヌとやらに決まっているではないかと、そう反論したというではありませんか。

真偽のほどは知れません。皇帝ならぬ、誰か全く別な筋が流した、無責任なデマじゃなかったかとも考えています。ところが、信じたんですね、フランスの宮廷は。誰が最も得をするかなんて、例のごとくに論じたわけです。

確かに第一王子フランソワの早世で、第二王子オルレアン公アンリが、王太子に昇格しました。長男が亡くなれば、次男が後継ぎになる。それは、なんの問題もありません。

問題視されたのは私です。アンリの正式な妻ですから、私もオルレアン公妃から王太子妃になりました。これが気に入らなかったんですね、宮廷の皆さんは。「おみせ屋さんの娘」が王太子妃になる、ゆくゆくは王妃になる、とんでもない話だと、もともと眉を顰《ひそ》めていたんですね。

そこにカール五世の名指しです。飛びつかないわけがありません。強欲な町人出が、王太子妃たらん、王妃たらんと不届きな野心を抱いて、王太子フランソワを殺したのだ。なるほど、誰が最も得をするかといえば、あの卑しい半島出の女だ。世の底辺から世の頂点に駆け上がるというのだから、もう考えるまでもない──ですって。

あとは、まことしやかな状況証拠の積み重ねです。毒薬の本場はイタリアだ。モンテクウリもイタリア人だ。もとがカール五世に仕えた男だというが、わかるものか。カトリーヌ・ドゥ・メディシスが連れてきた取り巻きのひとりではないのか──と、こうです。

とんだ言いがかりもあったものですよ。私という人間はそれほどまで嫌われていた、ほとんど存在も認めがたかったと、そういうことなんでしょうが、にしたって、ねえ。酔漢が管を巻いているにせよ、もう少しはマシな絡み方をしますよ。

だって、ありえない話です。自分が王太子妃になる、ゆくゆくは王妃になるなんて、私にとっても、まさに驚天動地の出来事でしたからね。

それまでは考えたことすらなかった、というより、考えられなかった、仮に考えられたとしても考えたくなかったと、そんな感じでした。

当然ですよ。一五三三年に結婚して、さんざ身分違いを取り沙汰されましたから。しかも、すぐ三四年に叔父の教皇クレメンス七世に死なれてしまって、一フランの値打もない嫁に落ちていましたから。

悪口、陰口、誹謗《ひぼう》、中傷――もう十分ひどい目に遭わされていたんです。恵まれれば恵まれるほど、ひどくなるばかりなんだと、そのことは火をみるより明らかだったんです。

イタリアから持ちこんだ文化の力で、なんとか居場所を確保しなければならないと、それに無我夢中というか、必死になっていたころであれば、さらに王太子妃なんて、ほんと、考えられませんでしたよ。

けれど、弁解はしませんでした。ただ沈黙して堪えました。弁解すればするほど反感を買うばかりだったでしょうし、それに今度という今度は駄目かもしれないと、さしもの私もあきらめかけていました。

実際に離婚させよう、なんて動きもありましたしね。

もちろん、カトリックに離婚はありません。プロテスタントは離婚できるからと、それで新教に改宗する向きもあるくらいで、確かに離婚はないんですが、それでも「結婚の取り消し」という事実上の離婚はあるわけです。

これと認められる事情があれば、その結婚は間違いだった、はじめからなかったことにするという理屈ですね。それを教会が認めるかどうか、王侯の場合は教皇庁が認めるかどうかが、最大の難関ということになります。お坊様の胸三寸、つまりは賄賂の多寡で決まるところがあるわけですが、とにかく、カトリックでも夫婦は別れられるんです。

となれば、素早いものでしたよ、世の中なんて。花嫁候補なんか、すぐに選び出されてきました。そう、そう、しゃしゃり出てきたのは、あのときもギーズ家でしたね。ルイーズ・ドゥ・ギーズ――スコットランド王家に嫁いだマリー・ドゥ・ギーズの妹ですから、あのマリー・ステュアールの叔母ということになりますが、そのルイーズを新しい王太子妃にどうかなんて、おおっぴらに語り始めたものなんです。

私という女が、まだ宮廷に暮らしているにもかかわらず、ですよ。

ほんと、腹が立つ話です。いえ、そんな激しやすい質じゃないですし、誰かを恨むという質でもないんですが、このときばかりは私も憤慨してしまいました。

ええ、大人しく身を引こう、なんて思えません。ええ、ええ、私のような女にだって意地があるんだと、逆にみせつけたくなりました。

実際に許しませんでした。ルイーズ・ドゥ・ギーズと取り換えるだなんて真似は、断じてさせません。だから、頑張ったんですよ、私は。世の悪意と戦うために、必死になったんですよ、そのときも。

つまりは子供です。子供を産んだ女を追い出すとなると、これは容易な話じゃありませんからね。

一五四四年に長男フランソワ、四五年に長女エリザベート、四七年に次女クロード、四九年に次男ルイ、五〇年に三男シャルル、五一年に四男アンリ、五三年に三女マルグリット、五五年に五男エルキュール・フランソワ、五六年に双子で生まれた四女と五女ヴィクトワールとジャンヌ。と、これだけの王子王女を産んだ母親《マンマ》を、おっとっと、おまえとの結婚は間違いだったから、なんて追い出すことができますか？

ああ、そう、追い出すといえば、マリー・ステュアールは追い出します。ええ、家から追います。フランス王宮から出します。スコットランドに帰します。

少し惜しい気はしますよ。スコットランドを手放すことになりますからね。王族の誰かと再婚させられないわけじゃありませんし、誰よりマリーがね、フランスに留まりたいような素ぶりですから。けれど、やっぱり追い出します。ちょっと気になることもありますし。

反対する者はいないでしょう。もちろんギーズ兄弟は反対でしょうが、王妃の叔父でもなんでもない、ただ王家に仕える一貴族の言に左右される謂《いわ》れはありません。マリーだって文句はいわない、というか、いえないでしょう。子供を産んでないんだから。世継ぎとなるべき王子はおろか、王女ひとり拵えていないというのに、それでも婚家に居座りたいなんて……。

いくらなんでも冷たすぎる、ですって？　マリー・ステュアールも運が悪い？　不幸にも授からなかっただけなのに？

冗談じゃありませんよ。赤ん坊なんてね、知らないうちに授かるようなものじゃなくて、授かるように自ら努力するものなんです。

なにもしないで、ただボンヤリしていたくせに、全て不運のせいにする？　あげくが誰かのせいにして、しつこく恨む？　それこそ駄目な女の見本じゃないですか。

私だってね、簡単にマンマになれたわけじゃないんです。

義兄のフランソワが亡くなって、夫のアンリが王太子になると同時に王太子妃になって、そのときだって、まだマンマじゃなかったんです。

四桁の数字を比べてみてくださいな。義兄のフランソワが亡くなったのは一五三六年、息子のフランソワが生まれたのが一五四四年の話です。

それまで八年もの間、浅ましい町人の娘だの、恐ろしい人殺しだのと、ずっと陰口を叩かれ通しだったんです。さっさと離婚させてしまえと、ルイーズ・ドゥ・ギーズみたいな後釜まで探してこられて、それでも私は歯を喰《く》いしばったんです。

ええ、マンマになるために、そりゃあ、もう、必死の努力を続けました。

ルッジエーリ兄弟というのが、います。コジモとロレンツォの両翁のことで、専ら占星術師とか、錬金術師とかいわれていますが、二人とも本業は医者です。元がメディチ家の侍医で、こちらの場合は本当の話として、私がフランスに嫁ぐときイタリアから同道させていたのです。

黒王妃は地下室の暗がりで何をやっているか知れたものではない、なんて今も触れまわる輩がいますが、不気味だの不穏だのといわれ始めたのも、このあたりが最初でしょうね。ええ、つまりはルッジエーリ兄弟に薬を調合させたんです。

それまた、あらぬ噂を招いてしまったわけですが、もちろん、人殺しの毒薬なんかじゃありませんよ。強壮剤だったり、催淫剤だったり、つまりは妊娠しやすくなるような薬です。ひとに飲ませるんじゃなくて、自分が飲むための薬です。

チョウセンアザミ、エシャロット、カボチャウリ、セロリ、キノコ各種、ソラマメ各種、タマネギ各種——蒸留器《レトルト》で調合して、きちんと薬にする場合もありました。食事療法の一環として、料理に取りこむこともありました。ジェラートなんかも出されましたが、このときまでフランスには、この手の氷菓子がなかったようですね。

やはり私の食卓をきっかけに、爆発的に流行していくわけですが、おかげでルッジエーリ兄弟の名前は、この国では「アイスクリームの父」として知られたりもしています。占星術師ルッジエーリ兄弟とは別だと思っている節もありますが、とにかく、それもこれも私の不妊が発端だったわけなんです。

ルッジエーリ兄弟だけでなく、できるかぎり広く医者も集めました。

薬、食事、日々の運動から、特別な体操、果ては乾いたミミズ、砕いた鹿の角、牛の糞《ふん》、ツルニチニチソウの粉末、雌馬の乳を混ぜたものを、湿布にして腹部に貼るといったような療法にいたるまで、なんだって試してみたんです。

甲斐《かい》あって、とうとう手に入れました。代えがたい宝物——ええ、フランソワのことです。愛しいフランソワ……。私の守護天使フランソワ。本当に宝物でした……。病弱であればあるほど、かたときも手放せない宝物……。

その息子が死んだんですもの、そりゃあ、泣きますよ。涙が溢れて溢れて、真実とまらないほどですよ。その息子の死を願うだなんて、母親の心情として、ありえない話です。それを殺したかのようにいうなんて、あの小娘ときたら……。

本当に腹が立つ。マリー・ステュアール、ぶってあげるから、ちょっと来なさい。すいません、取り乱して。まあ、ぶつのはやめておきます。マリーも泣いていましたからね。もっとも、なにが悲しかったのか、あやしいものではありますがね。どうしてって、ギーズ兄弟だって恐らくは泣いたはずですからね。

権力の座から転落したことが、無念で堪らないというわけです。マリー・ステュアールだって、王妃でなくなった自分が可哀相になって泣いたんです。ええ、玉座にしがみつこうとする、あの凄《すさ》まじいまでの執念ときたら……。

あの嫁は開頭手術に固執しましたでしょう。己の天下が続く望みがあるかぎり、病気の夫の苦しみが長引くくらいは屁でもないと、そういう論法なんですよ。生きてくれさえすれば、後遺症が残ろうと構わない、脳味噌《のうみそ》が欠けて、なにも考えられなくなれば、もっけの幸いで今以上の勝手ができると、そうまで算盤《そろばん》を弾いたかもしれません。

ああ、恐ろしい。ほんと、恐ろしいわ、今どきの娘ときたら。だから、幸運も逃げていくのかもしれませんね。神さまだってね、罰当たりな女なんか助けたくありませんよ。助けてあげたくなるというのは、真面目に頑張る女に決まってるんですよ。

ええ、ええ、私は幸運でした。マリー・ステュアールみたいに、夫に早死にされたわけじゃありませんから。

孤軍奮闘というわけでもなくて、あれこれ手を尽くしてくれる味方もいました。

ええ、同性の味方です。もちろん両刃《もろは》の剣で、男みたいに一筋縄じゃいきません。

それでも使える女は、さしあたり、うまく使っておかないと。

6 ✦ できるだろう、おまえのような女なら

フランソワ二世が死んだ、その十二月五日の夜の話である。

オルレアン公シャルルは、兄王が崩御した瞬間から、新しいフランス王シャルル九世となった。子供心にも感じるところがあったのか、興奮でなかなか寝つかれない幼王を無理にも寝かしつけてしまうと、黒王妃カトリーヌはひとり隣室へと逃れた。

まっすぐに向かったのが、据え付けの書几《しょき》だった。

ペンたてからインク壺《つぼ》から、文鎮から便箋の束から、印璽から蠟棒《ろうぼう》から、あげくが斜めの位置に整えられた燭台《しょくだい》にいたるまで、卓上の全ては几帳面なまでに整理整頓されていた。

精鋭から成る近衛隊《このえたい》の整列さえ彷彿《ほうふつ》とさせながら、それらは主人の着座を待ちかねて、常に身構えているようにもみえた。

実際のところ、黒王妃カトリーヌは筆まめだった。オルレアン滞在中にも書かなければならない用事はあり、その書几にも頻々《ひんぴん》と組みついていた。

とはいえ、これまでは専ら私用だった。スペイン王妃となった娘エリザベートへの手

紙、サヴォイア公妃となった義妹マルグリットへの手紙、フィレンツェの仕立屋への手紙、パリの調香師への手紙といった感じの、ごくごく個人的な用向きばかりだ。

名医アンブロワーズ・パレを呼び出す手紙を書いたあたりから、それでは済まない予感があった。フランソワ二世に死なれた当夜であれば、なおさら私用ではありえなかった。

フランソワ二世の死に関係なく、オルレアン全国三部会は始まる。今さら中止にはできない。すでに議員は王国津々浦々から集まりつつあるからだ。

でなくとも、事態は切迫している。新教と旧教の対立は、もはや一刻も先延ばしできない。この難題を解かなければならないうえに、当初予定していなかった議題さえ、新たに加わるかもしれないのだ。フランソワ二世の崩御で、宮廷も変わるからだ。

ギーズ兄弟は沈んだ。なお有力者ではあったが、ただの有力者ならギーズ兄弟だけではなかった。

明日になり、王の崩御が公表されれば、モンモランシー大元帥、コリニィ提督の一派は、まず間違いなく動き出す。我らこそ王家の譜代筆頭と、一気の復権を狙わないともかぎらない。が、それなら神経を尖らせるまでもなかった。

新教、旧教、いずれかに与《くみ》する党派でないからだ。仮に専横を振るわれても、今以上に事態を拗《こじ》れさせる心配はないからだ。

しかしながら、再び有力者というならば、かかる中立派ばかりが残るわけでもない。

「で、どうなんだい、ナヴァール王は」

と、黒王妃は尋ねた。

書几を挟んだ向こう側には、確かに人影が控えていた。暗がりから歩を進めて、燭台の火が床に広げる橙《だいだい》色の輪に入ると、やけに白いような印象だった。今にも消え入りそうに儚《はかな》げでもあるからには、もう間違いがなかった。

女である。装いの黄色は確かに白みが強かったが、それにも増して、ぼんやりと白いものが、その総身を包んでいるようにみえる。

あるいは白蠟のような肌の白さが、その輝きで周囲を煙《けぶ》らせているのか。それとも完璧な均衡が取られた造形が、あるべき人間の理想を具現したがゆえに、イタリアの芸術家が不滅の画布に表現した女神さながらの後光を、そのいつか朽《く》ち果てるべき肉体にまで帯びさせてしまったのか。

絶世の美女——透ける薄絹を一枚きり肩からかけて、大きく開いた襟ぐりを隠すほどに煽情《せんじょう》的でありながら、女を売るような嫌らしさに堕《お》ちることなく、なおも香気を保ち続けているからには、やはり絶世の美女といえる。

その女は名前をルイーズ・ドゥ・ラ・ベロディエールといった。

ルーエ卿の娘であることから、普段は「美しきルーエ《ラ・ベル・ルーエ》」で通っていたが、どちらで呼びかけるにせよ、黒王妃に仕える女官集団、いうところの「遊撃騎兵隊《エスカドロン・ヴォラン》」のひとりである。

大仰な名前がつくのは、それが三百人を数える大所帯だったからだ。黒王妃カトリーヌは別して望んで、その数まで女官を増やしたのだ。

王妃の頃は八十人にすぎなかった。一線を退いた王母に仕える組織としては、破格の規模といってよい。であるからには、ただ数が多いだけではありえない。「遊撃騎兵隊」の異名は伊達ではない。

実際、ラ・ベル・ルーエは言葉に詰まる様子もなかった。

「コンデ様のことで、感情を乱しておられました」

新教派の指導者、アンボワーズ事件の黒幕として逮捕されたコンデ公ルイ・ドゥ・ブルボンは、ナヴァール王アントワーヌ・ドゥ・ブルボンの実弟である。ブルボン兄弟こそはフランスの政治を左右する、もう一方の極なのである。

その動静は常に探らなければならない。ラ・ベル・ルーエは、そのために放たれた女だった。カトリーヌ・ドゥ・メディシスの侍女たちは、一種の密偵集団でもあった。

黒王妃は問いを続けた。

「怒っていたかい」

「お怒りといえば、お怒りでいらっしゃいますが、怯《おび》える様子もおみせになっておられます」

「次は自分の番だと、今も心配しているかい」

にっこりと微笑みながら、ラ・ベル・ルーエは頷いた。黒王妃は素気ない。

「媚態《びたい》なら私には必要ないよ」

アントワーヌ・ドゥ・ブルボンであるが、コンデ公が逮捕された十一月当初であれば、わざわざ探るまでもなかった。

フランス王家の宥和政策は嘘《うそ》だ。新教派の弾圧が開始される。ナヴァール王国ならびに南フランスの家領が、プロテスタントの聖域と化しつつあるからには、その主である自分が無傷で済むはずがない。そう考えて、ナヴァール王は震え上がっていたはずなのだ。

ところが、国璽尚書ロピタルの抵抗で、コンデ公の裁判は進まなかった。フランソワ二世の病気で、膠着《こうちゃく》状態はさらに続いた。ナヴァール王の不安も霧散しつつあるのではないか、弟の不当逮捕に怒り、かえって攻勢に転じる気分のほうが強くなっているのでないかと、それが黒王妃の質問の意味だった。

意を受けて、探索していたラ・ベル・ルーエであれば、話の筋を違えることもなかった。

「改宗の話にも耳をお貸しになられます」

「要の工作とても、まだ望みありなんだね」

「コンデ様のことにも増して、スペイン王の出方が気になる御様子です」

スペイン王というが、「カスティーリャ、アラゴン、ポルトガル、ならびにナバラの王」というのが正式な称号である。ヒスパニアの四王国を統合したことで、スペイン王と通称されているわけだが、問題が最後の「ナバラ」だった。

ピレネ山脈を跨いで、その南北に広がる王国ナバラ――フランス語にいう「ナヴァール」の継承は、実は半世紀来の係争事項だった。

あちらのハプスブルク家とこちらのアルブレ家が、ともに王位を主張して譲らず、ならばと武力闘争に進んだあげくに生まれたのが、ピレネの南側はスペイン王家に、北側はアルブレ・ブルボン家に、それぞれ領有されているという現況だった。

いうまでもなく、双方ともに残りのナバラ、あるいはナヴァールを征服したい。わけてもスペイン王フェリペ二世は意欲的だった。「ナヴァール」が新教の牙城と化したなら、これ幸いとカトリックの大義を掲げて、その征服を一気に成し遂げようというのだ。

いざ軍を動かされれば、こちらのアントワーヌ・ドゥ・ブルボンに勝ち目はなかった。「ナヴァール王」の後ろ盾となってきたのが、いうまでもなくフランス王家だったが、これが今や苦境に立たされて、支援の余裕もないと来る。好機到来と、スペイン王を意欲的にした一因になってさえいる。

黒王妃は続けた。

「軍事介入の口実を与えてはならない、カトリックに改宗すれば、ひとまず領国は安泰になると、その理は呑《の》みこんでくれたというわけだね」

「ええ、女王のことは構わないと」

ナヴァール女王ジャンヌ・ダルブレのことである。

実のところ、ナヴァール王アントワーヌ自身は熱烈なプロテスタントというわけではなかった。新教に帰依したのは、妻のジャンヌに強く勧められたからにすぎない。

いや、弟の働きかけもないではないが、そのコンデ公の妻がエレオノール・ドゥ・ロワイエといい、これがまた熱心なプロテスタントで、しかもジャンヌ・ダルブレの親友なのだ。残るアントワーヌにすれば、カトリックから改宗しなければ居場所もなくなる。もとより、アントワーヌ・ドゥ・ブルボンの立場は弱かった。

向こうのジャンヌは、ナヴァール王アンリ・ダルブレとフランス王女マルグリット・ドゥ・ヴァロワの一人娘、いってみれば生まれながらの女王である。対するに、こちらはヴァンドーム伯家の総領息子にすぎない。ブルボン家の末流として、確かに血筋は高貴だったが、その内実をいうならば、大した領地も持たない貧乏家門なのだ。

今や広大な領国の主だといいながら、所詮は入り婿の立場である。妻の許しなしには、なにひとつ自由にならない。が、男としての体面から、そうはいえない。わけても美しい女の前では吐き出せない。

「あんな頭でっかちな女に任せて、みすみす王国を滅ぼすような真似はしたくないと、そういう仰《おつしや》りようであられました」

そう続けたラ・ベル・ルーエは、見る者の心が思わず和むような、愛らしい微笑を頬に湛《たた》えていた。また、だ。媚態の表情は、とっくに癖になっているのだろう。それで無表情と変わらないのだろう。

黒王妃カトリーヌは溜《た》め息《いき》と一緒に受けた。

「そう、それで女王のことは構わないとね。正しい奥方の存念は、どうでもいいとね。結婚している男は、大体そういうらしいね」

「らしい、と仰られますのは？」

「自分で聞いたことはないからね」

ラ・ベル・ルーエは再びの笑みだった。とりたてて意味などないが、きっかけに黒王妃は急にぶっきらぼうになった。

「まあ、とにかくだよ。それなら、ルーエ、おまえ、ナヴァール王と寝なさい」

「えっ」

「焦《じ》らすのは十分、もうヤラせてあげなさいと、そう命令したんだよ」

カトリーヌ・ドゥ・メディシスの侍女たちは、そういう攻撃も仕掛ける。いや、そういう攻撃こそ十八番なのだという意味で、「遊撃騎兵隊」の名前がある。

ところが、刹那にラ・ベル・ルーエの愛らしい笑みが固まった。

「恐れながら、それは、いつ、なのでございますか」

「今夜だよ」

「そんな、いきなり……」

「愚図愚図している暇はないんだ。もう明日じゃ手遅れなんだ」

「そう申されましても……」

「できないっていうのかい」

「とは申しませんが……」

「ああ、できるだろう、おまえのような女なら」

今度のラ・ベル・ルーエは目を釣り上げ、一瞬ながら醜いくらいの形相を垣間《かいま》みせた。

「恐れながら、王母陛下、意味を忖度《そんたく》しかねました」

「だったら聞くが、ルーエ、おまえ、識《し》ってる男は何人になるね」

「………」

「もちろん処女じゃない。亭主ひとりしか識らないって玉でもない。一人より多いなら、あとは何人と寝たって変わらないじゃないか」

「………」

「さあ、お行きなさい。いや、待って」

いいながら、追い払うような真似までしたのだが、そこで手ぶりを改めて、黒王妃は今や泣き出さんばかりの侍女を引き止めた。

「男にすれば、いくらかギコチないのも悪くないんだろうけどね」

黒王妃は羽根ペンに手を伸ばした。さらさらと紙面に走らせ、書几に就いていた甲斐があったといわんばかりに手際よく仕上げると、二つ折りにしてラ・ベル・ルーエに差し出した。

「ルネもオルレアンに来てる。あの調香師のところで、薬を出してもらいなさい」

「薬と仰いますのは」

「嫌じゃなくなる薬だよ。私としても、失敗はされたくないからね」

ラ・ベル・ルーエは手紙を受けとった。いくらか顔が晴れたと思うや、もう直後には魅力的な微笑が取り戻されていた。

「ナヴァール王を改宗させればよいのですね」

「ううん、いや、改宗はもう少し先でいいよ。さしあたりは、そうだね、これくらいに因果を含めるのがいい。つまり、ね。改宗が難しいのなら、せめてカトリックを刺激するような振る舞いはなされませんよう――とね」

ラ・ベル・ルーエは御意と応じた。二本の指で左右の裾布を少し摘み、そうすることで作法通りに辞儀を済ますと、踵を返す仕種《しぐさ》は軽やかでさえあった。

が、それも途中で思い返し、今にして思い出したような顔になりながら、黒王妃に尋ねてきた。粗相でも取り繕おうとするかのように、いくらか慌て気味でもあった。

「恐れながら、フランソワ陛下の御容体は」

まだ知らなくて、当然だった。いや、知らないほうが、好都合という話もある。

「おまえが心配する話じゃないよ」

そうやって、黒王妃カトリーヌは片づけた。

7 大袈裟にする気はありません

十二月八日、ラ・ロッシュ・スゥール・ヨン大公シャルル・ドゥ・ブルボンは、オルレアンを代表する大伽藍《だいがらん》、サント・クロワ大聖堂に鉛の小箱を安置した。五日に崩御したフランソワ二世の心臓を詰めた小箱で、仮の葬儀にあたる手続きだった。

フランス王ともなれば、本葬は簡単には挙げられない。

王家の伝統により、場所からしてパリ北方の都市サン・ドニと決まっていた。サン・ドニ大修道院付属教会の門前町だからだ。堂内に歴代の王の遺体を安置する、そのゴシック様式の大聖堂こそ、フランス王家の菩提寺《ぼだいじ》に他ならないのだ。

「故王陛下の遺体には、すでに防腐処置が施されています。サン・ドニ出発の予定は今のところ、十二月二十三日としております」

そう始めたのは、黒王妃カトリーヌ・ドゥ・メディシスだった。

「で、こたび即位なされたシャルル九世陛下です」

かたわらには確かに十歳の少年が座していた。

面長で、すっきりした顔立ちが、さほど子供らしさを感じさせない半面で、血が足りないのではないかと思わせる青白い頬と、忙《せわ》しなく爪を噛《か》む神経質そうな仕種が、その年齢にしても頼りない、ときとして幼い印象にさえなっていた。

母親に伴われないでは、なるほど着座するのも容易であるまいと、周囲は納得するしかなかった。十二月二十一日、オルレアン市内の居館で催されていたのは、フランスという国の進路を決める最高意思決定機関、国王枢密顧問会議だった。

国王顧問の資格で席を占めていたのは、国璽尚書ロピタル、サン・タンドレ元帥、ブリサック元帥、トゥールノン枢機卿、そしてギーズ兄弟とナヴァール王だった。

「まだ幼年であらせられます」

そう話を転じながら、黒王妃が発表するのは、新しい治世の摂政《レジャン》なのだと思われた。

古のシャルル五世王が定めた典範により、フランス王の成年は十四歳とされていた。未《いま》だ十歳のシャルル九世には、はじめから親政はありえなかった。

王の名において統治を代行する人間、いうところの摂政を決めなくてはならない。が、その摂政の位に就くのは誰か。

通例からいえば、成年に達した王族男子のうち最も近く王に準ずる人間、いいかえれば王室典範に基づいた数え上げで最上位を占める、王位継承権者ということになる。

いかな譜代も届かない。モンモランシー大元帥、コリニィ提督の一派が姿をみせないというのも、はじめから関係なかったからだ。

摂政は王族——それも大抵の場合は故王の弟になるが、今回は当て嵌《は》まらなかった。幼王の叔父という線で探しても、シャルル九世の父王アンリ二世には確かに弟がいたのだが、そのオルレアン公シャルル叔父もすでに鬼籍に入って久しい。

王族一般にまで広げて、さらに系図を辿り辿りしていくと、筆頭の有資格者として名前が挙がるのが、ナヴァール王アントワーヌ・ドゥ・ブルボンだった。

異論が出る余地はなかった。全国三部会に出席を請われて、折しも参内中であり、わざわざ呼び寄せる手間もいらない。ゆえにフランソワ二世の死を受けた六日の朝には、王印の管理を委ねられた。暫定的な措置であるとはいえ、すでに事実上の摂政だった。

「したがって、向後は母である私が陛下の御名において、このフランスを統治いたします」

と、黒王妃は続けた。枢密顧問会議の顔ぶれのなかには、目を瞬《しばたた》かせる者が相次いだ。聞き違いではなかったろうかと、自分の耳を疑わないではいられなかったからだ。

幼王の母が摂政の任に就く——ない話ではなかった。

十三世紀の名君ルイ九世の幼年時代にも、その母親ブランシュ・ドゥ・カスティーユが摂政を務めた。元がカスティーリャ王家のブランカ姫、つまりはスペイン人であれば、外国人が除外されるわけでもない。フランス王の結婚であれば、ほとんどの王妃は外交の都合で輿入《こしい》れした外国人なのだ。

「しかし……」

そう短く呻《うめ》いたあと、ナヴァール王アントワーヌは慌てて何かを呑みこんだ。しかし、平民が摂政の位に就いた例はないと、それくらいの言葉が喉まで出ていたかもしれない。しかも女ではないかと。それもイタリアの女ではないかと。半島出の人間がフランスを治めるなど、これまた前例がない話だと。

あるいは単純に、驚きで言葉が続かなかったのか。あれこれ理屈を述べ立てる以前に、意外な成り行きではあった。ナヴァール王アントワーヌならずとも驚く。というのは、その宣言が黒王妃の口から飛び出していたからだった。

カトリーヌ・ドゥ・メディシスは自分の分を弁《わきま》えた、地味で、控え目な女だったはずだ。夫アンリ二世の御世では無論のこと、フランソワ二世の御世においても、息子に請われて顧問会議に定席を占めたとはいえ、私が、私がと前に出てくる風ではなかった。

「ですから、筆頭王族として申し上げます。王母陛下が病に伏されたときは、この私に摂政権の代行を委ねられたい」

ナヴァール王アントワーヌは、ようやく言葉を続けることができた。不満ゆえか、驚きのせいなのか、とっさに上手な理屈は拵えられなかったのだろうが、それにしても拙《まず》かった。

「と申されるのはナヴァール王、この私に病気になれとでも」

「いえ、そ、そうは決して……」

失笑が洩れ聞こえたとすれば、ギーズ兄弟に違いなかった。権力の座から滑り落ちたばかりの人間であれば、権力の座が約束されたと思われていた人間が、そこに上ることさえできない様こそ痛快である。のみならず、そこに一縷《いちる》の望みも拓《ひら》ける。

もとより摂政でないながら、ギーズ公フランソワは国王総代官ではあった。その地位を保持したい、形ばかり摂政の下に入ることになったとしても、その実質的な権限は手放したくない。そう念じて、呼ばれもしない顧問会議に無理にも割りこんでみれば、妬ましかった政敵は摂政になることさえできないというのだ。

笑みにならずにいられない。が、そうしたギーズ兄弟の相貌も、直後には硬直した。黒王妃がこう続けたからだった。

「ナヴァール王、貴殿には国王総代官の職に就いていただきたい」

従前ギーズ公フランソワが占めた地位である。耳にするや、ナヴァール王アントワーヌは少し落ち着いた様子だった。

「そうですか。そういうことでございますか。小生が国王総代官に就く。摂政の任に就かれた王母陛下のもとで……」

「誰が摂政になるといいましたか」

「えっ」

「大袈裟にする気はありません。高等法院に異議を差し挟まれても詰まりませんし。それに摂政などと大仰な称号を用いれば、あの卑しいイタリア女めがと反感を買うこと、もう目にみえていますもの」

「い、いえ、そのようなことは……」

「とにかく、私は統治担当《グーヴェルナント》で構いません。つまりはナヴァール王、国王総代官となる貴殿と私とで権力を分有する、いわば共同統治の形にしようというのです」

「共同統治と仰られるのは」

「息子王のかたわらで、私は手紙の管理だけ請け負わせていただきます。フランス王に宛てられた手紙、国の内外を問わず、陛下に届けられた手紙を開封し、読ませていただく。認可関係の文書なら、王が署名する前に内容を確認させていただく。あと、王が送る返書にも私の副署を添える。と、まあ、それくらいのものでしょうかね」

「はあ」

「所詮は女ですもの、謀反を取り締まることも、軍隊を率いることもかないません。ですから、共同統治なのです。貴殿は国王総代官、いうなれば実効支配の要ですから、州総督ならびに国境要害の守備隊長から来た手紙は、急ぎ貴殿のところに回します」

「それは、ええ、しかと承ります。しかし……」

そう続けて、ナヴァール王は再び言いよどんだ。

判断しかねて、無理もなかった。揺れるのは、当然だった。

権力分有、共同統治、これは悪い話ではない。黒王妃も、予想通りだ。統治担当に留まり、大それた大権を要求するわけではない。やはり、地味だ。やはり、控え目だ。かたわら、国王総代官のほうはギーズ公が占めていたポストであり、いいかえればギーズ公が振るっていた権力を、そのままではないとしても、あらかた手にできるという地位だ。

ギーズ兄弟追放の鍵と期待されているなら、なるほど、それくらいは約束されて然るべきだ。でなくとも、ギーズ公フランソワの口惜《くや》しげな顔をみているだけで痛快だ。

そんなこんなを脳裏によぎらせ、確かに悪い話ではないと思ったはずだが、しかしと即答を思い留まるのだから、ナヴァール王とて然《さ》るものだった。

うまく騙されているのではないかと、そうも自問しないでいられないのだ。

「ときにナヴァール王、シャルル陛下の王印を返していただけますか」

そう黒王妃に続けられ、ナヴァール王はハッとした顔になった。

直後の目に僅かな濁りが泳いだ。動いたのは、屈辱感だったかもしれない。

ナヴァール王の心の疼《うず》きとしては、こうだ。馬鹿にするな。おまえが慎ましいのは、わかる。が、この俺まで慎ましくする理由はない。すでに事実上の摂政なのだ。その地位に異を唱える者もなかったのだ。国王総代官で妥協する謂れはない。正しい筆頭王族として、堂々と摂政権を要求してよい。

黒王妃のほうはといえば淡々として、わざと挑発しているのかと思わせるほどだった。

「できれば、ナヴァール王、摂政権を正式に放棄する旨も、一筆認《したた》めていただきたく」

「どうしてです、王母陛下」

「後で揉《も》めたくないからです。高等法院に突かれたくありませんし、それに全国三部会が開催中ですから、そちらの議場でも説明しなければなりません」

「それを小生が拒否したら……」

「………」

「あくまで仮定の話ですが、我こそ摂政なりと、小生が高等法院に直訴し、また全国三部会に協賛を求めたならば、そのとき王母陛下は全体どうなされるおつもりか」

「そりゃあ、あきらめるしかないでしょう」

「あ、あきらめるのですか」

「ええ、他に仕方ありません。あきらめて、自分の城に下がります。ええ、息子王もおいていきます。そのとき私が同道させるのは、ええ、ええ、ほんの三百人の侍女たちばかりになるでしょうね」

「………」

ナヴァール王アントワーヌ・ドゥ・ブルボンは国王総代官に就任した。かたわら、王印を幼王シャルル九世に返還し、また念書によって摂政の位を正式に放棄した。カトリーヌ・ドゥ・メディシスの慎ましやかな要求は、これをあえて退けたりはしなかった。


………

ええ、やってくれましたよ、ラ・ベル・ルーエは。

まず可愛らしく微笑みかけ、それから舌足らずに仄めかし。男の浮気心が誘われたなら、かわし、焦らし。さんざもったいつけたあげく、とうとう許したとなっても、簡単には飽きさせない。

そりゃあ、移ろいやすい人の心の話ですから、絶対なんて判子は押せません。ええ、武器が女の身体ですから、即物的というんでしょうか、あるいは捨てられない玩具はないと警告を発するべきなのかもしれませんが、とにかく所詮は底が浅いものなんです。決定的に男を虜にしたりなんかできないんです。

それでも認めざるをえないところ、最初の二週間というのは効きますね。床《とこ》の関係になってから、それくらいの間にかぎるなら、もう絶対といえるくらいの威力を振います。

男の立場を斟酌《しんしゃく》していうならば、その女のことしか頭にない、もう他のことは考えられない、なにをしているときも、下腹がジンジンしている、なにをみているときも、目の前におっぱいがチラついて仕方がないと、それくらいまで執着してしまうんですね。

あらためて、ぎりぎりの博打《ばくち》でした。フランソワ二世の崩御が公になってからでは、さすがのナヴァール王も警戒したに違いありません。ですから、当夜のうちの十二月五日が、まさしく賭けどきであり、勝負どきだったんです。

ナヴァール王も六日には後悔したかもしれません。けれど、もう後の祭りです。いっぺん抱いてしまったら、もっともっとと目の色を変えながら、その女の細く括《くび》れた腰のあたりを、強く強く抱きよせないではいられないわけで——。

みたことか、そろそろ二週間だからと、枢密顧問会議を開いてみれば、案の定で見事な腑抜《ふぬ》けの出来上がりになっていました。

だってナヴァール王ときたら、ラ・ベル・ルーエを連れていなくなるよと、ちょっと脅しをかけただけで、もう摂政の大権を放り出しましたからね。国王総代官として宮廷に留まり、与えられた部屋でしっぽりやるが利口だと、ほとんど迷いもしなかったというんですからね。

ええ、ラ・ベル・ルーエ、おまえを褒めてつかわします。ブラボ、ブラボ、ブラボ。

それにしてもフランス女というのは、本当に得意ですね、こういうことが。

いっては悪いけれど、私のようなイタリア生まれの女からすると、もう、みんな、商売女じゃないかと思うときがあるほどです。

というのも、半島の感覚じゃあ、女にとって男というのは、正式な夫ひとりなんですね。その夫の子供を産んだら、あとは、ひたすらマンマとして生きる——口惜しくも処女懐胎とはいかないわけですが、それでも女の手本は聖母マリアと、相場が決まっているものなんです。

いいえ、フランスにだって、尋常な女は沢山いますよ。ひるがえってイタリアにも、ふしだらな女はいます。けれど、ね、そういう女は軽蔑されざるをえないんです。つまりは日蔭者《ひかげもの》にならざるをえないんです。それが、どうです、フランスと来た日には。お天道さまの下を堂々と歩いているじゃないですか、その日蔭者の類が。

フランスに嫁いできたときは、もう、びっくりしてしまいました。

というより、最初は意味がわかりませんでした。エタンプ公爵夫人アンヌ・ドゥ・ピスルーという方がいて、舅《しゅうと》のフランソワ一世王といつも一緒におられるんですね。ところが、王妃というわけではない。王女のひとりというのでもない。

あるとき、あのエタンプ夫人というのは、どういう方なのですかと聞いてみました。こちらとしては恐る恐るで、それこそ勇気を振りしぼって質問したわけですが、答えた方はあっけないものでした。

「ああ、あの方は寵姫《メトレス》ですよ」

なおピンときません。イタリア語に直せば、マエストラになるわけで、お針かなにかのお師匠さんかなとも思いましたが、やっぱりエタンプ夫人には、手仕事なんかに励んでいる様子がないと。

そうすると、親切な方がいて、教えてくれたじゃありませんか。王の正式な愛人のことを「寵姫」と呼ぶのだと。陛下とか、猊下とか、閣下とか、あるいは大臣とか、将軍とか、大使とか、そういう敬称の一種と考えればよいのだと。

なお釈然としません。だって、正式な愛人なんて、そもそもありえないじゃないですか。日蔭者に晴れの敬称というのは、明らかに矛盾なわけじゃないですか。

けれど、その矛盾が罷《まか》り通る。妃《きさき》は政治で娶《めと》るもの、寵姫は恋で契るものと、その使い分けがフランス流というか、この国の常識だったんです。

いいえ、不道徳と責めるつもりはありませんよ。私自身はイタリア生まれなものだから、そんな風にはなりたくないというか、どうにも抵抗感が拭えないというか、心の底ではやっぱり軽蔑してしまうというか、とにかく割り切ることができません。けれど、ひとのことまで、とやかくいうつもりもないんです。

ええ、本人が平気なら、それはそれで構わないのじゃなくて。私のところの侍女たちだって、ラ・ベル・ルーエだけじゃなくて、みんな気にしてませんからね。

理に適《かな》っている面もあります。イングランド王ヘンリー八世じゃありませんが、あんな風に浮気するたび、離婚して、再婚して、前の妻を殺して、子供は投獄して、また浮気して、今度は離婚が認められなくて、ローマ教皇と喧嘩《けんか》して、それならばと新教に改宗してと、いちいち大騒ぎされてしまうんじゃあ、民草《たみくさ》としても堪らないわけですからね。

男が浮気するものならば、それを認めてかかるというのも、ひとつの手ではあるんです。私の「遊撃騎兵隊」だって、それで成り立っています。ただ成り立ってしまうくらい、滅法誘惑に弱いことは事実ですね、フランス男という手合いは。

そりゃあ、もう、面白いくらいに転びます。やはり常識が違うということでしょうが、こんなことしちゃいけないとか、これは不倫の振る舞いだとか、あるいは愛する妻に申し訳ないとか、自分の手綱を引くような言葉なんか、チラとも思い浮かばないようなんです。

これを利用しない手はないと、ラ・ベル・ルーエよろしくの美女ばかり選《よ》りすぐって、三百人も抱えることになっていますが、ただ私も女ですからね。複雑な気持ちになることもあります。正式な妻には、やっぱり、ひどい話ですからね。

ナヴァール王の一件にせよ、奥方のジャンヌ様がお気の毒でなりません。私がいうのもなんですが、心からの同情を禁じえません。

フランソワ一世陛下の姉上、嫁いできた私を可愛がってくださったマルグリット・ドゥ・ヴァロワ様の一人娘でもあられますからね、ジャンヌ・ダルブレ様は。私の亡き夫アンリからみても、従姉妹《いとこ》にあたるわけですからね。

不愉快な思いなど、できれば味わわせたくありません。ただ、さすが新教に帰依しただけあるというか、一徹な信仰で周囲を圧するような猛女だというか、政治的には手強《てごわ》い相手といわざるをえないんです。それこそ、ニヤけた男の比じゃないんです。

唯一の弱みを突くしかありませんでした。ええ、つまりは、そのニヤけた男、夫君のナヴァール王のことです。こちらはといえば、元から優柔不断で知られる人物でしたからね。

かてて加えて、プロテスタントといえば、禁欲の教えなわけです。修道士にも結婚しろという割に、結婚している夫婦だから際限なくて良いわけじゃないとも説く。是非は措くとして、この教えに忠実なわけです、ジャンヌ・ダルブレ様は。

もともと潔癖なところもおありだったと聞きますし、そうなると、ナヴァール王のほうはね。欲求不満になるわけです、どうしても。それでも男であるというだけで、権力は与えられてしまうわけです。

もう狙い撃ちしてほしいといわんばかりですから、なんというか、ごめんなさいね、予定通りに撃ち落とさせていただきました。けれど、ええ、やはり後味が悪いものです。

繰り返しになりますが、ジャンヌ・ダルブレ様がお気の毒でなりません。あんな男――と仮に見下げていたとしても、妻としては屈辱を覚えずにいられないわけですからね。

わかりました、わかりました。私も白状いたします。フランスに嫁いできた女ですからね。私も嫌な思いはさせられています。

ええ、はっきりいいます。私の夫にも愛人がおりました。夫がフランスの王に即位してからは、その女も寵姫なんて呼ばれて、たいそう大きな顔をしていたものです。

仕方ありませんよね。そういうものなんだと、私だって特に騒いだりしませんでした。

それでも、ね。やっぱり悔しいものでしたよ。自分こそ正式な妻なんだと、そういう思いが疼かない日はないくらいでね。

業腹なのは、ずっと騙されていたことです。その女は私がフランスに輿入れしたその日には、もう夫のそばにいました。私としては当然、おかしいなあと思いますね。そのときもひとに聞きました。あの白と黒のドレスをお召しの、お美しいご婦人は誰なのですかと。

「ディアーヌ・ドゥ・ポワティエ様です」

どういう方なのですかと続けると、元がドーフィネの名門貴族ポワティエ家の令嬢で、ノルマンディ大奉行ルイ・ドゥ・ブレゼ殿に嫁いだものの、歳《とし》の離れた夫には早々に死なれてしまい、今は未亡人なのだと。

「カトリーヌ様の遠縁でもあられますよ」

一応は愛想で返しましたが、そんなこと、どうだって構いません。私が聞きたいのは、ひとつ。夫のアンリとどういう関係なのかと、その一点だけなわけです。

そうすると、あの心優しい答えには、今も感心させられますね。

「母親がわりとでも申しますか」

納得できない話じゃありませんでした。夫の母君はフランス王ルイ十二世の王女、クロード・ドゥ・フランスという方でしたが、こちらは早くに亡くなられていたんですね。

残された王子に乳母《うば》がつけられる、そのまま身のまわりの世話を焼かせるというのは、別段おかしな話じゃありません。ええ、ええ、私の耳には、むしろ自然に聞こえました。

というのも、ディアーヌ・ドゥ・ポワティエは、当時で三十四歳だったんです。つまりは私たち夫婦より、歳が二十も上なんです。

普通に考えれば、これは「母親がわり」でしょう。

というか、その時点では実際に「母親がわり」でしかありませんでした。騙されるのは無理もないと、かつての自分に同情することもありますが、それだけに悔しくてならないときもあります。

だから、フランスに嫁いで、冷たく遇されて、私は頑張ったんです。

とにかく気に入られようと、ディアーヌ・ドゥ・ポワティエにも愛想を振り撒《ま》きました。それこそ実質的な姑なんだというくらいの気持ちで接して、忠告されれば素直に耳を傾けましたし、こちらから頭を低くして、お伺いを立てることなんかもありました。

当然ですよ。マンマに勝てるものはない、夫のマンマを敵に回したら、もう一巻の終わりなんだと、それがイタリア女の不文律ですからね。

実際、気に入られたとも思いました。このひとだけは味方だと、ディアーヌ・ドゥ・ポワティエを信じもしました。

離婚させられそうになった話は、しましたね。ええ、叔父教皇が死んで、外交上の価値もなくなって、なのに王太子妃に昇格して、なのに子供も生まれなくて、たいそう苦しんでいたときの話です。

　離婚も秒読みといわれたのが一五三八年、夫のアンリにディアーヌという娘が生まれたときでした。名前はディアーヌ・ドゥ・ポワティエからもらったようですが、産んだのはフィリッパ・ドゥチという、また別な女でした。

　響きからわかると思いますが、私と同じ半島の女です。指揮官としてフランス軍を率いた遠征先がピエモンテで、そこで夫はちょっとした乱行に及んだようなのです。

　まあ、仕方ありません。やはり愉快な話じゃありませんが、そこは問題じゃありません。なにが事件かといって、図らずもアンリが子種を証明してしまったことです。

夫婦の間に子供ができないのは、この私のせいなのだと特定されてしまったんです。

　こうなれば、簡単です。ローマ教皇庁も「結婚の取り消し」を認定してくれます。

聖職者のくせに、夫の不貞に対しては説教ひとつ垂れません。なにも悪いことをしていない妻のほうが、そのせいで泣きをみるというのですから、本当にひどい話です。

　といって、どれだけ嘆いてみても、不条理が不条理でなくなることなどありません。今度こそはと私も観念しましたが、このとき味方になってくれたのが、ディアーヌ・ドゥ・ポワティエだったのです。

　あきらめるな、といつも励ましてくれました。薬も探してくれましたし、医者も紹介してくれました。女同士でなければ、ちょっと話せないようなこと、まあ、フランス女ならではのテクニークといいますか、そういうことまで教授してくれて……。

いちいち素直に耳を傾けた自分が、それこそ涙ながらに礼の言葉を繰り返した自分が、今にして腹立たしくてなりません。

いえ、感謝はするべきなのかもしれませんね。おかげで子供が生まれたことは事実ですから。しかし、とんだ親切もあったものですよ。

あるとき私は知ってしまいました。ディアーヌ・ドゥ・ポワティエは「母親がわり」なんかじゃないということを。夫のアンリとは、きちんと身体の関係なんだと。早ければ一五三六年、遅くとも三八年までには、そういう関係になったようです。ひとを使って、念入りに調べさせましたから、ほぼ間違いない話です。

結ばれた場所はエクーアン城、城主がアンヌ・ドゥ・モンモランシーですから、とんだお節介のお調子者もいたものです。主君の機嫌を取ろうとして、あの大元帥が御膳立てを買って出た、つまりは女衒《ぜげん》まがいの行為に及んだようなのです。

それはそれとして、一五三六年といえば、もうおわかりでしょう。

ええ、王太子フランソワ殿下が亡くなられた年です。夫のアンリが王太子に昇格した年です。「母親がわり」だなんて仕えてきながら、あら、そのうち王になるのだったら、その線を越えて寝てあげようかしらだなんて、ディアーヌ・ドゥ・ポワティエの計算高さときたら、恥知らずとか、無節操とかを超越して、ほんと、もう、ほとんど悪魔的といえますよね。

悪魔といえば、土台が怪物めいた女でした。だって、その頃になると、ディアーヌは三十八、ないしは三十九、もう色恋どころじゃなくなる年齢です。

庶民だったら、そろそろ迎えが来る歳です。貴族でも初老と呼ばれて、全然おかしくありません。その歳で夫のアンリを、つまりは十八、九の若者を虜にするというんだから、フランス女というのは、あらためて恐ろしい。ああ、本当に恐ろしい。

8 是が非でも

オルレアン全国三部会において、まずもって特筆されるべきは、一五六〇年十二月十三日、国璽尚書ミシェル・ドゥ・ロピタルによってなされた開幕演説だった。

「大慌てに意見を拵え、またそれに追随することなかれ。各人が各人の方法を持ち、また各人の流儀を有することはよいのです。仮に個々の好みで新しい宗派に帰依することが許されるものならば、たくさんの家族があり、また家長がいるのと同じように、それぞれの宗派にそれぞれの流儀があり、それぞれの様式があるのだと認めたいものでありますし、またそうであることに、せめて注意は払いたいものだというのです。いや、自分の宗派こそ上等なのだと、諸君らはいうかもしれません。私は努めてそうは思わないようにしておりますが、それはさておき、私が諸君らに従うのと、諸君らが私に従うのと、いずれが理性的な態度とされるべきでしょうか」

「つまり、我らは今日まで駄目な隊長のようなものだったのです。敵の要塞を攻めるにあたっては、ありとあらゆる兵力を投入し、したからには無一文で家もない体にまで相手を蹴落とさないでは済まないと、それればかりの隊長です。けれど向後は我らも、美徳と品性を備えようではありませんか。そのうえで慈愛と、祈りと、確信と、神の言葉という武器をもって、攻撃をしかけようではありませんか。こうした戦いにおいては、それこそ理想的な武器だからです」

「ですから、プロテスタント諸兄のためには、絶えず神に祈りましょう。未来において、その者たちの数を減らし、あるいは改宗させられるという希望があるかぎり、我らは万策を尽くそうではありませんか。優しさこそ厳しさに優れて利をもたらすのです。悪魔的な言葉、党派とか、分派とか、暴徒とか、あるいはルター派だとか、ユグノーだとか、はたまた教皇主義者だとか、そうした名前は使うに及びません。キリスト教徒という名前を使い、それきり変える必要はないのではありませんか」

とうとうと述べたてて、ロピタルが打ち出したのは、信教の自由、カトリックとプロテスタントの共存、つまりは両派の宥和だった。

宥和政策――新王シャルル九世を支える「統治担当《グーヴェルナント》」の資格を認められるや、王母カトリーヌ・ドゥ・メディシスまでが語気を強めて、それを前面に押し出した。半ば気圧《けお》される格好ながら、議員諸氏の受け止め方も概《おおむ》ね好意的なものであり、かかる空気が会期末に近づく一五六一年一月二十八日、ひとつの手紙に結実した。

すなわち、シャルル九世の統治担当が、王国全土の高等法院に宛てた手紙である。

「強く求め、命じることに、宗教上の理由でなされた訴追あるいは告発を全て取り下げ、また停止するように。その者が自らの身の安全のために武装して集会に参加していたり、資金その他を提供していたりしたとしても。同じく、宗教上の嫌疑で捕らえられたる者は全て釈放なされたし。また大赦されたる者は向後カトリック信仰の教条に則して生き、問題となる行動を起こしたり、暴動を起こしたりしないことを約束しなければならない」

宥和政策が具体的な形をとっていた。なるほど、ただ手紙を管理するだけといいながら、それこそが最短距離で大権を発動する道だった。王もしくは王の名代の手紙であれば、それは直ちに法律となり、命令となり、規範となるからだ。黒王妃カトリーヌの思うところが、今やフランスの国是であり、王家の政策であり、民人の義務なのだ。

オルレアン全国三部会は一月三十一日をもって閉幕した。カトリックとプロテスタントの争いが終結したわけでも、最終的な解決をみたわけでもなかったが、向後の方針だけは明らかにされた。

宥和政策も、話し合いという平和的な方法を通じて実現される目処《めど》がついた。オルレアン全国三部会は、遠からぬ再召集を決議して散会した。全国三部会は定期的に開催されることになったのだ。

「ですから、次回は全国三部会を二つに分けましょう」

と、黒王妃は話を進めた。場所は国璽尚書お勧めのポントワーズでも、あるいはポワシィでも構いません。ええ、会議の委細は、ロピタル、そなたに一任いたします。ただ基本的な形として、二つに分けたいと思うのです。

「ポントワーズの全国三部会には、貴族と平民の代表だけを呼んで、国政改革、財政再建等々を話し合わせ、かたわらでポワシィには聖職者ばかり集めるという風に」

「そう申されるのは、統治担当」

「議論を宗教問題に集中させるためです。こちらは三部会でなく、討論会《コローク》と呼んでもよいかもしれません」

「御意」

「問題は誰を呼べるかです」

「王母陛下は司教以上を御所望でございますか。それも、なるだけ多く枢機卿をと」

「いいえ、ロピタル。旧教派のほうは、こだわりません。こちらが呼ばずとも、勝手にやってくるでしょう。けれど、高位の聖職を笠《かさ》に着て脅すような言説がひどいあまり、討論にもならないというのでは困るのです。今度という今度こそ、解決したい。新教、旧教、相互の妥協点を見出《みいだ》したいと思うからです」

「とすると、むしろ新教派のほうから、枢機卿たちに位負けしないくらいの大物を、是非にも招聘《しょうへい》なさりたいと」

「その通りです。いかにもカトリックの流儀というような公会議《シノード》でなく、討論会と呼びたいというのもそこでです」

「賢明な選択であられるかと。で、その大物でございますが、恐れながら、王母陛下には誰か意中の人物が」

そうロピタルに返されて、黒王妃カトリーヌは重い溜め息ひとつを置いた。できることなら、カルヴァン本人を呼びたいところです。けれど、あの男は自らが神聖政治を敷いたスイスの都市、あのジュネーヴから決して出てこないでしょう。ならば、その右腕とされている人物だけは、別して呼びたいと思うのです。

「テオドール・ドゥ・ベーズのことですか」

確かめたのは、ナヴァール王アントワーヌ・ドゥ・ブルボンだった。その通りと頷きながら、黒王妃は怪訝な表情でもあった。

テオドール・ドゥ・ベーズは確かにカルヴァンの右腕である。プロテスタント神学の研究のため新設なったジュネーヴ大学の、初代学長でもある。

カルヴァン派を称する人間なら、知らぬ者もないくらいの大物だった。が、ナヴァール王自身は熱心なプロテスタントというわけではない。特に懇意にしていたとは思えない。にもかかわらず、それをズバリと答えられれば、いくらか意外に思わずにはいられないのだ。

察して、ナヴァール王は言葉を足した。

「テオドール・ドゥ・ベーズなら、目下ナヴァールにおりますもので」

「それは……。もしや女王の招きですか。熱心なプロテスタントであられる、あのジャンヌ・ダルブレ様の……」

「御意」

その四月七日も国王顧問会議だった。そういうからには、兄王フランソワ二世に代わったシャルル九世を主座に据えていたが、その隣席を占めるのは前王妃マリー・ステュアールでなく、王母にして統治担当カトリーヌ・ドゥ・メディシスになっていた。

さらに卓を囲んでいるのが、ロレーヌ枢機卿から財政運営までを引き継いだ国璽尚書ミシェル・ドゥ・ロピタル、ギーズ公から軍事の大権を引き継いだ国王総代官アントワーヌ・ドゥ・ブルボンであり、まさに一変した顔ぶれも、そろそろ板についてきた。

ほんの数ヵ月であるというのに、隔世の感さえ漂わせるというのは、あるいは場所も移動して、オルレアンの仮住まいから、王家が領するフォンテーヌブロー宮に変わっていたからかもしれない。

「今はネラックにいるかと」

ナヴァール王は続けた。ええ、ギュイエンヌ州のネラックです。アルブレ公領の東端、ガロンヌ河の支流に沿う都市ネラックの、当家が構えた城に逗留しているかと。

黒王妃は受けた。素晴らしい幸運ですね。逃す手はありませんね。

「テオドール・ドゥ・ベーズ、是が非にも招聘いたします」

「それでは、小生が早速に」

「いえ、ナヴァール王」

「なにか不都合でも」

ないわけがない。ラ・ベル・ルーエとの逢瀬《おうせ》は、とうにバレているからだ。ナヴァール女王が自城に下がっているというのは、夫の不倫に激怒したからなのだ。

ジュネーヴから大物牧師を招聘して、ますます新教に傾倒しているのも、そこだ。フランス王家が主催の討論会に呼びたいなどと、問題の亭主が乗りこんできた日には、ジャンヌ・ダルブレが拗《ひね》くれないわけがないのだ。

誰にでもわかる道理が、当のナヴァール王にはわからない。その侍女との関係からして、まだ黒王妃には感づかれていないと考えている。笑うに笑えないとばかりに、割りこみを試みたのが、国璽尚書ロピタルだった。

「文官の役目であれば、私がネラックに向かうべきかと」

これにカトリーヌ・ドゥ・メディシスは否《ノン》と答えた。いえ、ロピタル、そなたでも十分とはいえないでしょう。

「私が自分で行きます」

「王母陛下が……。遥か南フランスのネラックまで……」

「テオドール・ドゥ・ベーズを呼べるなら楽なものです。それにジャンヌ・ダルブレ様とも、いちど親しく話をしてみたい……」

そのときだった。音もなく入室した侍従が、やはり足音も立てずに近づき、黒王妃の耳に急な訪《おとな》いを告げた。

「コリニィだって」

「ええ、提督閣下は大至急と仰せです」

黒王妃はロピタル、ナヴァール王と順に目をやり、両者の了解を確かめてから、最後に息子に優しく尋ねた。

「コリニィが会いたいそうです。お会いくださいますか、陛下」

「いいよ、僕は」

上意を得るや、侍従は音もなく退室した。

9 ✝ 今に始まった話じゃありません

フランス海軍提督コリニィ卿ガスパール・ドゥ・シャティヨン――通称コリニィ提督は、隠れもないプロテスタントである。それが王宮を大股で歩き回り、正面きって王の私室を訪ねて、今や少しも奇妙でなかった。

カトリックの大義を奉じるギーズ公は、絶対者でなくなっていた。王家の宥和政策が明らかになるにつれ、少なくとも宮廷には寛容の空気が流れるようになった。

誰に睨《にら》まれる心配もなくなって、いったんは距離を置いたプロテスタントの宮廷貴族たちが、続々と戻ってきた。それどころか、新教が王家の公認を受けた、ようやく日の目をみられると、意気揚々たる風さえあった。

実際のところ、コリニィ提督はフォンテーヌブロー宮に与えられた自室を俄《にわ》かに礼拝堂に変えながら、「ジュネーヴ式」の祈りを繰り返すほどだった。

集う仲間も日に日に増えるばかりである。その内輪の話では、王母カトリーヌ・ドゥ・メディシスは近く子供たちと一緒に改宗するとかしないとか、まことしやかに語られることも少なくない。

もちろん、新教派の他方の指導者、コンデ公ルイ・ドゥ・ブルボンも無罪放免となっている。いったん自領に下がったが、こちらも遠からず宮廷に復帰すると、専らの噂である。

勢いがあるのはユグノーだ。これからは新教の天下になる。そうまで囁かれていながら、国王顧問会議の部屋に歩を進めて、コリニィ提督は青ざめていたのだ。

さすがの黒王妃も一番に質《ただ》さずにはいられなかった。

「どうしたというのです」

「伯父上が……」

「モンモランシー大元帥がどうかしましたか」

「ギーズ公フランソワ、それにサン・タンドレ元帥と結びました」

「結んだ、というのは？」

「わかりません。けれど、三人の名前で三頭政治《トリウムヴィラ》を宣言しました」

聞けば、四旬節に遡る話だった。

フォンテーヌブロー宮の礼拝堂で説教を試みたのが、ヴァランス司教ジャン・ドゥ・モンリュックである。黒王妃の腹心として知られる聖職者だが、その思想信条については、かねて新教寄りとも、ほとんどユグノー同然とも取り沙汰されていた。

そのヴァランス司教が、カトリックにもプロテスタントにも善意のキリスト教徒は少なくない、それらの合一が奨励されなければならない、妨げになっているものは排さなければならないとして、旧教における聖人崇拝と偶像崇拝を批判したことは事実である。その聖餐式《ミサ》にモンモランシー大元帥も列席していて、ヴァランス司教の説教に密かに激怒していたという。

「本末転倒の極みだ。尾もなければ、頭もない」

吐き捨てると、憤激の大元帥は奥方の手を引いて、さっさと礼拝堂を後にした。降りた先が宮殿の厨房《ちゆうぼう》だったが、そこで働いている者たちのため、こちらでも四旬節の説教が行われていた。ドミニコ会に属する無名の一修道士にすぎなかったが、遥かにまっとうな話をしていた。思わず聞き入っていると、同じように真剣に耳を傾けていたのが、ギーズ公フランソワとサン・タンドレ元帥だったというのだ。

「ふたつの泉から水を飲むべきではない。統治担当には、こちらを取るか、あちらを取るか、はっきりしてもらわなければならない」

かくて意気投合し、すぐさま立ち上げることにしたのが、三者の三頭政治だった。

「拙速は控えられよと、小生も止めたのですが、モンモランシー伯父ときたら聞く耳も持たず。あんな説教を聞いていては、破門の道を転がるようなものだ。あんな説教が行われる家は汚れている。なかにいたものは全て命を絶たれるよう、わしは本気で望むし、神にも祈る。と、そんな風に息巻いて、もう物凄《ものすご》い剣幕でして……」

コリニィが続ける間に、ロピタル、それにナヴァール王までが俄かに顔色を変えていた。

モンモランシー大元帥、ギーズ公フランソワ、サン・タンドレ元帥——その三者の合同を、ポンペイウス、クラッスス、カエサルの三者、あるいはアントニウス、レピドゥス、オクタヴィアヌスの三者でなした古代ローマの三頭政治に准《なぞら》えるとは、確かにいいえて妙だった。

三者は三者とも軍の有力者である。有力な将軍が属州の支配を独占した古代ローマさながらに、諸州の総督も兼ねている。モンモランシー大元帥はラングドック州を、ギーズ公フランソワはドーフィネ州を、サン・タンドレ元帥はリヨネ州とブルボネ州とオーヴェルニュ州を、それぞれ支配しているのだ。

大元帥の長男フランソワがパリを含むイール・ドゥ・フランス州の、ギーズ公の弟オマール公がブールゴーニュ州の総督を務める事実を鑑《かんが》みれば、一党で王国の四分の一ほどまでを掌握していることになる。

その地盤に指揮下の軍勢を駐屯させて、各人がいつでも割拠可能になってもいる。三頭政治を称しながら、それら有力者たちが合同し、宥和政策を進める王家に、圧力をかけてきたのである。

「で、具体的には」

黒王妃だけが無表情を変えなかった。その落ち着き方にこそ、かえって戸惑うような様子で、コリニィ提督は答えた。あ、いや、ええ、三頭政治が要求するところは、三つです。

「ひとつは各人がともに危うくされている権威を守ること」

明かされて、皆の目が集まる先があった。注視されると、ナヴァール王アントワーヌは左の掌《てのひら》に右の拳を打ちこみながら、口惜しげに吐き出した。

「やはり、ギーズか、首謀者は」

宮廷がオルレアンからフォンテーヌブローに移された、二月五日の話である。王妃の叔父という立場を失い、国王総代官を更迭されて、なおギーズ公は大侍従という宮内官職を保持していた。宮廷のアパルトマンの鍵全てを管理できる役職であり、通じて宮廷貴族の部屋割りなどにも融通を利かせられる。これが癪《しゃく》だとばかりに、新しい国王総代官アントワーヌ・ドゥ・ブルボンは、大侍従職の解任までを要求したのだ。

事実上、ギーズ追放の企てだった。が、これを黒王妃は統治担当として却下した。認めなければ、自分は宮廷を去るだろうと脅しながら、ナヴァール王も粘り腰をみせた。

ギーズ憎しは同じだろうと、モンモランシー一派に同道を求めることまでした。黒王妃は慌てず騒がず、静かに息子の背を押した。少年王シャルル九世に、たどたどしく慰留の言葉をかけられては、モンモランシーも宮廷を去るわけにはいかなくなった。

こうなっては、ナヴァール王がひとり領地に下がっても、拗《す》ね子と変わらぬ醜態をさらすだけである。でなくともラ・ベル・ルーエから離れられず、もとより宮廷を去る気もないからには、そこで折れるしかなかった。

かくて一件落着となったはずが、ギーズ公は収まらなかったらしいのだ。

「しかし、モンモランシー殿となると、これでは裏切りではないか。それにサン・タンドレ殿までが、どうして」

憤慨の様子も芝居じみて、ナヴァール王は自分のせいばかりではあるまいといわんばかりだった。受けて、黒王妃はコリニィに促した。それで、二つ目の目的は。

「あっ、ええ、二つ目は改革派、つまりはプロテスタントと戦うことだと申しております」

「大義名分ですね。そして、最後の目的というのは」

「三部会がなした無礼な要求を停止すること、です」

そう続けられたとき、黒王妃カトリーヌの無表情が崩れた。驚いたのでも、うろたえたのでも、憤慨したのでもない。刹那の表情の破れ方は、ふっと鼻で笑ったようにみえた。

オルレアン全国三部会では、宗教の問題だけ話し合われたのではなかった。国璽尚書ロピタルは一五六一年一月一日の演壇にも立ち、目下王家は年収の四倍にあたる四千三百万リーヴルの負債を抱える事実を発表した。

議会に増税が持ちかけられた。が、本来免税とされる聖職者代表は「寄付」を拒否、同じく免税の貴族代表はまともに取り上げることもなく、専ら担税が求められる平民代表にいたっては、はっきりと反対の意を表明した。

それどころか、逆に宮廷の贅沢《ぜいたく》と年金の削減を求められた。より即効性のある増収案として積極的に推されたのが、「先王時代に取得された財産に関する調査」だった。

三部会の議員いわく、アンリ二世の御世には、国庫から巨額の金子《きんす》を吐き出させ、たっぷり私腹を肥やした連中がいたと。その複数名を調べて、不当な所得を返還させれば、たちまち国庫は元の潤いを取り戻すだろうと。

それでは、アンリ二世の御世に、「国庫から巨額の金子を吐き出させ、たっぷり私腹を肥やした連中」というのは誰か。

大侍従だの、なんだのと名乗りながら宮廷に暮らしたり、でなければ大元帥だの、元帥だのと威張りながら戦場を飛び回っているというのに、形ばかり州総督の位を与えられ、そこから上がる甘い汁だけ吸い上げ続けた連中というのは、いうまでもない。

「モンモランシー大元帥、ギーズ公フランソワ、サン・タンドレ元帥、その三者に共通している、これが本音というわけですね」

黒王妃カトリーヌの冷笑加減は変わらなかった。いえ、コリニィ殿は御苦労でした。その、なんですか、三頭政治に関しては、おいおい考えることにいたします。

「で、ロピタル、それにナヴァール王も、さきほどのテオドール・ドゥ・ベーズの話なのですが……」

「ちょ、ちょっと待ってください」

「ええ、ええ、恐れながら王母陛下、もはやポワシィの討論会どころではないのでは……」

ナヴァール王とロピタルが続いた。二人は多分に平静を失ってもいたのだが、黒王妃カトリーヌのほうは、すっかり元の無表情だった。

「どうして、討論会どころでないのです、ロピタル」

「ですから、三頭政治が宣言されたのです」

「それは、あの者たちの勝手でしょう。三部会の要求に抗《あらが》いたければ、ええ、私としては止めるつもりはありません。議員たちと、せいぜいやりあえばよいのです」

「し、しかし、それでは済みません。我々の宥和政策も影響を受けずにはおられません」

「どうしてです、ナヴァール王」

「口実にすぎないとしても、カトリックの大義が前面に出されたからです」

「はは、それも今に始まった話じゃありません」

そうやって笑いで片づけて、カトリーヌ・ドゥ・メディシスはやはり討論会に話を戻した。


ディアーヌ・ドゥ・ポワティエが一線を越えた。モンモランシーの持ち城エクーアンで、王太子アンリの愛人となった。よいのですか、あなたの夫の話ですよと、その事実を一番に教えてくれたのは、実はエタンプ夫人でした。

ええ、フランソワ一世陛下の寵姫でいらした、エタンプ公爵夫人アンヌ・ドゥ・ピスルー様のことです。

私はといえば、なかなか本当にできないで、それから人を遣わし、詳しいところを調べさせ、そうなんだ、そういうことだったんだと、ようやく事実として認められたわけですが、エタンプ夫人のほうは端から疑いをかけていた感じでしたね。

というか、先がけて監視の網を張ってらしたんです。誰を監視するといって、わけてもディアーヌ・ドゥ・ポワティエだったわけですが、より正確にいえばディアーヌ・ドゥ・ポワティエのみならず、フランス王の宮廷に暮らしている美女という美女は、全員がその対象になっていたようでした。

エタンプ夫人も寵姫――そこは寵姫にすぎませんから、結婚という神聖な契約に守られている正式な妻とは自ずから異なります。

いってしまえば、いつ寵姫でいられなくなるか、いつ誰に出し抜かれて、いつ王が心変わりするか、大袈裟でなく明日をも知れぬ身の上だったわけなんです。

ディアーヌ・ドゥ・ポワティエなんかは、なるほど、要注意人物でしたでしょうね。

なんといっても、美人は美人でしたからね。

白いもの三つ、肌、歯、手。

黒いもの三つ、眼、眉、睫毛《まつげ》。

赤いもの三つ、唇、頰、爪。

すらりとしたもの三つ、胴体、髪、手。

短いもの三つ、歯、耳、足。

細いもの三つ、唇、胴、足首。

ふっくらしたもの三つ、腕、腿《もも》、ふくらはぎ。

可愛らしいもの三つ、乳首、鼻、頭。

これがフランスで美人の条件とされた八項、二十四ヵ所ですが、ディアーヌ・ドゥ・ポワティエはその全てを備えるといわれていました。

その容貌を知りたければ、フォンテーヌブロー派の画家たちの作品を眺めるのが、てっとり早いでしょう。『狩猟の女神ダイアナ』、『ダイアナに扮《ふん》したディアーヌ・ドゥ・ポワティエ』、『サビナ・ポッペア』と、全て神話に画題を求めた作品ですが、根が恥知らずな女ですからね。半裸、全裸でポーズをとりながら、女神になりきっていますよ。

それでも、ははは、女神なのに生っぽいというか、なんとも嫌らしいというか、つまりは、そういう女です。

ええ、裸だから、よくわかります。すらりとして大柄なほうなのに、脇腹から腰回りにかけては、たっぷりの肉がついて、そのだらしなくダブついた感じが妙に艶《なま》めかしいというか、殿方にはたまらないというか。

つまりは男誑《おとこたら》しの年増《としま》を、まさに絵に描いたような女なわけです、ディアーヌ・

ドゥ・ポワティエというのは。

小作りな顔立ちで、栗毛《くりげ》の髪に黒色の瞳というのは、とりたてて美点でもないのですが、これも、まあ、年増女に合わせてみれば、しっとりと上品な風情になって、とにかく美貌の誉れといえば、当時の宮廷で話題のエタンプ夫人と双璧をなすといわれたほどです。

夫人はといえば、華やかな金髪に青い瞳の大きな眼というはっきりした顔立ちが、いくつになっても元気いっぱいな少女を感じさせるというか、天真爛漫《らんまん》な明るさが大人の男を狂わせるというか、いずれにしましても、ディアーヌ・ドゥ・ポワティエとは単純に比べられない類の美人でいらっしゃいました。

なるほど、双璧をなしたまま、なかなか甲乙つかないでいたはずです。エタンプ夫人も神経を尖らせずにはいられなかったはずなんです。もちろん、ディアーヌの奴《やつ》、フランソワ陛下の寵姫の座を狙っているんじゃないかと、そう勘繰られてもいました。

無理もないと申しますか、ごくごく自然な発想でしょうね。年齢をいえば、ディアーヌ・ドゥ・ポワティエのほうがエタンプ夫人より上でしたからね。フランソワ陛下の愛人としてみても、そんなに若いほうではありませんからね。

ところが、いくら監視を続けても、フランソワ陛下にいいよるような素ぶりはないと。母親代わりとして、オルレアン公となり、王太子となったアンリ王子のほうに、べったり張りついているばかりだと。

ひとまずは安心しながら、ディアーヌ・ドゥ・ポワティエに王太子の愛人になられたら、それはそれで嫌だなとも考えられて、引き続き警戒だけは怠らなかったようなのです。

エタンプ夫人は先を心配したわけですね。身の丈六ピエ（約二メートル）に届き、「騎士王」の名をほしいままにした、無類の体力自慢であられましたが、そのフランソワ陛下も年齢だけには勝てませんからね。

いつかは崩御なされる。それも想像できないくらい遠い未来の話ではない。恐らく自分はなお元気で、それからも生きていかなければならない。あれやこれや考えれば、王太子アンリの、つまりは即位してアンリ二世を名乗る王の御世が、恐ろしくてならなかったわけです。

あまつさえ、ディアーヌ・ドゥ・ポワティエが新王の寵姫の座を占めているとなれば、エタンプ夫人にとっては、いよいよ最悪の展開です。

双璧と世人に謳われる以前に、犬猿の仲で知られた二人でしたからね。天下を取られてしまったら、もう追放される運命は火をみるよりも明らかでしたからね。

実際のところ、結構な戦いだったものです。悪口合戦なんかハラハラするほどで、つまり傍《はた》でみている分には、面白い見世物でさえありました。

エタンプ夫人が相手の年齢を取り上げて、歯抜けだの、皺《しわ》だらけだの、白髪隠しに鬘《かつら》を使っているだの、鑿《のみ》で削れるくらいの厚化粧だのと揶揄すれば、ディアーヌ・

ドゥ・ポワティエのほうは相手の浮気癖を取り上げて、ダンピエール卿、ミランドル伯、クレマン・マロ、ブリヨン元帥、ロングヴィル伯、ナンセー卿、それに今やプロテスタントの大物ながら、当時は女誑しの詩人で鳴らした、あのテオドール・ドゥ・ベーズにいたるまで、相手男性の実名まで声高に叫びと、それくらいのやっつけ方でしたからね。

愛人でないながら、それぞれに抱える詩人がいて、それらを擁して悪口を詩文に練らせては、ご丁寧に朗読会まで開催するわけですからね。

もちろん、私なんかも単なる傍観者では済ませられませんでした。ですから、夫の話なのです。というか、恥知らずなディアーヌ・ドゥ・ポワティエのせいで、夫の話になってしまったのです。

エタンプ夫人としては、私に大騒ぎしてほしかったようですね。実際、あなたは正式な妻なんだから、アンリ様を責めて然るべきなんだと、けしかけるような言葉も発しました。

けれど、ね、私は騒ぎませんでしたよ。夫に愛人なんて悲しかった、そりゃあ悲しかったけれど、我慢するしかなかったわけです。

子供だって、まだ生まれていませんでしたからね。世継ぎを儲《もう》けるためには、どんなに癪で、どんなに悔しかろうとも、ディアーヌ・ドゥ・ポワティエの協力が欠かせませんでしたからね。

そこが、また嫌味たらしいというか、ひとを馬鹿にして許せないというか、あれは、子供を産ませるのは夫たる義務、世継ぎを儲けるのは王者の責務だなんてアンリに説いて、ときたま私のところに送り返すような女でした。愛人としては奇妙ですが、あの女の計算高さを考えれば、さもありなんという感じですね。

王太子妃である私が子供を産めず、あげくに離縁されてしまうというのは、ディアーヌ・ドゥ・ポワティエにとっても最悪の展開だったんです。新しい王太子妃だなんて、もっと若くて、もっと綺麗な女がやってきた日には、正しい妻のところに男を帰すだなんて余裕の態度は、もう示せなくなるわけです。

私は私で、離縁されたくなんかない。子供を産んで、確固たる地位を築きたい。そのための協力を惜しまないディアーヌ・ドゥ・ポワティエとは、いうなれば一種の共犯関係でした。

愉快な話じゃありません。はっきりいえば、屈辱的です。けれど、我慢なら得意でした。夫の愛人通いにも目くじら立てない、ものわかりのよい妻を演じることだって、さほど難しい話ではありません。

正妻なんだから、怒りなさい、責めなさい、騒ぎなさいとけしかけたエタンプ夫人からして、寵姫だったわけですからね。そういう立場の女が日蔭者でなく、半ば公式な身分として認められているのが、フランスという国だったわけですからね。

話を元に戻しますと、王太子妃カトリーヌ・ドゥ・メディシスが騒がないとなれば、エタンプ夫人としては、あてが外れた格好です。それでも、ディアーヌ・ドゥ・ポワティエはやっつけたい。そこで探し出してきた新しい方便が、宗教だったのです。エタンプ夫人はプロテスタント寄りでした。当時は改宗とかなんとか、これという垣根もありませんでしたから、昨今と比べて気軽な感じがしたというか。

宗教改革といい、プロテスタントといえば、まだドイツのマルティン・ルターの話で、どこか現実味に乏しい感もありましたね。

ジャン・カルヴァンはパリ大学の学生で、ということはフランスでも、エラスムスだの、ルフェーヴル・デターブルだのといった学者たち、モー学派と呼ばれることもありましたが、とにかく、そうした知的階級を中心に剣呑《けんのん》な動きがあって、それなりに危険視されることもありました。けれど、かたや進歩的と持て囃《はや》す雰囲気もないではなくて。

王宮そのものが進歩的でしたからね。繰り返しになりますが、王姉マルグリット・ドゥ・ナヴァール様は『エプタメロン』を書かれた才媛であられましたし、パリ司教デュ・ベレ猊下もラブレーという面白作家のパトロンになられていて。

今では信じられない話かもしれませんが、この錚々《そうそう》たる面々が、ことごとくプロテスタントに好意的だったんです。自ら贔屓《ひいき》を主張すれば、エタンプ夫人はその全部を味方にすることができたんです。あなたもプロテスタント贔屓でしょう、あなたも進歩的でしょうとばかりに、どんどん仲間を増やすことまでしていました。

大袈裟に「宗教改革」というより、一種の流行みたいなものでしたが、それだけに伝わり方も早くて、そのうちフランソワ一世陛下まで自らプロテスタントたることを公言するんじゃないかなんて、本気で噂された一頃もあったほどです。

イングランド王ヘンリー八世の醜聞が聞こえてきて、新教では簡単に離婚できるようだぞと、なんだか軽薄な捉え方が広まった時代でもありましたから、エタンプ夫人にしても陛下を離婚させる気じゃないか、アン・ブーリンみたいに自分が王妃にとってかわるつもりじゃないかと、そんな憶測まで流れました。

まあ、それはありえない話として、プロテスタントの離婚の理屈を使えるなら、王太子妃カトリーヌ・ドゥ・メディシスのほうは簡単に追い出せる、魅力的な後釜を用意できれば、ディアーヌ・ドゥ・ポワティエの追放も夢ではないと、それくらいの三段論法は頭にあったかもしれませんね。

とにかく、エタンプ夫人は新教派です。張り合うディアーヌ・ドゥ・ポワティエのほうは、旧教派になるしかありません。今度も私は無関係でありませんが、やはりというか、プロテスタントに与することも、カトリックに与することもしませんでした。

例の共犯関係からすれば、カトリックに与するのが順当ですが、それも癪な話ですしね。プロテスタントは憎むべきだったんですが、あちらの王姉マルグリット・ドゥ・ナヴァール様には可愛がられましたしね。

ディアーヌ・ドゥ・ポワティエですが、そこはエタンプ夫人と同じに、カトリックの大義を奉じることで、仲間を増やすことにも取り組みました。ギーズ公家がカトリック、カトリックと吠えるようになったのも、このとき声をかけられたのが始まりです。

王太子アンリの側近たちも、片っぱしから旧教派になりました。もともとカトリックなわけですから、おかしな言い方かもしれませんが、プロテスタントなど断じて認めないと、頑《かたく》なな態度を取るようになったという意味です。

御学友のピエール君、つまりは後のブリサック元帥や、同じくジャック君、つまりは後のサン・タンドレ元帥も、その口です。モンモランシー大元帥も同じで、王太子アンリの忠臣筆頭を任じる都合から、旧教派を名乗らざるをえなくなってしまったんです。

馬鹿な話ですね。というのも、モンモランシー大元帥が貫けるわけがないんです。今だって、身内にプロテスタントがおりますでしょう。シャティヨン三兄弟のことですが、コリニィ提督ガスパール、ダンドロ歩兵隊総司令フランソワと来て、シャティヨン枢機卿オデーなんか、聖職者でありながら、プロテスタントなわけですからね。司教としてはボーヴェを管轄していましたが、その司教座大聖堂で棄教を公言したという、破廉恥な逸話さえ持つわけですからね。

そもそもは大元帥の妹、シャティヨン家に嫁いで、三兄弟の母親となった、ルイーズ・ドゥ・モンモランシーでした。

これがエタンプ夫人のような軽薄な流行じゃない、熱烈な改革主義者で、当時からドイツ流れの借り物ルター派の思想じゃなく、後のカルヴァン派に近い思想、フランスで自前で育まれただけに、いっそう確信犯的な思想の信奉者だったようなんです。

シャティヨン家に嫁ぐ前は、マイイ家に嫁いでいた方ですが、そこで死に別れた前夫との間に娘がいて、これがマイイ伯爵夫人です。この伯爵夫人にも娘が二人いて、つまりはルイーズ・ドゥ・モンモランシーの孫娘たちですが、その長女エレオノールがコンデ公妃、次女シャルロットがラ・ロシュフコー大公妃、つまりは今のユグノー陣営の首脳たちの妻なわけですから、もう一族そろってプロテスタントになっていたって、全然おかしくないわけなんです。

モンモランシー大元帥は、それでもカトリックです。その昔にエタンプ夫人とディアーヌ・ドゥ・ポワティエの争いに巻きこまれたからで、このときの顚末を明かしますと、最後はフランソワ陛下の怒りを買う羽目になり、宮廷を追放されて終わっています。

もう宗教は懲り懲りと、敬遠して然るべきだと思うのですが、またぞろカトリックの大義を翳《かざ》してしまうのですから、いやはや、なにを考えているものやら——。

まあ、アンリ二世の御世には報われましたからね。それでモンモランシーは痛みを忘れたのかもしれません。

報われたといえば、輪をかけてディアーヌ・ドゥ・ポワティエでした。アンリの即位で、いよいよ寵姫の座を占めるや、ヴァランティノワ公妃に叙せられましたからね。

壮麗な城館で知られたシュノンソーはじめ、領地も手に入れ放題でした。「確認税」という制度、宮内官職に就任した者は、それを「確認」してもらうための税金を払うという制度ですが、これもディアーヌ・ドゥ・ポワティエのために新設されました。

税収は十万エキュとも三十万エキュともいわれましたが、あの鉄面皮な女ときたら、そっくり自分の懐に入るという仕組みを、わざわざ作らせたというわけです。

私はといえば、二万リーヴルの王室費をつけられたきりでしたが、まあ、これも考えようです。因果応報といいますか、今にしてオルレアン全国三部会で槍玉《やりだま》に挙げられるのは、誰よりディアーヌ・ドゥ・ポワティエなわけですからね。

10 ✦ 滑稽でございますな

一五六一年五月十五日午前八時、シャンパーニュ地方の司教座都市ランスの空は、透明な朝の光に溢れていた。

壁にタピスリ、窓に花、道路にくまなく青葉と、いたるところ飾り立てられ、それは光り輝くような街でもあった。

教会の鐘という鐘も鳴らされていた。今まさに行われようとしているのは、新王シャルル九世の戴冠式だった。

メロヴィング朝のフランク王クローヴィスが、ランス司教レミギウスの手で洗礼を授けられた故事に由来して、フランス王の戴冠式はランスで挙げられる決まりなのだ。いうまでもなく、戴冠式は新王の門出を飾る重要な儀式である。その地歩の揺るぎなきを内外に示すに、またとない機会であるともいえる。

これを行うにあたって、フランス王家の統治担当カトリーヌ・ドゥ・メディシスの希望は主として、ふたつだった。

ひとつは金をかけること――先年まで続いたイタリア戦争のため、フランス王家は財政難に見舞われている。年収の四倍に上る負債があることも、全国三部会で訴えられた通りであるが、それだからと質素に片づける頭はなかった。

節約の発想さえ嫌いながら、どんな借金を強いられようとも、豪壮に、華麗に、優雅に、荘厳に仕立てなければならないと、それがカトリーヌ・ドゥ・メディシスの施政方針だった。

もうひとつは古式に則《のっと》り行われること――財政難の折だからとか、賓客も少ないからとか、まだ十歳の少年王だからとか、そうした全ての理由を退けながら、黒王妃は儀式の簡略化を一切認めようとはしなかった。

オルレアンでよいではないかとか、せめてパリで行えれば十分ではないかとか、妥協の声を言語道断と責めたあげくが、伝統の戴冠都市ランスだったのである。

かくて取り組まれた戴冠式の舞台は、市内ノートルダム大聖堂だった。

王族から、政府高官から、外国の王侯使節、ローマ教皇庁の特使、フランス各地から馳せ参じた貴族や都市代表、さらに侍従、侍女にいたるまでの列席者は、遅くとも朝七時には着席を済ませていた。

なかんずく同輩衆と呼ばれる十二人である。

フランス王の同輩衆とは、カロリング朝の末裔《まつえい》を退けてユーグ・カペー、つまり今の王家の始祖をフランス王に選んだ有力者たちに由来する。

高位聖職者六人、世俗の豪族六人――選挙で統治を委ねただけで本来は同格であり、王と横並びなのだという意味で、面々は「同輩衆」なのである。

それが今の世にも受け継がれ、形ばかりながらも名誉とされていた。午前八時、参列の皆に見送られながら、ノートルダム大聖堂を出発したのは、その同輩衆十二人だった。

宮廷からスイス近衛隊、スコットランド近衛隊、教会から司祭、聖堂参事会員、聖歌隊とぞろぞろ引き連れ、二つの十字架、大蠟燭《だいろうそく》、聖水と運びながら向かった先は、新王が宿所としていた大司教宮殿だった。

同輩衆は王の部屋の扉の前まで来たところで、その行進を止めた。

「我らに代わって支配を行い、また統治を行うべく、神が我らに遣わされた、我らが新しい王は、いずこにおられるか」

同輩衆が声を揃《そろ》えて尋ねても、まだ扉は開けられない。それでも向こう側から声は返る。答えたのは父ギーズ公の代理として、大侍従の資格で部屋に詰めていた、若きジョワンヴィル公だった。

「王はこちらにおられる」

「なにをなさっておられる」

「眠っておられる」

「起こしてくだされ。我らは御挨拶さしあげたい。そうして敬意を表したい」

そこで、ようやく扉が開く。ジョワンヴィル公が宣言する。

「王は御目覚めだ」

聖歌隊が歌い始めた。その歌声を背に負いながら、進み出たのが同輩衆の聖職者筆頭、通称ロレーヌ枢機卿こと、シャルル・ドゥ・ギーズだった。

「王がこの都にいると知る者どもは、是が非でも王に負うべき敬意を示し、信仰と忠義を捧げ、また常に忠実かつ絶対服従の臣下たることを約束したいと望んでおります。民人がこの人こそ真実の然るべき領主であり、また王であると納得できるように、大聖堂と教会までお運びになられることを切に願うものであります。そこには王を聖別し、戴冠させるための用意を、全て整えさせてございます」

王はといえば部屋奥の寝台で、本当に横になっていた。

オランダリネンの高級品であるとはいえ、袖なしの下着姿でもある。しかもスリットで前後が分けられた、奇妙な形の召し物だ。

晴れの日に、これなのか。まだ十歳の少年であれば、ふざけているのでないとしても、無邪気ゆえの無頓着かと恐ろしくもなるのだが、それを咎《とが》める者もなかった。

部屋奥に進んだのが、シャルル・ドゥ・ブルボンとルイ・ドゥ・ギーズの二枢機卿だった。左右から助け起こすようにして、王の身体を寝台から引き離すと、これで儀式がひとつ終了となる。古来より伝えられながら、久しく省略されていたものを復活させた、「眠れる王」という儀式である。

鼓笛隊の賑々しい演奏で、スイス近衛隊、スコットランド近衛隊、司祭、聖堂参事会員、聖歌隊、そして十二人の同輩衆と新しい王という大行進は、今度は大聖堂に引き返していった。

正面に据えられた装飾が「王の門」と呼ばれるものだった。中央に王家の百合《ゆり》の紋章が刻まれているとはいえ、他は文芸復興のルネサンス趣味で、いたるところに古代ローマ風の浮き彫りが施されていた。

これを潜《くぐ》ると、ようやく大聖堂の大扉である。開け放たれるや、ここぞと迎えて、入堂する人々を包みこんだのは、詩篇二十番よりの賛美歌だった。

ゴシック様式の大聖堂は天井が高い。複雑にアーチが合わさる穹窿《きゆうりゆう》に到達すると、歌声は幾重にも響き渡り、再び下界に降り落ちては、まさしく天上の声として、堂内の全員を文字通りに頭上から包みこむのだ。

薄闇に薔薇《ばら》窓の焼き硝子《ガラス》から色とりどりの光まで射しこむならば、いよいよもって神秘的な空間に昇華する。

「これを神聖だのなんだのと、はん、本気で喜ぶものかねえ」

「神経を麻痺《まひ》させて、人々の意識を陶然とさせる。カトリック一流のまやかしだ」

左右で小さく囁き合うのは、コンデ公とコリニィ提督だった。

最前列を占めながら、同輩衆に選ばれなかった不満ゆえか、お世辞にも機嫌がよいとはいえなかった。プロテスタントたるを公言している身であれば、二人ながら参列の席に留まるしかなかったわけだが、してみると、こんな堕落と腐敗で汚れた場所に足を踏み入れることからして不本意なのだと、なおのこと気分は荒れざるをえない。

その間も儀式の段取りは進んでいく。

新しい王の入堂を得て、戴冠を執式するのは、引き続きロレーヌ枢機卿だった。ランス大司教を兼ねる大聖堂の主であれば、それまた古式通りの抜擢《ばつてき》だった。

補佐も引き続きブルボン枢機卿とギーズ枢機卿の二人だった。王を大聖堂の内陣、最奥の祭壇まで導くと、そこでロレーヌ枢機卿が迎えて、深々と頭《こうべ》を垂れた。いくつかの祈りが述べられ、その復唱を王が試みている間に、他の聖職同輩衆から、司祭から、聖堂参事会員から、王家を守護するサン・テスプリ騎士団からが、所定の位置についていく。

とりわけ目を引いたのが、世俗の同輩衆だった。

王冠、王笏《おうしやく》、さらに裁きの手——王の司法権を表象する手形の飾りがついた杖《つえ》——というような、王権を表現する道具を運んできたからだ。さらにサンダル、拍車、剣、テュニカ、ダルマチカ、マントと、祭壇に安置されていく。

「あっ、兄さまだ。兄さまがいる」

「馬鹿ね、フランソワ。兄さまの戴冠式なんだから、いるに決まってるじゃないの」

参列の最前席で囁き合うのは、今度は王子と王女だった。

六歳の第五王子アランソン公エルキュール・フランソワと、八歳の第三王女マルグリットで、姉にやっつけられて悔しいらしく、弟はたちまち口を尖らせた。

「シャルル兄さまじゃなくて、アンリ兄さまのほうだよ」

第四王子アンジュー公アンリは新王シャルルより一歳だけ下の九歳である。ほら、ほら、アンリ兄さまだ。王冠を運ばれているのは、やっぱりアンリ兄さまじゃないか。

「それはアンリが世俗同輩衆の筆頭を務めるからです」

答えたのは、並びの王母カトリーヌ・ドゥ・メディシスだった。

古式通りとこだわられた儀式のなかで、アンジュー公アンリの抜擢ばかりは、異例といえば異例だった。なにせ未だ九歳の子供にして、国王総代官を務める王族の長者、ナヴァール王アントワーヌを従えての筆頭なのだ。

それは晴れの日も常の黒衣を崩さない、黒王妃カトリーヌたっての希望だった。

「ええ、アンリは遠からず王国第一の重臣になる、いえ、ならなければならないのですから、これくらいの大役は今から与えられて然るべきなのです」

祭壇では二人の補佐枢機卿が、新王シャルルを玉座へと導いていた。内陣に特設された玉座は、執式のロレーヌ枢機卿の正面になる。

賛美歌の合唱が続いていた。着座を認めると、ロレーヌ枢機卿はその左手に金色の水盆を構えた。そこに長さ半ピエほどの棒の先を浸すと、いったん高く翳してから、パッ、パッと新王の頭に振りかける。

聖水の儀式だった。水滴が中空を飛ぶ刹那に孕《はら》んだきらめきに、参列席の多くが思わず呻いていた。その美しさこそ霊験の証《あかし》と受け取られたからだ。

ところが、最前列のアランソン公は、クスクス笑いを噛み殺していた。

「なるほど、滑稽でございますな、王子」

黒王妃とは反対側の並びで、コンデ公が受けた。ええ、ありがたいことなんかありません。「聖水」ともったいつけておりますが、あんなもの、ただの水ですから。

「騙されないとは、王子は賢い御子でございます」

「違うよ、コンデ、違うよ」

「と申されますと、なにが、そんなに可笑《おか》しいと申されるのか」

「帽子だよ」

と、幼いアランソン公は答えた。ロレーヌ猊下の帽子ときたら、山みたいに高いんだもの。それが兄上に水をかけようとしたとき、手があたって、ぐらりと揺れて、今にも落ちそうになったんだもの。

「司教冠《ミトラ》のことでしたか。ええ、これまた意味などないものです」

受けたのは、今度はコリニィ提督である。ええ、アルバに、ダルマチカに、カズラに、ストラに、ひらひら、ひらひら、これでもかと金刺繡《きんししゆう》の白布を泳がせる祭服にせよ、神さまとはなんの関係もないものなのです。

11 ✦ 許容の範囲を超えています

ノートルダム大聖堂が再び騒がしくなった。それも奥の内陣でなく、出入口がある後ろのほうだ。聞けば、市内サン・レミ大修道院から聖油が到着したとの報《しら》せだった。クローヴィスが洗礼を受けたとき、喜んだ神は天使に贈り物を運ばせた。これが話の聖油であり、フランク王の執式に用いられた後は、後に聖人となった大司教、すなわち聖レミギウス《サン・レミ》縁《ゆかり》の大修道院に、今日まで大切に保管されていたのだ。あらかじめ王が迎えに遣わした四騎士が、騎馬のまま入堂した。続いて行列をなしていたのは、大修道院に寄宿する全ての修道士たちだった。中ほどの四人だけが特別な白衣であり、それに守られているのが、いっそう特別な銀白の祭服だった。やはり銀白の馬衣を施された白馬に跨り、サン・レミ大修道院長もこの日だけは騎馬だった。

首から吊り下げた小箱に収められたのが、要の聖油の瓶だった。受け取るために、ロレーヌ枢機卿は祭壇を降りた。また頭上の司教冠がグラグラ揺れて、またアランソン公に笑われたが、だからというわけでなく、そのあとの決まり事が脱帽だった。

聖油のための賛美歌が歌われ、聖油のための祈りの文言が唱えられた。聖油というのは戴冠の儀式においては、それほどまでに尊いものなのである。

実際のところ、滅多にみられるものではない。いったん聖歌隊席に置いて、参列者にあまねく御披露目してから、ロレーヌ枢機卿は祭壇に安置しなおした。

それを合図に新王は玉座から起立した。ロレーヌ枢機卿の声が御堂に響いた。

「我らは願い、求めます。我らひとりひとり、ならびに我らが預かる神の家に、教会特権と、正しき法と、裁きを与えたもうことを。この王国において国王が、全ての司教と教会に負う義務として、我らをお守りくださることを」

「朕は約し、また与える。朕は汝《なんじ》らの教会特権と汝らの教会を守り、汝らに正しき法を与え、また裁きを行うであろう。また朕は神の恩寵《おんちよう》によりて賜る権力に基づき、汝らを守るであろう。この王国における王は自らの義務として、それらを法と理性の働きにより、全ての司教とその教会に対して行うだろう」

「で、家臣のことは全体どうしてくださいますか」

コンデ公が聞こえよがしに呟《つぶや》けば、コリニィ提督も後に続く。いや、まったく、教会、教会、カトリック教会とそればかりで、フランスの民人なども、どこかに消えてしまいましたな。

声に苛立ちが紛れるのは、祭壇のほうも同じだった。ブルボン枢機卿とギーズ枢機卿は大きな声で問いかけた。

「この人を王と認めるか」

「認める」

参列者が皆して答えると、返事は耳に痛いほどだった。うわんうわんと天井に木霊した音声が、徐々に静まる潮を捕らえて、ロレーヌ枢機卿は福音書を持ち出してきた。

その上に手を置き、また表紙に接吻《せっぷん》することで、永久なる神の助けを請い願いつつ、新王が唱えるべきは誓約の言葉だった。

「朕はイエス・キリストの御名において、キリスト教徒たる臣下の皆に次の通り約束する。第一に朕はキリスト教徒たる民人が、神の教会とともに安んじて暮らすことができるよう、全霊をもってこれにあたる。また朕は強奪の振る舞いや、あらゆる類の不正を根絶させる。さらに朕は裁きという裁きにおいて、公平と慈悲の心が示されるよう命ずる。かなえられるよう、寛恕《かんじょ》と慈悲の心に溢れる神が、朕と汝らに憐《あわれ》みを示したまわんことを。最後に朕は教会により断罪された異端者という異端者を、朕が定める法の及ぶ範囲、朕が治める領域すべてから、ことごとく駆逐するよう誠を尽くす」

以上誓約によりて約束する。神と神の聖なる福音書が朕を助けたまわんことを。そう新王が結ぶを待たずして、またぞろコンデとコリニィが吐き捨てるかの調子で応じた。

「異端者というのは、気に入りませんな。それはカトリック教会からみて異端者なのであって、正しきキリスト教徒からみて断罪される存在なのではない」

「まったく、業腹。これではフランスの王ではなくて、カトリックの王であるかのようだ」

内陣の動きが慌ただしくなっていた。ロレーヌ枢機卿が新たな祈りを捧げる間に、進み出たのは大侍従代理のジョワンヴィル公だった。

試みたのが新王にサンダルを履かせることだった。「眠れる王」の儀式から直行して、まだ裸足だったのだ。

もちろん、下着姿も同じである。これから着せつけるというのである。

ジョワンヴィル公が忙しくなっていた。拍車をつけさせ、ところが直後に外させた。剣を帯びさせ、これまた直後に外させる。全てロレーヌ枢機卿に手渡すためである。

ロレーヌ枢機卿は拍車を元の祭壇に安置した。剣を鞘《さや》から引き抜くと、こちらは刃面に接吻してから祭壇に安置した。また祈りを捧げた後で新王の手に戻し、新王はそのまま切先を上に掲げながら、祈りの文言を復唱した。これで終わりかと思いきや、またロレーヌ枢機卿の手に戻して、再び元の祭壇なのである。

それが古式の通りだった。が、なんの意味があるのかわからない。それでも大聖堂の大方は、いよいよ固唾《かたず》を呑んで、内陣に注目していた。

ロレーヌ枢機卿が祭壇から、サン・レミの聖杯を取り上げていた。やはりサン・レミ大修道院から運ばれてきたもので、であるからには塗油式の始まりである。

賛美歌が続いていた。ロレーヌ枢機卿はサン・レミの聖杯に、まずは普通の香油を注いだ。伝説の聖油は無駄にできない。フランス王家の未来永劫《えいごう》の繁栄を願うなら、後の世の王たちが戴冠するときのため、十分な量を残しておかなければならない。サン・レミ大修道院の聖瓶からは、金の匙で少し掬《すく》いとるだけだった。それを聖杯の香油に投じて、ぐるぐる指で混ぜるのだ。

「王子さま、ほうら、魔法の始まりですよ」

コンデ公が再び茶化した。アランソン公はなにか返したそうだったが、その腕を強く引かれてあきらめた。

窘《たしな》めたのは姉のマルグリットだった。いうまでもなく、王女は王母に促されてのことだ。

内陣ではジョワンヴィル公が、新王のシュミーズの紐を解《ほど》いていた。補佐の二枢機卿が左右に分かれて、スリットから前後に開くと、青白いほどの胸と背中が現れた。

そこにロレーヌ枢機卿は、油に浸した右の親指を押しつけるようにして油を塗った。最初に頭頂、そして胸、背中の首の付け根、右肩、左肩、右腕の関節、左腕の関節と、塗油は全部で七ヵ所である。一度塗るたび祈りの文言が唱えられ、終われば参列の全員が「アーメン」の声で応える。それが七度も繰り返される。

コンデ公が続けた。

「あの油を塗られたからには、もう兄王陛下は魔法使いなんですよ、殿下」

本当なの、とアランソン公に応じられて、コリニィも出てくる。ええ、本当ですとも。

「シャルル様はもう指先で触れるだけで、たちどころに病を治してしまわれます」

「うわ、凄いや。本当に魔法だ」

「神通力です」

小声ながら、みかねたように黒王妃が介入した。天使がもたらした油なのですから、人々を救う力を潜ませているのです。その力を分け与えられ、世の人々を救うからこそ、フランスの王たりえるという……。

「作り話が伝えられてきたというのは、本当でございますよ、王子」

「いい加減に黙られよ、コンデ公」

変わらず静かでありながら、黒王妃の声には有無をいわせぬ力があった。先刻からカトリック教会の儀式が気に入らないようですが、それが古式であるなら仕方ないでしょう。

「全てはフランス王の偉大さを表現するためです。他意はありません」

「しかし、それならプロテスタント式のほうが、王の偉大さをいっそう表現できますよ。こんな安い芝居小屋に入れられて、茶番をみせられることよりも、真実の信仰に理解を示される姿をみせられたほうが、なるほどフランスの王は偉大だと……」

「屁理屈はおやめなさい」

「しかし、この戴冠式は許容の範囲を超えています」

コリニィが食い下がった。だとしても、名士会議に、全国三部会にと参加してきた貴殿ならわかるでしょうと窘められては、勢いこんで先を続けることもできなかった。

「宥和政策のためです」

と、黒王妃は明言した。

後を受けたのが、国璽尚書ロピタルだった。眉間に深い皺が刻まれ、沈黙を守りながらも、長らく気を揉み続けだったことが知れる。ええ、よろしいですか。最近ユグノーは増長していると、それが旧教派の言い分なのです。不満を募らせて、三頭政治を打ち上げたりもしています。フランス王家はユグノー寄りだと思われても、宥和政策は破綻してしまうのです。

「コンデ殿下に、コリニィ閣下、あなた方も宥和政策に期待するのであれば、王家はカトリック贔屓だなどと、どうか騒がないでいただきたい」

内陣では大侍従代理ジョワンヴィル公が今度こそ忙しくなっていた。塗油を済ませた新王は、ようやく服を着ることができるのだ。

テュニカ、ダルマチカ、マントと重ねられると、ロレーヌ枢機卿は再び聖杯を取り上げた。

同じように親指を油に浸して、それを新王の両掌に、八度、九度と擦りこんでいく。手袋を取り出し、それに聖水をかけてから新王にはめさせ、その手を胸の前に合わせさせてから、王の指輪を右手の薬指に嵌め、同じ右手に王笏を持たせ、さらに左の手には「裁きの手」を委ねと、かくあれかしという王の形が、みるみる整えられていく。

最後が「シャルルマーニュの王冠」だった。これは前王から譲られるため、王家の墓所が置かれるサン・ドニ大修道院から運ばれてきたものだ。

ロレーヌ枢機卿はそれを両手で持ち上げた。それを跪く新王の頭上に翳したときだった。

「よろしいですか。あなたさまに宗派を変えよと勧める輩は、この王冠を奪おうとする輩と思しめされよ」

シャルル・ドゥ・ギーズは一言加えた。ごくごく小さな声だったが、低められるほど凄味が利いた。それが王国の実力者の口から吐かれたものであるならば、なまなかでない迫力を帯びたことは否めなかった。

シャルル九世は何度か目を瞬かせた。それが落ち着いたとき、見開かれた目は充血し、それのみか涙の層に濡《ぬ》れていた。いや、雫《しずく》となって目尻に零れた。ずっと大人びてみえた新王が、頼りない子供に戻ったようでもあった。

「許容の範囲を超えています」

こちらでも黒王妃が吐き出した。無表情で知られた女が、その瞳に焰《ほむら》を露《あらわ》にしながら、ロレーヌ枢機卿をまっすぐ睨みつけていた。

「ウィウァート・レックス・イン・アエテルヌム（王よ、永遠に）」

儀式は続いた。ロレーヌ枢機卿が宣言すると、それを合図に大聖堂の後方では、大きく扉が開かれた。

「国王ばんざい《ヴィーヴ・ル・ロワ》、国王ばんざい《ヴィーヴ・ル・ロワ》」

叫びながら雪崩《なだ》れこむのは、前庭でウズウズしていたランスの庶民たちだ。

また鐘が鳴らされた。バタバタ羽音を重ねているのは、祝いに放たれた鳩《はと》だった。王族も、貴族も、平民もないまぜに、最後に聖餐式を挙げて、それで国王戴冠式もようやくの終幕だった。


儀式というのは神聖なものです。

洗礼式、堅信《けんしん》式、結婚式、葬式、帯甲《たいこう》式、凱旋式、戴冠式、どんな式だって神聖です。

カトリック式、プロテスタント式、ギリシャ正教式、イスラム教式、いえ、宗教なんか関係なくて、王国の祝日でも、共和国の記念日でも、皆して挙げる式という式は、全て等しく神聖なものなのです。

それくらい、改めていうまでもありませんね。

どうして神聖かといえば、儀式とは公の営みだからです。公の営みというのは、厳かでなければなりませんし、華やかでなければなりません。ルネサンスと申しますか、レナシメントがイタリアに起きたのだって、そういうことだと私は考えています。

フランス王というような、巨大な権力がありませんからね。せいぜいがローマ教皇、でなければナポリ王といったところですから、半島は公が弱い土地なんです。

それを強くみせるために、厳かで、華やかな、つまりはボッティチェルリであり、ダ・ヴィンチであり、ミケランジェロであるような芸術の力が必要とされたのです。人々に霊感を与えることで、公の弱々しさを補わなければならなかったわけです。古さというのも、霊感のひとつです。由緒のある場所、逸話のある物、受け継がれてきた決まりというのは、ただ古いだけでありがたいような気がするじゃありませんか。

シャルル九世の戴冠式にせよ、それが古くからの決まり事なら、どれだけカトリック色が濃くても構いませんでした。

ええ、古くからの決まり事を守ることは、まさしく神聖なものとして伝統ある儀式を真摯に護持しようという態度の極みです。永遠という価値に殉じることになるからです。個々のちっぽけな了見なんて、消し飛んでしまうからです。そうなって、はじめて成立するんです、公の営みというものは――。

目の前の事情で、勝手に変えることは許されません。ましてや私情で変えるなんて、言語道断です。ええ、ロレーヌ枢機卿は許せません。だって、なんですか、あの言いぐさときたら。

「あなたさまに宗派を変えよと勧める輩は、この王冠を奪おうとする輩と思しめされよ」

そんな文言、どこにも書いてありませんよ。聖書を探しても、王室典範を探しても、どこを探したって、絶対に出てきやしません。カトリックの摂理じゃないからです。

王国の法にだってありません。ロレーヌ枢機卿という一個の人間の、下らない存念でしかないんです。せいぜいが、最近なんだか寄り集まっている、旧教派の言い分でしかないんです。

そんなもの、声にして吐かれるだけで、戴冠式の場が穢《けが》れてしまうというものです。あまつさえシャルルを泣かせて、フランスの王たる者に恥をかかせるだなんて――。

ああ、腹が立つ。ああ、本当に呪われてほしい。ええ、ロレーヌ枢機卿、おまえなんかは僧衣の赤帽子に、天の雷《いかずち》でも落とされるがいいんだ。

というのも、してやったりと思っているでしょうからね。旧教派の恐ろしさを、少なくとも三頭政治《トリウムヴィラ》の実力を思い知らせよう、少年王のみならず、戴冠式という晴れの儀式を利用することで、まさしく公に知らしめようと、そういうつもりだったでしょうからね。

それこそ、やってはならないことの見本です。

旧教派はやっぱり強い、三頭政治には逆らえない、それが政治の内幕であるならあるで、ぜんぜん構わないんです。にんげん、傍で思うほど、馬鹿じゃありませんからね。誰しも自分の無力くらい、わきまえているものですからね。

実力の差なら仕方ないと思うんです。譲らなければならないとも観念するんです。けれど、それだから、なんです。それだから公の場でだけは立ててほしいと思うんです。

その労さえ怠らないでくれるのなら、陰で傍若無人のかぎりを尽くされようと、堪えられます。笑顔だって、上手に繕うことができます。それでも、体面を傷つけられることだけは我慢できない。それだけは絶対に許せない。

どうしてって、人間というのは、最後の最後は名誉ですからね。

名より実を取るなんていいますけれど、あんなもの、実しか取れない人間が名をあきらめるための、単なる方便にすぎません。名があれば、実はついてきますしね。反対に名がなければ、実まで無に帰してしまいます。

私の実家をみれば、一目瞭然でしょう。「豪華王《イル・マニフィコ》」と呼ばれたロレンツォ・デ・メディチの子孫は、フィレンツェから追放されたことがあります。

共和国の公文書に記されている分には、王どころか貴族ですらなかったからです。どんなに富裕で、どんなに権力を振るえても、一介の市民にすぎなかったからなんです。

ええ、大切なのは名誉です。それが証拠に名誉を傷つけられた人間は必ず怒ります。お金ならあきらめる、領地など欲しがらない、屈辱的な孤独にだって堪えてみせるという人間でも、名誉を傷つけられたことだけは忘れません。

傷つけた相手は決して許しませんし、復讐《ふくしゅう》を決意することさえ、ままあります。ええ、ええ、なによりも我慢が十八番という、この私にしてみたところで、例外ではありませんでしたからね。

つらつら思い出してみれば、あの儀式も屈辱的でした。同じランスのノートルダム大聖堂で、まだ二十歳の若者でしたが、同じロレーヌ枢機卿の執式で、一五四七年七月二十五日に行われたそれは、私の夫アンリ二世の戴冠式でした。

やはり厳かに挙げられました。やはり華やかに飾られました。賛美歌が歌われ、祈りの文言が唱えられ、古式通りの塗油も行われました。

王冠、王笏、裁きの手と与えられ、金百合がちりばめられた濃紺の錦地、つまりは王家の紋章をあしらったマントまで羽織らされ、きっちり整えられた晴れ姿ときたら、まさに地上の王者――それは、もう、惚れ惚れするくらいに見事なものでした。

フランス王、つまりは王のなかの王とは、こういう男なんだと、ただ居ながらにして表現していましたから、誰に侮られる心配もありません。ほんの一瞬にして、臣という臣、民という民を納得させて、もちろん、ケチをつけようなんて人間は皆無でした。

アンリは即位の年で、二十八歳でしたからね。若すぎて危なげだったり、頼りなげだったりするでなく、あるいは中年の声がかかるまで待たされたため、衰えや疲れが目についてしまったり、あるいは元気いっぱいだったとしても、ふてぶてしいくらいの貫禄が見苦しさになっていたりと、そういう憾《うら》みは一切ありませんでした。

二十八歳ですから、すっかり落ち着いています。それでも二十八歳ですから、まだまだ活力に溢れています。これから王として新しい時代を作るんだという感じが、これ以上ないほど上手に出ていたんです。即位の年齢としては理想的だったといえましょう。

おまけに、ね。自分の夫のことですから、なんだか自慢しているみたいで嫌なんですが、アンリ二世というひとは、ね。なんといいますか、とても見栄えがする質でして。

そこは父君のフランソワ一世ゆずりで、筋骨隆々たること、古代の彫像さながらでしたしね。

首からうえの話をしても、こちらのほうは恐らくは母君のクロード王妃ゆずりなんでしょうが、鼻梁《びりよう》が高く立つような端整な顔立ちで、そのうえに優しげだというか、目尻に少し下がり気味の嫌いがあって、そこが甘やかな雰囲気になっていたというか、ときに物憂げな風にもみえて、これまた魅力的だったというか、とにかく、美男の誉れをほしいままにしていたものなんです。

アンリ二世くらい見栄えがしますと、自然と人々の注目を集めてしまいます。仕方ないといえば仕方ないのですが、それだけに残念な話もありました。

濃紺に金百合の戴冠式のマントですが、アンリは胸のあたりに、とりわけ大きな金百合を入れていました。そこに真珠を縫いつけて、なにやら花文字のようなものも描かれていたんです。

もちろん、参列者の多くが見逃しませんでした。アルファーベーのようだと目を凝らしてみるのだけれど、誰にも読めない。戴冠式の最中ですから、小声の囁きでしかないわけですが、それでも一寸《ちよつと》した騒ぎになりました。

「Hに似ている」

そこまでは気づくのです。アンリの頭文字ですからね。けれど、Hそのものじゃないと。まんなか部分に背中合わせの半円が二つ重なることで、羽根を休める蝶《ちよう》のようにみえたのですから、なんだろう、なんだろうと、皆は好奇心を掻き立てられるばかりだったのです。

「Dじゃないか」

誰かが囁きました。Hの左側の縦棒にDの縦棒を重ねて、右側の縦棒に左右を反転させたDの縦棒を重ねると、確かに羽根を休める蝶のようにみえました。

「ディアーヌ様のDか」

また別な誰かが囁きました。私はといえば、刹那に胸をえぐられるような痛みに襲われました。

カッと赤面していたかもしれません。わなわな手足が震えていたかもしれません。あまりの切なさに、息をするのも容易じゃなかった覚えがあります。そのまま石のように固まって、もう二度と吸ったり吐いたりできなくなるんじゃないかと、本気で心配したほどです。

そうなったって、無理ないじゃありませんか。なにせ夫の頭文字であるHと、その愛人の頭文字であるDが、くんずほぐれつで絡み合っていたわけですからね。もちろん公然たる寵姫ですから、ディアーヌ・ドゥ・ポワティエとは夜毎《よごと》そういうことになっているのだと、知らぬ者もありません。けれど、それは目の届かない暗がりでの話なんです。イタリアであれば、ごくごく私的な、言葉通りの秘め事になります。

いくらフランスでも、それが公衆の面前に堂々と広げられる、戴冠式という晴れの舞台で披露される、この仕打ちはありません。

「ええ、さすがにDはないでしょう」

「あるとすれば、カトリーヌ様のCなんじゃありませんか」

囁きは続きました。なるほど、同じようにHにCと、やはり左右を反転させたもうひとつのCを重ねると、これまた羽根を休める蝶のようにみえます。

ようやく私は息を吐くことができました。頭がクラクラしたことを覚えていますから、あるいは本当に危うかったのかもしれません。

そんな紛らわしい花文字を、どういうつもりで胸につけたのか。それも、わざわざ戴冠式の日を選んで。ほとんどみせびらかすようにして。アンリの気持ちはわかりません。聞いたこともありませんし、聞いたところで多分無駄というものですからね。

どうしてって、それがDだとするならば、ディアーヌ・ドゥ・ポワティエの仕業に決まっていますから。

あなたも今ではフランス王妃になったけれど、それで私と対等だとは思わないことね。いえ、そんな自惚れ、あなたは抱かないでしょうけれど、せっかくの機会だから、誰が本当の王妃なのか、皆にわからせてあげましょうよ。それくらいをいいたくて、アンリに無理強いしたに違いないんです。

悔しいことに、アンリは気弱なところがあるひとでしたからね。いえ、それを優しさといいかえれば、たちまち美点になるわけですけど、ディアーヌ・ドゥ・ポワティエのような図々しい女につけこまれる憾みは、やはり否めませんでしたから。

繰り返しになりますけれど、真相は知れません。ただアンリ二世の戴冠式でディアーヌ・ドゥ・ポワティエは、参列の最前列を占めていました。

正しい王妃であるはずの私はといえば、はるか後列の雛壇《ひなだん》に座らされました。次女のクロード、今はロレーヌ公妃になっているあの子を妊娠していたときでしたので、長丁場の儀式が負担にならないようにと、格別の配慮がなされたのだと聞いていますが、ううん、そうですね。

ありがたいと思う半面で、ないがしろにされたような気分だって、正直なくはありませんでした。いや、僻《ひが》み根性にも程があると、自分に言い聞かせてはみるんですが、頭では理解できても、気持ちのほうは暗くなっていくばかりで……。

Hに重ねられていたのはDだ、Cであるはずがない、私の頭文字なんか強いて重ねるはずがない、というような感じで、考えだって式の最中から、悪いほうに、悪いほうにと傾いていくばかりで……。

真相が知れないなら、そのほうが幸いなんです。はっきりさせたいとも思いません。あれはCだったかもしれないと微《かす》かな希望ばかりはあって、話が曖昧になることで、ぎりぎり体面が守られているなら、それで私は少しも構わなかったんです。

夫が王位に就く頃までには、宮廷に「三人世帯《メナージュ・ア・トロワ》」なんて言葉も定着していましたしね。

つまり、アンリ二世は常に三人で行動する。王妃カトリーヌ・ドゥ・メディシスと、寵姫ディアーヌ・ドゥ・ポワティエと、食事も三人で取る。その食事が済んでしまうと、王妃は優しい言葉をかけられる。

「疲れたであろう。そなたは早く休まれるがよろしい」

カトリーヌ・ドゥ・メディシスは寝室に下がり、アンリ二世は寵姫と残る。王が王妃と一緒に寝るのは、王子か王女が無事に生まれたあと、ディアーヌ・ドゥ・ポワティエに促されたときだけだ。

また王妃は妊娠する。また王は寵姫の部屋に入り浸る。そんな屈辱的な三人世帯――。いいんです。いえ、本当にいいんです。フランス王妃というのは、王子や王女を産むだけの女のこと。その役目なら立派に果たしました。

私の玉座は揺るぎありません。追い出されてしまうなんて、みじめな心配もしなくてよくなりました。ええ、それで上出来じゃないのって、割り切りをつけたつもりでいたんです。

寵姫という女は、フランスでは日蔭者じゃない。それは半島から来た女には驚きでしたが、イタリアにも愛人を作る男はいます。浮気された、裏切られたと大騒ぎする女もいますが、それまた見苦しいものなんです。

ええ、正しい妻なら、でんと構えて、うろたえたくないものですよね。ものわかりのよい伴侶として、ほんと、仕方ないひとだわねえと、広い心で夫を許したいものですよね。

ええ、ええ、そうすることにいたしましょう。それで最愛の夫が悩まなくて済むなら、なにほどの苦労でもないじゃないの、なんて、ね。自分では心の整理をつけられたつもりでいたのです。

でないと、私自身、苦しいだけですからね。いくらか屈辱的であったとしても、それで心の平安を得られるのだったら、賢い選択といえなくもないわけですからね。

それを蹴って、撥《は》ねつけたところで、先に待っているのは夫を挟んで愛人を向こうに回す、泥沼の戦いでしかありませんからね。

それでも最後は、やっぱり我慢なりませんでした。割り切れたものが、割り切れなくなったからです。どうでも許せなくなったんです。

泥沼の戦いになったって構うものか、ディアーヌ・ドゥ・ポワティエを泣かせてやるためなら、どんなことだって厭うものかと決めたのは戴冠式のとき、この私、カトリーヌ・ドゥ・メディシスの戴冠式のときでした。

王のそれほど大々的でなく、またランスともこだわらない略式ですが、王妃も戴冠式を挙げます。私も一五四九年六月十日、サン・ドニ大修道院付属大聖堂で挙げていただきました。

略式とはいえ、どうして、厳かで、華やかなものでしたよ。

ただ入堂するにも、二百人からの行列をなしましたからね。それも全員がフランスを代表する大貴族ばかりだったという――。

執式がブルボン枢機卿で、二人の補佐もヴァンドーム枢機卿にギーズ枢機卿と、高僧たちも王族の血筋だったり、権門の出だったり。

まあ、王妃の戴冠式ですから当然といえば当然なのですけれど、「おみせ屋さんの娘」と馬鹿にされてきた身にすれば、ね。やはり胸透くような思いがないではなくて。

ランスに比べると、サン・ドニは聖堂自体の造りがこぢんまりしていることもあって、内陣に特設された玉座なんかも、かえって大がかりにみえるくらいでした。辿りつくまで、階段を十九段も登らなければなりませんでしたしね。　頂きに到着してみれば、KとAの文字、つまりは私の名前をラテン語にしたもの、「カタリーナ」の頭文字ですね、それらを無数にちりばめた真紅の羅紗布で、ぐるりと天蓋が巡らされていました。

ゆらゆら揺れる金糸の房飾りをみつめながら、いよいよ腰を下ろした玉座というのも、青地に金百合という王家の紋章が入れられた、やはり羅紗布張りの椅子だったわけで。

やっぱり私は王妃なんだわ――そうやって、素直に喜ぶことができました。

宮廷の日々に目を向ければ、確かに寵姫が幅を利かせ、確かに地味な王妃として、ないがしろにされることも多いけれど、やはり王妃は王妃、正妻は正妻なのであって、それが証拠に他にどこの女が、こんな立派な戴冠式を挙げてもらうことができるんだって。

ああ、がんばった甲斐があった、今日まで我慢してきてよかったたって、それは、もう、自然と涙が溢れるくらいの喜びでした。

塗油だって、きちんと施されましたよ。最初に油を塗られるのが頭頂ですが、女ですから長い髪を解かなければなりません。このとき労をとってくださったのが、王妹のマルグリット様でした。

塗油の後は着せつけになりますからね。王妃の戴冠式では、女官たちの出番になるんです。王家の紋章入りの指輪が嵌められ、象牙の王妃杖《じょう》が渡され、王妃の冠が額に載せられ、どんどん仕上げられていって、最後に羽織らされたのが白貂の毛皮で作られた、袖なしの長マントでした。

白貂を許されるのは王族のみ――それが昔からの決まり事です。ええ、私だって黒しか着ないわけじゃないんです。他の色だって着るし、着ることで喜びを感じるときだってあるんです。それでも、やっぱり、なんですね。

ああ、やっぱり私は王妃なんだわと、またぞろ陶然としかけたときでしたので、大袈裟でなく、冷水を浴びせられた気分でした。どうしてって、また別な白貂が目の端をかすめたからです。

王族だらけの場所であれば、他に着てきた姫様がいたんだろうって、簡単に流すことだってできたかもしれませんが、なにか不穏なものを感じたんでしょうね。

　このときの私は、目を凝らさずにはいられませんでした。ええ、やっぱりディアーヌ・ドゥ・ポワティエでした。

大蠟燭を捧げ持っていましたから、侍女の資格で儀式に割りこんでいたんです。皆にみられる公の舞台にしゃしゃり出てきた、というか、皆にみせて知らしめるつもりだったのでしょうね。白貂はひとりじゃないって――。王妃だって、ひとりじゃないって――。

こんな話ってあるでしょうか。だって、私の戴冠式ですよ。その一日くらい私にくれたからといって、ディアーヌ・ドゥ・ポワティエにどんな痛みがあるというんです。

私生活は仕方がない。けれど、公の立場は守ってもらう。それが暗黙の了解だと、三人世帯を平和裡に成立させる一種の契約なんだと、そう考えて私はやってきたんです。

ディアーヌ・ドゥ・ポワティエのほうは、それでは我慢できなかったというんでしょうか。私に恥をかかせてまで、全て奪い尽くさないと、気が済まなかったというんでしょうか。

あるいは先年のアンリ二世の戴冠式が不満だったとか？　手ぬるかったかしらと、ひどく後悔していたとか？　王の胸でHに重なるDをCとも読まれてしまったことが、悔しくて、悔しくて、どうしても意趣を返さずにはいられなかったとか？

戴冠式にはディアーヌ・ドゥ・ポワティエの娘たち、亡夫との間に生まれていた二人の娘も参加していました。

年増というか、ほとんど初老の女の話ですから、娘たちといえども大人の女です。ひとりがマイエンヌ公妃で、葡萄酒《ぶどうしゅ》を運んでいました。もうひとりがブイヨン公妃で、奉献文を読み上げました。

王妃の戴冠式にそれぞれ役目を与えられて、それは別に構いません。ところが、です。マイエンヌ公妃のほうが、玉座の私に近づいてくるじゃありませんか。

なにをするつもりかと思っていると、王妃さま、このまま式典を続けられるのでは重くて仕方ありませんでしょう、なんて親切ごかしに、私の額から冠を外してしまったのです。

儀式の最中ですから、騒ぐわけにもいきません。嫌だと声ひとつ上げられませんし、もちろん玉座から離れることもできません。このとき私にできたことはといえば、冠の行方を目で追いかけることだけでした。

参列の最前席に戻るや、マイエンヌ公妃は王妃の冠を床に置きました。それも隣で傲然と背筋を伸ばしている母親の足元に、です。

そのディアーヌ・ドゥ・ポワティエは、他方の隣席に夫のアンリを座らせていました。王族の白貂でフランス王アンリ二世と並びながら、我こそ本物の王妃なのだといわんばかりに。

はは、ひとに恨まれたって、これじゃあ仕方ありませんよね。

12 ✦ ここを動きませんからね

フランス王家の宥和政策は続いた。少年王シャルル九世の戴冠式を挙げたことで、いっそう勢いづいた感さえあった。

国王総代官アントワーヌ・ドゥ・ブルボン、国璽尚書ミシェル・ドゥ・ロピタル、なかんずく精力的だったのが統治担当《グーヴェルナント》、王母カトリーヌ・ドゥ・メディシスだった。

一五六一年も本格的な夏を待たずに、カルヴァン派の大物テオドール・ドゥ・ベーズと会談を果たしたのも、黒王妃カトリーヌそのひとだった。

そのためにピレネ山麓のナヴァールに、御忍びで足を運ぶことまでした。またとない機会として、ナヴァール女王ジャンヌ・ダルブレとも面談した。

潔癖、頑固、直情、高慢で知られる姫様育ちとは、生い立ちから、人柄から、物の考え方にいたるまで、まるで水と油の関係だとも評されながら、かかる忠告を肝に銘じて臨んだからか、このとき黒王妃は持ち前の粘り強さと柔軟さで女王を懐柔、巧みに味方につけたといわれている。

ジャンヌ・ダルブレの態度も軟化するはずで、大盤ぶるまいといえるくらいの約束を交わしてきたと伝える向きもあった。新教と旧教を平等の扱いにする、プロテスタントは好きな場所に教会を建て、自由に礼拝することを許す、等々の約束である。

根も葉もない噂話とばかりは片づけられなかった。フランス王の宮廷は新教色を濃くするばかりだった。

テオドール・ドゥ・ベーズが招聘され、この新しい信仰を喧伝して黙らない牧師が長逗留を決めるようになるにつれて、宮廷貴族の改宗も相次いだ。

隆盛を極めるカルヴァン主義は、遠からず国王シャルル九世はじめ、王子、王女までを根こそぎ取りこんでしまうだろう。そう大真面目に心配されるようになったのは、もうひとつにコリニィ提督の存在感が、俄かに大きくなったからでもあった。

プロテスタントとしての固い信念もさることながら、歴戦の武将特有の押し出しのよさが、王家の兄弟姉妹の心を虜にしていた。

父王アンリ二世を早くに亡くした、いわば母子家庭である。そこに父親を連想させる男性原理が屹立《きつりつ》した日には、いやがうえにも魅力的にみえたというわけだ。

予告されていた通り、夏の終わりには全国三部会も開かれた。

八月二十七日、まずは非聖職者議員の面々がポントワーズに集められた。財政再建が主題の審議は、教会財産の売却によるべきだと結論を出しかけた。が、カルヴァン派による誘導だとも反論され、容易に議決にはいたらなかった。

であれば、なおのこと重要だとして、注目の度合いが高まるなか、ポワシィで開催されたのが聖職者議員による三部会、いわゆる「ポワシィ討論会《コローク》」だった。

九月九日、討論会はポワシィ市内のドミニコ派女子修道院、十三世紀にルイ九世を称《たた》えて建てられたという、由緒ある大食堂に場所を求めた。

旧教側を代表したのは、ブルボン枢機卿、トゥールノン枢機卿、シャティヨン枢機卿、アルマニャック枢機卿、ギーズ枢機卿、そしてロレーヌ枢機卿の六人を筆頭に、司教が四十人、ソルボンヌ大学の神学博士が十二人、同じく聖典学者が十二人――聳《そび》え立つ城塞を連想させる堅牢《けんろう》な布陣だった。

新教側のほうは、テオドール・ドゥ・ベーズ、ピエール・マルティルはじめ、ジュネーヴからの牧師が十二人、これにフランスの牧師が十人、イングランドの牧師が一人加わるだけの、比較的小規模な布陣で臨んだ。が、その全員が鍛え抜かれた論客であり、こちらは精鋭部隊の出撃を彷彿とさせたものである。

激戦は必至だった。が、戦う必要はなかった。どちらが勝つ、どちらが負けるでなく、相手の存在を容認できれば、それでよかった。

ところが、旧教側は教会財産を奪われかねないと、最初から身構えていた。「異端」という罵りから始められては、新教側も譲るわけにはいかなくなった。

あげくに議論は典礼の問題、聖餐式における聖体の秘蹟の是非をめぐって紛糾した。つまるところ、パンにキリストは現存するか、キリストの血と肉は現存するかの命題だ。

「そんな細かな話にして、全体どうしようというのですか」

黒王妃の叱責も虚《むな》しく、両派の話し合いは決裂、ポワシィの討論会は失敗に終わった。それでも王家の宥和政策は変わらなかった。秋から冬にかけて準備が進められ、次なる決定打と目されたのが「一月勅令」だった。

年が明けた一五六二年一月七日、サン・ジェルマン・アン・レイの離宮で開かれたのが、フランス名士会議である。

全部で四十九人の名士を集めて、十五日まで続けられた議論を踏まえながら、国璽尚書ミシェル・ドゥ・ロピタルが起草し、十七日にシャルル九世の名前で発布されたものが、「宗教の事柄に関する騒乱ならびに暴動を鎮めるための最も適切な方法」に関する勅令、いうところの一月勅令だった。

「新しい宗教を奉じる者たちは、都市の内側においては、公私を問わず、昼夜を問わず、説教を聞くことも、伝道を授けることもできない」

そう禁じる法文は、さらに続ける。

「朕は全ての裁判官ならびに行政官、さらにその他の公職を有する者に禁じる。新しい宗教を奉じる者が、その信仰のために都市の外側を往復し、また同所で集会を開いたとしても、それを邪魔したり、脅威を覚えさせたり、困難にしたり、無理に止めさせたりしてはならない。方法の如何《いかん》を問わず、妨害行為は全て禁ずる」

要するに都市の外側なら、プロテスタントの信仰も自由という定めである。

「また朕の役人がそのような集会に参加し、説教を聞き、開陳される教義を理解せんとしたならば、新しい宗教を奉じる者たちは、それを受け入れ、その役職の権威に相応の敬意を払われたし」

公職にある者を敵視するなと、プロテスタントに求めるような文言ながら、これも裏を返せば、王家の役人も新教の礼拝に出られるという意味になる。

名士会議の席上、新教徒を事実上の勢力として黙認ないしは容認するのでなく、むしろ厳格な制限を加えたうえで合法化するべしと進言したのは、パリ高等法院長クリストフ・ドゥ・アルレイ、ならびに評定官ポール・ドゥ・フォワ、評定官アルノー・デュ・フェリエの三人だった。

かくて発布された一月勅令は、国内における二宗教の併存を認め、ひいては信教の自由に言及した史上初めての法令、まさに画期的な法令であるといえた。

「ですから、これは典礼の問題でも、教義の問題でもありません。ひとえに法律の問題だというのです」

宥和政策の決定打を放ちながら、なお統治担当カトリーヌ・ドゥ・メディシスは、何度となく繰り返さなければならなかった。

発布されるや、一月勅令は物議を醸した。「異端」として断罪さるべきプロテスタントが、合法化されてしまう。隠れているべき日蔭者が、大きな顔で往来を闊歩する。だれ憚ることもない公の存在として、正式に認められる。

「いくら王家の立法でも、こんな理不尽な話はございますまい」

カトリック側は憤激した。なかんずく、パリは大騒ぎになった。発布から一週間の一月二十四日には、神学の殿堂パリ大学の総長ジャン・ドゥ・ヴェルヌイユが、カトリック教会パリ管区事務総長アントワーヌ・デュ・ヴィヴィエを伴いながら訪ねてきて、統治担当カトリーヌ・ドゥ・メディシスに一月勅令の撤回を求めた。

もちろん、反発は覚悟していた。黒王妃は、王ならびに王子王女、もちろん自分も含め、王家の全員はカトリック信仰に留まり、決してプロテスタントに改宗しないと宣言することで、反感の慰撫《いぶ》に努めた。

一月二十六日にはシャルル九世の名前でローマ教皇に書簡を認め、一月勅令の真の狙いはプロテスタントの更生と改宗にあるのだと弁明して、その波紋が国外に広まる前に釘を刺した。

なお不満は呟かれ続けるだろうが、あとは黙殺できないわけではなかった。もとより一月勅令の発布を決断した時点で、ある程度の強行突破は想定していた。王家に誤算があったとすれば、パリ高等法院までが反対の意思を明らかにしたことだった。

パリ、ルーアン、レンヌ、ディジョン、ボルドー、トゥールーズ、グルノーブル、エクス・アン・プロヴァンスと、地域の中核都市に置かれているフランス王国の最高裁判所は、勅令の登記をその職権のひとつとした。

登記が行われなければ、いかな勅令も法律として効力を発揮しない。いいかえれば、高等法院は登記を拒否し、勅令を差し戻すことで、王家に政策の再考を促すことができたのだ。

「したがって、恐れながら今度ばかりは建白権を行使させていただきます」

なかでも最大の管轄を有するパリ高等法院の、それが一月勅令に対する態度だった。最大の難関になったというのは、高等法院の建白がフランス王国の立法の形であり、また政治の仕組みであるかぎり、無視して捨てることができないからである。

一月十九日、国王総代官として高等法院の説得に努めるべく、ナヴァール王アントワーヌ・ドゥ・ブルボンがパリに飛んだ。かたわら、統治担当と国璽尚書は一月二十八日から二月十一日まで、サン・ジェルマン・アン・レイの離宮において再度の討論会を開催した。

新教側にテオドール・ドゥ・ベーズを据え、旧教側には穏健派で知られるヴァランス司教、さらにサリニャック、デペンス、ピシェル、ブートゥイユら、柔軟な意見に定評のある神学博士たちを置いた討論会は、期待に違わぬ協調と和解に達した。

「件《くだん》の成果を聞かされても、まだわからないというのですか」

カトリーヌ・ドゥ・メディシスは常ならずも大声だった。口を開けば能弁でありながら、決して無駄な多弁に奔《はし》らず、むしろ落ち着きはらい、不気味なくらいに静かに話す黒王妃が、その日ばかりは聞き苦しいほど甲高い声を張り上げていた。

いつもは仮面さながらの表情も、怒りの色を露にしながら大きく動く。周りに立ち並んで、石像よろしく動かないのは、黒王妃ならざる黒衣の法曹たちだった。

二月十四日、統治担当カトリーヌ・ドゥ・メディシスはサン・ジェルマン・アン・レイの離宮を発《た》ち、パリに乗りこんでいた。

高等法院はパリの都心も都心、セーヌ河の中洲《なかす》をなしているシテ島の西側にある。旧王宮コンシェルジュリの敷地の一角で、赤絨毯《あかじゆうたん》に導かれるように階段を進んだ先が、このフランスの最高裁判所の大法廷だったのである。

「ああ、腹の立つ……。私だって、こんなところに居たいわけじゃありません」

続けた黒王妃は、変わらず金切り声だった。どうしてって、パリは空気が悪いのです。なかんずく、セーヌ河の悪臭です。この大都会の汚物という汚物が垂れ流されている河を分けて、わざわざ臭いところを選んだようなシテ島なんか、できることなら足を踏み入れたくもないのです。ところが、あなた方ときたら、登記拒否の一点張りでしょう。どんなに説いても、私たちの話に耳を貸すどころか、このコンシェルジュリに籠りきりでしょう。

「自ら訪ねるしかなくなって、つまりは私は、とっくに業を煮やしているのです」

「王母陛下、そう申されるならば、勅令の改正案くらいはお示しいただきたかった」

「ですから、変える必要はないというのです。すでに譲歩は示しています。プロテスタントの信仰を国家の宗教として公認するわけではないと、王家は声明を出したではありませんか」

「恐れながら、フランスという国家の宗教はカトリック、それは確かめるまでもない、自明の前提にすぎません。異端の信仰を奉じるなど、そんな恐ろしい話はチラとも想像できないので……」

「想像する必要はありません。そのほうらの専門は法律でしょう。法律のことだけ考えていればよいのです」

「恐れながら、考えております。悪しき精神に基づく法が罷り通ることのないようにと、法の番人として真摯に目を光らせて……」

「ですから、精神も、信仰もいらないといっております。法律のことと申すは、決められた手続きという意味です。王家の登記勧告は、すでに届いているはずです。これは最終勧告です。建白権はあるけれど、高等法院には立法権もなければ、拒否権もありません。あるのは登記の拒否権ばかりなのです。それも最終勧告という国王大権を発動されれば、あとは恭しく受け入れて、速やかに登記するしかないと、それが手続きであり、法というものではないのですか」

「けれど、最終勧告をなされるならば、その前に相応の善処も示されて然るべきかと」

「同じ話を繰り返すつもりはありません。ですから、そのほうらと議論するつもりはないのです。私の言葉は、ひとつです。登記の手続きを進めてください」

「とはいえ、高等法院をこうまでないがしろにした法律となると、型通りに容れるわけにはまいりません」

「ないがしろにした、ですって。そんなつもりはありませんよ。現に一月の名士会議には、このパリ高等法院から、法院長に、評定官にと招聘しておるではありませんか」

「恐れながら、法院長と二人の評定官だけでございます。全体の意見を代表するものではございません」

「では、誰が代表するというのです」

「誰と申されましても……。高等法院内でも様々な考え方がありまして……」

「ギーズ公ですか」

相手の言葉を遮りながら、黒王妃カトリーヌはいよいよ鋭く切りこんだ。どうしたら黙らせられるかと思うほどの法曹たちの減らず口が、その刹那に消え失《う》せていた。

実際のところ、パリ高等法院の大半がギーズ公の息のかかる輩で占められていた。そのことを仄めかされては、信仰も、精神も、正義も、とうとうと語るほど唇が寒くなるばかりというものだ。

法曹たちが沈黙を余儀なくされている間にも、きんきんと高い声は畳みかけた。

「どうなのです。ギーズ公ならパリ高等法院の意見を代表できるのですか。それとも三頭政治ですか。モンモランシー殿やサン・タンドレ殿が諾《ウィ》といえば、そのほうらも登記に応じてくれるのですか」

「恐れながら、ギーズ様も、モンモランシー様、サン・タンドレ様にしてみましたところで、一月勅令に諾とは決して答えますまい」

「その通りです」

黒王妃はいったん認めた。事実、パリ大学だけでなく、パリ高等法院だけでなく、カトリックの大義を掲げる三頭政治も「一月勅令」に反対していた。宮廷の要人という顔も持つ面々であれば、国王顧問会議に乗りこみ、執政三者に直に撤回を働きかけたほどだった。

「ですから、モンモランシーとサン・タンドレには宮廷退去を命じました」

「…………」

「そのほうらがパトロンと仰ぐギーズ公は、もとよりいません」

ギーズ公フランソワは宮廷を退いていた。王家の離宮を出発すると、パリにさえ留まらず、昨秋十月からアルザスの自領サヴェルヌに籠るままになっていた。

あれだけ権力に執着した男の観念は、王家の膝元で強まるばかりのユグノー色に嫌気が差したためだというのが、専らの評判である。

「土台ギーズが近侍しているべき理由もありません。もはや国王総代官は、ここにおられるナヴァール王なのですから」

ナヴァール王アントワーヌ・ドゥ・ブルボンも同席していた。そもそもが高等法院の説得を任されていたからだが、カトリーヌ・ドゥ・メディシスに自ら乗りこまれては、いくらか影を薄くしたことは否めない。

いや、発言という発言もなく、はっきりいえば、いるかいないかわからなかった。それでも注意を喚起されれば、大柄な体軀《たいく》は簡単にみつけることができる。それが大事だ。

黒王妃は続けた。

「弟君のコンデ公も今はパリに来ております」

「………」

「奥方のジャンヌ・ダルブレ様まで、お運びになられています。テオドール・ドゥ・ベーズ牧師も同道しております」

いわずと知れた新教派の指導者たちである。法曹たちは言葉がないままだった。沈黙が破られなければ、建物が混み合う都心の話である。界隈《かいわい》の物音は箱に閉じこめられたようなものであり、奥まったコンシェルジュリの大法廷にもそのまま聞こえる。

耳に届いたのは、怒声だった。なにをいっているのか、そこまでは聞き取れない。ただ激怒している様子は、びんびんと伝わりくる。

ときおり馬まで高く嘶《いなな》く。それも一頭や二頭でなく、蹄《ひづめ》の音の重なり方ときたら、全体どれだけいるのか見当もつかないほどだ。

不穏な気配の止《とど》めが、ときおり空に駆け上がる、パンと乾いた銃声だった。

「あら、騒いでいるのは、もしやユグノーたちですか」

黒王妃カトリーヌも元の静けさを取り戻していた。

事実として、カトリックの都とされるパリにも、ユグノーが目立つようになっていた。

当たり前だ。ナヴァール王はさておくとして、コンデ公に、ナヴァール女王と上京すれば、お供を従えないわけがないからだ。自前の家臣郎党からなる兵隊を、千人の単位で引き連れるに決まっているからだ。

その、ほぼ全員がユグノーだった。

「なにを騒いでいるのでしょう。総督のフランソワ・ドゥ・モンモランシーは、鎮めようとしないのですか」

そう名前を出したのは、三頭政治を打ち立てる父親と違い、その長男は従兄弟《いとこ》のコリニィたちと同じに、熱心な新教徒として有名だったからである。

それがイール・ドゥ・フランス州総督として、パリの治安を管轄している。罰せられないことを了解して、ユグノーたちは武力を伴う政変を画策している。一番に標的とされるのは、もちろん高等法院である。

それがパリに流れる噂でもあった。

黒王妃カトリーヌは右をみやり左をみやり、なにかを探している素ぶりだった。こういうとき一番に気を利かせるのは、ナヴァール王である。

「王母陛下、なにか」

「少し疲れました。椅子は、ありませんか」

椅子だ、椅子だ、大急ぎで椅子をもて。ナヴァール王の命令で、もう五分後には用意された椅子に座ると、ふうと大きく息まで吐いたが、さほど疲れているようにはみえなかった。それでも、なのです。

「一月勅令を登記してもらうまで、ここを動きませんからね」

どっかりと腰を下ろして、確かに黒王妃カトリーヌは梃《てこ》でも動かせそうになかった。

13 ✦ またギーズ公か

カトリーヌ・ドゥ・メディシスは健啖家《けんたんか》である。

肉、魚、野菜、果物、菓子と、なんでも食べる。

左右の手それぞれに銀色の食器を構えると、それをキラッキラッと絶えず輝かせながら、実に楽しそうに食べる。

予定外に立ち寄ったモンソー城で作らせたにもかかわらず、その三月八日の食卓にも一切の妥協がなかった。

山鶉《やまうずら》の手羽肉の細切り、豚の血と脂肪の腸詰、仔牛《こうし》の脳味噌の黄金焼——オレンジ、すかんぽ入りの葡萄酢、酸味が強い柘榴《ざくろ》と、それぞれソースに工夫を凝らした料理だけで、もう三品を数える。

豆食いのフィレンツェ人として欠かせない、空豆と去勢鶏のクリーム煮は別に勘定するとして、他にも食べやすいよう皿パンに載せた茹《ゆ》で肉が、仔牛、仔山羊《こやぎ》、鳩、山鶉、ツグミ、バジル風味のエスカルゴと、ずらりと横並びなのである。

魚は川カマスのブール・ブラン・ソース仕立て、つまりはエシャロットと酢とバターで魚肉の風味を引き立たせる逸品が出たばかりか、チョウザメの挽肉《ひきにく》とその魚卵というような珍味まで省かれなかった。

野菜は量を取れるようにと、レタス、チコリ、キンセンカが、香草と一緒に茹でて出された。当世流行の「サラド」、つまりは生野菜も、レタス、蕪《かぶ》、ほうれん草と山盛りで用意されたが、なかんずくの食べ応えは、たっての希望で出されたカボチャの揚げ物だった。

もちろん、料理だけでもう沢山というようなことでもなく、丸パン、棒パン、ねじりパン、さらに去勢鶏のブイヨンで仕上げたパンの牛乳煮まで、綺麗に平らげてしまう。食後の果物も抜かりなく、今日のところは大好物のメロンと苺《いちご》の砂糖がけ、それに葡萄の実の蜂蜜漬けである。

酒量は取り沙汰されるほどでなく、食べ物を胃袋に送る助けに、水割りの葡萄酒を嗜《たしな》むくらいだ。もとより野菜が豊富で、肉も油で焼いたり揚げたりが少なく、茹で料理が多い。黒王妃の健康を管理するアンブロワーズ・パレの指導が徹底しているからだったが、いくら名医が監督しても、この食生活である。

然るべき結末として、カトリーヌ・ドゥ・メディシスは肥えていた。「黒王妃」の呼び名の由来となっている黒装束にしても、それ故だという向きがある。

黒は体型を誤魔化す働きがある、淡い色、明るい色より、スラリと痩せてみせてくれると、腰元のひとりに進言されたというのだ。

もっとも短軀でもある黒王妃のこと、最初の狙いは「スラリ」のほうだったらしい。どんどん太り出したのは、ごくごく近年の話である。夫のアンリ二世が崩御して、長男のフランソワ二世が即位してと、その頃までは小太りという程度にすぎなかったが、再びの崩御を経て、シャルル九世の御世を迎えたくらいから、はっきり肥満が目につくようになったのだ。

それが証拠に、黒装束も最近のこだわりは、ヴェルテュガダンとスリット袖である。

ヴェルテュガダンとは、婦人服の裾布をふっくら膨らませるための、輪型の腰当てのことだ。これを上手に加工すると、衣服の下に潜んでいるのが脂肪なのか、詰め物なのか、ちょっとわからなくなる。

スリット袖がよいというのは、開口を大きく取れば、腕全体を風船のように膨らませることができるからだ。これまた腕が太いのか、そうみせる流行なのか、判然とさせない効果がある。

若い時分から趣味の良さで知られたカトリーヌ・ドゥ・メディシスのこと、一説には自分の体型を誤魔化すために、自ら新しい流行をしかけ、宮廷のモードを操作しているとも。

そうまでしても食べたい、食べずにいられない黒王妃ではあったが、その三月八日の食事についていえば、尽きない食欲も久方ぶりの美味満喫ゆえの話だった。

食べまいとして、食べなかったわけではない。昨日まで食欲がなかった。お気に入りのジェラートを一口、二口と匙で舐《な》めて、もう終わりにしなければならないほど、ぐったり疲れはてていた。

食事が辛《つら》いほどであれば、馬車に揺られる時間とて堪えられない。休みたい、とにかく寝台で休みたいと、実のところパリからフォンテーヌブロー宮に向かう旅程を、急《きゅう》遽《きょ》変更したからこその、途中のモンソー城なのである。

が、さすがは不屈の黒王妃だった。一晩ぐっすり眠ると、もう元気を取り戻した。一緒に食欲も取り戻し、かくてイタリア風を心得た料理長ギョーム・ヴェルジェとその弟子たちは、再び大忙しになったのだ。

「ですから、食事が終わるまで、待てなかったのですか」

と、カトリーヌ・ドゥ・メディシスは相手を窘めた。

食堂を訪ねてきたのが国璽尚書ロピタルであれば、こちらも王国の統治担当として面会を断ることはしないものの、やはり愉快と思うわけではなかった。

「無礼の段は平に御容赦いただきたく」

モンソー城の食堂で、ロピタルは始めた。しかしながら、王母陛下に一刻も早くお知らせしなければと思いまして。

「ええ、私のところに急報が届きました。ギーズ公の話です」

「またギーズ公ですか」

受けた黒王妃は怪訝な顔になった。ギーズ公の話なら、昨日にも聞かされていた。アルザスの領地サヴェルヌから、シャンパーニュの領地ジョワンヴィルに移動していた公だが、二月二十八日、そのジョワンヴィルを出発し、一路パリを目指したというのだ。

今こそ宮廷復帰の好機と、ギーズ公が逸《はや》る理由も明らかだった。

ナヴァール王アントワーヌが、とうとうカトリックに改宗していた。「美しきルーエ《ラ・ベル・ルーエ》」の媚態たるや、いやはや強烈に効いたものだが、それも本人にいわせると、王家の宥和政策の一助というつもりがあったらしい。

旧教側の反感を和らげるため、すでに王家はカトリックに留まると宣言を出していた。ならば自分もと、国王総代官は張りきったのだ。プロテスタントをやめると宣言することで、パリ高等法院を一気に説得しようとしたのだ。

が、そこが他愛ない男だった。あるいは、げに恐ろしきは「美しきルーエ」の神通力だというべきか。愛人を喜ばせたい一心で、ナヴァール王は本気でカトリックになろうとした。

大義を掲げる三頭政治に擦り寄ることまで厭わなかった。信条において旧教徒になることと、政治において旧教派になることは、全く別な話であるにもかかわらず――。つまるところ、ナヴァール王アントワーヌはやりすぎた。多少の波紋は広がらざるをえない。新教派のコリニィ提督などは嫌な風向きだとして、さっさと宮廷を出てしまった。反対に喜び勇んで戻ろうとしているのが、フランソワ・ドゥ・ギーズというわけだ。

ギーズ公の話が出ても、それは仕方がなかった。怪訝に思うのは、むしろロピタルの慌て方のほうだった。ふっと鼻で笑いながら、黒王妃カトリーヌは受けた。

「お生憎《あいにく》さま、一月勅令の登記は、もう終わってしまいました」

パリ高等法院の抵抗は続いた。宮廷復帰の好機とみるや、ギーズ公が行動を急いだのも、それを応援して、「一月勅令」の差し戻しを実現させるためだった。

こちらの王家としては、逆に勝負どころだった。黒王妃はパリ高等法院の攻略に全力を傾けた。文字通りに精も根も尽き果てるくらいの、本当の骨折り仕事だった。

押したり引いたり、脅したりすかしたり、呼び出したり押しかけたりしながら、なんとか登記を呑ませたというのが、一昨日の三月六日の話なのだ。

なお「時節が求めるところの緊急の必要を鑑み、新しい宗教の認可は別な問題」と断りながら、あくまで「暫定的な措置として」という条件付きの登記だった。シャルル九世が成人に達した際に、再度の検討を求めるというのだ。

それでも登記は登記だった。「一月勅令」は正式な法律として直ちに効力を発揮する。王家の宥和政策は、ようやっと軌道に乗る。

「カトリック、カトリックと騒いだところで、今さらギーズ公にできることなどないでしょう」

と、黒王妃は続けた。ロピタルのほうは強いて抗うではなかった。

「ええ、なにもできません。勅令のことは、ええ、ええ、なにも。ギーズ公はむしろ一月勅令を盾にしております。これに違反したからこそ、ユグノーどもを責めたのだといっております」

「ユグノーどもを責めた？」

「ヴァッシィで事件が起きてしまいました」

国璽尚書ロピタルによれば、それは三月一日の出来事だという。

ジョワンヴィルを出発し、パリを目指したギーズ公は、途上でヴァッシィという小都市に立ちよった。三月一日は日曜日であり、最寄りの教会で聖餐式に与《あずか》ることにしたのだ。

すると、すぐ近くの穀物倉庫で、千人ほどの新教徒が集会を開いていた。「ジュネーヴ式」の礼拝であるらしく、皆で聖歌を合唱していた。

「それがうるさいと、いいがかりをつけたのですか、ギーズ公は」

「ギーズ公の家臣にいわせますと、嫌がらせをしたのはユグノーたちのほうだと。教会の前までやってきては、けたたましい声を張り上げ、わざと聖餐式を邪魔する風だったので、さすがに注意せずにおけなかったのが始まりだと」

「とにかく、そこで悶着《もんちゃく》が起きたのですね」

ロピタルは頷いた。ギーズ公は十五分だけ聖歌をやめるよう求めたそうです。ところが、新教徒たちは聞き入れなかった模様でして。

「それでギーズが手を出したと。逮捕とか、裁判とか、ああ、それで一月勅令違反とユグノーたちを責めたわけですか」

「いかにも。礼拝が行われた穀物倉庫は、市の城壁の内側でした。ゆえに非はユグノーの側にありと責めていることは事実ですが、それは事後の弁明にすぎないのでございまして」

黒王妃の顔色が変わった。弁明というと、なにをしたのです、ギーズは。

「剣を抜かれました。いえ、斬りつけたというのでなく、最初は脅しただけのようです。供回りの者たちも、倉庫に戻れと追い払いにかかったといいます。これに新教徒たちのほうが、大騒ぎになりまして」

「というと」

「投石を始めたと伝えられます」

「先に手を出してしまったのですか」

「残念ながら」

「ときにギーズ公の供回りは何人ほどだったのですか」

「百人は超えていたと」

「その全員が抜刀して脅したなら、なるほど怖いはずですね。ユグノーたちが丸腰だったなら、石くらい投げたくなるでしょうね」

「ええ、そうなのですが、なんとも運が悪かったと申しますか、その石のひとつがギーズ公の顔に命中してしまったのです」

「…………」

「その石のせいで、公の異名ともなっている『向こう傷《ル・バラフレ》』、あの古傷がパックリと口を開けてしまい、おびただしい血が赤々と流れ出し……」

「もうよい、国璽尚書殿」

　黒王妃は手を差し出して止めた。なにかを払い落とそうとするかのような動きで、二度三度と頭を左右に振りながら、同じ言葉を繰り返した。もうよい。もうよい、わかりました。

「それで乱闘になったというのですね。百人の供回りと、千人のユグノーの間で、大喧嘩が始まったというのですね」

「恐れながら、喧嘩ではございません」

「では、なんです」

「一部では『虐殺』という言葉が使われております。武器を携行していたのは、ギーズ公の配下だけでしたもので。こちらは火縄銃まで撃ち放しておりますので」

「火縄銃まで……。して、ユグノーたちの被害は」

「男が六十八人、女が六人の、死者が全部で七十四人。男が八十人、女が二十四人の、負傷者が全部で百四人」

「ギーズ公の側の被害は」

「死者が一人、負傷者も古傷が開いたギーズ公を含めて、ほんの数名ほどと」

「一方的ですね」

黒王妃は、むうと重い溜め息だった。

大変なことが起きた。およそ二年前の「アンボワーズ事件」、もしくは「アンボワーズの虐殺」のときのような騒動が、またぞろフランス全土に生じないともかぎらない。

「まったく、宥和政策が軌道に乗り始めた矢先に……」

「無念の極みにございます」

「して、今、ギーズ公は」

「ナントゥイユのオードワン城におられます」

「自城に引き籠りながら、そこから各方面に弁明を発信しているわけですね。新教側は、どうです。コンデ公は」

「まだパリにおられます。テオドール・ドゥ・ベーズ牧師と一緒です」

「それは重畳。で、コリニィのほうは」

「モーにおられるようです。やはり報が届いたとみえて、こちらも『ヴァッシィの虐殺』を非難する声明を出し、フランス全土のプロテスタントに武装蜂起を呼びかけているとも」

「まさに一触即発ですね」

ナントゥイユ、モー、いずれもパリの郊外で、僅か五リュー（約二十キロ）ほどしか離れていない。いよいよ狼狽の色も露に、ロピタルが確かめた。

「王母陛下、いかがいたしましょう」

「まずは食事を片づけます」

黒王妃は小さな匙に手を伸ばした。ジェラートをと給仕に告げて、それは確かに平素から欠かさない、気に入りの食事の締めだった。

14 ✦ ルーアンだけは

一五六二年三月十二日、ギーズ公フランソワは滞在するナントゥイユに、モンモランシー大元帥、サン・タンドレ元帥、そしてカトリックに改宗したナヴァール王を集めた。かねて旧教の大義を掲げた三頭政治《トリウムヴィラ》は、国王総代官の合流を得たことで、王国鎮撫の大義まで手中に収めたことになる。

そのうえで騎兵三千を従えながらパリに進発、十六日にはサン・ドニ門から堂々の入城を果たした。

王都の北門は王専用の大門である。それを面々は王ならぬ身にして通ったわけだが、これを不敬と咎めるどころか、パリは熱狂的な歓迎だった。

十九日、ギーズ公が主催する会議において、イール・ドゥ・フランス総督フランソワ・ドゥ・モンモランシーは解任され、ナヴァール王の実弟シャルル・ドゥ・ブルボン枢機卿が後任とされた。

今ひとりの弟コンデ公は、二十三日にパリ退去を決断した。ナヴァール王、ブルボン枢機卿というような兄弟の保護とて、ろくろく当てにならない。もはやカトリック一色の王都に留まるのは困難と考えたのだ。

牧師テオドール・ドゥ・ベーズと騎兵千を引き連れながら、二十五日に入城したのが、コリニィ提督が先に避難してきていたモーだった。

カトリック、プロテスタント、ともに兵を集め始め、緊張は高まるばかりだった。統治担当《グーヴェルナント》カトリーヌ・ドゥ・メディシスは、引き続き宥和政策を推し進めた。事態の収拾を図るため、フォンテーヌブロー宮から矢継ぎ早に手紙を発し、コンデ公の説得に全力を傾けた。が、これをギーズ公フランソワが看過するはずがない。

「コンデが国王一家の誘拐を企んでいる」

そういって非を鳴らすと、二十七日には護衛と称して千人の兵士をフォンテーヌブロー宮に送りつけた。

兵団に囲まれながら、王母カトリーヌ、国王シャルル九世、さらに王子王女の全員がパリに逃れた。四月六日の話だが、それこそ誘拐の体であり、あるいはパリに連れてこられたというべきかもしれない。

かたわら、コンデ公とコリニィ提督は三月二十九日、千四百の兵団をパリの城壁に肉薄させた。やはり国王一家を略取するつもりなのだと取り沙汰されたが、その間に二千の別動隊が密かに進発していた先がオルレアンだった。

四月二日、かねて新教が強いとされた古都は、あっさりと門を開いた。入城を果たしたコンデ公は、八日には「フランスの改革派教会の総守護」として声明を発表した。

王国の新教徒に勅令で保障された良心の自由を守るため、かつまた捕われの王ならびに王の家族を解放するため、臣下として武器を取らざるをえなくなったのだと、忠誠心で自らを正当化する論法はこちらも同じだった。

カトリックのパリと、プロテスタントのオルレアン——フランスの中原において、二都の戦いが勃発するかに思われた。

軍勢もそれぞれ三万余まで膨らんでいた。王軍を称する旧教軍がブロワを押さえれば、新教軍はボージャンシーを占拠し、実際に一触即発の事態だった。

が、両軍の主力が激突するより先に各地で戦闘が始まった。

ギュイエンヌ、ラングドック、プロヴァンス、ドーフィネ、ブールゴーニュ——ナヴァール女王ジャンヌ・ダルブレ、それにラ・ロシュフコー公爵ら新教の指導者らは、パリにギーズ公が戻るが早いか、もう地方に飛んでいたのだ。

あれよという間に全土が交戦状態に突入した。フランスで「宗教戦争」と呼ばれ、諸外国には「ユグノー戦争」の名で知られる内乱の始まりだった。

「ということは、あなた方が始めた戦争ではありませんか」

そうやって、黒王妃カトリーヌは会議の幕舎で切りこんだ。

幕内には、ギーズ公がいた。モンモランシー大元帥がいて、サン・タンドレ元帥がいて、三頭政治の面々が揃い踏みの体だった。胴鎧の脇に兜《かぶと》を抱えながら、その三人があらかじめ示し合わせていたかのように、一様に俯き加減になっていた。

持ち運びできる卓には、剣やら火縄銃やらが、いくつも無造作に放り出されていた。その雑然とした感じが、雰囲気の暗さに拍車をかけるようでもあった。

「この期に及んで、止められるわけがありません。ええ、おめおめと負けて帰るわけにはいかないのです」

金切り声と一緒に、ジャブジャブ水の音がした。幕舎の内であるというのに、足元が水浸しになっていた。

泥の濁りを帯びた水は踝《くるぶし》の上にまで達している。そこを婦人服で歩くとなると、ひきずられる裾布は大きく大きく波まで立てる。それに押されて、フラついたわけではなかろうが、直立する佇《たたず》まいからして骨がないかの男たちは、ただいわれるがままだった。

「本当に、なんて情けない。こんな水ぐらいなんだというのです。フランスの武将は雨ごときに負けるのですか」

秋の長雨にセーヌ河が氾濫していた。もはや陣地の全てが泥沼だった。洪水もパリとは勝手が違うというのは、より川幅の広い下流に来ていたからだった。

旧教軍の幕舎が建てられていたのは、ノルマンディの首邑《しゅゆう》ルーアンの南城外だった。ラ・ロシェル、ポワティエ、ブールジュ、リヨン、そして同じノルマンディのル・アーヴル、ディエップ、カーンと並んで、またルーアンも新教軍に奪われた都市だった。

四月十五日から十六日にかけた夜襲で略取されて半年、十月の半ばをすぎても旧教軍は奪還かなわないままでいた。

新教と旧教の戦いとはいえ、後者は王家の大義と、それ以上に実効力を掌握していた。前者の軍が、志願の有志に、それらが私財を投じて雇い入れた傭兵隊《ようへいたい》を付け足した、雑多な混成部隊に留まるのを横目に、そのままの王軍を動員して、戦費も国庫で賄えた。

かかる圧倒的な有利があるかぎり、ユグノー軍など物の数ではないといわれた。実際、緒戦の混乱状態から脱したあとは、旧教軍の連戦連勝になった。

奪われた都市も続々と取りかえされた。今や新教徒の牙城はオルレアンとリヨン、そしてルーアン、ディエップ、ル・アーヴルというノルマンディ諸都市を残すのみになった。

これらのうち、ギーズ公はオルレアン包囲を主張した。反対したのが黒王妃カトリーヌで、なにを措いてもルーアンを奪還しなければならないと固執した。

コリニィ提督が渡海していた。九月二十日、イングランド王家との間に取りつけたのが、ハンプトン・コート条約だった。

新教軍は兵六千、軍資金十万クラウンの支援を受ける、かくて勝利に漕《こ》ぎつけた暁には、イングランド王家はルーアン、ディエップ、ル・アーヴルの三都市を割譲されると、これが条約の内容だった。

イングランド軍はすでにル・アーヴルに上陸、北岸の港湾都市を占領していた。さらに内陸のルーアンに進駐されては、もうパリまで残すところ二十五リュー（約百キロ）、王都は喉元に刃物を突きつけられたと同じ状態になる。

「ルーアンだけは取り戻さなければならない。そう主張したのは、ええ、確かに私です」

と、統治担当カトリーヌ・ドゥ・メディシスは続けた。事実、ハンプトン・コート条約の締結を知らされて、黒王妃は激怒していた。

こだわりの宥和政策を捨てるほどの激怒だった。旧教陣営に半ば囚《とら》われの格好になりながら、なお密かにコンデ公と交渉を続けていた黒王妃が、これを境に態度を豹変《ひょうへん》させてしまった。

「ええ、外国に国土を奪われる戦争ならば、それは容認できないからです」

そうやってルーアン奪還を主張したどころか、歩兵一万六千、騎兵二千、総勢一万八千から成る大軍を、四十五門の大砲と一緒に仕立てた。のみならず、それらを率いて、自ら戦場までやってきたのだ。もう九月二十九日には、包囲攻撃を開始したのだ。

「女の身で、こんなこと、できればしたくありませんでした。ええ、あなた方ときたら、本当に勝手な真似をしてくれました。新教軍がイングランドなど呼びこんだのは、あなた方がスペインに派兵を求めたからなんです」

「それを今さら中止するとはいわせないと、そう仰りたい王母陛下のお気持ちお察し申し上げます」

ようやく答えを返したのは、ギーズ公フランソワだった。

戦争は中止だ、ルーアン包囲の継続は困難だ、今度ばかりは撤退するしかないと、水浸しの幕僚会議は黒王妃を迎える前には、そういう流れで決まりかけていた。

「それでも、やむをえざる話かと。雨ごときと仰いますが、みての通りの大洪水です。もう十月であれば、凍えるような寒さでもあります。加えるに包囲陣には病気も広まりつつあって。休むことすらままならない有様であれば、将兵の士気も落ちざるをえない……」

「お黙りなさい、ギーズ公」

黒王妃はぴしゃりという感じでいった。まさしく母親が子供を叱りつける風だったが、相手は大の男なのだ。それも心の底では王より自分のほうが上と考えている、傲慢きわまりない男なのだ。

それでもギーズ公は怒らなかった。してみると、黒王妃の調子は相手が絶対に怒らないことを、あらかじめ確信しているようでもあった。

「ええ、お黙りなさい。雨も、洪水も、寒さも、疫病も、全て口実にすぎないくせに、もっともらしい理屈にするものじゃありません」

「恐れながら、王母陛下、それでは我々が撤退を考える本当の理由とは」

「いうまでもありません。ナヴァール王が撃たれたからです」

国王総代官として、ルーアン包囲の総大将もナヴァール王アントワーヌ・ドゥ・ブルボンだった。少なくとも形の上では、そうだ。十月十五日、これが陣頭指揮の最中に、火縄銃の一撃で肩を撃ち抜かれていた。

おびただしい血が流れた。ナヴァール王は今も別幕舎の簡易寝台に寝たきりになっていた。会議を欠席しているのも、そのためだ。折からの不衛生で銃創が化膿《かのう》を起こし、高熱にまで襲われていれば、とても起き上がれる状態ではなかったのだ。

黒王妃は続けた。今の今まで、私は陣営を回っていたのです。

「持ち場によっては、ナヴァール王はもう死んだというような話になっていました。誰が流したデマなのかは知りませんが、ええ、士気が低下したというのは、そのせいです」

「なれど、総大将の負傷は、それとして大きな痛手なのではありますまいか」

新たに言葉を入れたのは、モンモランシー大元帥だった。憤然たる内心は、いよいよ顔にも表れていた。が、黒王妃カトリーヌは冷然と答えるのだ。

「かもしれませんが、他の指揮官がいないわけでもありません」

「それは……」

「なんのための大元帥です。サン・タンドレ元帥だって、おられる。前の国王総代官であれば、ギーズ公、あなたとてナヴァール王に代われないではないでしょう」

「無論ですが、それとこれとは話が違う……」

「怖いのですか」

と、黒王妃は切り返した。順に問いかける目を投げられ、幕舎に並ぶ男たちは皆が気まずそうな顔をした。下手には動けなかったからだ。怖いといえば面子《メンツ》に関わる話になるが、怖くないといえば、今度は命に関わる話になる。

「大の男が、どういうことです。ナヴァール王が撃たれた場所には、この私もいたのです。女の私でさえ、フランスの危機のためには戦場に出るのです」

だから危険なのだと、そういう理屈も男たちにはないではなかった。

ただ戦場に来ただけではない。その言葉に偽りなく、黒王妃は視察と称して、自ら危険な最前線に乗りこむのだ。文字通り怖いものを知らないために、銃弾が降るなかをさえ悠々と闊歩するのだ。

こんな無謀に、つきあいたくない。ところが、いやしくも王母陛下に死地にまで出られてしまえば、自分たちばかり安全な後方に隠れているわけにもいかない。渋々ながらに陣頭指揮を試みて、あげくに襲われた悲劇が、ナヴァール王の大怪我《おおけが》でもあった。

「いいえ、私とて怖くないとはいいません」

と、黒王妃は続けた。確かに危険な場所でした。なるほど、敵は手強い。ルーアンは難攻不落の要塞都市なのです。南側の平地はセーヌ河に守られ、北側の丘陵には要塞が築かれていたのです。

「けれど、そのサント・カトリーヌ要塞は、十月六日に攻略したではありませんか。ルーアンが難関であるならば、このまま一気に攻め落とすのでなくて、全体どう攻め落としたらよいというのですか」

「しかし、籠城の新教軍は士気が高い。なおも激しい銃撃を繰り返して……」

「いいえ、モンモランシー殿、市内にはユグノーたちが、送りこまれたイングランド兵と一緒にいるだけです。つまりは裏切り者たちの兵営です。裏切り者の士気が高いということはありえません。逆にフランスに覚える後ろめたさに打ち震えるばかりなはずです」

「そ、そのように申されましても……」

「百歩譲って、籠城軍の士気が高いといたしましょう。それでもユグノー兵は千に届かず、イングランド兵も高が五百にすぎません」

「寡兵であれ、ルーアンの本丸城塞に守られております。数倍の兵力を擁して、なお敵を侮れないというのが、包囲戦の常識ではありませんか」

「ならば、そういうギーズ公に尋ねます。寡兵に負けたと、あなたは諸国に笑われてよいわけですね」

「ですから、ルーアンは攻め難い堅城なのです。加えるにセーヌ河の洪水があり、総大将ナヴァール王の負傷があり、こたびは条件が悪すぎたと……」

「そんなこと、諸国は斟酌してくれませんよ。ただギーズは負けたと囃して、大いに笑うだけです」

「………」

「いいのですね。あなたはモンゴメリーに負けるのですよ」

と、黒王妃は名前まで出した。

モンゴメリー伯ガブリエル・ドゥ・ロルジュ——それが九月十七日の決定でコンデ公に任命され、十八日に籠城の総大将として入城した、新教軍のルーアン総督だった。

「あんな裏切り者に、あなたは……」

そう続けるのは、モンゴメリーもフランス王軍の将軍だったからだ。名前が示しているように、元がスコットランドの血筋であるにもかかわらず、先々代の王アンリ二世に気に入られ、特に厚く取り立てられた男なのだ。

「モンゴメリー奴《め》はコリニィと一緒に、海を渡ったというではありませんか。イングランド女王に働きかけて、ハンプトン・コート条約の締結に尽力したというではありませんか。そのモンゴメリーがルーアンを守っているのです。サント・カトリーヌ要塞を強化したのも、モンゴメリーです。城外を焼き払い、無人の野にして、セーヌ河が溢れた日には止めどもないよう細工したのも、モンゴメリーです。ナヴァール王が火縄銃に撃たれたとき、城壁の向こう側で撃てと号令をかけていたのも、モンゴメリーだったのです。それなのに、ギーズ公、あなたときたら……」

「…………」

「あなた方は故アンリ王陛下恩顧の武将たちではないのですか。モンゴメリーのような裏切り者にしてやられて、少しも恥ずかしいとは思わないのですか」

「…………」

「友軍は士気が落ちているといいましたね。それなら私が鼓舞してみせます。そうして士気が高まれば、戦っても構いませんね」

誰の答えも返らなかった。それでも黒王妃が幕舎を出ると、男たちはぞろぞろと後ろに続いた。やはり俯きがちだったが、ジャブジャブと水を薙《な》ぐ音を重ねて外に出ていったと同時に、伏せていた目が眩《くら》んだ。

晴れ間が広がっていた。降り注ぐ光という光は、一面に広がっている鏡のような水面《みなも》に弾かれて、きらきらと反射した。足元が明るいために、伏せるほどに目の奥まで射抜かれて、男たちは顔を上げざるをえなくなった。

すでに兵士は集合していた。皆が高く顎を上げて、幕僚部の演説を待ちかねた様子でもあった。かかる聴衆に向けられたとき、黒王妃の金切り声は思いのほかに、太く、大きく響いて聞こえた。

「今から五年前の話です。ここにおられるギーズ公が、勇敢な戦いぶりで都市カレーを奪還なされて、イングランド人は私たちの国フランスから全て追い払われました」

兵士という兵士に敬意の眼差しを注がれて、さすがのギーズ公も頰を引き攣らせた。戦意喪失の楽屋裏を明かされるかと恐れたらしいが、黒王妃カトリーヌはそうしなかった。フランスの英雄として公を持ち上げたままにして、先を続けた。ええ、ところが、なのです。

「ほんの一握りの裏切り者が、あの島国の人々を再び招き入れてしまいました。イングランド人ども――このまま好きにのさばらせておくつもりですか。自分の王を連中に売り渡そうというのですか。おまえたちがいう愛国心とは嘘八百だったのですか」

そうした鼓舞に、軍勢は動き出した。名だたる武将たちの沈黙をよそに、黒王妃の声は戦場に響き続けた。さあ、砲台を築くのです。さあ、大砲を並べるのです。ルーアン城塞はイタリア式ではありません。砲撃に強い造りではないのです。ええ、砲弾ならいくらでもあります。火薬も濡らしたりしていません。

「一万発の砲弾をルーアンに撃ちこみますよ」

どおん、どおんと重い音と地響きが連続した。砲身が焼けるたびに足元の水がかけられ、冷やし放題の砲台は、文字通りに休む暇がなかった。ですから、どんどん撃ちなさい。作戦など必要ありません。ひたすら撃てばよいのです。そう続ける黒王妃の袖を引いたのが、国璽尚書のミシェル・ドゥ・ロピタルだった。

「間違いだというのですか」

先んじて尋ねると、ロピタルは首を振った。いいえ、間違いだとは申しません。もとより文官の私に、戦争のことなどわかりません。しかしながら、王母陛下。

「とことんまでやるというのは如何なものかと」


とことんまでやるというのは、確かに上策とはいえませんね。ええ、男たちが不甲斐ないだけの話でしたから、そこまでやらなくたって、ルーアンは陥落しました。

十月二十六日の話です。

一万発の砲撃――正確に数えたわけではありませんが、とにかく、間断なく繰り返した数日の砲撃で、頑丈な石壁にもとうとう穴が空いたのです。

勝ちがみえると、あとは簡単なものでした。男たちというのは、本当に現金なもので、全ての兵士が我先と争いながら突入しました。それこそ瀕死《ひんし》のナヴァール王まで入城を希望して、砲撃で空いた壁の穴から担架で運び入れられたものです。すぐ幕舎に送り返して、制圧した城内で息を引き取るだなんて、そんな恩着せがましい真似まではさせませんでしたが、まあ、そんなこんなも含めて、勝利は感動的でさえありましたね。

モンゴメリー伯爵は、すでに脱出したあとでした。イングランドの兵隊と一緒に船でセーヌ河を下り、ル・アーヴルに逃れたとのことです。

追撃の部隊を差し向けることもできました。ル・アーヴル到着の前に狩り出すことだって、たぶん難しくはなかったでしょう。けれど、それは控えることにしました。ですから、とことんまでやるのは、上策とはいえないのです。

国を裏切り、王家の恩に唾を吐きかける、そうしたモンゴメリーの振る舞いが許せなかっただけであって、新旧両教徒の宥和が第一と、私の基本的な考え方は少しも変わりありません。

そうでなくとも、自分を貶めるだけだというか、怒りに任せて、とことんまでやるというのは、傍目には見苦しいばかりなものですからね。

ええ、ええ、ディアーヌ・ドゥ・ポワティエだって、たいそう見苦しかったものです。ええ、エタンプ夫人を向こうに回した、大喧嘩の続きです。

白黒はっきりつけるんだと、決着に固執する横顔の醜さといったら、そりゃあ、もう、王国一の美人はどちらかしらと、真実尋ねたくなるくらいでした。

決着をつけるといいますが、ディアーヌ・ドゥ・ポワティエの勝ちは決まっていました。

一五四七年、私の夫のアンリ二世が即位した後の話になりますから、エタンプ夫人のほうは頼るべきフランソワ一世陛下を、もう亡くしていたわけなんです。

実際、夫人は宮廷に居座ろうとはしませんでした。さっさと荷物をまとめてリムールに、故王陛下がパリの南西十リュー（約四十キロ）ほどのところに用意したという持ち城ですけれど、そこに自ら退いてしまわれたのです。

静かな敗北宣言でした。ところが、それをディアーヌは認めなかったのです。リムールと、やはりパリ近郊の領地ベイヌを合わせて取り上げた、つまりはアンリ二世を無理に口説いて、問答無用に取り上げさせたのです。

いえ、それだけにも留まらなくて、法律上の夫であるエタンプ公爵ジャン・ドゥ・ブロスまでけしかけ、夫人を姦通《かんつう》の罪で告発させました。

全体どの口を動かせば、姦通なんて言葉を口にできるのだろうと、私などは戦《おのの》くやら、呆れるやらだったものですが、とにかく、エタンプ夫人ばかり口汚く責めたのです。

空前絶後の悪女のように取り沙汰されて、エタンプ夫人は夫公爵の領地があるブルターニュの僻地《へきち》に、今も監禁されています。

まったく、ひどい話もあったものです。どこまで執念深いんだろうと、いよいよ怖気《おじけ》にまで襲われるというのは、それで、まだ終わりではなかったからなんです。

長年の喧嘩でしたから、根はフランソワ陛下の晩年に求められます。エタンプ夫人の妹御にルイーズ・ドゥ・ピスルーという方がいて、ジャルナック男爵ギィ・シャボという、ええと、確かブリヨン元帥の親戚筋という若者と結婚なさっておられました。

このジャルナックですが、ずいぶんな洒落者《しゃれもの》として、ちょっと知られた存在でもありました。大した財産もないはずなのに、よくぞこれだけの贅沢ができるものだと、宮廷の話題になるくらいでした。

そこに目をつけたのが、ディアーヌ・ドゥ・ポワティエなわけです。エタンプ夫人の陣営にいる人間なら、誰であれ扱き下ろしたい勢いでしたから、目をつけないはずがありません。

「ジャルナックは亡父の未亡人、つまり継母《ままはは》であるマドレーヌ・ドゥ・プイギヨンの愛人になっている。これが裕福な女なので、たんまり小遣いをくれるのだ」

そんな悪意の噂を流しましたから、当然あちらは憤激します。実際にジャルナックは、まだ血気さかんな年齢でしたから、デマを吹聴した輩を探し出して、名誉毀損《きそん》で訴えてやる、それ以前に決闘を申しこんでやると、大きな声で吠えたものでした。

息巻く声を聞いて、自分が犯人だと名乗り出たのが、ラ・シャタイニュレ侯爵フランソワ・ドゥ・ヴィヴォンヌです。

ポワトゥー代官を務めていた人物で、ジャルナックのほうは管内の港湾都市ラ・ロシェルの総督でしたから、地元では有名な話だ、嘘をついたわけではないと、悪びれる様子もありませんでした。

もっともポワトゥー代官である前に王太子アンリ、つまりは私の夫の側近のひとりでした。それが事実だったとしても、他人の秘事を触れ回るなんて悪趣味に手を染めたのは、いうまでもなくディアーヌ・ドゥ・ポワティエに焚《た》きつけられてのことです。ラ・シャタイニュレについて続ければ、これが筋骨隆々たる大男で、決闘で二人の挑戦を同時に受けたことがあるとか、暴れる牡牛《おうし》の角をつかんで裏返したことがあるとか、武勇伝にも事欠かない方でした。

ジャルナックはといえば、背ばかりは高いのですが、身体つきのほうは貧弱そのものでしたから、相手が豪傑のラ・シャタイニュレでは、はじめから勝負になるわけがありません。みかねたフランソワ一世が決闘禁止を厳命して、このときは一件落着となりました。

ディアーヌ・ドゥ・ポワティエは、よほど悔しかったとみえます。蛇のように執拗《しつよう》な性格ですから、決して忘れないだろうとは私も思っていましたが、それにしてもです。

フランソワ一世が崩御して、アンリ二世が王位に就いたが早いか、いきなり蒸し返してくるんですからね。新王の名前で命令して、沙汰止みになっていた決闘を、やりなおさせるんですからね。

病気ですよ、もう。王の寵姫は私だ、もう私の天下なんだと、ここぞとみせつけたかったのかもしれませんが、エタンプ夫人はといえば、とうに辺鄙《へんぴ》な田舎に追放されて、顛末を聞くこともできないわけですからね。

意趣返しにもならないのに、それでも決着をつけないでは気が済まないなんて、まあ、どろどろした感情の虜になったが最後で、この手の理不尽な女はいるものではありますけれど、やはり感心はできませんよね。

あるいは思い上がりが強い女ほど、他人の目にどうみえているかがわからないというか、自分は素敵にみえていないはずがないなんて決めつけたきり、あとは考えもしないものかもしれません。

陰で眉を顰められているにもかかわらず、このときのディアーヌ・ドゥ・ポワティエはといえば、妙に張りきってさえいましたからね。

ひとつには、それを「決闘裁判」にしてしまいました。決闘に勝ったほうの言い分、つまりは神が勝利を与えたほうの言い分が正しいとする、神明裁判の一種です。

いやはや、どういう正義なんでしょうかね。ジャルナックが名誉毀損だと騒いだことは事実ですが、特に裁判沙汰にしたわけではありませんでしたのに……。それも古めかしい中世の習慣で、十三世紀の王ルイ九世の御世の後、あまり行われなくなって久しい「決闘裁判」なんか持ち出して……。

もう虐《いじ》めですよね。あるいはディアーヌ・ドゥ・ポワティエは裁判の形にすることで、ラ・シャタイニュレに代表される自分が正義で、ジャルナックに代表されるエタンプ夫人が悪だとでもいいたかったのでしょうか。

ホステス然として仕切りましたから、なんだと思うくらいの派手な催しにもなりました。「決闘裁判」にしたのと一緒に、国王アンリ二世の名前で触れを出させましたからね。一五四七年七月十日、サン・ジェルマン・アン・レイと場所が公にされれば、当日は宮廷貴族から近隣市町の顔役からが、こぞって参集してくるわけです。

そうすると、待っていましたとばかりにサン・ジェルマン・アン・レイでは、離宮を取り囲んでいる森の一角に、幾張りも幕舎が建てられているという寸法でした。折り畳み式の食卓が並べられ、贅を尽くした宮廷料理から、王国各地から取り寄せられた銘酒からが際限なく振る舞われと、当日の様子をいえば裁判というより、とっておきの見世物があるような、一種のお祭り騒ぎでしたね。

もちろん、闘技場も特設されました。周囲に巡らされた柵は、タピスリで隙間なく飾られましたし、外側には階段桟敷も設営されて、王を挟んで、王妃である私と、寵姫であるディアーヌ・ドゥ・ポワティエという、例の三人世帯が座る席には、百合の花がちりばめられた青布の天蓋まで、高く上げられていたものです。

決闘の開始は朝の六時でした。

さすがに早かったですね。夏とはいえ、肌寒かった覚えもあります。木陰に休んでいた鳥たちだって、喇叭《らっぱ》や太鼓の騒がしさに叩き起こされた格好で、バサバサと飛び立たなければなりませんでした。それもこれも、元を正せば、ひとえにディアーヌ・ドゥ・ポワティエの我儘《わがまま》だというんですから、まったく、ね。

最初に入場したのは、ラ・シャタイニュレでした。

白と桃色の上着を揃えた三百の貴族を従えて、その介添え人は確か、ええ、そうです、ディアーヌ・ドゥ・ポワティエに取り入ろうと、汲々《きゅうきゅう》としていた頃ですから、当時はオマール公と呼ばれていた若きギーズ公フランソワが、自ら志願して務めていました。

ジャルナックのほうはといえば、介添え人こそボワシィ卿に引き受けてもらったものの、同道したのは黒服の数人だけ——入場からして劣勢を物語る、いかにも残念な風でした。

ただ挑戦を受けた格好ですので、武器を選ぶという特権が与えられていました。要求したのが、十五世紀の武具甲冑《かっちゅう》、つまりは百年から昔の馬鹿に重たい代物です。

当世の甲冑が軽くなった、というか、ほとんど着けなくなったし、着けても胴鎧と鉄帽子の程度になったというのは、どんな鉄板でも鉄砲の弾は弾くことができないからです。

鉄砲以前の弓矢にも実は鎧通しという矢尻があって、生半可な鎧なら簡単に貫通するそうですが、十五世紀の武具甲冑が重いというのは、そうはさせじと鉄板を厚くできるところまで厚く、頑丈にできるところまで頑丈に造ったからだと聞きます。

してみると、ジャルナックは大胆な賭けに出たものですね。

甲冑が軽くなった、もしくは着なくなったというのは、どのみち撃ち抜かれてしまうなら、早く動いて逃げるが勝ちだという理屈からですが、決闘の展開を普通に予想すれば、誰が考えても逃げるのはジャルナックのほうじゃないですか。自ら望んで重い鎧を着てしまったら、その有利を進んで手放すようなものじゃないですか。

「いや、やっぱり逃げる気なんだろ」

というような声も、観戦の席では囁かれました。

決闘の審判がモンモランシーでしたが、この大元帥の指示で早速十五世紀の武具甲冑が手配されることになりました。サン・ジェルマン・アン・レイの離宮、あの煉瓦《れんが》造りの城館はすぐでしたから、地下の武器庫かどこかに収められているだろう、簡単にみつけられるだろうと思われたのです。

ところが、これが意外に難航しました。百年というのは、歴史の書物を捲《めく》る分には簡単に一世紀でしかありませんけど、やっぱり相当な昔なんですね。

ことに武具甲冑なんかは実用品ですから、どんどん捨てられ、新しいもの、性能のよいものに、取りかえられてしまうんですね。

結局、サン・ジェルマン離宮にはありませんでした。仕方なく近郷の城という城を回ることになって、置きものにされていた骨董品《こっとうひん》が運びこまれたのが、ようやく午後の六時でした。

ジャルナックは逃げるつもりなんじゃないかといわれたのは、このためです。ないものねだりで、決闘を立ち行かなくして、沙汰止みに持ちこもうとしたのではないかと疑われたわけです。

もちろん、そうはさせじとディアーヌ・ドゥ・ポワティエも血眼《ちまなこ》になります。たとえ夕《ゆうべ》までかかろうと探し出して、なんとか決闘に漕ぎつけたのも、この女の蛇のような執念あっての話でした。

で、戦いは十二時間遅れで始まりました。

なんだか滑稽な戦いでしたね。やはりというか動きが遅く、しかも操り人形の三文芝居をみるような、ぎこちない印象までありました。

いざ剣戟《けんげき》が繰り出されても、ガッシャン、ガッシャンと鉄の音が鈍く響くだけで、これという痛手を与えるでもありませんから、緊迫感に欠けましたしね。

とはいえ、途中から、あれという感じになりました。

ラ・シャタイニュレの動きが止まったからです。ジャルナックは相手の猛攻を必死に淩いでいただけでしたから、それまでも動いていたのは、ほぼラ・シャタイニュレひとりでしたが、それがパタと止まってしまったのです。

十五世紀の重たい武具甲冑は、さすがの大男の息も早々に上がらせたようでした。膝に手をつき、腕を支えに、はあはあ大きく肩を揺らす段になると、ジャルナックのほうは緩慢な身のこなしながら、相手の背後に回りました。

まあ、そこから剣を振るったところで、ともに鉄板の塊ですから、また鈍い音が響くだけだと思われたのですが、あにはからんやだったのです。

ラ・シャタイニュレが大きな悲鳴を上げました。ジャルナックの一撃はひかがみ、つまりは膝の裏側に叩き入れられていたのです。

甲冑も関節部分の裏側は、鉄板が施されていません。そこを狙い打たれて、筋肉が太い血管ごと断ち切られたようでした。

どうと倒れたラ・シャタイニュレは、みる間に血溜まりに泳ぐ体になりました。もちろん、誰がみても、勝負ありです。誇らしく顔を上げると、ジャルナックは例の操り人形の身のこなしで、桟敷席の正面に進みました。

「陛下、小生に名誉を御返しください」

勝利を宣言してほしい。裁判だというならば、国王の名において判決を明らかにしてほしい。そう求めたわけですが、アンリは答えられませんでした。

私も隣にいましたから、その気持ちはわかります。答えられるわけがありません。

ディアーヌ・ドゥ・ポワティエの怒りが、びんびん伝わってきましたからね。

夏とはいえ夕の森陰の話ですから、またぞろ肌寒いくらいになっていたのですが、まさに怒りの炎といいますか、温度まで俄かに上昇した気がしました。

ええ、迂闊に動けば殺されかねないぞと、桟敷席にいた皆が感じていたに違いありません。

返事がないので、ジャルナックのほうが狼狽しました。悶絶しているラ・シャタイニュレの位置まで戻ると、私に加えた侮辱をあなたが取り消してほしいと頼みました。

勝者にすれば、それで終わりにしたかったのでしょう。ところが、敗者のほうは容易に敗北を認められません。いえ、ラ・シャタイニュレも武人であれば、潔く認めたかったでしょうが、そうもいかなかったのです。なにしろ、手負いの雌ライオンと化したような女が、屈辱に打ち震える真っ赤な顔で睨みつけていたのですから。

ジャルナックはまた桟敷席に縋るしかありません。それでも、王は無言です。再び闘技場に戻り、ラ・シャタイニュレを説得しようとするのですが、いよいよ相手は出血多量で意識を失う体ですから、もうどうしようもありません。

最後は審判のモンモランシーが割って入って、ラ・シャタイニュレを担架で運ばせることにしましたが、なんと申しますか、すでにして喜劇ですよね。

ディアーヌ・ドゥ・ポワティエは大恥をかきました。ですから、ね、人間どんなに腹に据えかねても、とことんまでやるというのは上策でないものなのです。

ええ、ここまでやったら、誰にも同情されませんよ。それが証拠にディアーヌの弁護を買って出る者なんかいませんでした。精一杯の思いやりが笑い話の種にしないであげるだけで、このとき密かに溜飲《りゅういん》を下げたのだって、決して私ひとりじゃなかったと思いますよ。

余談ながら、ジャルナックの壮挙は作戦勝ちだったといわれています。決闘が決まってからというもの、イタリア人の剣術師範カイゼについて、猛特訓を繰り返していたのだそうです。

なぜイタリア人かといえば、私が生まれた半島にはフランスにはない多彩な技があり、剣術の分野でも先進地とされていたからですが、それはさておき、その剣術師範と二人ながら、周到な作戦を練り上げたのだとか。

不公平にならないように付言しますと、ラ・シャタイニュレだって怠けていたわけではありません。

こちらもイタリア人の剣術師範につきました。師事した名人がピエトロ・ストロッツィ、後のフランス元帥ですが、ええ、そうです、フィレンツェから呼び寄せていた、私の実の従兄弟です。ふふ、もう、ピエトロときたら、全体なにを教えてあげたものですやら。

15 ✦ アンボワーズとは奇縁ですね

ナヴァール王は死んだ。ルーアン包囲戦の怪我は癒えず、十一月十七日まで苦しんで他界した。

十二月十九日には、ドルーの戦いが行われた。今度は新教、旧教の両軍が正面から激突する野戦だった。

戦いはギーズ公フランソワの卓抜した指揮により、旧教軍あるいは王軍の勝利に帰着した。とはいえ、その熾烈《しれつ》な戦闘でサン・タンドレ元帥が戦没した。モンモランシー大元帥まで新教軍の捕虜に取られたが、かわりに旧教軍ではコンデ公の身柄を確保した。

指揮官の不在で、両軍ともに振るわなくなった。和平の道を探るべきではないか、少なくとも休戦にするべきだと、ちらほら声も上がり始めた。

「いや、ここで止めるわけにはいきません。それどころか、これからが弔い合戦です。ええ、ユグノーを根絶やしにすることで、同志の仇《あだ》を討つのです」

そういって譲らなかったのが、ギーズ公フランソワだった。

一五六三年二月三日には、今こそ新教の都を落とすのだと、かねて主張のオルレアン包囲に着手した。その陣営を統治担当カトリーヌ・ドゥ・メディシスが訪ねたのは、開戦から二週間ほどすぎた二月十九日のことだった。

オルレアン攻めに関しては、黒王妃は必ずしも前向きでなかった。ルーアンが特別だったのであり、戦場に詰める習慣があるでもなく、ブロワの王宮に留まるまま、今回は足を運ぶつもりもなかった。

それを曲げて、急遽やってきたというのは、どうしてもギーズ公と会わなければならなかったからである。

が、せっかく足を運んでも、公とは話ができなかった。野営陣営ブランヴィルの幕舎に詰めながら、数日にわたり何度か接触を試みたが、やはり無駄な努力に終わった。

かわりにというか、今日二十四日になって、その男と会うことはできた。

その身柄が拘束されているという幕舎は、ピリピリと空気が張り詰めていた。ほとんど殺気だっているともいえた。垂れ幕を潜るや、ギーズ公の側近と思しき貴族に紙片を渡された。

一瞥《いちべつ》をくれながら、黒王妃は奥に進んだ。

「名前は、ええと、ポルトロ・ドゥ・メレだね」

確かめると、そのメレという男は虚《うつ》ろな目で頷いた。

背もたれの後ろで手首を縛られながら、力なく椅子に腰かけ、というより鼻の下に血がこびりついた痕があることから、拷問がてらで無理に座らされていたことがわかった。

幕舎の殺気からすれば手ぬるいようだが、歯が折れ、口のなかが腫れては、喋ることも困難になることから、恐らくは顔面への打擲《ちょうちゃく》が控えられていたのだろう。腹であるとか、背中であるとか、あるいは手とか足とか、みえない部位にいたっては、相当ひどいことになっていると考えてよさそうだった。

それが証拠にメレは幽霊さながらに色もないような顔だった。それでも黒王妃は、いつもの冷淡な口調だった。

「二月十七日、というか、十八日にかけての出来事について、いくつか質問させてもらうよ」

メレは再び頷いた。変わらず力がないながら、なぜだか刹那は微笑んだようだった。

「ギーズ公だけど……」

と、黒王妃は始めた。どうして居場所を突き止めることができたんだい。

「オルレアンの包囲陣にいましたから」

「それは総大将なのだからいただろうが、私が聞きたいのは……」

「小生も兵士として、陣営におりました」

「ああ、なるほど。ええ、続けなさい」

「ギーズは演説を打《ぶ》ちました。十八日が総攻撃だと明かして、将兵に突撃作戦の指示を与えたのです。それから堡塁《ほうるい》の視察に行くといっていました」

「それについていったと？」

弱々しい動きながら、メレは左右に顎を振った。

「視察には立ち会わなかったのかい」

「はい。ギーズの演説が終わると、すぐ陣営を抜け出しましたから」

「抜け出して、どこに？」

「このブランヴィル野営地に通じる小道の途中、こんもり藪《やぶ》になっているところの陰です」

「どうして、だい」

「ギーズは司令部に戻ると思いました。事前に調べていて、すでに藪をみつけていましたから、そこなら隠れて、待ち伏せできると考えていました」

「しかして、ギーズ公が来たと。けれど、さすがにひとりではなかったろう」

「何人か供がいました」

「月くらいは出ていたのかもしれないが、かなり暗かっただろう。よくギーズ公を見分けられたね」

「包囲陣で演説しているとき、ギーズは平服のままで、鎖帷子《くさりかたびら》さえ着こんでいませんでした。だから好機と心を決めたところがありましたもので」

「数人いた供連れは武具をつけていたと」

「兜の影でわかりました」

「軽装はギーズ公だけだからと、それに狙いを定めて……」

「ええ、火縄銃を撃ちました」

そう明かして、メレは悪びれるところもなかった。

ギーズ公は暗殺を仕掛けられていた。陣営に紛れていた新教軍の間諜《かんちょう》が、機会とみるや、すぐさま犯行に及んだのだ。

カトリーヌ・ドゥ・メディシスは尋問を続けた。

「暗殺を命令したのは誰だね」

「誰にも命令されていません」

嘘をつくな。正直にいえ。殴りつけるような声が飛んできた。幕舎に居合わせるギーズ公の側近は、明らかに感情的になっていた。

あるいは暗殺の現場に居合わせた供連れも、ひとり、ふたりと紛れていたのかもしれない。主君を守れなかった悔しさで、とても平静になどなれないのかもしれない。

「きさま、いい加減に白状しないと……」

黒王妃は手を差し出して止めた。今は私が尋問する時間ですよ。そうやってギーズの手下を後退させると、再びメレに問いを投げる。じゃあ、質問を変えるよ。

「いくら、もらったね」

「百エキュです」

やはり雇われていたのではないか。誰が主人だ。だから、誰の差し金なのか、いい加減に吐いたらどうだ。また幕舎の貴族が吠えた。主君に似て、王家に対する敬意というものが足りない。あるいは相手を意固地にさせるほど、誰に対しても傲岸《ごうがん》不遜なのかもしれない。

黒王妃が無言で先を促すと、メレは意外なくらい素直だった。

「百エキュをくれたのは、コリニィ提督です」

新教軍の指導者の名前が出てきた。なんということ……。あの立派な武将が、こんな卑劣な手段に訴えるとは……。驚き、嘆く幕舎を横目に、黒王妃カトリーヌは顔色ひとつ変えなかった。ただ一言、ボソという感じで吐いた。

「百エキュね。暗殺仕事の相場だね」

「いいえ、違います。それは間諜の報酬としてもらったものです。ですから、コリニィ提督に暗殺を命じられたわけではないのです」

「それじゃあ、誰の命令だい」

「小生の一存です」

「おまえの？」

メレは頷いた。ええ、テオドール・ドゥ・ベーズ師に教えられました。

「ギーズを殺した者は天国に行けるだろうと」

「素晴らしい答えだね」

完璧だよ、ポルトロ・ドゥ・メレとやら。そう皮肉で応じたときだった。

幕舎に駆けこむ影があった。そのまま近づいてきたが、殺気立つ幕舎の誰も止めなかった。お迎えするという感じの身ぶりで、かえって空気が弛《ゆる》んで感じられたほどだ。

その影に耳元で囁かれた報告を呑みこんで、それから黒王妃は尋問を再開した。

「いずれにせよ、天国は難しいね。しくじったわけだからね」

「捕らえられることは、端から覚悟のうえでした」

「それ以前に使命を果たせなかったじゃないか」

「ギーズは死ななかったと、それは聞かされました。それでも、しくじったとは思っていません。恐らくは時間の問題です。火縄銃の弾は脇腹に命中しましたから、致命傷になったはずなのです」

「確かに、まだ意識が戻らないね」

黒王妃カトリーヌがオルレアンに急行したのも、それゆえだった。お抱えのアンブロワーズ・パレを同道させたのだ。この名医なら瀕死のギーズ公の命を救えるかもしれないというわけだ。幕舎に飛びこんできた影というのも、このパレだったのだ。

黒王妃は大きく溜め息を吐いた。まあ、これ以上は聞いても仕方がないね。

「最後にポルトロ・ドゥ・メレ、なにか私にいいたいことは」

「あなた様に？　そうですね、御子様たちを念入りに見張られたほうがよろしいかと」

そう返されて、黒王妃の表情が少し動いた。さすがに驚いたということだろう、暗殺犯を怒鳴りつける以外に声もなかったような幕舎も、俄かに私語でざわめいた。

ギーズ公の側近のひとりが確かめた。

「よく王母陛下だとわかったな」

「とはいってないよ、メレは」

「恐れながら王母陛下、さっき御子様たちと……」

「それが国王陛下や王子王女のことだなんて、今おまえがバラしたんじゃないか」

その若い貴族は決まり悪げに口籠るしかなかった。黒王妃は独り言を模しながら、それでも聞こえよがしに零した。いや、ほんと、軽いね。なんにつけ、考えなしで軽いんだよ。

「まあ、いい。それじゃあ、メレ、おって沙汰が下されると思うから」

「わかりました。あなたさまも御身体にお気をつけて」

暗殺犯の奇妙な言葉に送られながら、黒王妃カトリーヌは幕舎を出た。こちらの供回りも一緒に外に出たが、小走りで追いかけながら、すぐ背中についたのが、名医アンブロワーズ・パレだった。

黒王妃は歩きながら始めた。いや、さっきは伏せただけで、聞き違えたわけじゃないよ。

「にしても、本当なのかい。ギーズが息を引き取ったというのは」

「本当です」

ならば、まさしく事件である。政界の力関係を大きく覆し、新教と旧教の争いの帰趨《きすう》さえ左右する、一大画期ともなるだろう。

それでも黒王妃の歩みは変わらなかった。話しぶりも淡々としていた。

「ということは、和平だね」

「いかにも、好機でございましょう」

受けた白鬚《はくしゅ》は、今度はミシェル・ドゥ・ロピタルだった。黒王妃は国璽尚書に続けた。

ええと、それでは、どういたしましょうか。

「まずはオルレアン市内の、そうですね、コンデ公妃あたりに連絡をとってください」

「御意。して、なんと伝えます」

「モンモランシー大元帥の釈放を要求するのです」

「かわりに、こちらはコンデ公を釈放するからと？」

国璽尚書に確かめられて、カトリーヌ・ドゥ・メディシスは間断なく続けた。無論です。兄のナヴァール王が死にましたから、後任の国王総代官にするとも打診してみましょう。

「それから……」

黒王妃が振り返るのは、今度は女官の群れのほうだった。ナヴァール王と名前が耳に届いたか、一番に前に出てくるのはラ・ベル・ルーエだった。

「ルーエ、そんな悲愴《ひそう》な顔をしてちゃあ、せっかくの美人の誉れも台無しじゃないか」

「しかしながら、王母陛下……」

「話があるのは、おまえじゃないよ」

突き放されるや、とたん勢いが萎えたのは、もう大分身体が重いからだろう。

ラ・ベル・ルーエは妊娠していた。もちろん、ナヴァール王の子供である。そこは同じ女であり、同じ母親であるということか、カトリーヌ・ドゥ・メディシスもいくつかは言葉を足した。

「心配しなくていい。生まれた子供はブルボン家に認知させるから。はん、父親はカトリックに改宗したんだから、末は司教の位にでも就けるがいいさ」

それで話を片づけると、黒王妃は本題に戻った。ええと、同じブルボンでも、ナヴァール王じゃなくて、コンデ公のほうだ。兄は大柄な男だったけど、弟のほうはずんぐりの短軀だからね。うん、かえってスラリと背が高いほうがいいかもしれない。

「リムーユは？　ああ、ブロワに置いてきたかい。だったら至急リムーユを呼びよせなさい。あの女は細身で、背が高かっただろう」

例の「遊撃騎兵隊《エスカドロン・ヴオラン》」も切り札のひとつだった。和平の意は愛妾《あいしょう》と一緒に押しつけるというわけだ。

国璽尚書ロピタルが再び前に出た。それでは双方ともに釈放の手続きを済ませ、その暁にコンデ様とモンモランシー様を各陣営の全権代表として、具体的な話し合いの段取りを進めるということで。

「あと、コリニィ提督はいかがいたしましょう」

「今回は声をかけなくてよいでしょう。ギーズ公は死にましたが、一門は恨んでいるでしょうからね」

「わかりました。して、和平の舞台は」

「交渉はこのオルレアンで進められるとして、プロテスタントの都ですから、調印はうまくありませんね。同じ意味で、カトリックの都パリも駄目。そうすると、どちらの色もない中立の都市で、そうですね、アンボワーズあたりは」

「理想的と存じます」

「では、そのように計らってください」

そう命じてから、黒王妃カトリーヌはふっと笑った。続いたのは、はからずも思い出したというような口調だった。

「ああ、それにしても、アンボワーズとは奇縁ですね」

「恐れながら、奇縁とは」

「ああ、ロピタル、あなたが国璽尚書に就く前の話になりますか。アンボワーズといえば、ほら、ギーズ公が起こした『アンボワーズの虐殺』があったでしょう」

「聞いております」

「謀反を企てたと処刑された指導者に、ラ・ルノーディという男がいましたが、ギーズ公を暗殺したメレは、その従兄弟ということですからね」

なんたること、やはり奇縁というほかありませんね。そう結んだとき、黒王妃カトリーヌは少し嬉しげなようにみえた。

16 ✦ 目にものみせてあげましょう

その河の畔に独り立ちながら、カトリーヌ・ドゥ・メディシスは表情が暗かった。なにかを案じるようでもあり、ひたすら悲嘆に暮れているようでもあり、ときとして涙に濡れて、さめざめ泣いているようでもあり。

なにと断るでもなく、無言で取り巻きから離れると、実際なにをするわけでなく、ただただ水が流れる様を眺め続ける。それも五分や十分の話でなく、かれこれ小一時間になろうとしている。

おかしい。ほんの気まぐれにしても、普通でない。

「母上、いかがなされました」

案じて声をかけたのは、フランスの国王シャルル九世だった。

黒王妃は我が子の声に振りかえった。刹那はハッと息を呑んだような顔だった。常ならない、ことによると、狼狽したかにもみえる表情だ。

息子としては、いよいよ胸を衝《つ》かれる思いだったのだろう。シャルル九世は、ますます案じる声になった。

「母上、本当にどうなされたというのです」

「いえ、なんでもありません」

「けれど、やはり普通ではあられません。お顔の色まで、心なしか青いように……」

シャルル九世は食い下がった。黒王妃カトリーヌは息子に向けて、フッと息を抜いたような微笑を示した。

「本当に大丈夫ですよ」

「とても、そうはみえません。なにか、お悩みでも」

「悩みと？　悩みなら、とうになくなっております」

一五六三年二月二十四日、ギーズ公フランソワは確かに死んだ。

「本当に、お騒がせ男でした」

そのとき黒王妃カトリーヌは、そう述懐したとも伝えられる。

ギーズ公フランソワ——前王妃マリー・ステュアールの叔父として専横を極め、その地位を失えば今度は旧教派の旗頭として、再び王国政治の火種となった。なるほど、王軍屈指の名将であり、なまじっか人気もあったがため、なにか始めれば、いちいち大騒ぎにならざるをえなかった。

「それも無駄な大騒ぎ、本当なら要らない空騒ぎばかりでした」

事実、ギーズ公が死んでしまうと、フランスはすっかり静かになった。

三月十八日には、ポルトロ・ドゥ・メレが処刑された。パリ、セーヌ河岸のグレーヴ広場における執行で、ギーズ公を殺した下手人の首は、槍の穂先に刺されて、しばらく市庁舎前に晒《さら》された。

翌三月十九日には、ロワール河畔の都市アンボワーズで、フランス国内の新教派と旧教派が和平に達した。

世にいう「アンボワーズの和」は、王家の新しい勅令について、両派が合意するという形で達せられた。旧教側のモンモランシー大元帥は、一月勅令の廃止を求めた。その遵守を掲げて始めた戦いであれば、新教側のコンデ公は難色を示さないではいられなかったが、それも最後には折れたのだ。

新教の礼拝が認められるのは、上級裁判権を有する貴族の家か、奉行管区または総督管区ごとに定められた一都市の郊外においてのみと、それは一月勅令の内容から大幅に割り引かれたものだった。

「虚栄心のために神を捨てた卑劣漢」

ジュネーヴからはカルヴァン直々の非難が届いた。

「これでは貴族の信仰になる。庶民は犠牲にされた」

ともに新教軍を率いた同志、コリニィ提督も激怒した。

それでも和平の流れは、止まらなかった。どこ吹く風と、コンデ公は平然としたままだったからだ。それのみか宮廷に入り浸り、国王総代官の任に就いたからだ。

早速与えられた使命というのが、王軍を率いてのノルマンディ出兵だった。なお各地に潜み続ける新教軍を説得、自らの陣営に吸収すると、総攻撃をかけた先が、イングランド軍が占領する都市ル・アーヴルだった。

換言すれば、コンデ公はイングランド王家を裏切り、自ら求めた援軍を攻めた。六千のイングランド軍はといえば、たまらず七月二十三日にル・アーヴル撤退を決めた。

これで不本意な内乱は完全に終結だった。格好の機会とばかりに、フランス王家もノルマンディに乗りこんだ。ル・アーヴル開城に立ち会い、その足で向かった先が州都ルーアンだった。

八月十七日、シャルル九世はルーアン高等法院大法廷において、自らの成人を宣言した。

唐突な宣言だった。年少で即位した王の慣例として、常に課せられてきた宣言でもなかった。当然と受け止められたわけでもなく、事実パリ高等法院などは抗議した。ルーアン高等法院が優先されて、自分たちはないがしろにされたという悔しさもあったが、理屈が通らないわけでもなかった。典範に定められた成人年齢は十四歳だが、まだシャルル九世は十三歳を少し越えただけだったからだ。

それでも、王の成人は認められた。ルーアン高等法院が早々と登記を行い、これに他の高等法院も追随したため、パリも抗議を取り下げざるをえなくなった。

フランス全土の利害は、ほぼ一致していた。新教派が強い地域、旧教派が強い地域、両者の勢力が拮抗《きっこう》している地域とあったが、いずれも内乱には辟易《へきえき》していたのだ。

平和が取り戻されたのならば、きちんと維持されなければならない。安寧の王国を統《す》べるのは、頼りにならない少年王であってはならない。

堂々たる大人として立ち、その実力で全土を睥睨《へいげい》する男性原理の体現者が、今こそ必要とされていた。

実際のところ、成年が認められたシャルル九世は、法的には誰も異議を寄せられない絶対者ということになる。

三部会であろうと、王族諸侯であろうと、それが旧教派、新教派であろうとも、もう王の未成年を盾にとった勝手な真似は許されない。

黒王妃は言葉を重ねた。ええ、ですから、本当になんでもありません。

「ただ出し抜けに声をかけられて、少し驚いただけです」

「なにに驚くというのです」

「あなたにです、陛下。本当に大人になられたものだと」

「いえ、私などは、まだ……」

「けれど、また背が伸びたのでしょう」

「ええ、少しは……」

「少しではありません。もう母親の私より、ぐんと高いではありませんか」

「それは御婦人と比べたなら……。それでも人間的には、まだまだ至らないところが多いかと……」

自信なげな態度の通り、シャルル九世はルーアンの成人宣言でも付け足していた。

「母上の権威は朕の王国においてこそ、かつてないくらいに知れわたることでしょう。今後とも朕が母上の意見を聞くことなしに行うことは何もありません」

息子王の成人宣言で、王母カトリーヌ・ドゥ・メディシスも統治担当《グーヴェルナント》の職を解かれた。当たり前である。それが自分で統治できる年齢に達したという意味であれば、原理的には誰も王の大権を代行できなくなったのだ。

が、それだけといえば、それだけの話でしかなかった。もっともらしく統治担当と称したものの、そもそも正式に摂政に就任したわけでなく、それに準じる地位でしかなかったのだ。

黒王妃の立場は、なにひとつ変わらなかった。

シャルル九世が大人になって、つまりは自分の判断で全てを決めることができる一人前の人間になって、その口ではっきり統治を委ねたのだと解釈すれば、以前に増して盤石の地位を与えられたとさえいえる。

してみると、唐突な成人宣言も王母カトリーヌの差し金なのか。

黒王妃の独壇場——そう囁かれるようになっていたのは確かだった。

身分違いといわれて、肩身を狭くしていた王太子妃。夫王アンリ二世の御世になっても、ほとんど目立たなかった地味な王妃。息子王フランソワ二世の治世においても、その王妃の叔父ギーズ一族の専横に抗う術なく、続くシャルル九世の即位において辛うじて統治を担当するも、なお居並ぶ有力者たちの横暴を前にして、ただ右往左往するしかなかった哀れな王母。半島生まれの外国人として、今なおフランス人に嫌われ続けるイタリア女。

それが内乱を収めて、今やフランスの支配者だ、隠れもない支配者なのだと、そのことに気づいたときには誰も彼もが瞠目して、もう圧倒されるしかなくなっていた。

「いえ、そんな風にいうものではありません」

と、黒王妃は続けた。ええ、シャルル、あなたは本当に成長しました。成人宣言の頃とは比べ物にならないほどです。もうどこに出しても恥ずかしくありません。だって、じき十五歳ではありませんか。

「この旅の間に本当に大きくなられたのです」

黒王妃の手腕に世人が震撼《しんかん》したというのが、それだった。

成人宣言に続いたのは、旅、すなわち、国王シャルル九世の全国行脚だった。

全国行脚は一冬を越えた一五六四年、三月十三日に開始された。一月にフォンテーヌブロー宮に集められた廷臣は、出発に先がけて四夜連続の大晩餐会を楽しんだ。

一夜目はモンモランシー大元帥の主催で、二夜目はギーズ枢機卿の主催で、三夜目は王母カトリーヌ・ドゥ・メディシスの主催で、四夜目はオルレアン公兼アンジュー公アンリの主催、まだ十二歳の王子の話であれば、実質的には二夜連続の黒王妃の主催で、夜ごと宮廷中を酒池肉林の饗宴《きょうえん》に酩酊《めいてい》させた直後から、まさに前代未聞の大移動に突入したのだ。

人々は考える間もなく旅に出た。太鼓と笛の演奏が、その大音声で皆の目を覚ましたからだ。おきざりにするぞと脅したきり、儀仗隊《ぎじょうたい》は音楽もろともに踵を返し、さっさとフランスの田園に分け入ったからだ。

大袈裟でなく、地鳴りが聞こえた。スコットランド近衛隊、スイス傭兵隊に守られながら、たちまち列をなしたのは百台を数える馬車群だった。

その半分までが荷馬車であり、どの荷台にも縁に輝く金鋲《きんびょう》が打たれた黒革の葛籠《つづら》が、うずたかく山をなすほど積まれていた。なるだけ減らし、積み方を工夫して、しっかり縄をかけても、ちょっと馬車が揺れるや、あえなく崩れてしまうほどの山だ。

はじめの見積もりで二年とされる長旅だった。最低限の身のまわり品を詰めただけで、葛籠の一合や二合は簡単に満杯になる。終いに五十台からの馬車が必要になったのは、いうまでもなく、王はひとりで旅に出るわけではなかったからだ。

廷臣貴族が百人、従者が六十人、小姓が十二人、調理師が五人、ソムリエが五人、宮廷侍医が五人と、これがシャルル九世の随員の主だったところだった。

森林管理官、狩猟頭、猟犬係と続くのは、何匹いるのか知れないくらいの猟犬を吠えさせながら、道々の猟場で狩りを楽しむためである。

リュート奏者、竪琴《たてごと》奏者、七人の侏儒《しゅじゅ》まで同道させるのは、慰みがないときの退屈を紛らわせるためだ。

こうした随員の大半が、なんらかの乗り物を利用する。どれだけあっても馬車が足りなくなるはずで、二十人の馬丁が管理を委ねられた馬の数は、騎乗の用を含めると、実に八千頭に及んだというから驚きである。

これだけの数となると、昨今騎兵隊の兵営でも滅多にみられるものではない。行く先先での馬料の確保は命がけの作業になると、馬丁たちが嘆く理由も頷ける。

さておき、これがフランス王シャルル九世の一団だった。

いや、王家全体という意味ではないので、シャルル九世だけ、国王付きの家内《ドメスティーク》だけというほうが、誤解を招かずに済むだろうか。

続いたのが、王母カトリーヌ・ドゥ・メディシスの一団だった。

従者が五人、従僕が三人、小姓が八人、馬丁が五人、侍医が五人、調理師が五人、ソムリエが五人で、あとは食事の最中に音楽を奏でる楽隊くらいと、随員は控え目だった。御婦人だけに目につくのが人より物で、金鋲が打たれた黒革の葛籠となると、国王のそれよりかえって多いくらいだった。

なにしろ、銀の便器、金の風呂桶《ふろおけ》、金銀を合わせた食器と、こだわりの日用品はひとつもあきらめられなかった。加えるに、絹の下着から、羅紗の晴れ着から、イタリアから取り寄せ、あるいはフランスの職人に細かく指示して特注した最新流行の帽子から、各種の衣類が何十揃いと詰めこまれたのだ。

五十台の荷馬車に積めたのは半分だけで、もう半分は二百頭の騾馬《らば》の背に分けなければばならなくなった。

四頭の馬で運ぶ輿《こし》から、組み立て式の寝台から、川遊びのための小舟から、嵩張《かさば》る道具のために用意された数台の大型馬車を別に勘定してもである。帳簿や文箱《ふばこ》というような違う意味で重要な荷物のために造られた、書几と椅子が据え付けの動く執務室とでもいうべき馬車も、やはり別だ。

王母というなら、文字通りに母親として、幼い子供たちの面倒もみなければならない。王女マルグリットと王子フランソワも同じ一団に加えられたが、専用の四輪馬車というのが、緑色の羅紗布で内張りされ、据え付けの安楽椅子にはふかふかの座布団が置かれるという、普通の部屋ほども大きな車室を備えた六頭立てで、布団を運びこみさえすれば、そのまま寝ることまでできた。

子供がいるからには、養育係、家庭教師、そして退屈を紛らわせる道化師と、そのための使用人も欠かせなくなる。女の家内であれば細々した用事も際限なく、同じ女の手はいくらあっても足りないくらいだ。

同道させずにおかなかったのが、やはりといおうか、三百人を数える女官団、いうところの「遊撃騎兵隊《エスカドロン・ヴオラン》」の面々だった。

旅先で出会う人、人、人に、不愉快な思いをさせてはならないと、これまた身だしなみには十分すぎるくらいの配慮が求められる。ひとりひとりが四つ、五つと葛籠を積み上げたからには、そのためだけに五十台の荷馬車を追加せざるをえなかった。

いやはや、大変な行列になってきたが、この後に王子たちのなかでも独立した家内を与えられて、王弟オルレアン公兼アンジュー公アンリが続いた。いくらか規模は小さくなるとはいえ、馬車が連なり、随員が混み合う体は王や王母のそれと同じである。

王族というならば、コンデ公も自前の一団で追いかけた。今や国王総代官でもあるからには、歩兵四中隊、軽騎兵一中隊を率いて、旅の安全確保にも努めた。

最後が大元帥モンモランシー、国璽尚書ロピタルら王家の高官たちであり、それはシャルル九世の全国行脚が、政府閣僚の巡回に他ならないことも意味した。

ここでは王母カトリーヌの従兄弟にあたるストロッツィ元帥が、実質的な護衛の兵力として、近衛歩兵隊から一連隊を率いて同道している。

あとは王家の与かり知るところではない。ただ、これだけの所帯ならば、さぞかし物要りだろうと勝手に算盤を弾きながら、王室御用達《ごようたし》の商人はじめ、仕立屋、靴屋、宝石屋の類が、これまた馬車を連ねながら、ぞろぞろと列をなした。

それが主として御婦人方の不便であるなら、私たちは殿方の不便を満たしてさしあげるのだと、行列には売春婦の一群までが、それこそ女官団に負けない数で追随してきた。

こうなると、いよいよもって正確な人数もわからない。

全部で千人を超えた？　いや、兵隊まで合わせれば、そんな数では収まらない。旅先から合流する輩もあり、おおよそのところでも数千は下らない？　いや、半里にも達しようかという規模、いずれにせよ、そっくり宮廷が移動するようなものである。

という長蛇の列で街道に忽然《こつぜん》と姿を現す、人間と、荷物と、馬と、犬の群れは、ちょっとした都市が気まぐれに足を生やして、不意に歩き出したようなものだというべきか。

　これが真実フランス各地を経巡った。

　フォンテーヌブローを出発すると、三月十四日にはシャンパーニュのサンスに到着、さらに東進して、トロワ、バール・ル・デュックと回遊してから、ブールゴーニュに南下、シャンモル、そして五月二十二日には州都ディジョンに入った。

　フランス四大河川も馴染《なじ》みのセーヌ河、ロワール河でなく、すでにしてローヌ河の地方である。シャロン、マコン、リヨンと下り、ロマン、ヴァランス、モンテリマール、オランジュと進みながら、彼方《かなた》にアルプスの山々を仰ぎ、九月二十三日に到達したのがアヴィニョンだった。

　アヴィニョン自体は教皇領だが、白茶けた赤土が続く景色は、すでにしてプロヴァンスである。サロン、エクス、ブリニョルと経て、十一月六日には港湾都市マルセイユに入城し、ついに紺碧《こんぺき》の地中海を目撃する。

　タラスコンまで戻ってから進路を西に変え、ボーケール、ニーム、エーグ・モルト、モンペリエと進んだところで年が変わった。

　一五六五年一月四日、新年最初の訪問がベジエであり、そのままナルボンヌ、カルカソンヌ、カステルノーダリと経由して、二月の頭に入城したのがラングドックの州都、「薔薇色の都」と呼ばれるトゥールーズだった。

トゥールーズでは一月余の長逗留で息を吐いた。

フランス四大河川も最後のガロンヌ河に沿うようにして、三月からは進路を北にずらし、モントーバン、アジャン、タランスと下っていく。四月九日に到着したのがギュイエンヌの州都、こちらは「三日月の都」と呼ばれる港湾都市ボルドーだった。

シャンパーニュ、ブールゴーニュ、リヨネ、ドーフィネ、プロヴァンス、ラングドックと行脚して、ついにギュイエンヌに達する。州内をピレネの裾まで巡回してから、ようやく北上の途につき、オーヴェルニュを経由しながら、最後にロワール渓谷に帰りつくというのが、シャルル九世の全国行脚の全貌だった。

これだけの大旅行を、あえてする――思惑がみえてきていた。成人宣言だけでは十分でないと、それが黒王妃の考えだった。

もはや王は大人の男である。その剛腕で父や祖父が統べたのと同じように、この美《うま》し国を治められる。そう宣言されれば、大概の人間はそうかと思う。が、それだけだ。

王など所詮は遠い存在でしかなかった。正統な君主であり、正当な支配者なのだといわれたところで、ピンと来ない。フランスは旅程を文字に表すと辟易してしまうくらい、それは広大な国だからだ。

大人の男になった王とやらを、千八百万フランス人の大半は自分の目でみることができない。また普通に考えるなら、これから先もみる機会など与えられない。

「それでしたら、目にものみせてあげましょう」

黒王妃は、そう気勢を上げたという。

頭でわかることと、身体でわかることは違う。頭でっかちな男であれば、同じと決めつけたきり、顧みることすらないのかもしれないが、それは女には無視できない違いだった。虚飾と無縁な性であれば、利口ぶった理解の無力を直視できるからだ。真に頼めるのは五感を通じて刻まれた実感でしかないことを、それこそ理屈を抜きに直感するからだ。

「さもなくば、宗教が幅を利かせるだけです」

とも、零したとか。

無論のこと、プロテスタントの新しい考え方だの、それ以前にカトリックの伝統的な教義だのが、正しく理解されているのではない。それでも人々が宗教に没入してしまうのは、牧師だの、神父だの、神を語る人間がすぐ身近にいるからなのだ。王国中どこにでも飛んでいって、吐息の熱さが感じられる距離から説法するからなのだ。

「くらりと来て、これに簡単にやられてしまいます」

支配されたいと思うのに、支配するべき王を容易に感じられない淋《さび》しさが、人々の心にはある。巧みにつけこむ間男のようなものが、宗教という奸物《かんぶつ》なのだ。であるならば、本物の男を目にものみせて、逆にくらりと来させてやるにかぎるのだ。

17 ✦ この河の畔には

実際のところ、シャルル九世の全国行脚は、陽気なお祭り騒ぎの連続だった。ひとつ都市を訪ねるたびに盛大な入市式が行われたし、滞在中は舞踏会、騎馬槍試合、野外劇、舞踊と、賑やかな催しが日替わりの体になった。

荷車が百台、二百台と陸続したというのも、式典用の晴れ着であるとか、仮面舞踏会の衣装であるとか、騎馬槍試合の武具一式であるとかを洩らさず携行したのみならず、機械仕掛けの舞台から、組み立て式の凱旋門から、ライオン、ヒョウ、熊、白熊、象、サイと並べるような小動物園にいたるまで、人々を驚かせる道具立てを、すっかり積みこんだからなのである。

リヨンでは凱旋門、寓意《ぐうい》列柱、称賛碑文、異教の国々の復元と、町並が一変するほどの装飾が施された。

港町マルセイユでは舟遊びならぬ、空砲を撃ち鳴らす模擬海戦が行われた。古代の円形闘技場を誇るアルルでは闘牛見物が企画され、国際商業都市ボルドーでは本物のアラブ人、エジプト人、新大陸から連れてこられた「インド人」、暗黒大陸から運ばれたアフリカ人と、それぞれが見知らぬ民族衣装で乱舞した。

そのいずれをとっても驚天動地、何処《いずこ》に目を凝らしても豪華絢爛《けんらん》——みせるということを意識し、意識することが本能となった人間のみがなしうる営為であれば、洗練のフィレンツェ人の内でも、ボッティチェルリ、ダ・ヴィンチ、ミケランジェロと巨匠が手がけた傑作を家財とし、その真髄を自らの血肉として長じたメディチ家の女、かねて先進のイタリア文化で知られた王母、カトリーヌ・ドゥ・メディシスの企てでしかありえなかった。

新教徒も旧教徒も関係なく、行く先々のフランス人というフランス人を魅了して、気難しい信仰の話など綺麗に忘れさせてやる。そういわんばかりの黒王妃カトリーヌは、実に活《い》き活きとしていた。武力に勝る文化の政治という独創を、ここぞと披露してみせながら、祝祭の企画から演出からを自ら手がける女主人は、その持てる才能を今こそ遺憾なく発揮したのだ。

が、だからこその異変だった。王母の表情が暗い。この河の畔まで来て、急に暗くなった。

あるいは人の手で造りこまれた雅こそ快いのであり、ありのままの自然はかえって息苦しいということなのか。

ボルドーから先の旅は、確かに雅の欠片《かけら》もなかった。バザス、モン・ドゥ・マルサン、ダクス、バイヨンヌ、サン・ジャン・ドゥ・リューズと南下すれば、そこは「ランド地帯」と呼ばれる、沼沢ばかり多い荒蕪地《こうぶち》の連続だった。

しかも、ろくろく祭典も催さない急ぎ旅だった。もはや金銀の煌《きらめ》きも、色彩という色彩の毒々しいほどの競演もない。あるのは遠くの山々を蔽《おお》う鬱蒼《うっそう》たる木々の緑であるとか、足元に無数に転がる乾いた石の白さであるとか、つまりは野卑というほど素朴な風情だけである。

けだるく連なるような楽器の調べがないかわり、歯切れよい鳥のさえずりが微かに聞こえる。むっと煙るような香水と化粧の香がないかわり、青くさい水の匂いが鼻につく。

シャルル九世は続けた。大きくなったと仰るなら、子供扱いはお止めください。

「母上、どうか偽らずに、お教えください。本当はお加減でも悪いのではありませんか。あるいは長旅のあまりに、お疲れあそばしたとか」

フランス王家の全国行脚も、本当に辺鄙なところまで来ていた。一五六五年も、その六月十四日に達していたのは、スペイン国境の街アンダイユ、というより、街外れまで繰り出したビダソア河の畔だった。

名前の響きからわかるように、スペインの内奥を水源に、そこから流れてくる河である。大西洋に注ぐ河口近くで、僅かの距離だけ彼岸がフランス領になる。そのわかりやすさから、国境でなにか行われるとなれば、ピレネ山脈の分水嶺《ぶんすいれい》よりこのビダソア河が用いられてきた。

「いえ、そういう話でもありませんよ」

黒王妃が否定しても、シャルル九世は引き下がらなかった。

「いずれにせよ、こんな陽《ひ》ざしの強いところにおられては、そのうちお倒れになられてしまいます。仮に今の今まで元気いっぱいであられたとしても、です」

嘘ではなかった。ランド地帯が不毛に近いというのは、白茶けた砂地で覆われているからである。それが初夏六月ともなると、ただ往来するにも難所になる。太陽の照り返しで、蜃気楼《しんきろう》が揺れるくらいの暑さになるからだ。

「ですから、あちらの日除《ひよ》けのほうに」

そう続けて、シャルル九世は手ぶりで示した。

細かな砂利ばかりの川岸は変わらず暑い。けれど、不毛のランド地帯も川辺は木々を繁らせていた。枝を落として、トンネルのような形に組み上げ、それを捥《も》ぎとった葉を重ねて蔽うことで、うまく日除けを拵えたのは、ここまでの道中でも熱中症で倒れるものが、後を絶たなかったからなのだ。

料理人も、ソムリエも同道させる旅であれば、日除けのなかには、すぐさま軽食も用意された。マイエンヌ産の生ハムから、「セルベラス」と呼ばれる乾製ソーセージから、牛舌《ぎゅうタン》のパテ、果実のサラダ、それに河の水で冷やされたバイヨンヌ産の葡萄酒など、暑さ凌ぎに寛《くつろ》ぐには最高のお供ばかりである。

「とにかく陽の下はいけません」

「私のことなら、本当に大丈夫ですよ」

「いえ、母上は今日も黒衣の長袖であられます。黒は陽の光を集めてしまうのです」

熱心に案じられるほどに、黒王妃の頬には笑みが広がった。それも嬉しそうな笑みだ。息子に気にかけられるのは、やはり悪い気はしないのだ。

シャルル九世はといえば、母親にはぐらかされ続けて、少し間を置いていた。ややあってから始めた言葉は、次のようなものだった。

「やはり心配なのですね」

「なんの話です。ですから、内乱が終結し、あなたという立派な王の下で、フランスは平和を謳歌《おうか》できるようになり、もはや心配など……」

「フランスのことではありません。この河の向こうのことです。つまりは来るべきスペイン王との話し合いが、うまくいかないのではないかと」

心配といえば、確かに心配ではあった。

実のところ、シャルル九世の全国行脚は内政の安定のみならず、外交の有利な展開をも狙いとするものだった。

ひとつには一種の示威になる。

内乱の痛手にもかかわらず、フランス王家にはこれだけ大掛かりで、これだけ豪奢《ごうしゃ》な全国行脚を行うだけの余力がある。新教派と旧教派の不和につけこみ、介入しようと試みても、返す刀で大怪我させられるだけだ。そうわからせるため、旅の一行には各国大使をも少なからず同行させていた。

もうひとつには、話が早い。王国各地を経巡るならば、国境の近くまで足を運ぶことも一度や二度ではない。その機会に会談を設けるなら、大使や外交官を間に置くことなく、外国の君主や要人たちと直に交渉することができるのだ。

事実、これまでも何度か外交の機会が持たれた。

最初が五月のバール・ル・デュックで、ロレーヌ公領と境を接する地方であれば、やってきたのはロレーヌ公家に嫁いだシャルル九世の姉王女、カトリーヌ・ドゥ・メディシスには次女にあたるロレーヌ公妃クロードだった。

公妃はロレーヌ公家の世継ぎとなる初子を産んだばかりだった。黒王妃カトリーヌには初孫にあたる。外交抜きで喜ばしい慶事である。

七日には市内の教会で洗礼式が執り行われたが、そこでも王と王母がともに洗礼親となり、フランス王家とロレーヌ公家の永《とこしえ》の友誼《ゆうぎ》が誓われた。

この機会に望まれたのが、オーストリアの神聖ローマ皇帝マクシミリヤンとの会見だったが、これは実現しなかった。温めていたのが縁談の申し込みで、シャルル九世と皇女エリザベートを、妹王女マルグリットとルドルフ皇太子を結婚させられないかと、その打診だけはロレーヌ公家を介して伝えてもらえることになった。

二度目が六月のリヨンで、三十日にはアルプスを挟んだ隣国から、サヴォイア公エマヌエーレ・フィリベルトと公妃マルゲリータが訪ねてきた。

やはりフランスから嫁いだ公妃は、アンリ二世の妹王女マルグリットのことであり、カトリーヌ・ドゥ・メディシスにも義妹にあたる。

というより、虐げられた宮廷において、唯一といえるくらいの親友だった。久方ぶりの再会は、これまた外交抜きで喜ばしいものだった。

もちろん、外交課題としても、フランス軍がサヴォイア領内に保持しているピニェロル、サヴィリアーノ両要塞の処遇について、率直な意見が交わされた。

リヨンにはイタリアの領邦君主、フェッラーラ公アルフォンソ・デステまでが、アルプスを越えてやってきた。死んだギーズ公の妃がエステ家の出身であり、引き続きの友好関係を確かめにきたというところだ。

シャルル九世に、それにも増して実質的な支配者である王母カトリーヌ・ドゥ・メディシスに会える。それは諸国にとっても千載一遇の好機だった。他にも大小様々な交渉があり、公式非公式の接触があった。

そうした諸々のなかでも最大の試みが、スペイン王との会談だった。

「実際、うまくいっていませんし」

と、シャルル九世は続けた。バイヨンヌで会談したいと打診したところ、二月二日、トゥールーズに滞在していた一行に同意の返事が届けられた。

スペイン王フェリペ二世がやってくる。「日が沈まぬ帝国」といわれる大国の君主が、国境地帯とはいえフランスの領内まで、直々に足を運んでくれる。

こちらも宮廷を挙げて歓喜した。期待は膨らむばかりだった。なんとなれば、ただ挨拶を交わすために、わざわざ旅するわけがない。

スペイン側としても、フランスとの外交交渉には期待するところがある。だからこそ、フェリペ二世が直々に足を運ぶ。その目的が必ずしもフランス側の思惑とは相容れなくても、互いに期するところあるなら、話し合いは成立する。

「あとは交渉次第だ」

大いに盛り上がったものだが、その直後から雲行きが怪しくなった。

全国行脚に同道していたスペイン大使も、俄かに言を左右にするようになった。「慎重王」の名前に偽りなしの自重なのか、フェリペ二世は国境を越えない公算が高くなった。

仕方がない。それならばと別して希望を伝えたのが、スペイン王妃イサベルの来訪だった。

本当なら夫妻で来てほしいところであり、そのつもりでもいたわけだが、王のほうが無理だとなれば、せめて王妃だけでもとこだわるのは他でもない。

「姉上まで来てくださらないのではないかと、母上は、そう案じておられるのではありませんか」

と、シャルル九世は問いを続けた。

スペイン王妃イサベルとはフランス王女エリザベートのこと、これまたシャルル九世の姉にして、カトリーヌ・ドゥ・メディシスには長女にあたる肉親だった。

ロレーヌ公妃然り、サヴォイア公妃然りで、身内であればこそ話しやすい。話しやすさは外交成果に直結する。肉親の情から、フランスのために便宜を図ってくれることも期待できる。スペイン王妃にも是が非でも来てもらいたい所以《ゆえん》である。

こちらの意向を伝えると、スペイン側も王妃だけは送り出すと返してきた。が、またしても快諾の後から雲行きが怪しくなった。

確かにマドリッドを出発し、ピレネ山麓のビットーリアにも到着したらしいのだが、そこに腰を据えたまま、一向に国境を越える様子がみられないのだ。やはり来られないと、モン・ドゥ・マルサンには急使まで遣わされてきたのだ。

にもかかわらず、こちらはビダソア河まで来た。スペイン王妃を迎えるため、否むしろ迎えに来ていると伝わることで、スペイン王妃にフランス行きを決断させるためだった。

「母上の数々の努力にもかかわらず、姉上は来てくださらないのではないかと、そう心配なされるのは道理です。姉上が来てくださらなければ、その瞬間にスペイン王家との交渉も御破算になってしまいます」

「来てくれると思いますよ」

黒王妃は普段の無表情になって答えた。自分の娘ですからね。エリザベートのことは誰より承知しているつもりです。ええ、あれは家族を見捨てるような子ではありません。

きっと来てくれるはずです。

「それに、万が一来てくれなかったとしても、そのときはそのときです。スペイン王の名代として、アルバ公はやってくる。それは確かなのですから、アルバ公を相手に全力を尽くすまででしょう」

「だから、姉上の心配ではないと……。そうですか」

シャルル九世は今度はすんなり引き下がった。が、あとに続いたのは、重たい溜め息だった。それは黒王妃が確かめないではいられなくなるくらいの重たさだった。

「なんです。あなたこそ、なにかあるのですか」

「いえ、そうすると、母上の心配は、やはりオルレアン公のことなのかと」

かつてシャルル九世が名乗っていた称号は、今は弟のものになっていた。そのオルレアン公兼アンジュー公アンリがビダソア河を渡っていた。国境を越えてほしい、フランスに来てほしいと、姉のイサベル王妃を説得するために、ビットーリアを訪ねていたのだ。

「アンリとて大丈夫でしょう」

と、黒王妃は答えた。護衛に騎兵を百二十五もつけました。交戦状態にあるでもなければ、土台危険がある旅ではありません。

「スペイン側の了解をとったうえでの、正式な入国なのですから、隣国の王子を預かる格好になって、かえって向こうが気を遣っているくらいでしょう」

「そう頭でわかっていても、なお心配しないでいられないのが、母親というものなのではありませんか」

黒王妃は刹那に目を瞬かせた。驚きと一緒に不本意な内心も表現されたようだったが、シャルルのほうは構わず、それどころか声に悔しさまで上乗せした。

「だって、アンリは母上の一番の気に入りではありませんか」

「そんなことはありません」

「けれど、他の妹や弟とは違う。アンリだけ、なにからなにまで特別扱いだ。一親王の立場を超えて、むしろ王である私と差がないくらいだ。それもこれも王母陛下のご意向だ、なにせ特別なお気に入りなのだからと、宮廷の者も皆そう申しております」

「宮廷の者などに、家族の何がわかるというのです」

「母上のアンリ贔屓は隠せない、宮廷の者にもわかるほどだということです」

「それこそ上辺の見方でしかありませんよ。私の気に入りとかなんとかいいますが、父上の気に入りはシャルル、逆にあなたのほうだったものです」

「父上の……」

「こんなに美しい子はみたことがない、なんて仰られて、あなたのことばかり溺愛して、たった一歳しか変わらないアンリのことなど、まるで見向きもなさらない。これじゃあ、アンリの心が曲がってしまうと、それで私は努めるようになったのです」

「け、けれど、アンリは最近その父上にそっくりだとも専らの評判です」

「おまえとて、父上に似ておりますよ」

「そ、そうですか」

「実の兄弟でしょう、馬鹿らしい」

「………」

「先程から私の加減が悪そうだの、疲れたのではないかだのとしつこくしておりましたが、すでに申しましたように、それは少し驚いたからなのです。ええ、そうです。あなたがあまりに似ていたものですから、もしや父上が生き返られたのではないかと」

あながち誤魔化しではなかった。成長したというのは、ただの追従ではない。

未だ旅半ばでありながら、出発前から比べると、シャルル九世の容貌は一変していた。背が伸びて、肩幅が広くなるほど、面長な相貌も神経質というより冴えた印象に変わり、ほんの一年前の頼りなさなど完全に四散していた。ちょうど成長期にあたっていれば、面立ちから、身体つきから、一気に大人になったのだ。

短命が案じられるほど病弱だった兄王、フランソワ二世とは違う。一歳しか下でないといい、いっそう父王に似ているといいながら、弟のアンリのほうは、まだ子供の感が強い。シャルル九世こそ、まさに万民に披露したくなるほどの逞《たくま》しさを獲得して、範とするべき大人の男に最も近くなっていた。

王として生きるうちに自然と身に帯びるのか、最近では風格のようなものまで感じさせ、それが亡き父王を彷彿とさせるというのは、決して嘘でなかったのだ。

「し、しかし、父上は私などより、もっともっと大きな方だったのではありませんか」

「いえ、父上は小さかったのです」

今度はシャルル九世が目を瞬かせる番だった。

「えっ、いや、アンリ二世は大柄な方だったのでは」

「まだ七歳でした」

そう続けて、黒王妃はビダソア河に目を戻した。ええ、あなたに不意に声をかけられ、父上が生き返ったのではないかと驚いたというのも、ちょうど父上のことを考えていたからです。

「この河の畔には、あなたの父上も立たれたことがあるのです。七歳なんて、ごくごく小さな時分の話でね。そのことを思い出すと、知らず捕らわれてしまう考えもありましてね」


ひとの運命を変えてしまう場所、一生を左右してしまう瞬間というものはあるようです。私の夫アンリにとっては、それが一五二六年に立たされたビダソア河の畔でした。

少し大袈裟でしょうか。いえ、決してそんなことはないと思いますよ。

一五二五年――私がフランスに嫁ぐ前の話ですから、詳しい内容は人伝に聞いたものになります。それでも凡《およ》そのところは、前もって知っていました。フィレンツェにいて、まだ五歳の少女でしかありませんでしたが、それでも耳に入ってきたくらいですから、当時の感覚でいえば、まさしく世界を震撼させた凶報だったんでしょうね。

というからには、やっぱり戦争の話になります。

行われていたのは、フランス王フランソワ一世と神聖ローマ皇帝カール五世、兼スペイン王としてはカルロス一世の、欧州の覇権をかけた戦いでした。奪い合いの舞台がイタリアというわけで、その一五二五年二月の合戦は、両軍がミラノのパヴィアで激突したものでした。

結果から先に明かせば、フランス軍の大敗でした。

まあ、戦争ですから、勝つこともあれば、負けることもあります。パヴィアの戦いが衝撃だったのは、渦中でフランソワ陛下が敵軍に捕らえられたからでした。

フランス王が捕虜に取られる――というか、一国の主が敵軍の虜囚になるなんて、滅多に聞ける話じゃありません。

フランスでは十四世紀にもジャン二世という王が、当時はイングランドを相手にしていた戦いで、やはり捕虜に取られた前例があるそうですが、そうやって歴史を繙《ひもと》いて、ようやっとみつかるほどの珍しい話なわけです。

恐らくは、これからだって聞けないでしょうね。ええ、ありえません。王の親征ということなら行われるでしょうが、王自身はあくまで将軍の役割を担うのであって、兵卒の役割ではないわけですから。

それが、フランソワ陛下の時代までは違ったのです。兵卒というか、戦士というか、陛下ご自身は「騎士王」と呼ばれたがったものですが、とにかく自ら戦場に繰り出して、自ら武器を振るうというような真似も、決して厭うものではなかったようなのです。

ほんの一世代しかありませんが、まさに隔世の感があります。王が前線に飛び出すなんて、今じゃあ、とても信じられない話です。

大貴族ごときまで自重に努めるほどなのは、ええ、いうまでもありませんね。あっという間に鉄砲が普及したからです。前線に出れば捕虜に取られる以前に、あっけなく殺される時代になったんです。

フランソワ陛下の時代は、まだ刀槍の時代、ぎりぎり弓矢の時代だったんですね。だからこそ、将軍も兵卒もなく、皆が戦士として蛮勇を誇れた。王自身が先陣を切ることも許された。

古き良き、大らかな時代だったともいえましょうが、それはそれ、他面で一国の主であることは、今と変わりないわけです。王が敵国の捕虜に取られるなんて、今も昔もなく、やっぱり洒落にならない話なわけです。

まさに驚天動地の大事件――無関係な少女の耳まで逃さず飛びこんできたはずです。

それこそ大人となると、世界が一変するといった騒ぎ方でした。

このままフランスという国がなくなってしまうとも、そうなればカール五世を止める人間もなくなって、欧州全土が好き放題にされてしまうとも、少なくともイタリアはスペイン人の裏庭と化してしまうとも語られて、誰もが狼狽を隠そうともしませんでした。

実際のところを申し上げますと、そこまでのカタストロフにはなりませんでした。捕虜が捕虜として扱われただけの話で、フランソワ陛下はまずミラノ近郊のピッツィゲットーネ城に幽閉され、ついでスペインに身柄を移されました。スペイン王家がマドリッド郊外に有していた離宮、アルカザールの一塔に収監されたのです。

捕虜とはいえ、拷問を加えられたりということもなかったようです。中世以来の騎士道の習いというか、客人としてかえって丁重に扱われたくらいで、スペインは厳めしい御国柄ですから、フランスほど連日派手やかというわけにはいかなかったようですが、それでも酒宴だの舞踏会だのと、何度かは慰みも催されたとか。

ちょうどマドリッドにおられたのが、カール五世陛下の姉君で、嫁いだ先のポルトガル王に先立たれ、やむなく出戻っていたエレオノール様でした。ほどなくフランスに輿入れの運びとなったというのも、この機会にフランソワ陛下が口説いたからです。

野暮なスペイン人を相手に、戦争では負けたけれども、さすがフランスの王であり、恋の道では見事な勝利を収めたと、こちらでは大いに喝采されたとも聞きます。

一五二六年の一月十四日には、マドリッド条約というものが交わされて、フランソワ陛下の解放があっさり決まってしまいました。

その骨子に和平の証としての婚儀があったわけですが、無論のこと、カール五世のほうも祝い事だから全て御破算にするなんて、おひとよしはやりません。

そもそも捕虜が大切にされるというのは、身柄解放の対価として、身代金を支払わせる慣習があったからです。

捕虜なのだから、そこはきっちり払ってもらう。一国の王であれば、そのへんの領主貴族と同じというわけにはいかない。かかる理屈でマドリッド条約に盛りこまれた身代金は、実に二百万エキュ——フランスの国家予算にも匹敵する額でした。

明らかに法外です。当然、支払いが危ぶまれます。カール五世は一緒に担保を要求しました。フランソワ陛下をフランスに帰すかわりに、二人の王子をスペインによこし、人質として預けるように求めたのです。

身柄の交換は両国の国境において行われる——八歳の王太子フランソワと、七歳のオルレアン公アンリ、つまりは後に私の夫となる少年がビダソア河の畔に立ったというのは、その手続きを履行するためだったのです。

三月十七日、もう雪の季節ではないとはいえ、時刻は朝の七時だったといいますから、やはりたいそう寒かったものと思われます。大西洋が近い分だけ内陸よりは凌ぎやすかったでしょうが、なにしろピレネを頭上に眺める僻地なわけですからね。

アンリは震えていたかもしれません。文字通りに震えて、ぶるぶる、ぶるぶる、その小さな肩を揺らしていたかもしれません。本当に可哀相に……。

少なくとも数年は我が家に帰ることができないのだと、子供ながらに、いえ、子供だからこそ敏感に察していたのかもしれませんね。それだけで、もう平静でいられたわけがありません。怖くて、怖くて、仕方なかったに違いありません。

それなのにアンリには、なんの慰めも与えられなかったのです。思いやりの言葉ひとつかけられずに、ぽつんと独りで放っておかれていたのです。

少年の内心を慮《おもんぱか》れる人間がいなかったわけではありません。けれど、その身を案じられ、不安な心を励まされ、引き渡しの瞬間まで懇ろに尽くされたのは、専ら王太子フランソワ殿下のほうでした。

わからないとはいいません。王子といっても、皆が同じじゃありませんからね。ええ、長男は別格です。順当にいけば次の王なわけですから、どうしても王太子殿下に注意が集まりがちになる。それは当然というか、仕方ない話ですが、それにしたって、ね。

悔しいやら、情けないやらで、こうして話しているだけで、思わず涙ぐんでしまいます。

それというのも、天下のフランス王家の話じゃありませんか。シャルル九世の全国行脚とはいかないまでも、このときだって何百人という侍従女官が、きちんと随行してきていたはずなんです。第二王子のほうにも、十人や二十人は囲みにきて、全然おかしくありません。それがひとりもこないなんて、いくらか薄情にすぎるんじゃありませんか。

とにかく、アンリは独りぼっちでした。

ビダソア河の向こうにスペイン側の使節団が姿を現し、用意された船の甲板には父王の姿が覗き、みつけて歓喜する声を背中に聞くほど、その身代わりにならなければならないのだと痛感し、少年の胸は締めつけられるばかりだったはずなんです。

さすがに、みるにみかねたということでしょう。二人の王子を引き渡すために、フランス側でも船が用意され、いよいよ乗船を促される段になって、女官のひとりが列から飛び出したといいます。孤独なアンリを抱きしめると、その小さな額に自分の唇を押しつけて、せめてもの優しさで異国に送り出したのです。

その女官こそ後のヴァランティノワ公妃、当時はノルマンディ大奉行を務めた夫に因んで「大奉行夫人」と呼ばれていた、あのディアーヌ・ドゥ・ポワティエでした。

運命は、やはり変わってしまったんですね。たった一度の抱擁、高が接吻ひとつにすぎませんが、それをアンリは忘れられなかったようなのです。

異国の地で不本意な日々を強いられるほど、それを忘れる方便というか、心が折れないための励みというか、むしろ努めて思い出していたのかもしれません。

スペインの可愛らしい女の子と仲良くなれたというなら別でしょうが、待遇はフランソワ陛下のときから激変したと聞きますしね。それは王太子フランソワ殿下も同じですが、はっきり過酷な暮らしだったようですからね。

はじめビラルバ城に入れられ、一五二八年にはビラルパンド城に移されました。移送は二人の王子だけで、フランスから同道していた七十人の貴族と百五十人の下僕は、そのままビラルバ城に留めおかれて、このとき引き離されたといいます。

その後もフランス人と一緒にいるどころか、フランス語を話すことさえ禁じられました。話し相手に許されるのはスペイン人だけで、それも王太子フランソワにトバル某《なにがし》、オルレアン公アンリにビベロ某と、それぞれ一人ずつでしかなかったそうです。

それからもベルランガ城、ペドラサ城と移されましたが、場所が変わるたび、いよいよ王子とは思われない生活になっていきました。私と結婚したあとに、夫が述懐したところによりますと、閉じこめられていたのは本当の牢屋だったと。

石壁が剝《む》き出しになっていて、絨毯飾りひとつなく、あるのは床に藁《わら》布団だけ。家具らしい家具は、やはり石で造られた据え付けの椅子だけ。窓も脱獄を防止するため、高すぎるところにひとつだけ。

ジメジメして蒸し暑いかと思いきや、今度は凍えるくらいに寒いという入れ替わりが、季節で起きるのでなく、朝晩で起きるのがスペインという国で、ほとんど生きた心地がしなかったとも。

過酷な仕打ちといって、ちっとも大袈裟じゃありませんよね。

それを強いたカール五世という御仁は、本当に血も涙もない怪物だったのじゃないかと疑ってしまいますし、当のアンリなどは死ぬまで憎んでやまなかったものですが、これも一歩引いた立場から冷静に考えなおしますと、無理なかったかと思えないこともありません。

それからも、揉め続けでしたからね。フランソワ陛下ときたら帰国早々、マドリッド条約の無効を宣言なされましたからね。

自分の意志でなく、強制的に署名させられたものだというのが口実ですが、それも言い合い、罵り合いでは収まりませんでした。一五二八年から、スペイン側の人質王子に対する処遇が厳しくなったというのは、その年から再び戦争になったからなんです。

これじゃあ、怒りは囚われの王子たちにぶつけてくれ、憂さ晴らしにつらくあたってくれと、スペイン人に八つ当たりの種を与えたようなものじゃありませんか。

そのへん、あまり深く考えることをなさらない。フランソワ陛下という方は、ね。悪い方ではありませんし、私にとっては義理の父で、少なからず恩人でもありますから、あまり扱き下ろしたくはないのですが、ええ、仕方ありませんね、ええ、ええ、いくらか身勝手なところがおありになられました。

自由奔放といえば自由奔放、そうした明るい個性で確かに絶大な人気を誇ったフランス王ではあられましたが、いくらなんでもと呆れるところもないじゃなくて。

周囲の人間は堪りません。世に王子に生まれついたといえば、幸運に恵まれたように聞こえますが、それも父王の個性によるわけです。王子に生まれついたがために、かえって普通でない試練を与えられてしまうという話もあるんです。実際に恵まれて育つがために、逆境に弱い嫌いは否めなくなっているにもかかわらず、です。

話を戻しますと、一五二九年に今度はカンブレーの和が結ばれまして、二人の王子も解放されることになりました。カール五世としては不本意な和平だったようですが、聞くところによれば、早く早くと姉君のエレオノール様にせっつかれたのだとか。

当時の笑い話ですが、このときも和約に盛りこまれたのが、フランソワ陛下とエレオノール様の結婚でしたから、早く嫁ぎたいという気持ちは、確かにおありになったでしょうね。

ええ、身勝手だけれど、陽気で、気さくで、しかも女に優しくて、やっぱりモテるということですね、フランソワ陛下のような方は。

さておき、継母となるエレオノール様に伴われて、二人の王子が再びビダソア河を越えたのは、一五三〇年七月一日のことでした。

人質生活は四年の長きに及んだことになります。それも七歳や八歳から始めて四年ですから、明らかに異常な少年時代です。いくら性格が歪んでしまったとしても、それは仕方ありませんよね。

王太子フランソワ殿下なども、父王陛下よろしく、上辺は明るい好漢で通すのですが、その実は些細（さ）なことも気になると申しますか、いくらか神経質なところがおおありでした。

私の夫のアンリなどは、極端な無口でしたね。ほとんど笑わない時期もあったようです。妻である私の目からみても、いったん思いこんだら容易に引き返せないという、頑なな一面があることは否めませんでした。

その思いこみの最たるものが、ディアーヌ・ドゥ・ポワティエだったわけです。有名な話ですから、お聞きになられているかもしれませんね。一五三一年三月十六日から一週間、パリで騎馬槍試合の大会が開かれました。

三月五日にサン・ドニで行われた、エレオノール様の王妃戴冠を記念する祝祭で、二人の王子の解放祝いを兼ねる趣旨もあったようです。

なにかといえば騎馬槍試合──フランス王家の十八番です。嫁いできてからは、私も何度となく観戦しましたから、すぐにも目に浮かぶようです。

建物という建物が青に金百合の王家の紋章で飾られて、色とりどりの軍旗が無数に並べ立てられて、狭間《はざま》の花道を綾織りの陣羽織が揃いの馬飾りに運ばれて、身を守るというよりは身を飾る武具甲冑がキラキラと陽の光を弾いて、姿は目立たないけれど楽団は喇叭や太鼓を絶えず鳴らして──。

参加の殿方たちは、たいそう興奮したでしょうね。会場が特設されたサン・タントワーヌ通りは、本当にお祭り騒ぎだったでしょうね。

いえ、御婦人がたとて同じです。やはり特設された桟敷席には、負けず人目を惹《ひ》こうと着飾りながら、女たちも沢山つめかけていたはずですし、しかも胸奥では期待感を大きく膨らませていたに違いないのです。騎馬槍試合でなかんずく雅な段取りというのが、軍旗の献呈だからです。

騎馬槍試合というのは古の騎士道に則した遊戯です。その精神の発露で、選手は意中の貴婦人に試合を捧げなければなりません。つまりは誰が誰に愛を告白するのだろうかと、その面前まで進み出て、さっと自分の軍旗を下ろす仕種こそ、本番の試合にも増して見どころになるのです。

その日の騎馬槍試合では、二人の王子が主役とされていましたから、当然ながら皆の注目も集まります。八歳の王太子フランソワは十三歳になり、七歳だったアンリは十二歳になろうとしていて、まだまだ大人でないながら、それなりの振る舞いを求めて求められない年齢ではなかったのです。

いざ周囲に促されると、フランソワ殿下は長男らしく無難にというか、継母王妃となられたエレオノール様に軍旗を捧げられました。

続くオルレアン公アンリのほうは、いつもながらというか、さほどの関心も集めなかったようなのですが、それはそれとして、その日はなぜだか黒と白のリボン飾りをつけていたといいます。王子らしい金甲冑に、あまりに地味な取り合わせですから、首を傾げた向きも少なくなかったとか。

その意味に気づかされた、というか、相応の意味があり、うぶな少年には過大な注文だったどころか、意欲的に臨んで、端から迷わなかったのだと知らされたのは、軍旗がディアーヌ・ドゥ・ポワティエの面前に下ろされたときでした。

ビダソア河の畔の出来事——アンリが忘れなかった、思い出を温め続けて、何年たとうと決して忘れなかったというのが、これです。思いこみが激しくて、引き返せなくなるというのが、これなのです。

このときディアーヌ・ドゥ・ポワティエは三十一歳、少し前に歳の離れた夫ルイ・ドゥ・ブレゼに死なれたばかりでした。黒と白のリボン飾りというのは喪中の印で、これをつけた未亡人こそ意中の貴婦人なのだと、それがアンリの仄めかしだったわけです。

私、カトリーヌ・ドゥ・メディシスとの婚約が決まったのは、それからほどない四月二十四日のことでした。フランソワ陛下が第二王子の嫁に、わざわざローマ教皇クレメンス七世の姪を求めたのは、またしてもといいますか、イタリア征服のお墨付きをもらうため、カール五世に積年の意趣を返すためでした。

「母親がわり」

嫁いだとき、ディアーヌ・ドゥ・ポワティエのことはそう教えられたものだと、前にも話したことがありますね。一頃は騙されたと臍《ほぞ》を噬《か》んだものですが、あるいは正鵠を射ていたのかもしれないと、後から思い返すこともありました。

もちろん、男と女の関係です。ディアーヌ・ドゥ・ポワティエの腹は措くとして、少なくともアンリのほうでは、はじめから男と女の関係を望んでいたことでしょう。けれど、それは意識のうえでの話です。無意識では、やはり母親を求めていたと思うのです。

おかしな言い方になるかもしれませんが、家族には恵まれない生い立ちでしたからね。父君のフランソワ陛下は勝手な御気性であられましたし、世の注目は兄の王太子フランソワ殿下にばかり集まりました。

人という人が無視してかかったとしても、優しく見守り続けてくれるのが母君なわけですが、そのクロード王妃という方はアンリが幼いときに、惜しくも早世なされていたのです。

家族に恵まれなかった。とりわけ母性に飢えていた。アンリは孤独な少年だったのです。パリにいても、ロワール河畔の離宮にいても、その心は決して満たされなかったのです。

スペイン国境くんだり、ビダソア河の畔にみつかったのは、そのぽっかり空いた虚《うろ》を上手に埋めてくれる存在でした。ええ、ええ、後に男と女の関係になったとしても、ディアーヌ・ドゥ・ポワティエは基本それだったと思いますね。

わかるような気もします。私も母親ですし、それに息子がおりますからね。

母親というのは絶対なんです。フランスでも、イタリアでも、世界中どこでだって、それは変わりありません。

いいえ、イタリアの男なんか、もっと母親べったりですよ。結婚してもマンマ、マンマで、しばしば新妻に癇癪《かんしゃく》を起こされるくらいです。マンマにはかなわないと知りなさいというのが、母親が嫁ぐ娘に贈る言葉になっているほどです。

けれど、ね。もう一面のことを申しますと、母親は母親でしかありません。母親じゃあ、子供は産んでくれないからです。神さまがきちんと選んで、伴侶として与えてくれた女とは、そこが決定的に違うわけです。

繰り返しますが、結婚してもマンマ、マンマという男は、珍しくもなんともありません。ところが、いざ子供が生まれたとなると、俄然《がぜん》違ってきます。自分が父親になることで、いつまでもマンマ、マンマじゃいられないぞと、ある種の自覚が生まれてくるんでしょうね。

あるいは単純に、我が子のことが可愛くて、可愛くて、どうしようもなくなるからでしょうか。今度は自分が可愛がる番だから、いつまでもマンマに可愛がられている場合じゃないぞと、ひとかどの男というのは、自らの立ち位置を愛されるほうから愛するほうに、自然と変えていくものなのです。

ひとを愛せる人間になるために、まず自分が母親に愛されなければならないのだと、そういう言い方もできるかもしれません。

ええ、誰もが一度は通らなければならない道なのです。ええ、ええ、恵まれなかったアンリには確かに必要だったのです、ディアーヌ・ドゥ・ポワティエというような母親がわりも。

けれど、一度通ってしまえば、それでいいんです。正しい妻ができて、子供まで生まれて、その子供を可愛いと思う自分に気づいて、遅ればせながらアンリも変わり始めたようでした。

そうでなくちゃあ、困りますよ。十人も子供がいる立派な父親が、まだマンマ、マンマというのではね。

18 ✦ なかに仕掛けられたカラクリというのが

ザババ、ザババと白波を左右に分けて、漆黒の水底から現れたのは海の怪物だった。三叉《みつまた》に分かれた大きな尾びれの先まで勘定するならば、全長はまず百ピエ（約三十三メートル）を下らない。楔を打って並べたような鱗《うろこ》は群青色に濡れ光り、反り立つ背びれは獅子《しし》のたてがみのよう、丸い面に二つ並んだ穴が豚を思わせる鼻先に、胸びれよりも幅があり、しかもツンツン先が尖る黄金色の鬚《あごひげ》を泳がせ、これに東洋渡りの愛玩犬にも似た、ぎょろりと大きな双眼が合わさると、もうおどろおどろしいとしかいいようのない生物である。

魚か。これは巨大な魚なのか。いや、ブシュウ、ブシュウと蒸気が抜けるような音を立てて、不意に水柱が立ち上がった。背中から潮を噴き上げて、むしろ鯨というべきなのか。いや、いや、潮を噴き上げる穴が背びれの左右に二つある鯨など、かつて聞いたことがない。

大体にして、海ではなかった。アドゥール河はピレネに水源を有して、里に下る流れである。やがては大西洋に注ぐ定めであるとはいえ、まだこのあたりでは岸辺に鬱蒼たる森が茂り、しかも両岸の緑とも一望のうちに収めることができる。

河幅とて、さほどない。はたして鯨はこんなところまで上ってくるものだろうか。魚にしてみたところで、川を遡上する種で、こんな巨大な魚はいたか。

解せないというならば、おどろおどろしい怪物を迎えるに、燦々《さんさん》と照りつける夏の太陽からして陽気にすぎた。

キラキラと乱反射する河の流れを跨ぎながら、彼方には水道橋も覗いていた。北に行くほどみられなくなる、古代ローマ時代の水道橋だ。南側の高台は、教会の尖塔《せんとう》やら、三角屋根の屋敷やら、円錐《えんすい》屋根の穀物倉やら、びっしりと橙色で塗りつぶされるがごとくなのだ。

それが特産の瓦の色だった。フランス南西部を占める州総督区ギュイエンヌ――市内を流れるニーヴ河が合流して、アドゥール河は都市バイヨンヌの北辺を走る流れなのだ。

現に人がいないわけではなかった。悲鳴とも歓声ともつかない声が上がれば、とたん波も飛沫も音が取れなくなるというのは、数千という見物人が詰めかけて、水面に船まで浮かべていたからだった。

王母カトリーヌ・ドゥ・メディシスも、そうした遊覧船のひとつに乗りこんでいた。船尾に置かれた、屋根付きの特等席に陣取りながら、話しかけた相手は隣席の若い女だった。

「どうです、あの海の怪物は」

「なんだかドキドキいたします。まるで本物みたいですもの」

「そうでしょう、そうでしょう。いってみれば特製の船ですけれど、なかに仕掛けられたカラクリというのが、かのレオナルド・ダ・ヴィンチ直伝の工夫なわけですからね」

「レオナルド・ダ・ヴィンチというと、お祖父《じい》さまが面倒をみられていたという画家の……」

「フィレンツェが生んだ万能の天才ですよ。ミラノ公の宮廷にいた頃は、舞台監督から、建築技師から、武器の発明家まで務めたそうですからね。その技を今日はおまえを喜ばせるためだけに駆使したというわけです」

「それは母上、本当に、なんと御礼してよいやら」

そう答えて、無難な微笑でまとめた相手はスペイン王妃イサベル、というより、フランス王女の生まれで、カトリーヌ・ドゥ・メディシスには長女にあたるエリザベートだった。

その日もおよそ夏らしくない暗色の装束ながら、黒王妃カトリーヌは常にない上機嫌だった。

「御礼なんていりません。だって、当然のことですもの。遠路はるばる来てくれたのですから」

スペイン王妃は来てくれた。さんざ気を揉ませたあげく、一五六五年六月十四日、弟のオルレアン公兼アンジュー公アンリに伴われて、ビダソア河の畔に到着した。

これを黒王妃は艀で迎えた。スペイン使節団の渡河を待ち切れず、急ぎ船を用意させ
たあげくが、河の流れのただなかで実の娘を抱擁することになったのである。

以来、かたときも離さない勢いだった。まさに手放しの歓迎だ。

用意していた草の日除けで二時間だけ休息を取ると、すぐ出発してビダソア河畔から

北上、十四日はビスケイ湾の港町サン・ジャン・ドゥ・リューズで一泊した。

翌日も早朝に出発して、十五日の昼前にはバイヨンヌに到着、その午後から実に二週

間もの予定で、連日連夜繰り出されることになっている出し物が、題して

「魔法の島のお楽しみ」だったのだ。
レ・プレジール・ドゥ・リール・アンシャンテ

水面に再現されたのは、英雄たちの戦いであり、また古代の神話だった。

おどろおどろしい海の怪物には、左右から数艘の戦艦が迫っていた。退治せんと投げ
すうちそう

槍を振り上げて構え、あるいは短剣というには長く、長剣というには短い、いうところ
グラディウス

の突き剣を翳しているのは、鉄帽子と丸盾と、それに胴鎧で身を固めながら、筋肉質な

太腿で甲板を踏みしめる、古代ローマ風の戦士たちである。

とはいえ、敵は海の怪物だけではない。一緒に水中から現れるや、すうっと泳いで戦

艦に取りついた影がある。

左右の腕に羽根を生やし、はばたくかの身ぶりなのは、その歌で船乗りたちを幻惑し

たといわれる魔女セイレンだった。

歌われたのはフランス王とスペイン王妃を称える詩文だったが、そのセイレン役が本

物の歌手であれば、イタリア風の歌劇《オペラ》が上演されたことになるか。いや、小さな劇場に収まらないスペクタクルは、まさしく他に類をみない、すでにして世界最高の娯楽と感嘆するべきなのか。

遊覧船という遊覧船からは、いや増して高く波を立たせんばかりの拍手が起きた。

その遊覧船はといえば、シャルル九世の全国行脚に同道するフランス宮廷、それに王妃に従うスペイン使節団を残さず乗りこませて、優に百を超えていた。

河が黄金色に輝くようにみえるのは、ことごとくが緞子《どんす》と金襴《きんらん》で飾り立てられていたからだが、それでも客は客であり、脚光を浴びるべき舞台は別なのである。

アドゥール河には遊覧船ならぬ浮島も数あった。最も大きな浮島が、山あり、川あり、崖あり、沼ありと、ありのままの自然を模した舞台であり、そこで戦いを演じるのはブリテンの騎士とアイルランドの騎士だった。

かたや禁欲の美徳を貫くために、かたや誠実な愛を守るために戦う。そうして円卓の騎士の世界が蘇るかたわらでは、大きな海亀を模した浮島まで揺れていた。

その甲羅に寝そべり、あるいは楽器を奏で、はたまた波間に戯れるのは、美しい人魚たちだった。腰から下に青色または純白の鱗と尾びれをつけた扮装《ふんそう》も、形のよい乳房が露な半裸の風体なのであり、その艶めかしさでなによりも人目を惹いて離さない。

いうまでもなく、「遊撃騎兵隊《エスカドロン・ヴォラン》」による熱演である。

見世物に次ぐ見世物、祝祭に次ぐ祝祭で、世人を瞠目させて廻《まわ》るシャルル九世の全国行脚も、このバイヨンヌに極まれりの感があった。

それが証拠に今回ばかりは、岸辺の画架に板絵がいくつも並んでいた。模様をそっくり画家に写させ、不幸にも現場を目撃できなかった人々には、圧巻の余韻なりとも伝えようと、それを後日に絨毯飾りに織り上げる計画があるからだ。

それにしても、何故バイヨンヌか。趣向を凝らした王母カトリーヌにすれば、わけてもスペイン王家の使節団は歓待しなければならないという、強い思いからだった。

なんといっても、「黄金世紀《シグロ・デ・オロ》」を謳歌する最強帝国である。本国は無論のこと、北にフランドル、南にイタリアと支配して、今や欧州に覇を唱えている。のみならず、新大陸まで手中に収めて、もはやスペインは世界の覇者なのである。

この大国と向き合えるとすれば、かねてフランスくらいのものだったが、それも女子供の王国ではないかと、のみならず宗教を種に内乱を強いられて、疲弊の一途を辿るばかりではないかと、侮ってかかる風が今のスペインにはある。

だからこそ、歓待しなければならないのだ。だからこそ、目にものみせてやらなければならないのだ。

なおフランスには、これだけの富があり、これだけの人がいて、これだけの技術で、これだけの見世物を行うことができる。世界をあっといわせるくらいの底力を隠し持つ。

そう仄めかす祝祭の連続は、一種の示威活動であり、それをして外交を有利に進めるための梃なのである。

その外交が、うまくいっていなかった。

スペイン側の代表は、アルバ公フェルナンド・アルバレス・デ・トレドだった。

外国から来た王家より由緒があるという、スペイン屈指の旧家に生まれた大貴族は、常に第一級の政治家として生き、そうすることで五十五歳の齢を数えていた。まさに難攻不落の男だ。そのアルバ公が相手では、せっかくの直接会談も外交らしい外交にならなかったのだ。

あるいは狂信的な宗教家という意味でも、根っからのスペイン人であったというべきか。

トリエント公会議の布告を公表せよ。新教の牧師を一ヵ月以内に追放することで「異端」の弾圧を徹底せよ。国璽尚書ロピタルはじめ公職についている新教徒の全員を免職せよ。新教式の礼拝は公私を問わず全面的に禁止せよ。そうやってアルバ公はフランス側に、ただ一方的に要求しただけだった。

が、こちらのカトリーヌ・ドゥ・メディシスも、さるものだった。

トリエント公会議の決定に関しては、フランスでも高位聖職者ならびにパリ大学の有識者を集めて、全国的な討論会を開催したい。宗教問題を解決するため、スペイン、フランス、オーストリアの三国で神聖同盟を結べたら素晴らしい。そんな風に大風呂敷を広げたきり、あとは言質ひとつ取らせない、巧みな話しぶりでかわしたのだ。

当家にはマルグリットという十二歳になる王女がいる、スペインの王太子ドン・カルロスの妃にどうか。十四歳のアンリ王子もいるが、その妃にはフェリペ陛下の妹御、前のポルトガル王太子の未亡人であられるフワナ様をいただけないか。そうやって、さらに王子王女の縁談にもっていこうとも努める。

話術に搦《から》め捕られて、並の相手なら思わず応じてしまうところだった。それがスペイン人らしい朴念仁、アルバ公の場合は違ったのだ。

「小生は縁談をまとめるために、フランスくんだりまで来たわけではありません」

にべもない一喝で、再び話を宗教政策に戻す。それを黒王妃は再びかわす。その繰り返しにしかならないから、外交交渉は容易に進展しなかったのだ。

わあと歓声が上がり、スペイン王妃は目をアドゥール河に戻した。断末魔の悲鳴を上げるかわりに、ひときわ大きな潮を二筋噴き上げながら、海の怪物が水底に沈んでいくところだった。

ボクッ、ボクッと大きな泡が浮かびあがり、その音にローマの戦士の勝鬨《かちどき》が重なるほどに、目は出し物に奪われていくばかりである。

そうしたスペイン王妃を認めて、黒王妃カトリーヌはいよいよ嬉しそうだった。ええ、どに、楽しんでもらえたなら、なによりです。ええ、ええ、久方ぶりに里帰りした娘を迎えて、どこの親が歓迎しないというのですか。

「といって、エリザベート、おまえ、少し疲れたのじゃありませんか」

「そんなことはございませんよ」

「いいえ、顔色がよくありません。岸に上がって、少し休憩したほうがよろしいのではなくて」

「大丈夫です、そんな、わたくしひとりのために、わざわざ船を岸まで戻さなくても」

「そういうわけにはいきません。あなたは大切なお客さまですし、なにより今日は暑いですから。ええ、六月とはいえ、もう真夏と変わりありません。ええ、ええ、エリザベート、冷たいジェラートでもおあがりなさい。スペインじゃ食べられないでしょう、ジェラートなんか。おまえの好物だったっていうのにね」

「母上、わたくしなら本当に……」

「エリザベート、母親のいうことは聞くものですよ」

19 もうすっかりスペイン人

岸辺の森陰には幾張りか幕舎も立てられていた。幕舎というが、戦場に張られるような無粋な休憩所でなく、ふかふかの安楽椅子あり、存分に手足を伸ばせる寝椅子あり。銀の食器が並べられれば、仕切りの陰には金の便器が据えつけられ、それこそ古のタタール人が宮殿がわりに用いたという幕舎もかくあるかと思うくらいの施設である。

約束通りに、ジェラートも出された。フランスにいた頃に好んだ苺のジェラート、スペインに嫁いだのだからと、それにオレンジのジェラートまで盛り合わせられていたが、スペイン王妃のほうはといえば、あまり食が進まないようだった。

氷菓子に頼らなくても、森陰は十分すぎるくらいに涼しかった。そのうえにジェラートでは身体が冷えすぎたか、かえって迷惑げな素ぶりもあった。

こちらの黒王妃としては、ふうと大きく息を吐かずにいられなかった。

もう六月二十五日だった。再会を果たして早十日であれば、親しく話す機会も、これが最初ではない。それどころか何度となく繰り返されて、積もる話をするにも、そろそろ種が尽きてきた。ならばと未来の話をしても、これまた間もなく煮詰まった。

「で、エリザベート、おまえ、要するに、なにもしてくれないというのですね」

「いいえ、母上、そうはいっておりません」

と、スペイン王妃は答えた。もちろん、黒王妃も引き下がらない。

「それなら、ひとつとして話がまとまらないのは、全体どういったわけなのです」

いうまでもないことながら、エリザベート、エリザベートと、王女時代のフランス名前を猫撫《ねこな》で声で繰り返し、森陰の幕舎にこっそり連れ出したのは、相手の祝祭疲れを慮ったからではなかった。黒王妃としては手強いアルバ公を抜きにした会談で、それも血のつながりがある母娘《おやこ》の会話で、この難局を打開しようという腹があるのだ。

スペイン王妃は返した。

「スペインの顧問たちは、フランス側は信用ならないといっております」

「どこが信用ならないのです。こんなに誠意をもって応対しているというのに」

「それなら直言いたしますが、スペイン側はボルドーのことで不信感を抱いているのです」

「ボルドーのこと?」

「あの港町にトルコ艦隊の入港を認められましたでしょう」

「…………」

「トルコ大使と会談も持たれましたね」

黒王妃は答えなかった。が、全て事実ではあった。トルコ大使と会談し、のみならず、艦隊の補給のためにマルセイユならびにトゥーロンを利用する許可も出した。

両港ともにフランスの地中海岸の港である。その地中海の覇権を巡り、トルコと鎬《しのぎ》を削っているのが、スペインなのである。

「フェリペ陛下が来訪を取りやめたのも、そのことと無関係ではありません」

「確かに、疑わしくみえるかもしれませんね」

ややを置いてから、黒王妃は再開した。けれど、だからこそ、なのではありませんか。

「そういう、なんといいますか、ええ、つまらない誤解を解いてくれるのが、フランスから嫁いだおまえの役目なのではありませんか」

「努めております。最大限に努めております。それでも説得できない話はあるのです。無茶ばかりは聞けないと、そういっているだけなのです」

少し興奮しながら、スペイン王妃は続けた。これに母親の黒王妃は、元から丸い目をもっと丸く見開くことで応じた。

「これを無茶というのですか。スペイン王家とフランス王家の縁談を無茶と。だったら、スペイン王家に嫁いでいるおまえは、どうなるというのです」

「縁談が無茶だとはいっておりません。無茶な縁組は考えられないといっているのです」

「私の提案が、どうして無茶だというのです」

「王太子ドン・カルロスは、フェリペ陛下の御嫡男です。陛下の妻であるわたくしにとっても、息子ということになります。それがわたくしの妹と結婚するとなれば、同時に弟ということにもなるのです。こんな複雑な結婚は気が進みません」

「王家と王家の結婚ですよ。これくらいの複雑さなら、ないわけじゃないでしょう」

「それでも気が進まないというのが、フェリペ陛下のお考えです」

黒王妃は、ふうと再び息を吐いた。つまりは、例の不信感ということですね。

「わかりました。けれど、アンリとフワナ王女の結婚なら無茶じゃありませんね。おまえの弟と、フェリペ陛下の妹が結婚するんだもの、それなら全然おかしくありませんね」

「フワナ様のほうが年上です」

「おまえにとっても年上でしょう。だからといって、フワナ王女がおまえの姉になるわけではないでしょう」

「花嫁が年上になってしまうというのです。不自然な結婚になって、アンリが嫌がらないかと心配しているのです」

「王族の結婚ですよ、それくらいは我慢させます」

「王族にだって、人間の心くらいはありましょう」

「その心が壊れやしないかと、私は心配しているのです」

「どういう意味です」

「アンジュー公の名乗りに、今はオルレアン公の名乗りも加えていますが、それでも王子は王子でしかないのです。ただの貴族と同じです。生涯兄王に仕えなければならない身の上なのです。そうなれば、アンリの心は……」

「壊れてしまう。だからフワナ様と一緒にポルトガル王国をよこせと、そう仰りたいのですね、母上は」

黒王妃は真面目な顔で頷いた。あちらのスペイン王妃は、これに失笑を洩らした。

「それが無茶だというのです」

「ポルトガル王国が駄目なら、ナポリ王国でもいい。ミラノ公国でも、トスカーナ公国でも、君主の座が許される国なら、どこだって構いません。スペイン王家はいくつも支配しているのだから、ひとつくらい……」

「妹の持参金がわりに国だなんて、聞いたことがありませんわ。少なくともフェリペ陛下は、そんな愚かな真似をするような方ではあられません」

「愚か、ですって。おまえ、愚かといったのですか。なんてこと……。自分の弟に国をやるということが、どうして愚かな真似になるのです」

「それでしたら、わたくしからも母上にお伺いいたします。わたくしがスペインに嫁ぐとなったとき、フランソワ兄さまはわたくしにどこか国をくれまして」

妹だからと、わたくしにくれまして。弟になるからと、フェリペ陛下にくれまして。

畳みかけられるばかりで、言葉は返らなかった。

黒王妃ともあろう者が、やりこめられた。刹那ばかりは苦いものを嚙むような顔にならずにいられなかったが、あげくに絞り出したのは次のような言葉だった。

「エリザベート、おまえ、フランス語が下手になりましたね」

「…………」

「イタリア人の私よりおかしくなって……。もうすっかりスペイン人なのですね」

「いけませんか。スペインに嫁いだ身ですもの、スペイン人になってはいけないのですか。母上だって、もうフランス人でしょう。イタリア人じゃありませんでしょう」

「それはそうだけれど、私の場合、もう少しは故郷のトスカーナのことも考えましたよ」

「わたくしとてフランスのことを考えないわけではありません。わたくしは確かにスペイン人です。それが、わたくしの義務でもあります。けれど、母上がスペインに送り出してくださった日と同じに、いまだって父上の娘のままなのです」

「その割には冷たいように思えますけどね」

「繰り返しますが、無茶は聞けません。それは仕方ないことです」

「開き直るのですか」

「母上こそ親子の絆《きずな》に居直られているのではなくて」

「なんてこと……」

「親子ではありますし、そうであることをありがたくも感じておりますが、そうして馴れ合うのでなく、この場では一国の王妃と、また別な国の王妃として、きちんと話をしたいといっているのです」

「……………」

「驚かれましたか、自分の娘が、こんな生意気な口をきくなんて」

「驚きはしないけれど……」

「仕方ありませんでしょう。兄や弟たちとは違います」

「どういう意味だね」

「子だからといって、いつまでも自分の懐にあるとは思わないでいただきたいと、そう申し上げているのです。ええ、男の子とは違います。女の子は違うのです。最初から余所に嫁ぐものとされているからです。親からして、早晩いなくなるものと決めつけているのです。母上がわたくしのことを冷たいと思われるのでしたら、それは母上がわたくしに冷たかったからではありませんか」

一方的な言葉に叩かれながら、黒王妃はただジッと娘をみつめた。

どんな生意気口をきいても、まだ二十歳の若い女だった。すらりとして、いくらか背は高いけれど、ぽっちゃりと丸顔で、くりくり動く目まで丸くて、それがえもいわれぬ愛嬌《あいきょう》になっていて――美しいというより、可愛らしい。エリザベートはごくごく幼い頃から、子供たちのなかで誰より母親似といわれてきた娘だった。

「さすが、いうようになりましたね、おまえも」

「言葉がすぎたかもしれませんが……」

「いえ、構いません。歯がゆいとは思うけれど、仕方ありません」

「やはり、お怒りの御様子ですね」

「いいえ、怒ってなどいません。仕方ないというのは、エリザベート、おまえは兄弟姉妹のなかで、誰より私に似ているからです。容貌もさることながら、中身がね。しっかり者で、努力家で、意志が固くて、頭だって悪くない。だから、ね……」

黒王妃の言葉は、そこで不意の嗚咽《おえつ》に遮られた。

「母上、どうなされました」

「よかったね、エリザベート」

「えっ」

「しっかりしすぎてしまうと、ときに女は報われないものですからね。心配していましたけれど、エリザベート、おまえは大丈夫ですね。とても良くしてもらっていますね、フェリペ王には」

いわれて、急に顔を赤らめた娘に、黒王妃のほうも笑みになった。

「懐妊も、じきですね」

「そういうことでは……」

「そういうことです。ええ、いいのです。おまえ、みるからに自信に満ちていますもの。ええ、ええ、女が自信を持つというのは、そういうことです」

「自信を持ちすぎて、生意気になってしまったと？」

「生意気だなんて……。自信を持って、悪いことなんかありませんよ。自信が行動に結びつくのだって当然です。だから、生意気だなんてことはありません。いいすぎたなんて謝ることもありません。ええ、自信があるなら、言葉に迷う必要なんてないのです。どんどん口に出すほうが良いに決まっているのです」

「母上、ですから、わたくし、無礼の段については……」

「皮肉でいっているのじゃありませんよ。嬉しいんです、本当に。確かに、ね。息子ほどは溺愛しないかもしれませんが、母親というものは、同性ですから、ね。女にしかわからない辛さもわかって、それだけに娘の幸せは、いっそう気になるものなんですよ」

「母上……」

「嫌ですよ、嫌ですよ、しんみりするつもりなんかありませんよ。女の幸せということで、ええ、そろそろ縁談の話に戻りましょうか」

一国の王妃と、また別な国の王妃として。そう続けて、カトリーヌ・ドゥ・メディシスも、さすがの粘り腰だった。


自信を持つということは大事です。

自分を信じることができるかできないか。人間を最初のところで分けるのも、その一点のような気がします。自信があると、万事に積極的になれますからね。

もちろん失敗もあるでしょうが、まず試してみないことには、その失敗すらできないといいますか。自信がないため、ついつい引っこみ思案になったが最後で、もう報われる可能性は零《ゼロ》になってしまうといいますか。

我ながら、正論でしかありませんね。ええ、それは承知しています。ええ、ええ、口でいうのは簡単ですが、実際やってみるとなると、これは容易な話じゃない。はじめの一歩を踏み出すには、勇気だって必要ですしね。自信がなければ、その勇気も湧かないわけですからね。

じゃあ、どうやって最初の自信を手に入れるかといいますと、女の場合は難しいのが此処《ここ》で、どうやら殿方に与えられるしかないようなんです。

私なんかにいたしましても、自分の才能には絶対の自信がありました。文化の先進地イタリアに生まれて、その半島風が一世を風靡《ふうび》していた後進国のフランスに嫁いだからには、なおさらのことです。

ただ当たり前をやれば、なんでも重宝されてしまうわけですからね。自信が崩れないどころか、過信にまで高じかねませんでしたが、そんなもの、あくまで才能に覚える自信にすぎなかったのです。

自分自身についてというか、自分という存在の根幹についてというか、そういったところには、やはり自信が持てませんでした。いくらか気取った言い方になったかもしれませんが、とにかく自分は相変わらず頼りなくて、それが証拠に勇気ひとつ湧いてこなかったものです。

　半島の文化だの、新しい流行だの、フランスが未だ味わったことがないような料理だので、宮廷の注目も多少は集めましたが、それで得意になるどころか、私の偽らざる気持ちをいえば、ええ、まさしく防戦一方だったのです。

ええ、ええ、なけなしの強みを盾にしながら、必死に我が身を守っていただけで、それを自信に一歩を踏み出そう、外に攻めて出ようなんて、チラとも考えつきませんでした。

そんな風に告白してしまいますと、なにか胃の腑の奥のほうから塊がこみあげて、そのせいで喉が詰まってしまうような、そういう苦しさを今なお禁じえません。

　これは悔しさなのでしょうか。それとも怒り？　あるいは恥ずかしさ？　情けなさとか、悲しさとか、とにかく、これまた屈辱的な思い出です。

ええ、そうなのです。結婚はしたものの、私は愛されませんでした。夫婦の務めもありましたが、それは一種の義務にすぎなくて、アンリは冷たい態度でしたしね。

ローマ教皇の姪とはいえ、商人の娘で、身分の低さを補う図抜けた器量よしというわけでもない相手との結婚など、恐らくは不本意だったのだと思います。

　後から思えば、とうに心はディアーヌ・ドゥ・ポワティエにいっていて、そのディアーヌ・ドゥ・ポワティエに悪い妃でないと諭されて、渋々ながら受け容れたというところが、最も正確なのかもしれません。

ほんと、ひどい話です。こんなひとを馬鹿にした話もないくらいです。結婚したくないと、はっきり断られたほうが、どれだけ救われるか知れないほどです。

上手に騙されたのなら、それはそれで堪えられたのかもしれません。嘘でもなんでも、なにか優しい言葉ひとつでも貰えれば、自信とはいかないまでも、小さな希望くらいは持てたかもしれないんです。

けれど、アンリというひとは、気難しいところがある人でしたからね。スペインで強いられた心の傷のせいですが、ほとんど笑わず、極端に無口で、こういう夫に女の気持ちが明るくなるような言葉を期待するなんて、端から御門違いですよね。

いえ、心のない口先ばかりという男も困ります。少なくとも私は嫌ですね。そこへいくと、アンリは不器用でも真のある人だったのです。真を偽れないために、いつも心を苦しませていたようなひとだったのです。

なんとなくですが感じとって、そのことは初めからわかりました。私としては、まがりなりにも、このひとの妻になったのだと思うわけです。過酷な人質時代の話を聞かされるほどに、なにか力になれることはないかと気持ちばかりは逸るわけです。けれど、じゃあ、なにかしようという段になると、その一歩が容易なことでは踏み出せなくて……。

仕方ありません。けれど、やっぱり悔しいし、腹が立つし、恥ずかしくて、情けなくて、われ知らず自分の手を色が変わるくらいに揉んでしまうことも、しばしばでした。

というのも、私にだって目はあるわけです。みたくなくても、世の女たちの振る舞いが、勝手に飛びこんでくるわけです。してみますと、なんの中身もないような女の、なんと多くいたことか——。

それでも、些《いささ》かの器量に恵まれるか、いくらか媚態の術を覚えているかで、幸運にも殿方にチヤホヤされた経験があったりすると、いや、あなた程度の女が、いくらなんでも調子に乗りすぎよと窘めたくなるくらい、それは、それは、際限なしに増長してしまうわけです。

あれもこれもと意欲的になったあげく、才女を気取るような女まで現れます。ラテン語もできない、ギリシャ語もできない、もちろんイタリア語もできないで、頼みのフランス語までが訛《なま》っているというのに、今をときめく文化通で認められてしまったりもするわけなのです。

なにもわかっていないくせに——心のなかでは私も毒づきました。それでも、あえて異を唱えようとか、はたまた才女比べを挑もうとか、そんなことは考えなかったのです。

ですから、自信がなかったのですね。大人しく、出しゃばらず、いつも静かで、控え目でと、そうやって今の自分を守ることのほかは、あきらめてしまっていたのですね。

いえ、ディアーヌ・ドゥ・ポワティエについていえば、屈辱的な仕打ちに打ち震えながら、この女だけは絶対に許さないと心に誓うことがありました。

ところが、怨敵に意趣を返そうにも、このあきらめに縛られてしまうわけです。卑屈な態度が癖になって、ついつい気後れしてしまって、なかなか動けなかったのです。とにかく離縁されたくない、そのために子供がほしい、ようやく生まれた、これで追い出される心配はないと、そこまで運ぶので精一杯で、それ以上を欲張る余裕がなかったという事情も挙げられましょうね。

それは四男のアンリが生まれた翌年でした。王子を四人、王女を二人と儲けて、思えば人心地ついた頃ではあったといえましょうか。

いえ、私から何か動いたわけではありません。ですから、女というのは面倒くさくて、自分で手に入れるのでは意味がない、なんの自信にもならないわけです。少なくとも最初だけは、誰かに与えられなければならないのです。

それが、いきなり、かなえられました。忘れもしない一五五二年の顛末は、私にすれば本当に突然の話、まさに青天の霹靂《へきれき》だったのですが、それはそれとして順番もありますから、はじめから語ることにいたしますね。

もったいつけるまでもなく、またしてもの戦争でした。夫のアンリときたら皇帝カール五世が憎いばかりで、子供時代の責め苦に報いる機会を不断に探しているようなところがありましたから。

一五五二年のそれは、きっかけがドイツからの声でした。抗議する人《プロテスタント》の元祖とでもいいますか、かのマルティン・ルターを生んだ国ですから、もともと宗教改革というのはドイツの問題でした。宗派の争いもフランスに先んじて激しくなっていて、いうところのシュマルカルデン戦争というのが、一五四六年から戦われていました。

とはいえ、旧教を奉じていたのが皇帝カール五世ですから、新教派の諸侯たちも自分たちだけでは到底太刀打ちできません。勝ち目があるとすれば――と声をかけたのが、フランス王アンリ二世だったのです。

夫にすれば、渡りに船です。一五五二年一月十五日には、ザクセン選帝侯モーリッツらとシャンボール条約を結びました。

アンリ二世は「ゲルマン民族の自由と囚われの君主たちの守り手」として、はじめに二十四万エキュの軍資金を出し、その後も毎月六万エキュの援助を続けることになりました。

見返りというのが、もうひとつ与えられたメス、トゥール、ヴェルダンにおける「ドイツ帝国代理人」の称号で、つまりは国境地帯の三司教領を事実上フランスに併合できるという特典です。

ナポリのような遠国に出かけていくのと違って、これは、かなり実のある戦争です。乗り乗りのアンリ二世は、もう二月には皇帝に宣戦布告を突きつけました。

その出征の日の朝の出来事です。アンリ二世は宮廷とパリ高等法院を召集し、側近のモンモランシー大元帥に、改めてドイツ遠征の目的を説明させました。そのうえで、こたびは自ら軍を率いると、親征の意志まで明らかにしたわけですが、事件というのは後に思わぬ発表が続いたことでした。

「なお朕が出征のためにフランスを留守にする間は、朕の王権は王妃カトリーヌにより行使されるものとする」

つまりは摂政の任命です。

驚きました。なんといっても、摂政は大役です。それを「半島生まれの平民の娘」と揶揄される女に委ねて、少しも迷わないのだとすれば、すでにして絶大な信頼を寄せられていることの証なわけです。

もちろん、嬉しく思いました。それまでは日蔭者でしたからね。三人世帯《メナージュ・ア・トロワ》なんて揶揄されて、屈辱的な待遇さえ甘受させられてきましたからね。

正式な王妃は王妃で、その形ばかりは守られるだろうと思いきや、ディアーヌ・ドゥ・ポワティエときたら、ひとの戴冠式にまで横槍を入れてくる始末でしたからね。

それが摂政という、晴れの位を与えられたのです。もとより寵姫風情が摂政になれるわけもありませんが、必ず王妃と決まっているわけでもなく、他の王族ではなくて私が指名されたという事実は、やはり大きなものだったのです。

不愉快な噂を立てられたのを別にすれば、カトリーヌ・ドゥ・メディシスという日立たない王妃が注目されたのも、このときが恐らく初めてではなかったでしょうか。

宮廷としても、おっという感じだったと思います。おっ、そうか。控え目な王妃でも、やはり王妃だったんだと。そういえば、かねてイタリア文化通で知られていて、頭は悪くなかったんだと。

当然ながら、私も悪い気はしませんでした。頑張ろうと思い、仕事だってうまくこなせるだろうと密かな自負もありましたが、いくらか複雑な思いもないではなくて……。

才能なら疑っていませんでしたからね。それを正しく評価されて、もちろん嫌な気がするというのではありませんが、ただ単に使いでのある女とみられているかと思えば、それもなんだか癪な気がして……。

あきらめたとか、余裕がなかったとかいう割に、いざ恵まれる段になると、なんとも欲張りなものですね。あるいは女というのは、根が高慢なのかもしれません。

そうして振り返るほどですから、当時の私としても、心に不服を零した直後に取り消して、せっかく認められたのだから、努力しなければならない、結果を出せば、もっと認められるかもしれない、これをきっかけに心が通じ合うこともないではないと、あくまで謙虚に、そして前向きに捉えました。

実際に張りきりもしました。アンリは三月には後方基地シャロンを発ち、前線の軍勢と合流しました。私はといえば、摂政ですから、それらしくどっしり構えて、パリか、ロワール河畔の離宮か、いずれにせよ普段いるようなところで、留守を守っていればよさそうなものです。

ところが、やはり張りきったんですね。シャロンまで一緒についていったどころか、食糧の調達やら馬料の確保やら、はたまた火薬の買いつけから軍資金の工面から、後方の仕事もなるだけ近くにいたほうが捗《はかど》るからと、さらに前線に近いジョワンヴィルまで、しゃしゃり出ていったのです。

思いがけない任命、初めての注目というだけに、やっぱり馴れないこと、だったんですね。知らず疲労困憊《こんぱい》してしまったんですね。

私はジョワンヴィルで、病に倒れてしまいました。高熱を出して、寝こんでしまって、夫の親征の役に立つどころか、摂政としての最低の役割さえ担えなくなって。とんだ、お笑い種です。その枕元に張りついて、必死に看病してくれたのが誰でもない、ディアーヌ・ドゥ・ポワティエだったというんですから、もう失笑の堪えようもありません。

冗談でなく、命さえ危ぶまれるような高熱でしたから、ディアーヌ・ドゥ・ポワティエとしても大慌てになったようです。

この冴えない女が王妃としていてくれるから、寵姫としての自分の地位も揺るぎない。あっさり死なれて、かわりに若くて美しい女に後釜に座られては堪らない。いつもながらの手前勝手からの、心のない献身というわけで、もちろん私としては不愉快でしたが、ちょっと可笑しくもありました。

その少し前に「レディ・フレミング事件」と呼ばれる騒動がありましたからね。世を惑わす星の下にでも生まれているのか、あのマリー・ステュアールが絡んだ話です。とはいえ、一五五〇年の夏ですから、スコットランドから逃れてきたばかりの、ほんの七歳の少女でしかなくて、本人がどうこうということではありません。

問題は一緒にフランスに流れてきた幼い女王の家庭教師、ジェーン・ステュアートあるいはジャンヌ・ステュアール、同じ一族の人間なので、区別するために往々レディ・フレミングと呼ばれていた女のほうです。

これが素晴らしい美人だというので、宮廷の男たちの間では、ちょっと話題になっていたようでした。

それで一五五〇年の夏ですが、ディアーヌ・ドゥ・ポワティエは不注意からの落馬で、足を挫《くじ》いてしまいました。ひどく痛んだらしく、泣いたり、呻いたりで、容色は衰えるわ、化粧もままならないわで、しばらくアネ城に籠りきりになりました。こんな顔はみせられないと、アンリの訪問さえ断るほどだったのですが、となれば、ね。かわりにアンリが足繁《あししげ》く通うようになったのが、サン・ジェルマン・アン・レイでした。ステュアール一行が逗留を許されていた離宮で、いうまでもなく、レディ・フレミングと逢瀬を重ねていたのです。

私などには大した美女には思えなかったのですが、ううん、赤みがかった金髪に、緑色の瞳に、青みがかるくらいに白い肌という、ある種の異国情緒が男の目を惹くんですかね。

息子のフランソワ二世のほうも、後にマリー・ステュアールに夢中になるわけですが、そのときも父子《おやこ》で女の好みまで似るものかと、なんとなくですが、とても嫌な思いがしたことを覚えています。

事件の結末をいえば、注進に及んだ者があって、ディアーヌ・ドゥ・ポワティエがサン・ジェルマンに乗りこんで、火遊びの現場を押さえて、きんきん声で罵る修羅場になって、あげくレディ・フレミングがスコットランドに帰されることになってと、一夏の出来事として片づけられて、あとは全て元の鞘に収まることになりました。といっても、ね。

いつも自信満々のディアーヌ・ドゥ・ポワティエも、このときばかりは冷や汗を掻いたに違いありません。なにしろレディ・フレミングは、十歳も下だったわけですから。いつ他の女に気持ちを移されるか知れないという恐れが、現実のものとなったわけですから。

それも私にいわせれば、単純に歳のせいだけでもありませんけれどね。つまるところ、ディアーヌ・ドゥ・ポワティエは母親がわりで、本質的には恋愛の対象じゃないんです。

それが証拠に現場に乗りこまれたアンリときたら、あの大きなひとが文字通りに小さく縮こまって、そりゃあ、もう、母親に悪戯《いたずら》をみつかった男の子、そのものだったと聞いています。

となれば、ディアーヌ・ドゥ・ポワティエだって、馬鹿じゃありません。

このアンリという男には、もしや愛人を裏切ったという感覚はないのではないか。

みつかったことは失敗だったと思っても、本質的な反省はないのではないか。自分が

母親がわりにすぎず、甘え尽くして満ちたりれば、もう用済みとされるのではないか。

それくらいの自問が胸奥に芽生えた矢先に、私が病気になったと聞けば、なるほど血

相を変えて大慌てにもなるわけです。

私にすれば、だから、ちょっぴり可笑しかった。熱にうかされ、朦朧《もうろう》としていなが

ら、このまま死んでしまえば、ディアーヌ・ドゥ・ポワティエはどんなに狼狽するこ

とか、後添えの若い王妃が嫁いできた日には、どれだけ悲嘆に暮れることかと、あの

女の泣き顔なんか想像してしまうと、愉快ですらありましたね。

けれど、現実の出来事というのは、私なんかの想像を遥かに超えていたのです。

あるとき目が覚めてみると、アンリがいました。いえ、とうに戦場に向かいました

から、夢に違いないと思いました。まだ頭が朦朧としているのか、それとも本当に死

んでしまったのかと思ううちに、低くて独特の艶のある声までが確かに聞こえてきた

のです。

「ああ、カトリーヌ、ようやく目を開けてくれたか」

やはり、アンリでした。親征に出たはずのアンリ二世が、私の病気を告げられるや、戦場からわざわざ引き返してくれたのです。

驚きました。まさか自分なんかのために、そこまでしてくれるなんて、夢にも思わなかったからです。

最初は信じないほどでした。アンリがジョワンヴィルまで戻ったことは事実でも、なにか別な用向きがあったのだろう、私の見舞いなどはついでにすぎないだろうと、それくらいに考えたのです。

ところが、アンリは私の枕元を離れませんでした。

口下手というか、元来が無口なひとですから、喜ばせの言葉などありません。どこに出かけるわけでなく、ただ心配そうな顔をして、日がな一日付き添ってくれるわけです。一刻を争うような戦争をしているはずなのに、仕事そっちのけで何日も看病してくれるわけです。

こうまで尽くしてくれるなんて……。信じられない……。けれど、もう信じるしかない尽くし方をされるにつれて、喜びはじわじわと、本当にじわじわと、胸いっぱいに拡がっていきました。

大袈裟な言い方になるかもしれませんが、それこそ指の先、爪の先まで、黄金色の光で満たされていくような感覚でしたね。

ディアーヌ・ドゥ・ポワティエはといえば、その間ただの一度も姿を現しませんでした。

ええ、あの女は違うんです。アンリにとっては母親がわりでしかありませんから、恋人になる女とは違うんです。同じように妻として、心から慈しみ労《いた》わりたいと思う終生の伴侶とだって、ぜんぜん違うんですよ。

自分でいうのもなんですが、出しゃばらず、いつも静かで、控え目でと、そういう女が好ましかったんでしょうね、妻としては。

お気に入りのシャルルはじめ、子供たちが可愛くて可愛くて仕方なくなった頃でもあれば、産んでくれた女のことも大切に思うようになって、まるで不思議じゃありません。

その女が賢いとなれば、なるほど、自分の留守を任せてみようとも考えます。

ええ、思えば、ひとつも不自然なところはなかったのです。ひどく執着もするはずで、アンリはまさに理想的な家庭を手に入れていたのです。

いうまでもないことですが、ほどなく私は全快しました。死にかけて、まさに生まれ変わったと申しますか、寝台を離れたときには別人の気分でした。ええ、私は自信を与えられたのです。アンリが与えてくれたのです。

最初の自信が与えられれば、その先の一歩を踏み出す勇気は、自分で奮い立たせなければいけませんね。

四月、アンリは再び戦場に向かい、私は摂政の仕事に戻りました。とはいえ、実をいえば、摂政は私だけではありませんでした。

他に摂政がいたわけではありませんが、その権利は分有されていました。国璽尚書ベルトランが補佐として、一緒に顧問会議の議長席に座ることになっていましたし、軍隊を召集する権利のほうはアンヌボー提督と共同で行使しなければなりませんでした。

あげくにブルボン枢機卿が「王妃の後見役」に指定されたからには、摂政に後ろ盾がつくという奇妙な格好にもなっていました。

国璽尚書ベルトラン、アンヌボー提督、ブルボン枢機卿、全員がディアーヌ・ドゥ・ポワティエの息がかかった連中です。

冴えない王妃に摂政なんかとんでもないと、あのどこまでも厚かましい女は、やはりというか、このときも横槍を入れていたのです。王妃でも、王母でもない自分が前面に出ることはできないけれど、子飼いたちを通じて影響力を行使すれば、実質的な摂政権は握ることができるという理屈です。

もちろん、私は知っていました。文句ひとつついわなかったのは、自分に自信がなかったからです。

なにをされても仕方がない。戦っても、勝ち目はない。今のままの自分を守れるなら、それ以上は望まない。そうやって、例のごとくに、あきらめていたわけなんです。けれど、伏目がちな、いじけた女は、もういません。

機会をみて、私は国璽尚書ベルトランを捕まえました。私の摂政権を定めた勅令を持ってこさせ、それを詳細に吟味したあげくに、こう質してやったのです。

「先王フランソワ一世陛下が王母ルイーズ・ドゥ・サヴォワ様に与えられた摂政権、それを定めた勅令を読んだことがあります。ずっと詳細な勅令でしたが、今回ゴチャゴチャと後から加えられたような文言は皆無でした。もちろん摂政権を第三者と共有するということもありませんでした。もとより権力の共有などという話はありえませんからね」

驚きなのか、恐れなのか、ベルトランは言葉もない様子でした。私のほうは怖気づかず、さらに前に出てやりました。

「この勅令は私の手元にしまっておきましょう。これを公表してしまっては、光栄にも国王陛下の妻として私が有し、また有していると万人が認めているがゆえに、いっそう高めなければならない権威を、かえって低めることにもなりかねませんから」

一派は大いに慌てたようです。まずアンリに働きかけ、答えが渋いと知るや、ギーズ公を動かし、モンモランシー大元帥を動かしとやって、総動員で再び王に働きかけることで、ようやく権力分有を定めたままの勅令発布に漕ぎつけました。

ご苦労様と申しますか、大騒ぎを横目にしながら、私のほうは特にこだわりませんでした。

つまるところ形式の話でしかありませんし、それならば妻であり、王妃であり、これ以上ないという形で守られている私には、どうでも必要なものじゃありませんからね。

むしろ大事は実質のほうです。後方基地シャロンに陣取り、さらにルテル、スダン、ラ・フェールと飛び回りながら、私は軍隊の補給の仕事を続けました。摂政として忙しく働いて、その報いに戦場の夫にも喜ばれて、ええ、とても充実した日々でしたね。仕事が捗ったのは、ひとつには邪魔が入らなかったことがあります。国璽尚書ベルトランも、アンヌボー提督も、ブルボン枢機卿も、形として摂政権の一部を与えられていたにもかかわらず、なにか意見してくるではなかったのです。

やっぱりね、一発でも効くんですよ、がつんと喰らわせてやれば。

20 ✦ 男の風上にも置けません

六千の長槍はその穂先を天高くに差し上げられると、まるで針の山だった。

それが意味の取れない言葉での号令一下に、バッと動いてみえなくなる。

歩兵たちが前に構えなおしたということだ。鋼を低く、殺意を込めて、敵に突きつけようとしたのだ。

いや増しに鼓動を高鳴らせるというのは、松明《たいまつ》の灯《あか》りに照らされて、ひとつひとつの動きが大きな影絵になるからだった。しかも冷たい風に吹かれることで、右に左に炎が踊れば、影絵も大きく乱舞せざるをえないのだ。

影というなら、整然と並んでいる槍歩兵だけではない。身構えるからには、攻め寄せてくる敵がいる。

深夜である。夜の闇が深くなる秋のこと、松明の灯りが届くより外の世界は、なにものが潜むとも全くわからなかった。けれども、みえない彼方には、間違いなく敵がいるのだ。

心臓に悪いというのは、その気配が徐々に刻みを大きくする地鳴りとして、足の裏から伝わりくることだった。それが最後は、膝まで揺すらんばかりの地響きに高じるのだから、とてもじゃないが平静ではいられない。

「ヤア」

脅すような掛け声を響かせながら、迫り来るのは騎兵の一団だった。

蹄に蹴り上げられた泥の塊が、礫《つぶて》同然の痛みを与えようと飛んでくる。揺れる灯りに飛びこめば、馬の筋肉質な胸板は、まるで上から降り落ちてくるようだ。嘶きとともに酒樽《さかだる》ほども大きな頭が振られれば、たてがみから獣の汗が弾けてくる。すぐ間近で見開かれれば、目玉が血走っているのがわかる。

夜気に白く煙るような吐息さえ浴びせられ、こちらの卑小な人間たちはといえば、槍先に仕込まれたこれまた小さな鋼の陰に隠れながら、ただ我慢しているより仕方がない。

みえる範囲だけで、百騎、いや、二百騎は下らないだろうか。

なんと恐ろしい――とはいえ、敵の群れは長槍の穂先に触れる寸前で手綱を引き、その馬首を翻した。

遠ざかり、また闇の彼方に引き返し、が、またきっと攻めてくるに違いなかった。

何度となく、それを繰り返していたからだ。恐ろしい、本当に恐ろしいと、こちらを震え上がらせながら、それでも決して激突までは試みないのだ。

ただの威嚇で、本当の戦いにするつもりはない。そう考え、ほとんど決めつけてもいるのだが、歯がゆいのは恐ろしさのあまり、もし来たらどうするかとも考えずにはいられないことだった。

いや、騎兵どもが覚悟の突撃を敢行しても、こちらの長槍の餌食になるだけか。いや、いや、疾駆する勢いを利しながら、馬の巨体を思いきりぶつけるなら、一頭あたり十本や二十本の穂先で迎え討つくらいの守りなど、簡単に突破するのではないか。

わからない――ただはっきりしているのは、目の前にある光景が、紛れもない戦場のそれだという事実だった。

長槍の歩兵隊が敷いているのは、いうところの方形陣である。そうまで構えて凌がなければならないのは、これが本当の殺し合いだからなのである。

しかしながら――長槍に守られる方形陣の中央には、ひらひらと蝶のように着飾る女たちがいた。男たちもいたが、こちらも肉刺《まめ》ひとつない柔らかな手は、武器を握るようにはできていない。かわりの取り柄として顔面に貼りつけた、にこやかで雅やかな愛嬌さえ醜く一変させながら、それは宮廷の逃避行だった。

宮廷が動くといいながら、馬車は一台も走らなかった。歩兵の陣だという通りに一頭の馬もなく、まさに全員が歩き、いや、すでにして走りの体である。

無論のこと葛籠など一合も運ばれず、皆が着の身着のままでもあった。それをひらひら着飾るというものの、無駄なばかりの布地が土くれをいくつも抱き、また泥水までたっぷり吸いこんでいるのだ。

ビチャビチャと一歩ごとに湿った音を小さく聞かせて、飾り物のような靴が台無しになるだけならまだしも、とっくに底が抜けてしまい、裸足同然を強いられている者とて少なくない。

重い、冷たい、寒い、怖い——それでも方形陣を堅持したまま、六千の歩兵隊は速歩で移動していく。その健脚に遅れまい、いや、置いていかれまいとして、宮廷の人間は男も女も必死の形相なのである。

いや、もう無理だ。足首を挫いた。膝が悲鳴を上げている。尖った石を踏んでしまった。

いや、いや、もう息が苦しい。あまりに夜気が冷たいので、はじめから満足に吸うこともできなかった。とにかく、もう無理なことは間違いない。もう一歩も進めない。

「いいえ、足を止めるわけにはいきませんよ」

王母カトリーヌ・ドゥ・メディシスは皆を鼓舞した。

一五六七年九月二十七日になっていた。

あれから二年あまり——スペイン王妃を迎えたバイヨンヌ会談を終えて、フランス王シャルル九世の全国行脚はなおも続いた。

ダクス、モン・ドゥ・マルサン、ネラックと北上し、ガロンヌ河を越えて、ベルジュラック、アングレーム、ジャルナック、ラ・ロシェル、ニオールと北ギュイエンヌを巡回、ブルターニュ半島の付け根、ロワール河口の港町ナントに到達してから内陸に転じ、アンジェ、トゥールと辿れば、もはや懐かしき王家の庭である。

一行はシュノンソー、ブロワ、アンボワーズと三ヵ所に分かれたが、ほどなくブロワに再集結、そのまま大挙移動して、ムーランで新年を迎えた。

すでに発せられていた触れに基づき、ムーランでは一五六六年一月二十四日から名士会議が開催された。一連の審議の成果として発布されたのが、二月の「大勅令」だった。試みられたのが、高等法院の権限の縮小や州総督の権力濫用の抑止など、大胆な国政改革だったのだ。

王の成人と全国行脚の成果をひっさげ、狙うは王家による絶対支配の確立だった。

全国行脚の最後がオーヴェルニュ地方の巡回だった。母方ラ・トゥール・ドーヴェルニュ家の相続人として、カトリーヌ・ドゥ・メディシスが個人で広大な領地を有する地方であり、ここにおいては王母こそが君主なのだ。

首邑クレルモンフェランで熱烈な歓迎を受ければ、まさに満願成就である。

北に引き返して、ラ・シャリテでロワール河を渡り、オーセール、サンス、モンソーと経て、四月三十日にサン・モールに入城、そこでフランス王シャルル九世とその宮廷は、前代未聞の全国行脚から終《つい》に帰還となったのである。

ところが、休む暇もない。懐かしき故地に腰を落ちつけるや、持ち上がってきたのがネーデルラント問題だった。

あるいはスペイン問題というべきか。

古のフランドル、フランス語で低地地方《ペイ・バ》とも呼ばれるネーデルラントは、スペインの統治に組み入れられていた。

十五世紀にフランドル伯フィリップとスペイン女王フワナが結婚したことによるが、実質的に行われていたのはスペインによる支配、ネーデルラント人の屈服だった。またしてもというか、これに宗教的な感情が絡んだ。宗教改革の波に洗われ、ネーデルラント人の多くがプロテスタントになっていたからだ。

自らカトリックの旗手をもって任じるスペインは、これに徹底した弾圧政策で臨んでいた。ブリュッセルやアントワープに異端審問所を設立、プロテスタントを一方的に断罪して、容赦なく処罰したのだ。

抑圧された人々の憤懣《ふんまん》に火がついた。八月十五日、豪壮華麗で知られた大聖堂を破壊するなど、アントワープで暴動が勃発した。

これにオラニエ公、ナッサウ伯、エグモン伯ら在地の有力貴族が同調すれば、たちまち反カトリックのみならぬ、反スペインの大反乱に発展する。

「したがって、鎮圧の軍隊を派遣する。ミラノ、サヴォイア、フランシュ・コンテ、ロレーヌと経由して、ブリュッセル入城を予定しているからには、フランス国境付近を通過することも予想される。なにとぞ便宜を図られたい」

一五六七年の春を迎えて届けられた、それがアルバ公の通達だった。あるいはフランス王家の希望をことごとく無視しながら、なお親子兄弟の絆を押しつけてくるスペイン王家からの、友好的な恐喝というべきか。

「さて、どうしたらよろしいか」

フランス王家はサン・ジェルマン・アン・レイに顧問会議を召集、五月まるまるを費やして対応を協議した。

決定したのがスイス傭兵六千人の新規雇用、ならびにフランス歩兵一万人の徴募だった。

ひとつには、もちろんスペイン軍に対する備えである。

ミラノ、サヴォイア、フランシュ・コンテに面するピエモンテ、ロレーヌ、フランドルに面するピカルディ、さらにはメス、トゥール、ヴェルダン三司教領における守備隊を増員して、付近を通過するスペイン軍を監視する。そのために王家はその宮廷を夏中コンピエーニュに置き、特に緊張が高まるピカルディ国境の要地視察に努めたほどだった。

もうひとつには、国内の新教徒に対する押さえである。

こと宗教問題に関するかぎり、フランスはスペインと違い、宥和政策を採用していた。その主導者であるロピタルが国璽尚書として文官の長となり、また武官の長であるモンモランシー大元帥も旧教徒ながら穏健派であるからには、政策が覆されるはずもない。コンデ公が国王総代官となり、コリニィ提督が王や王子の信任厚いとなれば、かえってプロテスタントのほうが宮廷で幅を利かせていたほどなのだ。

スイス傭兵六千人の新規雇用、ならびにフランス歩兵一万人の徴募も、コリニィ提督と、その弟で歩兵隊総司令の位にあるダンドロの了解において採用されたものである。が、プロテスタントとしては、スペイン軍に備えるという程度に留まらず、スペイン軍に挑戦する、ネーデルラントの同胞を支援すると、そうした腹づもりさえないではなかった。仮に王家が動かなくても、そのときは志願の軍勢を募り、自ら勝手に出陣するというくらいに好戦的でもある。

そうなれば、今度はフランスとスペインの戦争になる。国内のカトリックが反発すれば、宥和政策が破綻し、またぞろ内乱が勃発する可能性もある。

かかる最悪の事態を回避するために、国内の新教徒を掣肘《せいちゅう》しなければならなかった。六千のスイス傭兵と一万のフランス歩兵は、そのための兵力にも転換しうるものなのだ。

「もちろん、好んで事を荒立てる必要はありません」

八月、アルバ公が率いるスペイン軍は、ブリュッセルに到着した。フランス王家は麦六千袋を提供してまで、ひたすら速やかな通過を促した。

国内の新教徒にも、これといった動きはなかった。九月には宮廷をセーヌ河畔のモンソーに移し、濃くなり始めた秋の気配を楽しめる余裕までできた。

もっとも、不穏な噂は絶えなかった。モンソーの近隣、シャティヨン・シュール・ルワンに兵士が集結しているといわれたが、単にコリニィの持ち城であるだけだった。念のために使者を送ると、提督は自慢の葡萄畑で自ら収穫に忙しくしていたくらいだった。

軍勢の集結は、王家の人々を誘拐するためだともいわれた。

国王シャルル九世、王母カトリーヌ・ドゥ・メディシス、王弟アンリ、さらにロレーヌ枢機卿の身柄まで略取、自らの手のうちに握ることで、フランスの態度を一気に反カトリック、反スペインに転換させるつもりだというのだ。

モンソーから目と鼻の先、ロゼー・アン・ブリィに軍隊が集結している。そうした報告もあるにはあったが、国璽尚書ロピタル、大元帥モンモランシー、ともに相手にしなかった。

黒王妃カトリーヌだけは気にした。ブリュッセルのアルバ公から警告を発せられる段になって、なにか勘でも働いたのか、俄かに家臣に任せてはおけなくなった。が、急ぎ探索を改めさせたときには、新教軍の集結は四百人に上り、すでにモントロー、ラニィ、ペロンヌ、ムーランを制圧していたのだ。

九月二十六日の話である。

黒王妃の即決で宮廷は十二リュー先の要塞都市モーに逃げた。籠城しながら呼び寄せたのが、たまたま付近のシャトー・ティエリに駐留中のスイス傭兵隊六千だった。

スイス傭兵隊連隊長フィッファーの進言で、さらにパリに移動することを決めたのが、日付が二十七日に変わった午前二時なのである。

長槍を担いだスイス傭兵隊に囲まれながら、国王、王母、王弟、王妹、着飾ったままの貴婦人たち、飾りのような剣を下げただけの貴紳《きしん》たちは、そうした深夜に一路パリへの道を急ぐことになったのである。

闇の彼方に恐れていた事態が動き出したのは、ラニィをすぎようとする頃だった。自分たちの足音とは違う、格段に重量感のある地響きを伴いながら、田園の彼方から新教軍の騎兵隊が寄せてきた。

四百人と報せがあったが、もっと多いような気がした。五百から六百は数えられそうだった。いうまでもなく本物の脅威だ。こちらのスイス傭兵隊が行軍の隊列から組み直して、急ぎ方形陣を敷いたのは、このときの話だった。

あれから、もう何時間がたつだろうか。

「ああっ」

と、声が上がった。尾の引き方が、わざとらしいような声だった。案の定で、ひとりの侍女が転んでいた。はしたなくならないギリギリのところまで裾をめくり、その細い腕で夜目にも白いばかりの脛《はぎ》のあたりを擦っていた。

もちろん、「遊撃騎兵隊《エスカドロン・ヴォラン》」のひとりである。

黒王妃カトリーヌは、ちらとみた。が、それだけで、あとは無視を決めた。声もかけずに立ち去るとも思われたが、直後には苛立ちが濃い表情で振りかえった。

まだ侍女は転んでいた。前に進むより二割も速いくらいの駆け足で戻ると、黒王妃はその短い腕を精いっぱいに振り上げて、いきなりの平手打ちだった。

ぶっと噴き出て、美しい侍女の顔を汚したものは、どうやら鼻血のようだった。不服げな目を向けられるほど、黒王妃はいっそうの怒声で応えた。

「そんな風に転んでみせれば、誰かが優しく抱き起こして、憩ろに運んでくれるとでも思うのかい」

「………」

「まだ、わからないのかい」

「恐れながら、なにがでございましょうか」

「どんな可愛い顔をしていても、そんなもの、まるで通用しないときがあるんだよ」

現に男たちは見向きもしなかった。平和な宮廷にいるときは、猫撫で声で身の回りにはべり続けた男たちが、このときは自分だけは決して逃げ遅れまいと、その急ぎ足を弛める素ぶりもなかったのだ。

黒王妃は言葉を足した。

「平和なときだって、同じだよ。通用しない相手だっているんだよ」

突き放された侍女がひとつ瞬くと、その大きな左右の目からは一粒ずつ、大きな玉の涙が零れた。が、それが最後だった。意を決したかのように歯を食いしばると、ひらひらの袖で鼻血を拭いながら立ち上がった。

「さあ、走るよ」

重い足を励ましながら、決死の逃避行の再開だった。が、その出鼻に、また地鳴りが感じられた。スイス傭兵の方形陣に緊張が漲《みなぎ》るのもわかった。

今度の騎馬軍団は素ぶりにも荒々しい突撃はかけなかった。かなりの余裕をおいて馬の足を弛めると、それから数騎だけが分かれてきた。先頭が揺れる松明の灯りを浴びた影絵でも見間違えようのない、ずんぐりの小男だった。

コンデ公ルイ・ドゥ・ブルボンである。

「停止されよ、停止されよ」

話がしたい。我らは無益な殺生に及ぶつもりはない。ただ話がしたいのだ。そうコンデ公の声が響くと、こちらの方形陣ではもの問いたげな視線が集まった。が、黒王妃は表情ひとつ変えず、その肥満体を運ぶ駆け足すら休ませようとはしなかった。

「ですから、無視しなさい」

「しかし、王母陛下」

食い下がったのが誰なのか、それは知れない。ただ男の声ではあった。だからこそ、やりとりになる前に掻き消された。

「ええ、無視するに決まっております」

「ええ、ええ、スイスの兵隊さんたち、しっかりと槍を構えて、駆け足を続けてください。私たちのことなら、心配いりませんから」

「その通りです。その通りです。私たち、コンデと話すことなんかないんですもの」

女たちから泣き事は出なかった。

ほんの五分でも休みたいと、横着したい声はその程度も洩れてこない。それどころか俄かに剣呑な気配を立ちこめさせながら、ずんぐりの影絵を睨みつける勢いなのだ。

指揮をしていたのがコリニィやダンドロならば、あるいは折れたかもしれない。それ以前にモンソーに、あるいはモーに留まりながら、はじめから話し合いによる解決を望んだかもしれない。が、相手がコンデでは駄目だ。はじめから話すことなどありえないのだ。

「あんな男の風上にも置けないやつなど……」

先の内乱を終息させるにあたって、コンデ公が手に入れたのが、国王総代官の地位と「遊撃騎兵隊」のリムーユ嬢だった。

元が荒くれた武人肌であれば、艶やかな柔肌に狂うのは必定だった。愛《め》でられ通しのリムーユは、もう全国行脚の途中でコンデ公の子供を産んだくらいだ。それでも、なの

コンデ公は奥方エレオノール・ドゥ・ロワイエを亡くしていた。ほどなく再婚したのがロングヴィル伯家の令嬢、フランソワーズ・マリー・ドゥ・ロングヴィルだった。だから、どうという話ではない。貴族、それも王族であれば、再婚話が持ちこまれないほうが不自然である。リムーユ嬢を後添えに据えればよいと、そんな簡単な話でないことも、端から織りこみ済みである。

ロングヴィル嬢と結婚するなら、するでよい。正式な夫婦となれば、子供だってじきに生まれる。実際のところ、コンデ公は八月の顧問会議にも姿を現さなかった。欠席の理由が、新妻フランソワーズ・マリーが長子を出産した、その洗礼を新教式で行うから

というものだった。

他のプロテスタント勢まで顧問会議を欠席しても、きっと洗礼式に同席しているのだろうと、宮廷では誰も不審がらなかった。不審に思わないくらい、コンデは信じられると考えていた。それなのに、なのだ。

「まさかリムーユを送り返してくるなんて……」

のみならず、コンデ公は宝石から領地から、のぼせるままに愛人に届けた贈り物を、残さず取り上げていた。ただ身体ばかり送り返し、つまりは裸に剝いて、ポンと捨てたも同然だった。

「女をなんだと思っている」

許せる話ではなかった。ああ、女を使い捨てにする男は許されない。正妻がいながら不倫の関係を結ぶ男たちは無論のこと、何人もの愛人を同時に抱える男たちまで容認できても、新しいのができたから、もう古いのはいらないといわんばかりの薄情だけは、絶対に認められない。

女を馬鹿にしているからだ。ものと同じに考えているからだ。逆に女が男を手玉に取るのが許されるのは、相手を認めて、こちらも少なからぬものを賭けているからなのだ。

「自らは傷つかない鎧を着ながら……」

このときもコンデ公は、ガチャガチャと鉄の音を鳴らしながら繰り返した。話がしたい。我らは無益な殺生に及ぶつもりはない。ただ話がしたいのだ。

さすがの無粋な武人肌にしても、青白い炎を抱くかの女たちの眼差しには、なにか感じざるをえなかったのだろう。さらに何度か試みたが、コンデ公はほどなく下がった。

21 ✦ こんな女のような奴が

スイス傭兵に守られながら、シャルル九世とその宮廷人がパリに到着したのは、九月二十八日の午前四時だった。

男から女から、全員が疲労困憊だった。それでもすぐには寝つかれないほど、ひどく興奮してもいた。あるいは過度の緊張を強いられたせいかもしれないが、いずれにせよ、さもなくば助からなかったに違いないと、迎えたパリの人々を唸《うな》らせずにはおかなかった。

いつも孔雀《くじやく》さながらの宮廷人が、ほとんどボロ布のようになっていたからだ。化粧のかわりに黒い泥で頰を染め、血走る目ばかりギラギラさせていたからだ。

なるほど、普段はパリ市内を移動するにも馬車に乗り、あるいは輿を使うという宮廷人たちが、十数リューの距離を自ら駆けてきたというのだ。

「それも馬の並足より速く、だ」

吠えたのが、国王シャルル九世だった。

容易に冷めない興奮は、簡単に怒りに転じた。華やかな全国行脚を遂げて、国王としての自負と自覚を深めた矢先であっただけに、コンデ公の暴挙は許しがたい狼藉《ろうぜき》に感じられたのだ。

血の昂《たかぶ》りが行動に直結する若さであれば、しばしの逡巡《しゅんじゅん》さえ介さなかった。ああ、コンデだけは許さん。絶対に許さん。

「戦争だ」

そう宣言しながら、実際にストロッツィ元帥を召集した。全国行脚に同道した部隊が、そのままになっていたからだ。召集をかければ、ほんの数日で出撃が可能なのだ。

大慌てで諫《いさ》めたのが、国璽尚書ミシェル・ドゥ・ロピタルだった。

「今しばらく、陛下、今しばらく」

そう繰り返して懇願しながら、宥和政策の主導者としては、まさに正念場だった。ロピタルはヴィエイユヴィル元帥を伴い、もう十月一日にはサン・ドニに急行した。

コンデ公の軍勢は国王一行を遠巻きに追跡しながら、それでも王都には近づかなかった。仕方なく占拠したのが、パリ北方の大修道院門前町サン・ドニだった。

急ぎ話し合いがもたれた。が、コンデ公は自らの大逆を国王に陳謝するどころか、かえって王家の不実を責めた。バイヨンヌではユグノーを根絶すると、フェリペ二世と秘密の約束をかわしたはずだとも、いいがかりをつけた。

あげくにアンボワーズ勅令の無制限の施行、すなわち新教の信仰と礼拝の完全な自由の実現を要求したとしても、それとして聞けない話ではなかった。

ところが、である。なにゆえかコンデ公は、もはや正義は我にありといわんばかりの増長ぶりだった。税の軽減と全国三部会の召集、さらに国王政府に関わる全てのイタリア人の追放と、国政のあり方にまで注文をつけたあげくに、メス、ル・アーヴル、カレー三都市の割譲さえ求めたのだ。

さすがのロピタルも言葉を失った。交渉の余地などない。ならば背後のシャルル九世は、いっそう宥《なだ》めようもなかった。

王軍の動員は進んでいた。ストロッツィ元帥の兵団を中核に、騎兵が八千、歩兵が一万五千と集結を果たした。

さらに騎兵としては、スペインからの援軍二千に、ヌヴェール公が率いるサヴォイア、ピエモンテからの軽騎兵隊が合流したし、歩兵としては逃避行を支えた六千に加えて、スイス傭兵の増員も新たに図られた。「異教徒」を打ち果たす戦いならばと、ローマ教皇ピウス五世も軍資金の拠出を表明した。

着々と準備を進めたあげくに、シャルル九世はサン・ドニに式部官を派遣した。コンデ公、コリニィ提督、ダンドロ歩兵隊総司令の三人に伝えたことは、武器を持たずして国王の面前に出頭せよ、さもなくば三人とも叛意ありとみなすという文言だった。

事実上の降服勧告だった。が、新教軍とて、騎兵二千五百、歩兵二千九百と、すでに軍勢の集結を遂げているのだ。

コンデ、コリニィ、ダンドロ、三人とも出頭を拒絶した。それを受けて、シャルル九世は討伐を宣言した。十一月十日、かくて火蓋が切られたのが、サン・ドニの戦いだった。

あるいは第二次宗教戦争の始まりというべきか。

「性急にすぎたのではありますまいか」

苦り顔で始めたのは、やはり国璽尚書ロピタルだった。

秋が深まり、というより冬の気配が濃くなる一方であれば、パリの窓の景色はお決まりの曇り空だった。鉛色の雲を低く、重たくはびこらせて、およそ心に明るさというものを運んでこない。王母カトリーヌ・ドゥ・メディシスの肝煎りで新築されたテュイリ宮は、パリほどの大都会には類をみない大庭園を計画していたのだが、それまた造営の途中であれば、ただ土がひっくり返されただけの泥沼でしかない。

高官の問いにも、シャルル九世は答えなかった。ただ爪を噛んでいる仕種は、不機嫌なようにも、あるいは不満げなようにもみえた。

なるほど、王の責任とはいいがたかった。どう怒り、どう叫ぼうと、実際に開戦に運んだからには、それを黒王妃も認めたということになる。シャルル九世が独断で進めた戦争ならば、膨れるでも拗ねるでもなく、むしろ怯えた顔になっているはずだ。

「というのも、モンモランシー様を失うという痛手は大きい」

と、ロピタルは先を続けた。

三頭政治で鳴らした大物、サン・タンドレ元帥、ギーズ公と去られた最後の一角、かのモンモランシー大元帥が、サン・ドニの戦いで戦死していた。敵陣深く突撃したあげく、銃の一撃に倒れた。

「あまりにも、ええ、あまりにも大きな損失といわざるをえません」

国璽尚書の言葉は、今度ははっきりカトリーヌ・ドゥ・メディシスに向けられた。

「そうですね」

と、黒王妃も認めた。声の調子も重く受け止めた様子だった。ええ、フランス大元帥、アンヌ・ドゥ・モンモランシー公爵、ずいぶん長く王家に仕えてくれました。

「もう七十四歳を数えていたとか」

「まさしく王家の柱石とされるべき重鎮であられました。王軍の総大将として、これほど長きにわたって指揮棒を振るわれた御仁は、他に例がありますまい」

「という割に、軍事の才は乏しかったようですが……」

故人を扱き下ろすような言は、ロピタルをして二度三度と目を瞬かせた。

「とにもかくにも、サン・ドニでは勝ちました。とりあえずは重畳とするべきでしょう」

「…………」

「それはそれとして、かわりの人材が必要ですね。ええ、決定的な勝利というわけではありませんから、まだまだ戦争は続きます。まさに王軍の総大将となるべき人材が……」

「戦争を続けるのでございますか」

ロピタルは抗議するかのような口調だった。なるほど不服を露にしないでおられなかったはずで、それは「宥和政策を捨てるのでございますか」という問いと同義だった。

黒王妃は答えた。

「コンデ公は王家に反旗を翻しました。信じられる男でないことが、もう今回のことではっきりしたのです」

「かりそめの休戦に応じることはあれ、また武器を取るのは必定と」

国璽尚書に確かめられて、黒王妃は深く頷いた。

「大元帥なき今、国王総代官こそ王軍の総大将です。その位は今はコンデに与えられておりますから……」

「あえてコンデ様に留任を許されるべきかと」

「なんですって」

「恐れながら、コンデ様を国王総代官に留任させてこそ、和平の道が開かれるのではありませんか」

「あの無節操かつ傲慢きわまりない男には、国王総代官の位もなにも無意味です。自分は信仰の盟主で十分とも公言しているようですし」

「自らがフランス王たることが望みだとも聞こえてきます」

割りこんだシャルル九世は、ほとんど前のめりの勢いだった。ええ、私も母上と同じ意見です。もはや妥協の余地などない。コンデ奴《め》は「ルイ十三世」を名乗り、また「ルドヴィクス・デイ・グラティア、フランコールム・レックス・プリムス・クリスティアヌス（神の恩寵によりて、キリスト者に値する最初のフランス王ルイ）」と署名しているといいます。

「腹のなかは、すっかり明らかになっているのです。であれば、我々には討伐あるのみです」

「しかし、陛下」

「聞かんぞ、ロピタル。いや、そちがこだわるなら、国王総代官の位くらい、コンデにくれたままにしてやる。ああ、新たな大元帥も必要ない。フランス王たる私が自ら王軍を率いればよいだけのこと」

哮《たけ》りながら、シャルル九世は立ち上がった。着座のままのロピタルは、上体をいくらか仰《の》け反《ぞ》らせなければならなかった。

十七歳にして、もはや大柄な体軀といってよい。大人だ。表情の刺々《とげとげ》しさは若く、まだ大人といいきれるものでないなら、なおのこと何を言上しても無駄と観念せざるをえない。

もとより一国の王たる者に、こうまで強く出られては、もはや家臣に術はなかった。

「左様ならば……」

無念の相が濃いながら、ロピタルは引き下がる素ぶりだった。ところが、である。

「いけません」

黒王妃が声を張り上げた。その方向をバッと振り向くも、やはりシャルル九世に諫言《かんげん》を聞くような態度は皆無である。

「母上がお止めになる理由が知れません。私にはもう剣を帯びるだけの力があります」

「そんなことは関係ありません。お忘れか、あなたはフランスの王なのですよ。あなたに万が一のことがあったら、全体どうなさるおつもりなのです」

「しかしながら、母上、王の出陣は例のないことではございません。かつては父上も親征を行ったと聞いております」

「確かに故王陛下は偉大な親征を行いました。けれど、アンリ二世はそのとき熟年に達しておりました。それまでに十分な経験をお積みであられたのです。比べてみれば、シャルル陛下、あなたはまだ若年ではありませんか」

「若年と仰られるが……」

「将軍について、戦争を学んだことがおありですか」

「それは……」

「それこそモンモランシー大元帥について、父上は戦争を学ばれたものなのです」

「…………」

シャルル九世が沈黙に後退した潮を捉えて、国璽尚書ロピタルが再び前に出た。

「とすると、国王総代官の後任に、王母陛下には誰かしら当てがおありなのですか」

そのときだった。

「お呼びと伺いましたが……」

いつの間にやってきたのだろう。音もなく扉を開けると、まるで身体に芯がないかのような、なよなよした柔らかさで、戸口の枠にもたれる影があった。暗がりから踏み出すと、最初に明るみに出たのは、その驚くばかりに白く輝く相貌だった。

病気ではない。その肌理《きめ》の細かな美しさは、むしろ稀《まれ》なくらいの健やかさを物語っている。睫毛は艶やかに光るほど長く、唇は薄く紅を引いたように妖しく、ところが沿うような半円を描きながら、すぐ上には薄いが丁寧に刈り整えられた口髭《くちひげ》が蓄えられているのだ。

男である。ひらひらと裾布を泳がせながら、その日も趣味の女装だったが、やはり女というわけではない。

「ああ、アンリ、ちょうどよかった」

と、黒王妃が受けていた。

ときの第二王子の代名詞である「オルレアン公」の称号を帯びながら、なにゆえか以前からの称号で呼ばれることの多い直下の王弟、カトリーヌ・ドゥ・メディシスには四男になる、アンジュー公アンリのことである。

一瞬にして、空気が変わった。俄かに気だるい風が満ちて、なにやら甘い香まで立ちこめたようだった。

それこそ嫌いでないといわんばかりの微笑で、黒王妃は話を戻した。ええ、ロピタル、新しい国王総代官の当てという話でしたが、ええ、ええ、私には確かに当てがあります。

「このアンリを新たな国王総代官といたします」

ガシャンと椅子を蹴りながら、前にも増した勢いで出てくるのはシャルル九世だった。

「馬鹿な……。こんな……、こんな女のような奴が……」

「男です。いくら陛下でも言葉がすぎます。御自分の弟ではありませんか」

「しかし、しかし、アンリは若い。ええ、さきほど母上は私では若いと申されました。しかし、私より若い弟はどうなります。私よりアンリのほうが戦に向いているとでも。あるいはアンリは、誰かモンモランシーのような将軍に薫陶を受けているとでも」

「戦場に出るとなったら、アンリにも補佐をつけます」

「ならば、私にもつけてくだされればよいではないですか」

「ですから、あなたはフランスの王なのです」

「だからこそ、安全なのです。ええ、近衛隊を連れていきます。大柄な兵士たちが身を盾にして守ってくれます。ええ、ええ、アンリより何倍も安全だ。危険などありません」

「危険がないですって。危険がないですって。戦場に行くというのにですよ」

「しかし……」

「万が一がないだなんて、そんな空手形を信じろと。この母にすっかり安心してくれと」

金切り声にして一気に吐き出してから、黒王妃は咳きこんだ。

刹那の形相から推しても、本気の心配であることは疑いなかった。少なくとも、疑いを差し挟むことが許される雰囲気ではなかった。

シャルル九世は反論の言葉をなくした。が、納得したわけでもなかった。それが証拠に不服の心根は、言葉にならずに喉に滞る塊として、ぐぐぐ、ぐぐぐ、と低い音になりながら、しばらく聞こえ続けていた。

可愛いと思う感情は止められません。ええ、皆のいう通りです。ええ、認めましょう。私はアンリが可愛い。四男のアンジュー公アンリが、他の子供たちの誰より可愛い。

どうしてなのかは、わかりません。長女のエリザベートなどにいわせると、男の子だから可愛いのだとなるのでしょうが、息子たちのなかでもアンリは特に可愛いのです。

特別というならば、女の子も含めて最初の子供ですから、長男のフランソワより特別な子もいなかったでしょう。病弱ということもありましたからね。言葉通りに腫れ物に触るようにして、それはそれは特別扱いだったものです。

けれど、それだから可愛いかと聞かれれば、やはりアンリのほうが可愛いのです。

あるいは末子のほうが特別だという向きもありましょうか。

私の場合はそれも男の子でした。アランソン公エルキュール・フランソワのことで、兄弟のうちでは誰より幼いわけですし、また下がいないものだから、いつまでも子供子供したところがあって、こちらも別な意味で特別でした。

けれど、やはりどちらが可愛いかと聞かれれば、断然アンリのほうなのです。

特別でないほうが、かえって可愛いという理屈があるかもしれませんね。次男は幼くして亡くなりましたので、三男のシャルルと、四男のアンリがこれに当たります。前にも申し上げましたが、夫のアンリが溺愛したのはシャルルでした。それが私のほうはアンリで、長男と末子は特別として、間の子供たちのなかでもシャルルばかり可愛がられるのではアンリが不憫だと、そういう配慮も確かに働かないではありませんでした。ただ、それだけかといわれると、ね。

夫のアンリのことは心から愛しておりました。その父親に名前を譲られ、しかも面差しがそっくりというアンリが自ずと愛しくなるというのは、割と自然な話なのかもしれません。

もちろん皆が夫の子供ですから、皆が父親に似ていますし、身体つきとか、それに顔立ちにしても、すっと鼻梁が通るようなところなどは、かえってシャルルのほうが瓜ふたつです。それでも、いくらか目がキツイんですね。

甘やかなところがアンリ二世のアンリ二世たる所以でしたので、それを受け継いだアンリのほうが、パッとみたところの印象としては、どうしても、ね。

まあ、あれこれ考えてみても、これという決定的な理由は挙げられないように思います。どうであったとしても、それと自覚した頃には、アンリという子ばかりが、可愛くて、可愛くて、もう仕方がなくなっていたのです。

ただ話をしていても、アンリとは不思議と心安らぎますから、これは相性がよいというのでしょうか。お互いに強く惹き合う星回りなのだと、ホロスコープから説いた占星術師もいましたが、いずれにせよ、そうなるようにと、あれこれと意を砕いたわけではないのです。むしろ自然と湧き上がる感情だからこそ、自分ではどうしようもないのです。

全て自分の子供なのだから、分け隔てしてはいけないと、自分を戒めたこともありました。ところが、それも無駄を痛感するばかりだったんですね。

ええ、自制なんかできっこありませんよ。アンリが可愛い、そう感じる自分が悪いとは、とてもじゃないが思えないわけですから。

愛情のままに動いて、だから女は愚かなのだといわれそうですが、百歩譲って愚かであったとしても、そうした感情そのものは、やはり悪ではないわけでしょう。

いいえ、可愛いと思うがままに、なにか行動に移したのだとしても、それが必ずや悪い結果をもたらすとはかぎりません。逆に自分の愚かな執着にすぎないのだからと、殊勝な自省から遠慮してしまうほうが、かえって悪い結果を招くような気がします。

　というのも、こちらが下がれば、その隙に無理にも押し入ろうとする輩が、必ず出てくるからです。その動機が人類愛とか、自己犠牲とか、忠義心とか、道義心とか、そういう美しい心根である場合なんて、百にひとつもないわけでしょう。往々にして欲得だったり、打算だったり、嫉妬だったり、体面だったり、つまりは自分のための醜い感情なわけでしょう。

　だとしたら、可愛いと思うがままに動いて、どうして悪いといえましょうか。感情そのものは利己的であったとしても、行為のほうは自分ならざる相手のために尽くされるわけですからね。なんの見返りも期待しない、まさに無償の愛なわけですからね。邪《よこしま》な動機で始められる行為より、遥かに実りが大きいのは当たり前です。神さまだって、そのようにお計らいにならないわけがないのです。

　ええ、そうです。つまるところは正しいのだと、それが私の考え方です。一歩も譲りたくない、愚かであるともいわれたくない。それくらいの考え方ですから、一種の信念といっても過言でないかもしれません。

　信じるままに行動しなければならないというのは、経験則でもあります。

くどいようですが、私は半島の生まれです。フランスに嫁いでからは、イタリア文化を重宝されましたが、無論それは私だけのものではありません。

フランスの宮廷には、私の前にも沢山のイタリア人がおりましたし、私の後に来る者も絶えませんでした。レオナルド・ダ・ヴィンチのように、わざわざ招聘される文化人も少なくありませんでしたけれど、それと同じくらい多く、自ら逃れてくるイタリア人もおりました。

話を改めるまでもなく、半島は戦乱に見舞われておりましたからね。それも皇帝カール五世に睨まれたとなれば、もう亡命先はフランスしかありませんでしたからね。わけても、私の故郷トスカーナでした。紆余曲折《うよきょくせつ》ありながら、庶出の兄のアレッサンドロ・デ・メディチが、一五三二年にフィレンツェ公となりまして、共和国を無事に治めていたのですが、これが三七年に殺されてしまいます。

犯人はロレンツォ・デ・メディチ、分家から出た男でした。殺人の理由は詳らかになっておりませんが、いずれにせよ政治的なものではない、そうであったとしても、土台が政治家の器でなかったというのが、今に至る定評です。

では、フィレンツェ共和国はどうなったのかと申しますと、これが三七年のうちに新フィレンツェ公を称したコジモ・デ・メディチなる男によって、治められることになったのです。

やはり分家筋の者で、父親が「黒隊長」と呼ばれた有名な傭兵隊長、ジョヴァンニ・デ・メディチでした。それだけに武力はあるわけです。要塞フォルテッツァ・ダ・バッソに三万の軍隊を集めて、自らに反抗した者は片端から討ち果たしていったわけです。

フィレンツェの有力家門のいくつかが、簒奪《さんだつ》だと異議を唱えて抗争を試みましたが、これも七月のモンテムルロで撃退されてしまいました。

コジモ・デ・メディチはいち早くカール五世と結んで、この戦いまでにはスペイン軍を味方につけていたといいます。三九年には、ナポリ副王ペドロ・デ・トレドの娘エレオノーラとも結婚しました。スペインとの紐帯《ちゆうたい》をさらに強くすることで、フィレンツェ公コジモ一世は自らの支配を全うさせたのです。

「誉れある共和国の伝統が、ひとりの暴君に踏みにじられ……」

フィレンツェからフランスに逃れてきては、そうやって涙を落とす人々の、なんと沢山いたことか。リドルフィ家、ヴァローリ家、サルヴィアーティ家、誰よりストロッツィ家の従兄弟たちなど、その典型といえましょうね。

ピエトロ、レオーネ、ロベルト、ロレンツォの四兄弟は、女系ながら私と全く同じにロレンツォ豪華王の曽孫《そうそん》ということになります。

元がフィレンツェの名門、大富豪にして、大銀行で知られた名門であれば、メディチ家の高が分家筋に専横を振るわれて、納得できるわけがありません。先代のフィリッポがその命をモンテムルロで奪われたひとりであれば、ましてコジモ・デ・メディチのことなど許せるはずがないのです。

「カトリーヌ様こそ最後のメディチ嫡流でございますれば……」

それくらいの言葉で、簒奪者の懲罰を促されないではありませんでした。

なるほど、そも殺されたアレッサンドロ・デ・メディチは実の兄でしたから、妹の私があとのフィレンツェ公位を継いでおかしな話ではありません。父が領していたウルビーノ公領にせよ、コジモの軍勢に占領されていましたからね。それが不法な横領であることだけは、少なくとも事実なわけですからね。

でなくたって、フランスに逃れてきた人々は、異口同音に唱えます。

「もはやカトリーヌ様が唯一の希望なのでございます」

そうやって、有体にいえば、派兵を頼んでくるわけです。

フランスの王妃ですからね。皇帝カール五世を向こうに回せる、ただひとつの大国の王妃が、イタリアの同胞だというんですからね。

もちろん、半島生まれの平民の娘、なんて馬鹿にする者はいません。イタリア人たちの間では本当の王妃、いえ、まさしく女王でいられましたから、正直嫌な気はいたしませんでした。

頼られれば頼られるほど、自分を当てにフランスに逃れた人々が可愛く、ええ、そうです、本当に可愛く思えて仕方なくなってきました。

心からの共感で、なんとかしてあげたいとも思います。自分の力で、なんとかならないはずがないとも考えます。それでも、なのです。

すでに夫のアンリには、数多亡命イタリア人の面倒をみてもらっていました。

ストロッツィ家の従兄弟たちにしても、ピエトロはイタリア歩兵連隊の総司令に、レオーネはガレー艦隊司令に、それぞれ厚遇されていたわけです。

三番目のロベルトは銀行業を継ぎましたが、これだってフランス王家の後ろ盾なくしては、亡命中の身でリヨン、ローマ、ヴェネツィアと支店を構えられるはずもありませんでした。末のロレンツォは聖職に進みましたが、マルセイユのサン・ヴィクトール大修道院長からベジエ司教と栄転して、やはりフランス国内の禄《ろく》に与ったものなのです。

そのうえさらに、フランス軍を出動させてほしい、だなんてね。

メディチ家の嫡流がどう、分家がこうと、いってみれば実家の揉め事です。そんな話で多忙な夫を煩わせてはいけないと、一族の悲願をかなえてほしいなんて我儘がすぎると、あるいは仮に望みを口にしてみたところで、夫に冷ややかに無視されたらどうしようと、遠慮というか、気後れというか、否むしろ臆病というほうが正しいのかもしれませんが、とにかく後ろ向きな気持ちに捕われないではなかったのです。

それが自分に自信が持てるようになると、考え方から変わるわけです。

つまりは、メディチ家の嫡流は絶えていると。残っているのが自分ひとりであれば、フィレンツェ公となるべきはその夫であるフランス王アンリ二世に他ならないと。ゆくゆくは息子のなかのひとりに、フィレンツェ公を名乗らせるのも悪くないと。

これも神の配剤なのか、頃よく好機も訪れました。一五五四年のシエナ戦争が、それです。

いくらか説明が必要でしょうか。当時のトスカーナというのは、おおよそフィレンツェ共和国とシエナ共和国の二つから成るものでした。

前者は六万都市フィレンツェが周辺地帯を押さえて、人口五十六万の国家をなしたもの、後者は二万五千都市シエナが同じく周辺地帯を従えて、人口十三万の国家をなしたものです。

二国はトスカーナにおいて長らく併存してきました。ところがフィレンツェ公コジモ・デ・メディチは、さらにトスカーナ大公にならんと野望を燃やして、シエナにも食指を動かす風があったといいます。それ以前にカール五世が、スペイン軍の駐留を強引に承知させて、すでに事実上の属国と化していたのです。

この屈辱に耐えかねて、シエナが蜂起を試みたのが、一五五二年七月二十六日でした。

十二年も我が物顔でのさばり続けたスペイン軍を追い払うと、すぐさま急使を走らせたのが、いうまでもなくと申しますか、フランス王の宮廷です。あるいはシエナの人々がトスカーナの希望の星と仰ぐ、フランス王妃カトリーヌ・ドゥ・メディシスの元へというべきでしょうか。

今こそと私は奮い立ちました。メス、トゥール、ヴェルダン、例の三司教領の戦争がまだ終わっていませんでしたが、思いきって夫に働きかけたのです。

ゆくゆくはフィレンツェ公位をという話を合わせると、アンリもまんざらでないようでした。もう一押しと、私は軍資金の拠出も申し出ました。オーヴェルニュには母方から相続した領地がありましたから、これを抵当に銀行という銀行から、それは、もう、借りられるだけの金子を借りたのです。

私が用意した軍資金は、全部で十万エキュに上りました。もっとも、ふたつ返事でシエナ戦争を快諾して、そのために夫のアンリが用意した軍資金となると、こちらは全部で六十五万エキュになりましたけれどね。

戦の人材ならばございますと、ここぞと出馬させたのもストロッツィ兄弟でした。兄のピエトロ・ストロッツィに国王総代官、専ら軍隊の話でいいますと、遠征の総大将になりますけれど、そうした要職を拝命させて、五三年いっぱいまで準備に費やさせたのが始まりです。あげくに五四年一月二日、二十隻を数えるレオーネのガレー艦隊で地中海を渡り、遂にフランス軍は堂々のシエナ入城となったのです。

負けずスペイン軍のほうも、三月には包囲の陣を敷きました。はじめフランス軍はシエナを出撃し、フィレンツェ領に攻め入る勢いでした。けれど、そうして野戦に持ちこんだのが、かえって失敗だったかもしれません。

七月十六日のピオンビーノの戦いで、レオーネが戦死してしまいました。フランス軍そのものは余力を残し、続く八月二日にはマルチアーノで再戦となったのですが、これが死者四千を数える大敗となったのです。

総大将のピエトロ自身も大怪我に見舞われました。私はといえばフランスにいて、そのときも妊娠中でしたので、夫のアンリの気遣いで、しばらくは敗戦の報を知らされませんでした。

ようやく耳にしたときは、もう大袈裟でなく流産するかと思ったほどの衝撃でしたが、それでも九月には自身でシエナに手紙を書きました。

「戦争は続けます。これまでと同じように、これからも私をシエナの保護者と頼んでよろしいのです。フランス王と友誼を通じるシエナ市民には、向後も惜しみない援助を与えるつもりでおります」

そのように、アンリ二世も理解してくれました。負傷のピエトロに代わる将軍として、五五年の年明けにはブレイズ・ドゥ・モンリュック、今も私の側近を務めているヴァランス司教ジャン・ドゥ・モンリュックの実兄ですけれど、この叩き上げの将軍を派遣してくれました。

それからのシエナの戦いは、包囲の攻防となりました。さすがといいますか、モンリュックは善戦してスペイン軍さえ感嘆させましたが、籠城を続けるシエナは遂に食糧が尽き果てて、四月十七日には降服を余儀なくされてしまいました。

残念な結果——そういわざるをえません。フィレンツェ公コジモは今もトスカーナに君臨し、フィレンツェ共和国のみかシエナ共和国まで支配していますから、ええ、それは無念な結末に終わったのです。

けれど、一五五五年に話を戻すなら、シエナ降服から四日の四月二十一日には、逃亡市民が都市モンタルチーノに結集、シエナ共和国の再興を宣言していたのです。これに引き続きの支援を表明し、フランス軍の戦争はそれからが本番となったはずなのです。

実際、その年末にかけては、ギーズ公フランソワがイタリアに出兵しました。例のお騒がせ男ですが、そのときはナポリ征服を高らかに宣言したものです。半島を南下していく途上でシエナも奪還すると、ついでのように豪語もされましたが、それこそが実は遠征の眼目でした。

十二月十五日には、ローマと同盟が成立していましたからね。ナポリに駐留しているスペイン軍の脅威を除いてくれるならばと、教皇庁はフランス軍のシエナ奪還を支持したのです。

「今度こそ」

私の思いは昂るばかりでした。お騒がせ男のギーズ公フランソワですが、それでも戦ばかりは得意でしたからね。

今度こそシエナは奪還されるに違いない。今度こそフィレンツェ公コジモは除かれるに違いない。今度こそトスカーナが手に入るに違いない。

パリで出陣を見送るほどに、栄光の夢物語ばかりが頭蓋に満ち満ちたものですが、かたわらでは南でなく、北に出かける一団もいたのです。

戦争は北部国境でも続いていました。その同じ十二月にカンブレー近くの僧院ヴォーセルに集結したのが、国境沿いの州を治めるピカルディ総督コリニィと、皇帝側のエノー大奉行シャルル・ドゥ・ラランでした。

捕虜の相互解放を交渉するのだと聞かされましたが、一五五五年が明けて、五六年二月六日に公にされてみると、なんたることか、フランス王とスペイン王の和平が締結されていたのです。

世に「ヴォーセルの和」と呼ばれるものです。甥のコリニィを動かしながら、背後で和平を画策したのが他でもない、アンヌ・ドゥ・モンモランシー大元帥でした。

後日に高言したことには、あれ以上に利口な和平はなかったと。

有利な和平条約ではあったかもしれません。カール五世が引退を考えていた頃で、息子のフェリペには五五年十月にフランドル伯領、五六年一月にスペイン王国ならびにナポリ・シチリア王国、続く九月には弟のフェルナンドに神聖ローマ皇帝の冠とオーストリア大公領と、自らが独占していた広大な支配圏を分け与えましたから、そのときの皇帝は疲労困憊、ひとまず停戦にできるなら、どんな条件も呑むという体だったかもしれません。

けれど、だからこそフランスは戦う、戦い抜かなければならないと、また別な考え方だってあるわけです。

アンリ二世にしてみれば、少年時代の屈辱に意趣を返す、まさしく最後の機会だったことになります。どうでもよいことかもしれませんが、私にとっても半島の同胞に報いてあげられる、故郷トスカーナに錦を飾れる、そうした願いが邪魔されたことになります。

ええ、モンモランシーはひとりで全てを台無しにしてしまったのです。夫のアンリがその腸《はらわた》が煮えくりかえりましたけれど、どうすることもできません。夫のアンリがそれを容れてしまったからです。

かたやローマ教皇とも同盟をなしたわけですから、展開によっては矛盾を来す約定ながら、それでもヴォーセルの和を取り消すことはなかったのです。

勝手放題のモンモランシーに、怒ることすらありませんでした。アンリは絶対ともいえる信頼を寄せていたのです。というか、はっきりいえば弱かったのです、モンモランシーには。

ディアーヌ・ドゥ・ポワティエだけじゃありません。母性だけではありません。アンリというひとは、家族の愛に恵まれず、また父性にも飢えていたのです。

実際にフランソワ陛下ときたら、長男で王太子であられたフランソワ殿下でなければ、末子のオルレアン公シャルル様が可愛いといった父親でいらっしゃいました。アンリはといえば、まさしく三人兄弟の谷間の次男で、無視されがちになっていたのです。

止めが性格が合わないと申しますか、大らかで、派手好きで、陽気だけれど、自己中心的かつ無責任なフランソワ陛下に対して、繊細で、地道で、ときに気難しいけれど、その優しい心根から、素顔は思いやり溢れるというアンリでしたから、確執というほどではないにせよ、しっくりいかないところはあったのです。

アンリとしては、劣等感を抱くこともあったようです。フランソワ陛下は大きな方でいらっしゃいましたからね。

なんらかの暗喩じゃなくて、身体が大きかったという意味で、身の丈六ピエ（約二メートル）を超える方でしたから、ちょっとした怪物にみえたほどです。

騎馬姿を描いた肖像画が今もルーヴル宮に残っていますが、馬が小さくみえるというか、鐙に載せた足が地面につきそうにみえるというか、なんだか違和感を覚えてしまうのは、そのためなのです。

アンリのほうは六ピエに少し足りないくらいでした。こちらも家臣の将軍たちが見上げるほどの偉丈夫だったのですが、やはりフランソワ陛下よりは小さかったといわざるをえません。

いえ、比べるのが間違いで、あえて比べるならば、アンリのほうが人間らしいと申しますか、別段に劣等感を抱くような話ではないと思うのですが、それは女の料簡《りようけん》にすぎないようで、殿方としては、ね。どうにも気になるようなのです、肉体の優劣というものが。

とにかく、そんなアンリでしたから、父親がわりを、男らしく強い態度で導いてくれながら、それでも決して自分を傷つけない父親がわりを、無意識のうちに求めるところがあったのでしょう。

みつけたのが傅育官《ふいくかん》として自らに仕えた男、アンヌ・ドゥ・モンモランシーだったわけです。

アンリの心理につけこんで、モンモランシーのほうも巧妙に立ち回りました。

ええ、かえって遠慮しないのです。僭越《せんえつ》と思えるくらいの独断で振る舞うのです。そのかわり、遠征に随行しては傍で戦のイロハを教え、城館に招待しては色事のイロハを指南しと、手とり足とり、ほとんどやりすぎと思えるくらいに懇ろな世話を焼くのです。

ディアーヌ・ドゥ・ポワティエとも抜かりなく結びました。

この女から名前をもらったと思しきアンリの庶子に、ディアーヌという娘がいますが、これを長男フランソワ、つまりは今のイール・ドゥ・フランス総督の嫁に貰い受け、さらにディアーヌ・ドゥ・ポワティエ自身の孫娘を、こちらは今のラングドック総督ですが、次男アンリと結婚させ、かくて、がっちり同盟を固めるわけです。

母親がわりと合わせて、疑似家族の完成です。けれど、絶対の信頼を寄せられる国王の父親がわり、つまりは国父ともいうべき立場に君臨して、あの男は全体なにをなしたというのでしょうか。あるいはなしたことに、どれだけの正しさがあったのでしょうか。

ヴォーセルの和に隠れた事情を考えれば、よくわかります。そのまま戦争を続けて、要するにギーズ公たちに手柄を立てられたくはなかったのです。

　戦勝をひっさげて帰国されては、軍における第一人者の地位が危うくなるからです。フランソワやアンリといった息子たち、コリニィやダンドロといった甥たちはじめ、自らの郎党に利権を分け与えてやることもできなくなります。つまるところ、モンモランシーは保身のみだったのです。

あるいはディアーヌとふたり、私を蹴落とそうとする意図も隠していたかもしれませんね。

冴えない王妃が最近ちょっと調子に乗っているようだと。いくらか王の歓心を得たからと、イタリアで戦争までさせていると。いや、それを成功させて、いよいよ王を喜ばせるようでは、うまくないと。父親がわり、母親がわりで固めた疑似家族の軛《くびき》から、虎の子のひとり息子が生意気な嫁に唆《そそのか》されて、いよいよ逃れようとするのでは堪ったものではないと。

まったく、もう、百害あって一利なしです。

ヴォーセルの和――モンモランシーが進めた腰砕けの和平こそが、その後に続いた全ての事件の端緒というか、フランスが見舞われる不幸の伏線をなした気がしてなりません。

22 ✦ どこもかしこもアンリばかり

王弟アンジュー公アンリは、今や英雄だった。

第二次宗教戦争は一五六八年三月二十三日、ロンジュモーの和議で終幕した。とはいえ、当初から長くはもたないといわれた休戦であり、ほどない九月二十七日に新教の自由を取り消すサン・モール勅令が出されたことで、第三次宗教戦争の始まりとなった。かかる展開において、国王総代官アンジュー公アンリは初陣を迎えた。一五六九年三月十三日に行われた、ジャルナックの戦いである。

ポワトゥーに展開していた新教軍は、コニャック方面への移動を試みていた。それを王軍が追うことで、シャラント河を挟んだ睨み合いになった。

シャトーヌフ橋を押さえて渡河の主導権を握ると、王軍は逃げる新教軍の背中に一気の攻勢をかけたのだ。怒濤《どとう》の勢いで全てを呑みこみ、一方的な勝利を収めたのだ。

「実をいえば、タヴァンヌ元帥の手柄なわけですが」

そう言葉を加えたのは、フランス王シャルル九世だった。

ガスパール・ドゥ・ソー・タヴァンヌというのは、確かに王弟の補佐についた将軍の名前だった。その手並が宮廷でこそ称えられることはあれ、広く世界に轟いたのは、やはりといおうか、アンジュー公アンリの名前のほうだった。

タヴァンヌでは端から話にならないというのは、それが王族と王族の戦いだったからだ。

「まあ、コンデを討ち果たしたことは、手柄です」

総大将の責任からか、コンデ公ルイは攻めかかられた最後尾を救おうと、川岸まで戻ってきた。僅かに三百騎ばかりを伴う突撃で、その義侠心《ぎきょうしん》と勇気は称賛に値するものだったかもしれないが、他面では無謀の謗《そし》りを免れなかった。

正規の王軍二千を正面に、右にドイツ傭兵からなる騎兵二千五百、左にスイス傭兵からなる歩兵八百に囲まれては、はじめからなす術もなかったのだ。

コンデ公は落馬したところを、近衛隊長モンテスキューに銃で撃たれた。後頭部に命中した弾丸は、頭蓋骨を貫いて、右の耳から出たという。

「あるいは名前を上げたというより、悪名を高めたというべきかもしれませんが」

とも、シャルル九世は続けた。

事実、アンジュー公は同じ王族を辱めていた。死体となったコンデ公を、ロバの鞍に放り投げると、その手足をブラブラと揺れさせたのだ。そうして晒し者にしながら、行軍に同道させた二日というもの、野卑な兵隊たちが罵倒するに任せたのだ。

王族が同じ王族に加えるにあるまじき振る舞いだとして、アンジュー公アンリは非難された。それは間違いないのだが、これまた一部にかぎる話だというのも事実だった。少なくとも王宮では、それほど悪くはいわれなかった。かねて怨嗟《えんさ》の的となってきたコンデ公の話であれば、一部ではかえって痛快とされたくらいだった。鬱屈した感情を晴らしてくれたと、アンジュー公アンリは感謝されたくらいなのだ。

かのマドモワゼル・ドゥ・リムーユは、王母カトリーヌ・ドゥ・メディシスの媒酌で、イタリア人の銀行家シピオーネ・サルディーニの妻となっていた。金満家の妻として、欲しいものは買いたい放題、まさに何不自由ない境涯だったが、それにしても、かつての愛人の無残な死を伝えられて、僅かに一言だけだったという。

「やっと《アンファン》」

もとより誰に何を責められようと、アンジュー公アンリは関係なかったかもしれない。黒王妃カトリーヌが喜ぶならば、あとは付け足しでしかなかったのかもしれない。

「いえ、モンコントゥールの戦いとなると、誰にも文句のつけようはありませんよ」

そう返したとき、黒王妃の頬が少し弛んだ。同年十月三日に臨んだ戦いでも、アンジュー公アンリは勝利を収めた。三万の王軍で、二万五千とほぼ互角の新教軍を迎え討ち、ほんの三十分で敵を総崩れにさせたという快勝だった。

「なにせユグノーは一万の兵士を失ったとされています。王軍の兵士はといえば、戦死者は僅かに二百人だけだったといいますよ」

続けるほどに頬の弛みがだらしない感じになる。なるほど、アンジュー公アンリは今回は捕虜に対しても寛大だった。

「ええ、コンデ公を殺したときのような、残酷な真似もしていません」

実際、ジャルナックの汚点を帳消しにしようとする空気も生まれた。十七歳の少年が初陣の勝利に我を忘れたとしても、それは無理もない話だったという理屈だ。

かくて、アンジュー公アンリは英雄になった。ジャルナック、モンコントゥールと、輝かしい二連勝をひっさげて、もはや異の唱えようもなかった。

「けれど、詰めが甘かったようですな」

国王シャルル九世のほうは、やはり酷評だった。

自分以外の人間が手を出すと、それに噛みつくところが何より気に入っているという愛犬の頭を撫でながら、その日の王は肘掛のついた寝椅子に寛いでいた。

一五七〇年もそろそろ夏を迎えるだけに薄着で、襞襟《ひだえり》の着崩し方もあいまって、それがいっそう砕けた感じになってもいた。

シャルル九世は続けた。現に新教軍は健在です。コンデが死んでも、もうひとりの首領が残っている。コリニィはラ・ロシェルに籠り、あの港町を難攻不落の要塞に造り替えました。旗頭となるべき王族に困るでもありません。コンデの長子のアンリがもう十七歳です。ああ、それをいうなら、ナヴァール王アントワーヌ・ドゥ・ブルボンの息子も十六歳、あの信心家の母親に連れられて、ラ・ロシェルに入城を果たしたそうです。

「ええ、ナヴァール王アンリのことです。どこもかしこもアンリばかりで、まったく紛らわしい話ですがね」

「御父上の遺徳が偲《しの》ばれるというものです」

「どういうことです」

「故アンリ二世ほど家臣に慕われた王もありませんでした。名づけ親になってほしい、息子に御名を頂きたいと請う向きが、まさしく引きも切らないほどだったからこそ、昨今は誰も彼もがアンリになっているのです」

「そうですか。ふうん、そうだったのですね」

自分を溺愛したという父王の逸話である。尖った顎の先のほうを掻きながら、シャルル九世はまんざらでもなさそうだった。

「それはそれとして、です。新教軍は健在です。下手を打ったとなると、これはアンリのせいになるのか、タヴァンヌのせいになるのか、いずれにせよ、プロテスタントの軍勢は、ジャルナックも、モンコントゥールもなかったかのように、すっかり態勢を立て直しています」

シャルル九世は訴えたが、その間に黒王妃の目は息子王から逸れていた。

論じていたのは戦争であり、政治であったが、正式な顧問会議というわけではなかった。わざわざ召集するほどの問題があるでもなく、ただ少し気になる噂が耳に飛びこんできた。

それを確かめるために、黒王妃カトリーヌは専ら母親の資格で、シャルル九世の私室を訪ねた。が、そうとなれば息子のほうにも、私生活というものがある。

感性鋭いイタリア女として、気づかずにいられなかったところ、部屋の匂いが前とは違った。あるいは香りというべきなのかもしれなかったが、息子のそれでないことは明らかだった。

実際のところ、女がいる。

愛らしい丸顔ながら、頭は驚くほどに小さい。小さいながら秀でた額は優美そのもの、円《つぶ》らな瞳は生気に溢れ、鼻は鼻の見本というくらいに完璧な形を示し、口許は慎ましく、顎の尖りも控え目であれば、清楚《せいそ》な整い方が美点という女である。

ただ、青白いばかりの頰に金色の髪がかかり、その輝きには微妙な赤みが紛れていた。イタリアならばヴェネツィア女に譬《たと》えられる美しさだが、それもフランスまで来ると、アイルランドやスコットランドの血筋が疑われることになるのだろう。

その実の先祖はフランドルの出身だったが、そこはかとない異国情緒というならば、フランス女としては背も高かった。背の高さが目を惹くというのは、すらりとした印象がお腹の大きさで、かえって際立つからでもあるが……。

名前をマリー・トゥーシェという。オルレアン奉行代ジャン・トゥーシェの娘で、かの地に赴いた際に見初めると、シャルル九世はそのまま自分の愛人にしたのだった。

そのことを黒王妃は別段咎めるではなかった。内心は咎めたいというのでもなく、むしろ勧めたいくらいだった。

実のところ、シャルル九世は荒れていた。もともと神経質で、感情の起伏が激しいところがあったが、それが異常と思われるまでひどくなったというか、しばしば激しい暴力を伴うようになったというか。

英雄となった弟、アンジュー公アンリに覚える嫉妬が原因であることは、誰の目にも明らかだった。

有体にいえば、面白くない。王ではあるが、兄上のほうは影が薄いと、周りも陰口を叩かないではないだけに、その荒れ方は自分の存在を無理にも誇示しようとするかにみえた。

いや、宮廷付きの鍛冶屋《かじや》の作業場に押しかけて、八つ当たりがてら真っ赤に焼けた鉄を金槌《かなづち》で力任せに叩いたり、あるいは日がな狩りに繰り出して、獲物の腹を自分で裂いてみたりとやる分には、まだしも眉を顰められるだけだった。

それが物いわぬ動物に留まらなくなったというか、その魔手を人間にも伸ばすようになったというか、シャルル九世は強姦沙汰まで繰り返すようになったのだ。

それも気まぐれで、手当たり次第だった。宮廷の貴婦人から畑仕事の村娘まで――人けのない建物の陰であれ、往来が絶えない都会の大通りであれ、本当にお構いなしなのだ。

いや、根本が自己顕示の衝動であるならば、乱行はむしろみせつけたいものだった。女が恋人連れであるほど、その目の前で好んで組み敷きたがったし、有夫の女の不倫であるなら、わざわざ亭主を現場に呼びつけるほどだった。

至高の位にある一国の王であれば、どんな女を攫おうと、どんな場所で手ごめにしようと、誰に罰せられることもなかった。ただ世評だけを落としながら、乱行は際限なく繰り返されるかとも思われた。

それがマリー・トゥーシェと出会って、止まった。嘘のように、ぴたりと止まった。人変わりしたほどだといえば大袈裟で、今もシャルル九世は神経質で気難しく、また感情も頻々と爆発させるのだが、少なくとも女たちを犯して回るような真似だけはしなくなった。

まさにマリー・トゥーシェ、さまさまである。一国の王というなら、寵姫を持って悪いということもない。私生児を拵えたからと、誰が困るわけでもない。それでも、なのだ。

「どうしたのですか、母上」

シャルル九世も、さすがに確かめてきた。ええ、さっきから上の空のようですが、私の話など聞くつもりはないということですか。

「そんなことはありません」

「では、マリーがどうかしたのですか」

母親の視線には、シャルル九世も気づいていた。神経質で、しかも他人の目が気になる性格であれば、気づかないわけがない。たちまち苛々しても不思議でなかったが、このときは目が注がれた先が自分の愛人であったためか、王にも割合に余裕があった。まっすぐに指摘されて、黒王妃のほうが、かえって慌てた顔になった。が、それも一瞬の話で、すぐに平素の無表情に戻すと、こちらもあえて誤魔化すことなく答えた。ええ、どうかしたというわけではありません。

「ただみていて、わかったような気がしたのです」

「なにが、です」

「なにゆえ陛下は、このマリー・トゥーシェを、こうまで気に入られたのか」

「ほう、その理由がわかるのですか。つまりは私の胸の内が」

シャルル九世は楽しげに手を叩いた。アフリカ渡りの猿のように、寝椅子に尻を弾ませることもした。はは、だって素晴らしい。ひとの心が読めるなんて、まさしく奇蹟だ。占いですか。ああ、母上お得意の占星術ですか。あるいはイタリア伝来のオカルトの類とか。

「いずれにせよ、是非にもお伺いしたいものです。ええ、当ててください。私がこうまでマリーを気に入ったのは、全体どうしてだというのです」

「占いではありませんけど……」

「結構です。とにかく、聞きたい」

「それならば申し上げますが、どことなく似ていますからね」

「誰に」

「マリーに。いえ、同じマリーでも、あのマリー・ステュアールに」

黒王妃が出したのは、前王フランソワ二世の王妃の名前だった。

かつての嫁は、今では「スコットランド女王メアリー・スチュアート」としか呼ばれない。ということは、フランスを追い出されて、すでに久しい。

響いたのは懐かしくさえある名前だった。が、これにシャルル九世は真顔で言葉を失った。

「やはり、そうでしたか」

「やはりと仰るからには、母上は前から気づいておられたのですか」

黒王妃は頷いた。まあ、いろいろとみてきましたからね。大体のことはわかります。

「でなくたって、兄嫁に憧れる、淡い想《おも》いを抱くというのは、ありがちな話です」

「だとしたら、ええ、だとしたら、責められる話ではありませんね」

シャルル九世は失点を挽回《ばんかい》しようとするかの早口だった。ええ、子供の時分の想いをかなえたいあまり、今すぐスコットランドに飛んで行こうというのじゃない。イングランドに攻め込もうというのじゃない。

「そんな大それた……」

黒王妃さえ顔色を変えたのは、それがフランス王の口から出た言葉だったからである。

スコットランドに帰国して以来、マリー・ステュアールはドタバタ続きだった。土台が思慮分別に欠ける女であれば、黒王妃にして特に驚くような話ではなかったが、それにしても一五六八年の顚末は御粗末すぎた。

スコットランドに内乱を招き、絶体絶命の窮地に追い込まれると、なにを考えたのか、イングランドに逃げこんでしまったのだ。

永遠の敵というべきイングランド――いいえ、丁重にもてなしますとの口上で迎えると、こちらのエリザベスは隣国の女王を、そのまま投獄してしまった。茶番に等しい裁判だけして、今も幽閉を続けている。

「許せない。義姉さまを救いにいく。フランス王たる朕が軍を差し向ける」

本気の顔で打ち上げられた日には、まさに洒落にならなかった。が、シャルル九世のほうに、そこまで大それた発言をした自覚はないようだった。ええ、そんなつもりはありません。これは専ら心の問題ですからね。

「ただ兄嫁に似ている女を側《そば》においたからと、それがいけないことなのですか」

「いえ、いっこうに」

答えた黒王妃は、今度こそ落ち着きはらっていた。ですから、さきほどから陛下を責めていたのではありません。そんなつもりは、はじめから毛頭なかったのです。

実際のところ、そこは問題でなかった。マリー・ステュアールに似ていて、なにが悪いわけでもない。黒王妃にしてみれば、それこそ面白くないだけだ。あんな女はさっさとスコットランドに放逐して正解だったと、胸を撫で下ろすのみなのだ。

兄嫁に似ていることで、シャルル九世がぞっこんになった女が、政治に口を出すような寵姫だとなると、これは断じて看過ならない。が、目の前のマリー・トゥーシェに、そうした野心が垣間みえるわけでもなかった。

なにも問題がない。ほとんど理想的な女といえるのだが、しかし、なのである。

ああ、と素頓狂な声を上げて、シャルル九世のほうから先を続けた。

「問題はマリーの信仰というわけですか」

「…………」

「マリーはプロテスタントだから悪いと」

「悪いとはいっておりません。プロテスタントだからどうこうというつもりもありません」

「はは、母上、それは嘘だ」

「なにが嘘です。これまでだって、意固地な考え方をしてきたつもりはありませんよ」

「これまでは、でしょう。しかし、今は事情が違っている」

「どういった事情です」

「アンジュー公アンリの事情ですよ」

「…………」

「母上はお気に入りのアンリを、英雄に仕立て上げようとなさっている。コンデを殺し、プロテスタントの軍を退けたからには、それも『カトリックの守護者』として、です」

「アンリの勝利は、あくまで国王総代官としての勝利、このフランス王国を乱す叛徒を誅《ちゅう》する立場での勝利であって、宗派どうこうは関係ありません」

「ならば、どうして新旧両派の宥和政策を捨てられたのか」

「宥和政策を捨てたつもりはありません」

「けれど、国璽尚書ロピタルは首にしました。あの男こそ宥和政策の要ではなかったのですか」

ミシェル・ドゥ・ロピタルの更迭は一五六八年五月の決定である。

「ジャルナック、モンコントゥールの勝利に先立つ話です。アンリを国王総代官にしたときから、母上には早くもカトリックの守護者に仕立てる算段があったということです」

「そんな馬鹿な……」

「馬鹿ではありません。コンデが裏切った時点で、もうプロテスタントは切り捨てると、母上の心は決まったはずなのです。でなければ、アンリを国王総代官にすることは絶対になかった。宥和政策を貫くつもりなら、一方の新教徒に恨まれざるをえない役回りなどには、絶対つけられませんからね。恨まれても構わない。というより、恨むような輩はひとり残らず抹殺しようという腹でおられたからこそ、母上はアンリに軍を率いさせたのです」

黒王妃ともあろう者が、しばし絶句を強いられていた。

シャルル九世も、いうようになった。ああ、馬鹿ではない。いつまでも子供ではない。

頭が回らないわけでもない。この母親の息子というなら、一癖二癖ないわけがない。

「まったく皮肉な話ですな」

と、シャルル九世は続けた。アンジュー公アンリを英雄にしたい、なんとしてもカトリックの守護者に祀《まつ》り上げたいと、母上ときたら本当に目の色を変えられていた。

「なにせ支援を怠るわけにはいかない、後方を安定させなければならないと、自分で軍隊の補給の手間を取るために、宮廷をオルレアンに移したほどですからな。お飾りの王として同道させられた私が、そこでプロテスタントのマリーと出会ったというのですから、ははは、本当に皮肉な話です」

「ですから、プロテスタント、カトリックは関係ありません。ええ、私はなにもこだわらないつもり……」

「だったら、よろしいのですね」

シャルル九世はズバッと切りこんできた。ええ、さっきの話です。母上が上の空になっていた話です。新教軍は態勢を立て直しています。そろそろラ・シャリテまで展開している模様です。ラ・シャリテといえばパリまで残り五十リューにすぎない。

「放ってはおけません。ですから、私はプロテスタントと和睦の交渉を始めたいと思っているのです」

「それを陛下……、なんと申しますか、そのような噂を聞いて、俄かには信じられなくて、それで私は陛下のところに……」

「根も葉もない噂ではありません。ええ、母上には容易に信じがたくとも、和睦は本気の話なのです」

「お待ちください。陛下、この母の話も聞いてください」

「聞きます。もちろん聞きますが、母上、その前にひとつだけ」

そういって、シャルル九世は指を立てた。あらかじめ断っておきますが、私とて一国の王として決断しております。マリーがプロテスタントだから、新教軍と和睦しようというのではありませんよ。

23 ✦ おまえのような娘が

マルグリットという王女がいる。

シャルル九世の御世であれば、あるいは王妹というべきなのかもしれないが、いずれにせよ、フランス王アンリ二世と王妃カトリーヌ・ドゥ・メディシスの間に生まれた三女である。

一五五三年五月の生まれなので、七〇年の今年で十七歳になるが、今も幼い頃からの愛称である「マルゴ」で呼ばれることが多い。

このマルゴを嗅ぎまわっている男がいた。

物陰に隠れながら、いくところ必ず付いて回り、それのみか王女の私室に忍びこんでは、私信の類まで盗み読むというのだから、いくらか常軌を逸している。

名前をルイ・ドゥ・ベランジェ・デュ・ガストといった。

ドーフィネ州から上京してきた若い貴族で、ならば野心満々なのか、それが高じて、遂には王女に恋したかと思いきや、それとは少し様子が違う。

折をみて秘めた想いを伝えるでもなければ、それを手紙に託すでもない。それすらできないくらいまで、ひどく思い詰めているのかといえば、嗅ぎまわり方は不敵な斥候さながらの、しごく落ち着いた手口なのだ。

なるほど、マルゴであらねばならない理由はなかった。

赤褐色に輝く髪を長くして、それを風になびかせるようにして歩くデュ・ガストは、宮廷中の女という女が求められれば応えるような美男子なのだ。

一五七〇年六月二十五日、そのデュ・ガストが動いた。

時刻が朝の五時であれば、やはり恋する男の闇雲な疾駆とは違う。ルーヴル宮の回廊も最も奥まった空き部屋に、マルゴがその姿を消したところを確かめたのは、まだ日付が変わる前の深夜の話だった。扉に耳をつけながら、ジッとして辛抱強く、それから朝まで待機を続けたのであれば、明らかに何かの使命を帯びている行動である。

急いだ先はアンジュー公アンリの寝室だった。実際のところ、デュ・ガストはこの王弟に仕える近習のひとりだった。

報告を受けた主人のほうは、簡単な身支度だけ整えると、母親のカトリーヌ・ドゥ・メディシスの部屋へと向かった。デュ・ガストには兄のシャルル九世にも、折り返し全く同じ報告を寄せるよう命令した。

「となれば、ほら、いった通りでしょう」

母親の部屋の壁にもたれながら、アンジュー公アンリは肩を竦めた。ええ、おこりんぼな兄上が平静でいられるわけがないんだ。

確かに大した剣幕だった。ダン、ダン、ダンと重い音を響かせられて、扉は悲鳴を上げるようだというのも、文字通りに殴りつける勢いで、力任せに拳をぶつけるからである。

あげくが本当の怒鳴り声だった。

「母上、母上、おられるのでしょう。起きてください。大変です。とんでもない事件が起きてしまいました」

迎えてちょうだいと、こちらの黒王妃も応じるしかなかった。短気なシャルルならずとも怒るのは当然です。ええ、私とて業腹で仕方ありません。ええ、ええ、陛下が来ないのなら、私のほうから訪ねていったことでしょう。

「だそうですよ、兄上」

母にいわれて、自ら扉のところに出向いて、アンジュー公は兄を迎えた。

どうして、おまえが。反りの合わない弟を怪訝な顔で睨んだものの、今のシャルル九世はそれどころではなかった。いや、母上、聞いてください。というか、ああ、母上も聞いたのですね。なるほど、デュ・ガストはアンジュー公に仕えているのか。この男が私のところに報せにきて、ああ、母上のほうはアンリに直接聞いたというわけですね。

「それならば話が早い。参りましょう、その部屋に」

シャルル九世は肌着姿のままだった。裸足につっかけてきたという感じなだけに、黒羅紗に金糸で模様があしらわれた靴ばかりが悪目立ちしていた。

デュ・ガストを別にすれば、従者ひとり連れず、まさしく寝台から飛び起きたまま、相当頭に血を昇らせて来たことがわかる。

派手な足音が鳴り響いた。シャルル九世は自ら燭台をかざしながら、脇目もふらない突進だった。そこは国王の特権で、まだ寝ている部屋があっても遠慮なしに横切りながら、薄暗いルーヴル宮を矢のように射抜いていく。

それを黒王妃も追いかけた。いつもながらの肥満体に似合わぬ足の速さだった。アンジュー公アンリも続いたが、こちらは太っているわけでもないだけに、足が遅いではなかったが、不思議なことに、ほとんど足音というものが立たなかった。

「マルゴ、おるのか」

石の四壁に怒鳴り声が反響した。が、同時に扉を押し開ければ、声をかける意味もない。

シャルル九世は燭台を突き出した。橙色の灯りに照らし出されるのは、ろくろく調度も整わない空き部屋だった。それだけに寝乱れた敷布がやけに白いような寝台だけが目についた。

ところが、そこには誰もいない。

「気づかれたか」

シャルル九世は吐き捨てた。あれだけ派手に足音を響かせれば、気づかれないほうが不思議なくらいだが、さりとて間が抜けているといえば、向こうも後れをとるものではなかった。

ひらひら何かが動く気配が、目尻にかかった。人影が動いていたのは窓辺のようだった。

シャルル九世は燭台をそちらに向けた。やはり肌着一枚の男がいて、脇に衣服らしきものを抱えていた。剣の鞘を躍らせながら、その長い足の片方を窓枠にかけて、今にも飛びおりようとするところだった。

我が身に迫る灯火に恐れをなしてか、男はとっさに顔を伏せた。が、今さら隠しようなどはない。顔など確かめるまでもない。なんとなれば、身の丈六ピエを超える大男など、そういるものではないからだ。

「やはり貴様か、ギーズ公アンリ」

ギーズ公家も「アンリ」に代替わりしていた。暗殺された先代フランソワ公の長子も二十歳、こちらも並外れた巨体と男性的な美貌で、宮廷で知らぬ者もないほどになっていた。

王が名前を投げつけると、大きな影はそれに弾かれるかのような動きだった。すっと消えた残像を、シャルル九世は窓辺まで追いかけた。

上階の部屋だったが、ギーズ公は構うことなく地面に飛び降りたようだった。まだ明けきらない朝の青白い石畳に、乾いた足音とともに駆けていく影だけが確かめられた。

「逃げられましたか」

アンジュー公アンリも窓枠に並んだ。舌打ちだけで兄の返事がないことを確かめると、そこから背後を振りかえった。

「追いかけますか」

そうした言葉が響いた時点で、デュ・ガストは髪を躍らせ駆け出しかけた。が、それを黒王妃は止めた。いえ、それには及びません。

「捕まえたところで、それがギーズ公では、かえって……」

「くそっ」

シャルル九世は窓辺で足を踏み鳴らした。くそっ、くそっ。一国の王とも思われない汚い言葉を繰り返し、それからデュ・ガストに命令した。ああ、ギーズ公は追わなくていい。そのかわり、戸口を固めよ。誰も入らないように見張っていよ。

主人のアンジュー公にも頷きを重ねられ、デュ・ガストは仕事にかかった。

「さて」

シャルル九世は身体を回した。王の突進に身を逸らせてはいたものの、窓辺にはギーズ公の他にもいた。当たり前だ。

「さて、マルゴ」

窓を閉めがてらに呼びかけると、王はしゃくるような顎の動きで、寝台のところまで戻れと命じた。

美しい王女ではあった。どちらかといえば面長だったが、それでも頬はふっくらとして、また厚い唇も艶めかしく、いつも悪戯を考えているような楽しげな瞳さえ、無邪気な女でなければ決して持ちえないものだといえた。

一枚きりの肌着を通して、豊満な身体つきも窺えた。たわわに蓄えられたきり、ただ男の手に委ねられる役目しかないような肉塊は、やはり女のものでしかない。それでも、なのだ。

シャルル九世やアンジュー公アンリの同胞なのだと、マルゴは一瞥でみる者にわからしめる妹だった。兄妹であれば似ているのは当然だが、それにしても印象が酷似していた。

男と女の違いがあるとも思わせない。マルゴの容貌はどこかしら芯の太い男性を感じさせるものだった。

あるいは中性的というべきなのかもしれない。中性的というならば、シャルル九世やアンジュー公アンリを含め、アンリ二世とカトリーヌ・ドゥ・メディシスの子供たちは、男はどこか線が細く、逆に女はふてぶてしいほど堂々として、皆が中性的なのである。

部屋の窓辺に残されたのは、そうした親子四人——母親のカトリーヌ・ドゥ・メディシス、兄のシャルル九世、弟のアンジュー公アンリ、そして妹のマルグリット王女の四人だった。

寝台まで戻れといわれて、マルゴも抗うではなかった。ただ底の底まで従順なわけでもない。

「ギーズ公で間違いないな」

早速兄王に確かめられると、マルゴは小首を傾げた。微笑さえ浮かべ、僅かも破綻させなかった。愛らしいとか、艶めかしいとかいうよりも、明らかに不敵で、計算高い表情である。

「さあ、どうでしょう」

返るのも、ひとを喰ったような答えだった。シャルル九世の細長い相貌はといえば、そうした返事が聞こえた刹那にクワッと破裂した。狐《きつね》が吠えかかるかの顔になると、ぶんと風を切る音で繰り出されたのが、いきなりの拳骨《げんこつ》だった。

脅しではない。手加減もない。それが証拠に作り物のような女の顎が、打ち抜かれて三ピエも横にずれた。残りの身体も引きずられて倒れると、ざあと寝台のうえを流れた。

白い敷布に赤い点がいくつか弾けた。

「この寝袋めが」

罵りの声と一緒に追いかけると、王はマルゴの髪をつかみ、それを振り回すようにして、さらに床に放り投げた。追いかけるようにして自分も床に降りると、妹の腹に馬乗りになりながら、その頬を右左と繰り返し張り続ける。

ビチッ、ビチッと血が飛んだ。シャルル九世の粗暴な一面が全開になっていた。

「陛下、お止め下さい」

母親に窘められても、聞く耳など持たない。お止め下さい、お止め下さい。そう繰り返しても通じないので、黒王妃は止めなさいと叱りつける口調になったが、それでもシャルル九世には届かなかった。

すっかり逆上してしまい、もうなにも耳に入らない。なるほど、マルゴは許されざる罪を犯した。これから外交の切り札として、王侯に嫁ごうという王女にあるまじき振舞いだ。それは間違いないのだが、シャルル九世の逆上には常軌を逸した感もあった。

鼻血を噴き、唇が破れ、マルゴの顔面はもう真っ赤である。このまま王は妹を殺してしまうのではないかと、そうまでの恐れを抱かせる。いや、単に暴力的なだけではない。

牛乳色の肌に繁みが黒い一点をなしていた。兄の暴力から逃れようともがくうちに、マルゴの着衣が乱れてしまった。土台が肌着一枚きりだからだが、それをいうならシャルル九世も同じである。

こちらの肌着がめくれると、興奮を示すものまで、ちらと覗けたようだった。王は妹を犯すつもりなのではないか。そう心に恐れを抱けば、シャルル九世は知る人ぞ知る強姦魔でもあるのだ。

「アンリ、おまえが止めておくれ」

黒王妃は懇願する相手を替えた。が、こちらの息子も窓辺から戻ってくると、ずっとニヤニヤしているだけだった。このときも肩を竦める、曖昧な仕種を返しただけだ。

それでも他に頼りはない。あきらめずに続けるしかない。アンリ、早くしてちょうだい。デュ・ガストを呼んでちょうだい。二人ならなんとかできるでしょう。足りなければ、人を呼んできてちょうだい。

「けれど、母上、よろしいのですか」

「なにが、です」

「醜聞になりますよ、こんなところをひとにみられてしまったら」

「どういう意味だい。だって、ギーズ公は、もう……」

母親の困惑顔を背中に残して、アンジュー公アンリは前に出た。兄上、兄上、そのへんにしておかれてはいかがです。そろそろ見苦しゅうございますぞ。兄として妹の不道徳を罰する体には段々みえなくなってきております。

「それどころか、間男を働かれた亭主さながらだ」

「なんだと」

「兄上、あくまで親切で申し上げております。実際のところ、今さら焼餅でもございますまい。とうに御自分の恋人ではなくなっているわけですし」

黒王妃は不可解な顔のままだった。弟にそんな諌められ方をして、シャルル九世が殴る手を止めてみせれば、なおのことである。

「それも、そうだな」

「そうですよ、兄上」

「なんの話です。あなたたち、なんの話をしているのです。マルゴはあなたたちの妹ではありませんか。それを焼餅だの、恋人だのと……」

絶句した刹那から、黒王妃の顔は恐怖の色に酷似した強張《こわば》りに襲われた。平素から話が合うというアンジュー公アンリの声も、今このときだけは刃物に等しく感じられた。

「妹というだけではなかったようですよ」

「まさか……、兄と妹で、まさか……」

「その、まさかです」

「ああ、神さま」

なんてことでしょう。なんてことでしょう。とっさに指で十字を切るも、黒王妃は膝から頽《くずお》れた。

ガタガタ、ガタガタ、全身が震えていた。それをアンリが助け起こそうとしたところに、シャルル九世が拳についた血を肌着で拭き拭き戻ってきた。聞こえよがしの声で弟の耳に囁いたのは、次のような言葉だった。

「ああ、アンリ、おまえの恋人でもなくなったようだがな」

そう返されると、アンジュー公アンリの美貌が怒りに捕われ醜く歪んだ。いたぶる快感に憑《つ》かれた顔で、シャルル九世は続けた。

「俺は自分で手を引いたが、はん、おまえのほうは、どうやらギーズの奴に出し抜かれたようじゃないか」

「………」

「なるほど、合点がいった。それが悔しくて、デュ・ガストに探らせたというわけだな。はん、まんまと乗せられて、俺はおまえのかわりにマルゴを殴ってしまったというわけか」

兄弟は数秒の睨み合いを演じた。二人とも怒りに我を忘れた数秒でもあった。が、そうとなれば、かたわらの黒王妃も気づかないではいられないのだ。

「まさか……、まさか、シャルルだけじゃなく……」

「卑怯《ひきょう》だわ、アンリ兄さん」

鼻血を袖で拭い拭い、マルゴが叫んだ。もう兄さんとは寝ないといったからって、こんな風に乗りこんでくるなんて卑怯だわ。シャルル兄さんばかりか、母さまにまでいいつけるなんて、本当に卑劣だわ。

「私がどんな悪いことをしたっていうの。全部アンリ兄さんが教えたことじゃない」

「それを悪いといってるんじゃない。私が教えたように鐙に足をかけるのなら、きちんと馬も選べといっているのだよ」

そう突き放したアンジュー公は、明らかに兄の顔ではなかった。怒りと嫉妬に捕われながら、自分を裏切った女に向ける男の顔だ。

ああ、間違いない。それにしても、なんてこと……。ぶつぶつ口許で続けながら、黒王妃は立ち上がった。ふらふらと歩き出して、なにをするのかとみていると、そばまで寄って、まだ半身を起こしただけの娘を上から見下ろした。その次の瞬間だった。

「なんてことをしておくれだい」

黒王妃は平手打ちだった。なんてことをしておくれだい。アンリにまで、なんてことをしておくれだい。左右の腕を振り回し、娘の身体を滅茶苦茶に打ち据えたのみならず、泣きじゃくり、逃れようとするマルゴを追いかけ、その肌着に爪をかける。びりびりと破り捨てて、その素肌を無理矢理にも暴きながら、母親とも思われない罵倒の文句を娘に浴びせかける。汚らわしい淫売め。呪われたアンチ・キリストめ。

「どうしてだい。どうしてエリザベートが死んで、おまえのような娘が今も生きているんだい」

24 縁談は進めさせていただきますよ

どこもかしこも美しいマルゴだったが、髪の毛ばかりは黒く縮れていた。

本人も気にして、普段は金髪の鬘をかぶる。それこそ鬘を作るために、金髪の侍女を何人か常に侍《はべ》らせているほどだったが、今このときは黒髪の鬘こそ簡単に作れそうだった。

黒髪の長い抜け毛はS字を描いて波打つほどに、あたかも自前の意志を持つ動物として、大理石の床を這《は》い回るようだった。

あちらに流れ、こちらに渦巻き、ほとんど床をおおうくらいに抜け落ちていたのだが、実際のところは自前の意志を持つどころか、無理矢理に毟《むし》り取られたものである。

抜け毛の主であるマルゴはといえば、寝台に腰を落としていた。煉瓦色の瞼《まぶた》はふさがり、裂けた下唇は二倍に膨れ、左右の頬は殴られたときに特有の、時間がたつほど赤黒く腫れていく症状を示し、まさしく人相が一変していた。

ボロボロだ。肌着というより肌着だった布切れを胸に抱いて、いくらか自分の裸を隠していたが、いたるところ素肌に青痣《あおあざ》が浮かんでいるだけ、いっそう犯されたかの印象ばかりが強くなる。

あるいは折檻《せっかん》されたというべきか。泣きじゃくりながら、嗚咽に肩を大きく揺らし、それは大人の女としての自尊心など、欠片ほども感じさせない泣き方だった。なるほど先刻まで行われていたのは、少女でも加えられないような、あからさまな折檻だったのだ。

王女の生まれであれば、なおさらに覚えがない。それでも仕打ちを加えた相手が、王であり、王母であるなら、抵抗の仕様もない。

黒衣の膝を並べながら、罰したほうの母親も寝台に座していた。

こちらは極度の興奮から解放されたばかりの、虚ろな表情になっていた。ぼんやりとして目に力がなく、それでも手は娘の頭を撫でるように動いていた。ああ、髪が乱れてしまったね。ああ、みられたものじゃないね。どれ、私が直してあげるよ。

「それにしても、マルゴ、おまえときたら、本当になんてことだい」

まだ処女だ、などと思っていたわけではなかった。男が出入りしている噂は、もう数年前から聞こえてきていた。

もちろん結構な話だとは思わなかった。姉娘は二人とも処女のままで嫁いでいたし、それが本当だという点は譲るつもりはないのだが、さりとてマルゴが取り返しのつかない真似をしたとも考えていなかった。

マルゴもまた王女だからだ。王女の結婚とは、そういうものではないからだ。よほど悪い評判が立てられて、政治の駒としての価値が減じるのでないかぎり、多少のことは大目にみることができるのだ。

が、その政治の駒として、今こそ働いてもらいたいところでもあった。

スペイン王妃イサベル、つまりは嫁がせたエリザベート王女が亡くなっていた。

一五六八年十月三日のことで、妊娠中の太りすぎが原因だった。

つまりはフェリペ二世の子供を授かっていながらの、無念の早世だった。赤子まで死産に終わったと伝え聞いた黒王妃は、まさに断腸の思いだった。

政治的にも、大国スペインをフランスのために繋《つな》ぎ止める紐帯が失われた。

いや、失われてはならないと、黒王妃が長女を亡くした悲しみから立ち上がるや一番に、というより立ち上がるために一番に宣言したのが、フェリペ二世の後添えに妹娘のマルゴを据える新たな縁談だった。

これまで相手と目してきたスペインの王太子、ドン・カルロスが亡くなっていた。もう適齢期であり、男出入りがあるという悪い評判が立つより前に決めなければならないと、ちょうどマルゴの嫁ぎ先を探していたところだった。

ジャルナックの戦い、それにエリザベートの命日である十月三日にはモンコントゥールの戦いでもアンジュー公アンリが勝利しており、「カトリックの守護者」としての栄誉に恵まれていた。

であれば、スペイン王家との縁談こそ最高なのだ。フェリペ二世こそ最善なのだ。

「それが台無しだよ、もう……」

黒王妃は濡れた布を畳んで尖らせ、娘の唇の端にこびりついた血痕を拭っていた。溶かすようにしてから拭いさり、後に残る煉瓦色の痣を労わるように薬を擦りこみ、それこそフィレンツェ伝来の軟膏で自ら手当を施すのだが、その間も泣き事だけは途切れずに口をついた。

「自分の兄弟と寝たなんて……。シャルルばかりか、アンリとまで……」

「そんなことは問題じゃないでしょう」

シャルル九世が口を挟んだ。まだ肌着姿なので、毛だらけの脛《すね》で椅子に足を組みながら、悪びれる様子もなかった。興奮状態から抜け出すと、こちらは妙にすっきりしたような顔になり、その頬に冷笑さえ浮かべる余裕があった。

「ええ、違いますよ、母上。問題はマルゴがギーズ公アンリと寝たことだ」

「それも、そうだね。ええ、その通りです」

と、黒王妃は認めた。

懇ろに介抱されながら、そのことで今は甘えられると感じたのか、マルゴも俄かに顔を上げた。唇の腫れでうまくは喋れなかったが、意を伝えることくらいはできた。ギーズだけは遊びじゃない。あの方のことは愛しているの。あのアンリだけは本当に愛しているのよ。

「だから、母さま、わたくし、できれば……」

「お黙り、マルゴ。あんまり調子に乗るんじゃありません」

「でも……」

「ギーズ公と結婚だなんて、ありえません。そんな家臣筋と……」

「母上にとっては、はは、それも良いのではありませんか」

笑いを挟んで、今度のシャルル九世はからかうような口調だった。

「というのも、母上が御所望のカトリックですよ、ギーズ公だって」

傑作だ。よくよく考えてみれば、こんな傑作もないくらいだ。そうやって愉快げであるほどに、王は嫌味たらしかった。その笑い声に黒王妃は、じっと堪えているしかないというのだ。

これまた政治の転換と無関係ではなかった。専らアンジュー公アンリのためでなく、コンデ公の増長やら、プロテスタントの不忠やらが原因であるとしても、それまでの宥和政策を捨てたことは事実なのだ。王家の舵《かじ》が一気にカトリック寄りに切られたことは、誰の目にも明らかなのだ。

ギーズ一派の復帰も余波のひとつだった。

従前はコンデ公やコリニィらが幅を利かせていた宮廷を嫌っていた。カトリックの急先鋒をもって鳴る立場であれば、プロテスタントに囲まれては身の危険さえ感じなければならなかった。

それが王家の変節に救われたのだ。はっきりプロテスタントを敵視する空気に、愬ろに迎えられる格好になっていたのだ。

ギーズ公アンリは活躍の場さえ与えられていた。アンジュー公アンリが手にしたモンコントゥールの勝利には、新教軍がポワトゥー地方に足止めされていたことが大きかった。ポワティエの包囲を試み、これに手こずったからだった。その都市で籠城戦を展開していた指揮官こそ、若きギーズ公アンリに他ならなかったのだ。

「はは、はは、だから母上、悪くないのではないですか。カトリック、カトリックと唱えたあげくに、はは、マルゴが焦がれた相手が、ひひ、ギーズ公アンリなわけですから」

笑い続けるシャルル九世は、苦しそうに腹まで抱えた。ええ、よいのではないですか。ははは、この浮気なマルゴが今度こそ本気の恋だといっていることですし、ひひ、ギーズ家に嫁がせてやるというのも。

「はは、ひひ、本当に傑作だが、それはそれとして、さて、そろそろ」

いきなり笑いを切り捨てると、シャルル九世は欠伸《あくび》しながら立ち上がった。そのまま足を踏み出して、部屋を出ていくようだった。

黒王妃のほうは、このまま出すわけにはいかないという内心を、声の鋭さに表わした。

「陛下、どちらへ」

「どちらもなにも、部屋で寝なおすに決まっています。ええ、私も恋人のところに戻るのです」

「マリー・トゥーシェのところに……。そうですか」

「ええ、そうです。なにも悪いことではありますまい。母上の気に入りのアンリだって、今日は恋人と一緒なわけですからな」

「恋人といったって、マルゴは……」

「マルゴのことじゃありませんよ」

「だって、他に恋人なんて……」

「デュ・ガストのことです」

「どういう冗談です。デュ・ガストは男ですよ」

「それでも、なんですよ、母上」

そう暴いたとき、シャルル九世はパンと大きく手を叩いた。またしても愉快げな、いや、前の比ではないくらいに愉快げな顔だった。

アンリのほうは、きつく兄を睨んでいた。上品な髭ごと口許は笑みに歪めながら、それでも斬りつけるような眼光は隠そうともしていない。それを受け止め、シャルル九世のほうは弟の神経を逆撫でできるからこそ愉快といわんばかりなのだ。

「はは、はは、ギーズ公アンリにマルゴを取られてからというもの、どうやら女より男のほうがよくなったとみえますな」

「本当なのですか」

黒王妃はといえば、元から丸い目玉を見開き、もっと丸くすることで、心からの驚きを表現していた。

アンジュー公アンリは、母親に向けては曖昧な仕種で肩を竦めただけだった。が、否定しないというだけで、もう認めたも同然だった。

「なんてこと、なんてこと」

早口で二度続けると、あとの黒王妃はほとんど音にもならない甲高い声で悲鳴を上げた。

男同士の姦通は大罪である。わけてもカトリックの教義においては、呪わしいとまで唾棄される行為である。それをアンリが……。私のアンリが……。

「カトリックの守護者になれたものを……」

「ええ、男色家となると、それは難しそうですな。カトリック一辺倒も、ここで破綻を来してしまったことになりますな」

「わかりませんよ、兄上。カトリックの高僧といえば昔から男色家だ。なんといっても修行の場所の修道院が、男の世界と来るわけですからな」

アンジュー公アンリは茶化したような口ぶりだった。が、そうして口を返されただけで、もうシャルル九世は顔色を変えた。

目にみえて不機嫌になりながら、最後は吐き捨てるようだった。ああ、いずれにせよ、カトリックは好きになれそうにないな。

「やはりプロテスタントと和睦する」

一方的に告げると、今度こそシャルル九世は部屋を出ようとした。黒王妃はハッとしたような顔になると、その背中に言葉をぶつけた。

「陛下の縁談は進めさせていただきますよ」

戸口のところで、王は横顔だけで受けた。

「私の縁談というと……」

「お相手は神聖ローマ皇帝の御令嬢エリザベート様です。もちろんカトリックです」

好きになれないといったのに。そう呟いてから、シャルル九世は大きく返した。

「その前に女で間違いないのでしょうな。私に男色の趣味はありませんからな」

本当に男でないか、そこのところ一番に確かめていただきたい。それきりで、あとは嫌味な高笑いが遠ざかるばかりだった。

黒王妃カトリーヌはマルゴの介抱に戻った。手は動いていたが、心ここにあらずという体は否めなかった。

その隙に乗じるようにして、アンジュー公アンリも部屋を辞そうとした。

恐らくは出ていく王に許されたのだろう。戸口の番をしていたデュ・ガストが戻り、ちょうど主人と鉢合わせだった。指を絡め、そのまま手をつないでしまうと、こちらも目だけで二言三言の会話を済まし、あとは逃げるような急ぎ足だった。

その様子も黒王妃は目尻に捉えた。ですから、アンリ、あなたも待ちなさい。

「あなたの結婚も進めますよ」

「私の結婚？　ほう。で、相手は誰でしょう」

「イングランドのエリザベス女王です」

「ええ!?」

　アンジュー公アンリはその美貌を、拗ね子のように歪めてみせた。

あけすけに嫌な顔も、無理もない話ではあった。なにせ有名な「処女王」は、だから
といって絶世の美女でなく、それどころか三十六歳の大年増《おおどしま》なのだ。まだ十八歳のアン
リにすれば、喜ばしい相手ではありえない。

が、そうとはいえない。

「母上、エリザベスはプロテスタントではないですか」

「構いません。フランス王家は宥和政策を取ります。それがシャルル陛下のご意向です
し、それに、こうとなっては仕方ありません」

　縮れた黒髪を指先で梳《す》くようにして撫でながら、黒王妃は娘にも向きなおった。

「マルゴ、あなたの縁談も進めます」

「ギーズ公アンリと？」

「ばか、違いますよ。あれはカトリックではないですか」

「カトリックの何が悪いというのです」

「良いとか、悪いとかじゃありません。これは政治の話なのです」

「………」

「おまえの相手はプロテスタントです。あちらの新世代の旗手、ナヴァール王アンリ・ドゥ・ブルボンにします」

「………」

「ええ、そうです。プロテスタントと和解するしかないようです」

腫れた眉尻に強く湿布を当てることで、黒王妃はわざと娘に痛いと呻かせてやった。

25 ✦ 父上の話を、なんと

「もはや一刻の猶予もなりませんぞ」

一五七二年六月二十六日、ルーヴル宮で持たれた国王顧問会議において、声を大きく響かせたのは、ガスパール・ドゥ・シャティヨン・コリニィ提督だった。

コリニィ提督は新教派の指導者である。コンデ公ルイ・ドゥ・ブルボン亡きあと、唯一の指導者であるといってよい。

その新教派と和平がなっていた。一五七〇年八月八日のサン・ジェルマン・アン・レイ勅令において、プロテスタントにラ・ロシェル、モントーバン、ラ・シャリテ、コニャックという四安全地帯が認められてのことだった。

ラ・ロシェルに籠城していたコリニィも、一五七一年九月十二日にはブロワ参内を果たし、それを機に宮廷に復帰した。以来フランス王家が移動するたび同道して、パリで顧問会議が開かれれば、発言を遠慮する素ぶりもない。

「ええ、モンスでは今日も戦いが行われております。スペイン軍を向こうに回して、激戦が繰り広げられているのです。これにフランス王が派兵せずして、ぜんたい誰が派兵するというのか」

コリニィが主張していたのは戦争だった。

スペイン軍に包囲されたモンスに救援の軍を送るべきか否か。それが顧問会議の議題だったが、そのモンスというのは国境を越えた低地地方《ペイ・バ》の都市である。

ネーデルラント問題は続いていた。スペインの支配に反旗を翻した反乱は、一五六六年の勃発から六年を経過して、未だ決着をみていなかった。あるいは膠着状態に陥っていたというべきかもしれないが、その事態が今春になって一気に動いた。

海に逃れていた反乱軍、「海の乞食団《ゼー・ゴイセン》」とも呼ばれる艦隊が四月一日、ホラント地方のデン・ブリレ、すなわちマース河口の港町を急襲、その占拠に成功したのだ。

ユトレヒトの反乱鎮圧に出動して、スペイン軍の守備隊は留守にしていた。まさしく敵の虚を突いた成功は、次なる成功を招いた。

反乱軍はフレッシンゲン、アルヌミュイド、フェーレ、エンクホイゼンと制圧していき、アムステルダムを除くホラント全域、ゼーラント、フリースラント、ヘルデルラントまでが、反乱軍の指導者オラニエ公ウィレムに従う展開となったのだ。

勢いづいた反乱軍は、ベルギー地方に進軍した。オラニエ公の弟、ナッサウ伯ルートヴィッヒの軍勢がヴァランシエンヌを制圧、五月二十四日にはモンスまで攻略した。

ここでスペイン軍の反攻が始まった。四日後にはヴァランシエンヌを奪還し、すぐさまモンスの包囲に着手したのだ。

ナッサウ伯は籠城を余儀なくされた。これに救いの手を差し伸べるべきか否かと、かくてフランス王の顧問会議では、モンス派兵の是非が論じられることになったのである。

「まあ、大変なのはわかりますけれど、それって、フランスには関係ないのじゃありませんか」

受けたのが、アンジュー公アンリだった。白い指先で真珠の首飾りを房にしていじりながら、なよなよした感じで斜めに座る姿勢からして、その日も捕らえどころのない印象だった。

コリニィ提督は、もちろん引き下がらない。いや、王弟殿下、フランスに関係なくはありませんぞ。

「ナッサウ伯が約束してくれました。派兵の見返りとして、フランスにフランドルとアルトワを割譲すると」

「いずれも、スペイン領ですよ。ナッサウ伯だろうと、その兄のオラニエ公だろうと、ネーデルラントの主ではない。それどころか、ただの叛徒の親玉にすぎないわけですから、それを信用しろといわれても、ねえ」

アンジュー公に返されて、コリニィ提督はムッとした顔になった。「叛徒」という言葉が、癇に障ったということだろう。数年前までフランスでそう呼ばれていたのは自分であり、あてつけかと腹を立てたのだろう。

それでも齢五十を数える男は、かろうじて自分を抑える術を持っていた。いち、に、さんと数えられるほど長く息を吐き出すと、それから理屈を述べにかかった。

「だから、ナッサウ家の兄弟をネーデルラントの主にしようというのです。スペイン人をネーデルラントの地から放逐しようというのです。それを実現するために、志願のフランス兵はすでに一万人からが国境を越えています。だのに王弟殿下は、なおフランスには関係ない話と仰られるか」

「はは、ぜんぜん関係ありませんよ」

そう答えて、アンジュー公アンリの軽みも、そろそろ傲岸な風になる。

「だって、それってユグノーのことでしょう」

「………」

「新教派の大義はあるかもしれませんが、それはフランスの大義じゃありません」

「なんたる……、なんたる……」

口籠る提督は、今度こそ抑えがたい怒りに打ち震えた。

とはいえ、あえて突き放すなら、それくらい、はじめからわかっていた話である。フランスの大義ではない。新教派の大義でしかない。重々承知したうえで顧問会議にかけ、なおコリニィの声は大きかったのだ。

「フランスに関係ないわけではない。なぜなら、朕は派兵の意向である」

発言したのは、主座のフランス王シャルル九世だった。

十歳で即位した少年王も、すでに二十二歳、ことさら断言するような口調を用いられると、言葉にも相応の重みを帯びた。

なるほど、マリー・トゥーシェとの私生活に加えて、一五七〇年十一月にはオーストリアの皇女エリザベートとも、正式に結婚していた。名実ともに独身でなくなり、しかも子供まで生まれ、もはや何重の意味でも大人なのである。

シャルル九世は続けた。というより、これは朕が始めた戦争といってよい。

「ラ・ヌーに軍勢を預け、ナッサウ伯と一緒にモンスに送り出したのは誰でもない、この朕なのである」

ラ・ヌーというのは「鉄腕《ブラ・フエール》」の異名で知られる新教軍の将軍である。コリニィは「一万人の志願兵」と言葉にしたが、その実質は先年まで内乱を戦った新教軍なのである。

それをフランス王シャルル九世が、ネーデルラントに派遣したという。

「フランス王たる朕が始めた戦争ならば、フランスに無関係ではありえない」

顧問会議に衝撃が走っていた。といって、シャルル九世の意欲にしても、昨日今日に始まるものではなかった。

昨年七月十一日には、御忍びで訪れたナッサウ伯をリュミニー城に迎えて、派兵の要請を懇ろに受けている。そのためにガレー艦隊司令ラ・ガルド男爵に命じて、マルセイユでは戦艦百艘の新造を進めさせ、ボルドーやナントでも、商船を戦艦に改造させていた。アンジュー公アンリの軍事的成功に嫉妬しながら、王は何より戦争を欲していたのだ。

　そこにコリニィが帰ってきた。ネーデルラント介入を後押しする言動に及べば、たちまちシャルル九世に取り立てられるのは必定だった。

内乱で受けた損害の賠償金として十万リーヴル、故シャティヨン枢機卿が遺《のこ》した大修道院長聖職禄分二万リーヴルを与えられ、じき大元帥に抜擢されるだろうと、専らの噂になってもいる。

「恐れながら、陛下」

　受けたのは、国璽尚書モルヴィリエだった。アンジュー公の仰ることにも一理あるかと。

「ええ、この戦争にはフランスにとっての得がありません。それどころか、壊滅的な打撃さえ負いかねません。フランス軍がネーデルラント問題に介入すれば、スペインと、それにオーストリアまで敵に回してしまうわけですから」

「イングランドだって、あてになりませんよ。エリザベスおばさんに、フラれてしまいましたからね、私は」

　当の王弟も続いた。事実としては、アンジュー公アンリのほうが頑として拒絶したのだが、いずれにせよ外交の要と目されていた縁談が破談に終わった件を冗談にされて、笑う者などいなかった。そのせいでイングランドが敵方に回りかねないという事態となると、まさしく洒落にならなかったからだ。

王弟を戦場で補佐して以来、懐刀の観のあるタヴァンヌ元帥が続いた。

「敵国の恐ろしさもさることながら、フランス軍も決して褒められた状態ではありません。褒められないといえば、ネーデルラントの諸都市のほうも褒められません。スペイン軍の攻撃に耐えられるほどの要塞は、ひとつも備えていないものと思われるのです」

「軍を立て直すにしろ、諸都市の要塞化を進めるにしろ、先立つものが必要ということになりますが、フランスは先年まで内乱に見舞われておりましたから、国庫とて大赤字の状態でございます」

「そのへん、国璽尚書殿にいわれるまでもなく、兄上だって御存じのはずだ。どう考えても、無理でしょう、戦争なんて」

アンジュー公アンリがまとめた。兄王に対抗意識を抱かないではない王弟の指摘は措くとしても、臣下までが反対意見を述べて、遠慮というものがない。

そのはずで、顧問会議には王の意志さえ塗りつぶす大きな影が差していた。王母カトリーヌ・ドゥ・メディシスも、顧問の資格で一席を与えられていた。

発言はなかったが、その意向は明らかだった。

ネーデルラント問題に介入するなど、言語道断である。スペインを相手に戦争などできるわけがない。かの大国は昨年十月にはレパントの海戦に勝利を収め、東方のオスマン・トルコ帝国さえ退けているのだ。フェリペ二世は文字通り、四海に敵なしの勢いなのだ。

それでもシャルル九世とコリニィ提督に、引き下がる様子はない。こうまで説かれて、なお道理がわからないならばという感じで、黒王妃は遂に自らの言葉を発した。

「新旧両派の宥和政策は、どうなさるおつもりです。王家の施政方針については、コリニィ殿、あなたが誰より理解しているのではありませんか」

「どういう意味です」

「宥和のためと、娘の結婚に尽力してくれたのは、あなたではありませんか」

マルゴ王女の結婚が決まっていた。予定通り、相手はナヴァール王アンリ・ドゥ・ブルボンだった。

新教派の次代を担う若者であれば、先方にはコリニィに話を持ちこんでもらうしかなかった。ナヴァール女王ジャンヌ・ダルブレという母親が、狂信的な信仰で知られた人物であれば、縁談は新教派の大物を通じてしか進められないのだ。

王のコリニィ寵遇《ちょうぐう》、それも些か度を越した寵遇を許してきたのも、黒王妃にしてみれば、この結婚を決めてもらわなければならないという弱みあっての話だった。

カトリックの守護に転じた王家の王女マルゴと、プロテスタントを奉じてきた親王ブルボン家の若き当主アンリとの結婚は、フランスにおける新旧宥和を象徴する記念碑的な快挙になるはずだった。その縁談は是が非でも達成されなければならない。どんな犠牲を払ってでも、成功させなければならない。

「改めて問われなくとも、提督閣下にはおわかりのはずです。マルゴとアンリの縁談は、非常に困難な仕事でした。カトリックを立てればプロテスタントが立たずで、その調整を図り、妥協点を見出すのが、まさに至難の業だったのです」

「それは、ええ、確かに王母陛下の仰る通りでした」

「ならば、コニリィ殿、どうして弁えられないのです。新旧の両派は精妙な均衡においてしか共存しえない。どちらに秤《はかり》の針が振れても、宥和は御破算になってしまう」

「恐れながら、意味がわかりかねますが……」

「ネーデルラント問題は均衡を崩すといっているのです。新教の大義ばかりに従えば、旧教は不満を覚えてしまうのです」

黒王妃に続くのは、もちろんアンジュー公アンリである。

「つまり、万が一スペインに勝てたところで、フランスは自滅するだけなのです。ユグノーの好きに引き回されては、今度はカトリックが王家に反乱を起こすのです」

「とは限りませんぞ。ええ、そんなことはさせない。このコリニィが……」

「ユグノーの力が危険なほど強大になりかねません。プロテスタントを善意で導いてくれる者がいるうちは、それでもよいかもしれない。しかし、指導者が死んだり、交替したりすれば、それも保証の限りではなくなる」

「だから、はじめから均衡を崩すべきではないのです。ユグノーの力ばかりを大きくするべきではないのです」

モルヴィリエとタヴァンヌまでが、再び後に続いていた。またコリニィは憤懣の余り口籠り、となればシャルル九世は八方ふさがりである。

結局は折れるしかない——それがシャルル九世の常だった。

かねてネーデルラント問題に意欲的で、オラニエ公やナッサウ伯と親交を取り結び、支援の約束を与え、あるいは軍資金を送り、兵を派することまでしても、それが悪戯の範囲を超えるや、たちまち母親の手で掣肘される。弟に嫉妬しながら、弟を贔屓する母親に反抗を試みたところで、とことん我を通すほどの気概はない。自分の限界は決して壊すことができない。

が、だからこそのコリニィ寵遇でもあった。

「父上の話を、なんと聞いていた」

と、シャルル九世は吠えた。コリニィの父上が会議のはじめで申したことを忘れたのか。モンス派兵は王家の宥和政策と矛盾するものではない。むしろ宥和政策を補強するためのものだ。フランス人はガリア人と呼ばれていた時代から、無類の喧嘩好きであり、戦争好きなのだ。戦いなくば、また内乱を起こしてでも、戦いを求めるに違いない。その最悪の事態を避けるためには、フランス人の戦闘意欲を外国に向けることが必要なのだ。

「新旧両派が一丸となれるからこそ、スペインと戦わなければならないのだ」

のだ、のだ、のだ、と王の言葉の語尾を反響させるまま、顧問会議は凍りついた。

内乱を未然に防ぐために、新旧両派の戦意を外に逸らす。そうした理屈に感銘を受けたわけではない。一同が受けた衝撃は、シャルル九世が提督を「父上」と呼んだことだった。母親には、かなわない。ひとりでは、決して打ち勝つことができない。だから自分の味方をしてくれる父親を持てばよいと、それがシャルル九世の思いつきのようだった。

のさばらせるのじゃなかった――。

もちろん、コリニィの話です。

いいえ、宮廷に呼ばないわけにはいきませんでした。けれど、シャルルがあれほど傾倒してしまうなんて……。なにをするにも、コリニィ、コリニィになってしまうなんて……。

母子家庭ですからね。もともと父親的な存在には飢えていて、うちの子供たちは幼い頃にも、コリニィ、コリニィになったことがありました。けれど、いい加減に大人ですからね。アンリなんかは提督のことなど、見向きもしなくなっているわけですからね。

シャルルにすれば、当てつけの意味もあるのでしょう。アンリばかり可愛がってと、そうした責めなら、私も甘んじて受けたいと思います。ただ、ね。

わかってほしいのは、私のほうに出しゃばるつもりなんかは、毛頭ないということなんです。国の統治なり、外国とのつきあいなり、あるいは私生活なりを、息子が息子の意志で決めたいというのなら、それはそれで全然構わないのです。

許せないのは、シャルルが騙されてしまうことです。

ええ、本当に献身的な寵臣なんか、滅多にいるものじゃありませんよ。コリニィは父親じゃないんです。父親がわりでもありえません。自分のことしか考えない男ですからね。そのために王の権威と権力を利用することしか頭にないんですからね。

ああ、嫌だ。本当に嫌になってしまいます。

いかにも尊大な感じがして、あの髭面からして目を背けずにはいられません。ひとを脅すような喋り方となると、いよいよ虫唾《むしず》が走ります。血は争えないというか、さすがは叔父と甥だというか、コリニィはそっくりになってきたのです。

誰に似ているかといって、あのモンモランシーに、そっくり。

今またコリニィにスペインと戦うなんていわれると、ぞっと背中に寒いものが走ります。モンモランシーが招いた惨劇が、昨日のことのように思い出されてくるからです。

そういえばコリニィだって、あの現場におりました。敗軍の将のひとりでした。ええ、ええ、サン・カンタンの戦いはフランスの歴史に残るくらいの大敗だったのです。

一五五六年二月のヴォーセルの和については、話したことがありますね。モンモランシーが保身のために、ほぼ独断で結んでしまった和平のことです。本当に何にもなりゃしない。お互い機が熟して結んだ条約じゃありませんから、すぐ破られてしまいました。

それこそ同じ年の九月には、また戦争になったくらいです。ナポリ王国で副王を務めていたアルバ公が、ローマ教皇領に侵攻したとなれば、フランス王が派兵せずにはいられなくなるわけです。ギーズ公フランソワが国王総代官としてイタリア方面軍を率い、もう一五五七年一月にはミラノを落としてしまいました。引き続き軍の主力がロンバルディアを押さえ、ストロッツィがローマ教皇領の守備を固め、モンリュックがトスカーナに侵攻しと、結局はヴォーセルの和で中断させられた戦争を、そっくり再開させることになったのです。

時を同じくして、北でも戦端が開かれました。サヴォイア公エマヌエーレ・フィリベルトに六万のスペイン軍が預けられ、これがネーデルラント国境から侵攻したのです。

とすると、戦端など開くべきではなかったかもしれませんね。少なくとも、こちらでは休戦を守るべきでした。というのも、総大将がモンモランシー大元帥だったからです。あの無能な男をおいて、他にいなかったというのです。いや、仮に有能な人材がいても、「国王の父親がわり」を自任する高慢な男が、指揮棒を余人に譲るわけがないのです。

あげくが八月十日、聖ラウレンチウスの祝日に迎えた、サン・カンタンの戦いでした。

サン・カンタンは北東フランスの要衝ですが、その守備に当たっていた総督というのが、これまたコリニィだったという組み合わせです。

もう雲行きが怪しい感じがありますね。実際のところ、ひどいものでした。スペイン軍がサン・カンタンを包囲すると、籠城のコリニィを助けようと、モンモランシーは自ら軍を率いました。河に囲まれた都市ですので、船を利用したようなのですが、そうしてグズグズしている間に、敵に背後を取られてしまったというのです。戦闘になりましたが、モンモランシーに起死回生の秘策があるはずもありません。結果が死者三千人、負傷者五千人、捕虜六千人という大敗です。

籠城の指揮官コリニィが無駄飯食らいと戦場に放り出したサン・カンタンの住民、八千人を別に勘定したうえでの数字で、これだけの損害なのです。

死者のなかには、ブルボン家のアンギャン公から、モンモランシーの娘婿テュレンヌ子爵までが含まれていました。モンモランシー自身も四番目の息子と一緒に捕虜に取られ、さらにサン・タンドレ元帥、モンパンシエ公、ロングヴィル公、ラ・ロシュフコー、ヴィラール、ゴントーと連行されてしまいました。

八月の末には籠城のコリニィも力尽き、サン・カンタン自体も陥落してしまいましたから、もう本当の完敗です。いつ終わるとも知れない勢いで、略奪、強姦、殺戮《さつりく》が横行し、視察のフェリペ二世自身が嘔吐《おうと》したと伝えられますから、まさに地獄絵になったのです。

スペイン軍の死傷者は、たったの八十八人だったといいますから、全体なにをしていたんだろうと、今思い出しても歯がゆくなってしまいます。

だから、戦争なんか、やらせちゃ駄目なんですよ。

モンモランシーにやらせるべきではなかったのと同じに、コリニィにもやらせてはいけません。「父親がわり」として主君の歓心を買うなんて、土台が無能の証拠なんです。将軍として秀でることができるのなら、そんな姑息な真似なんかしなくて済むわけなんです。

話を一五五七年に戻しますと、サン・カンタンの敗戦が報じられたとき、私はパリにおりました。夫のアンリ二世は前線基地としたコンピエーニュにいて、ほどなく秘書官を遣わせてきました。

反撃を断念すれば、フランスは破滅だ。今すぐ一万人の兵士を徴募したい。軍資金の援助をパリに頼んでほしい。そう伝えられて、すぐさま私も動きました。

とはいえ、簡単な話ではありませんね。要は金の無心ですから、普通に考えても、あっさり容れられるわけがありません。

わけても、サン・カンタンの大敗が伝えられた直後ですからね。

地図でみますと、パリからはいくらか離れている観もありますが、隔てるのは平らな土地ばかりですから、実際の感覚ではあと数歩の距離でしかないんです。つまりは恐るべきスペイン軍が明後日にパリを包囲したとしても、なんら不思議でないと、それくらいの危機だったんです。

パリは荷車の大渋滞になっていました。積めるだけの家財を積んで、さあ、大急ぎで避難しろというわけです。スペイン軍の略奪にさらされるのだから、一フランでも多く持ち出すんだと、大袈裟でなく血眼になっていたのです。

そのパリジャンを捕まえて、さあ、金を出せとやるわけですから、これは、もう、簡単にいくわけがありません。

忘れもしない、八月十三日のことでした。

私はパリ市の議事堂──今もセーヌ河岸のグレーヴ広場にありますね、市政庁の一角に設けられている建物ですが、その議事堂に自ら足を運びました。

王妹マルグリット様にも同道していただきました。宮廷の女官たちも引き連れました。女ばかり一列に並んで、皆で着たのが喪服だったものです。

真夏ですから、やはり暑い一日でした。

黒など着たら、しんどくて、かないません。それでも私たちは、わざわざ喪服をつけたのです。まるで葬式にでも参列しに向かうように、大騒ぎのパリを粛々として抜けたのです。

私なりの危機意識の表現でした。夫も含めて、そのへんフランスの王侯は下手だと申しますか、逆に虚勢を張り続けることが肝だと勘違いしているところがあるんですね。けれど、庶民感情からすると、その無神経こそ許せないというか。それじゃあ、ことの重大さもわかっていない連中に協力するだけ、金をドブに捨てるようなものだと、態度を頑なにさせるばかりです。

こちらも追い詰められています。あなた方に断られたら、私たちにしても破滅なのです。そうやって素直に弱味をみせ、共感に訴えるというのが、イタリア流といいますか、都市国家フィレンツェで大衆の人気を鷲《わし》づかみに台頭したメディチ流といいますか、とにかく私なりの流儀でした。

いざ言葉を並べるに際しても、上からでなく、といって媚びるように下からでもなくて、あくまで対等の話し方が大切になります。

率直に、誠実に、なおかつ毅然とした態度で、それこそ一語一語に注意しながら、私は実質的なパリ市長であるパリ商人頭はじめ、市政の御歴々を前に、切々と訴えたものなのです。

「ええ、フランス軍は敗北しました。スペイン軍の脅威を凌がなければなりません。しかしながら、フランスの田園は、すっかり荒らされてしまいました。もう負担は求められません。よって、私たちはどこより先に王都パリに助けを乞うことにいたしました」

と、こんな感じです。

フランスの王侯だったら、そのほうら、喜ぶがよい、王家のためになれるという大変な栄誉を与えることにした、明日までに三十万フランを用意せよ、くらいの大言を吐いたでしょうね。いえ、不必要に遜《へりくだ》ることはありませんが、相手の自尊心をくすぐることも大切なんです。

それに話を具体的にすることも重要ですね。

「スペイン軍を止め、また復讐の戦いを演じるためには、少なくとも一万の歩兵を集めなくてはなりません。それを三ヵ月雇うとしますと、三十万フランが必要になります。その三十万フランをパリの皆さんに出していただきたく思うのです」

交渉は大成功でした。そのまま議事堂でパリ市全域に対する課税が決議され、三十万フランですから金貨にして百五十万枚が、もう数日内に用意されました。

市議会議員の百人など、その場で三千フランを用立てたくらいでした。議員といえば金持ちですが、富裕の層が応じれば、貧しい下々だって嫌とはいえなくなるものです。これでスペイン軍を止められると思えば、荷車を引いて逃げるより、かえって安上がりなわけですしね。

それはさておき、パリが臨時課税を容れると、他の都市も全て同じに倣うというのが、フランスの習わしです。王家の役人たちは、直後から割当額の算定に取りかかり、弾き出され次第に各市に通達しました。

軍資金が速やかに集まったので、九月には全部で六万の兵を新たに用意することができました。

夫のアンリ二世はといえば、イタリアのギーズ公に引き上げ命令を出していました。軍勢ともども、もう十月には帰国を果たしましたから、こちらを合わせますと、強大なスペイン軍を向こうに回して、もう少しも遜色ありません。

逆転劇の始まりでした。フランス軍は連戦連勝、一五五八年の一月八日にはカレーの奪還に成功しました。フランス北岸の港町ですが、これが中世の百年戦争で取られたきり、ずっとイングランド領になっていたのです。

二百年ぶりに取り返すという快挙は、サン・カンタンの汚点を消して余りあったといえましょうね。ちなみにカレーが標的になったというのは、当時のイングランド女王メアリー・テューダーが、スペイン王フェリペ二世の妃だったからです。

いずれにせよ、大成功でした。ええ、パリとの交渉に成功したのが、その起点となったのだと、胸を張りたい気分はあります。ただ、その秘訣《ひけつ》というのは、私が考えていたように、イタリア流とかメディチ流のおかげだったかといえば、必ずしもそうではなかったようです。

現にパリでは別に評されましたからね。ええ、こんな風にです。

「あのとき金の無心に来たのが、あの淫売女《ピュタン》だったら、まるで別な結末になったろうぜ」

説明の必要はありませんね。「淫売女」というのは、ディアーヌ・ドゥ・ポワティエのことです。

正直いいますと、ね。あの女のことなんか、もう頭の外でした。再び摂政を任され、でなくともフランスの王妃は他にいないわけですから、もう自分がやるしかないと、私としては無我夢中だったわけです。

けれど、いわれてみれば、そうですね。事実上の王妃だなんて、増長してきた女も確かにおりましたね。

それをパリの庶民は忘れないでいたというわけです。いや、下々というのは記憶力に優れるというか、あるいは心優しいというべきなのかもしれませんが、とにかく、よく覚えていてくれるものです。

ただ、その下々でさえ、物の見方は宮廷にいる私たちと、それほど変わらなかったわけです。つまり、ディアーヌ・ドゥ・ポワティエなんか役立たずなんだと。あの高慢ちきな女は、とっくに用なしになっているんだと。

実際のところ、ディアーヌ・ドゥ・ポワティエに何ができたわけでもなかったでしょう。サン・カンタンほどの国難に、寵姫ごときの出る幕などありませんし、それが本当に事実上の王妃なんだとしても、誰も相手にしなかったはずなのです。

仕方ありませんね。ええ、ディアーヌ・ドゥ・ポワティエは自分のことしか頭にないからです。ごくごく当たり前のこととして、夫王アンリ二世のためを考え、その王国であるフランスのためを考えとできるのは、それが目立たず、地味で、あるいは不細工だったとしても、正しい王妃ひとりきりなのです。

といって、私とてディアーヌ・ドゥ・ポワティエのことは、簡単に片づけられるとは思っていませんでした。

なにしろ蛇のように執念深い女ですからね。放逐しようと試みれば、それこそ凄まじいばかりの抵抗を示すに違いありませんでしたからね。身のほどを弁えて、殊勝に振る舞うというような美徳から、これほど遠い人間もいないわけですしね。

身のほど知らずといえば、モンモランシーのことも放念できません。

大元帥はフランスが戦勝に沸く間も、捕虜としてヘントに幽閉されていました。けれど、本当に大人しくしていることがない男なんです。

敗残の将だからと小さくなることさえありません。それどころか、国父なんだ、全権代表なんだと、またしても勝手に講和を結んでしまうわけなんです。

一五五九年四月三日に結ばれた、カトー・カンブレジ条約のことです。

ヴォーセルの和の再現といいますか、改めて断るまでもなく、馬鹿な条約です。だというのに、またしてもアンリ二世は、それを容れてしまったのです。

イタリアの夢も破れてしまいました。ピエモンテにいくつか要塞を保持する他は、すっかり手を引かなくてはならなくなったのです。

メス、トゥール、ヴェルダンの三司教領はじめ、北部の戦果は確保できましたから、それで重畳ではないかとの声もありましたが、やはり私としては納得できませんでした。一度ならず二度までも勝手を働かれたわけですから、悔しくて、悔しくて、もうどうすることもできなかったほどです。

「そんな条約を、どうして結ばなくてはならないのです。モンモランシーなどのいうことを、どうして聞かなくてはならないのです」

そうやって、アンリ二世にも食い下がりました。夫の決めたことに逆らう、あるいは意見することさえ、このときが初めてのことでした。

「うるさい。もう決めたことだ。仕方なかろう」

そうやって夫に怒鳴られることも、同じように初めてでした。気難しいところはあっても、根は優しいひとでしたので、びっくりはしました。けれど、そうした夫を責めようとも、責められるとも思いませんでした。

アンリとしては、もう怒鳴るしかなかったんでしょうね。というのも、とことん使えない男なんだと、うまく利用されるばかりなんだと、モンモランシーのことは、いい加減に見限れたはずなんです。

それを今度も容れてしまった。やはり逆らうことができなかった。長年の習慣からか、あるいは心の弱さからか、またもモンモランシーのいいなりになってしまった。そんな自分が悔しいやら、情けないやらで、アンリ自身が平静でいられなかったはずなのです。

それを一番の理解者であるべき妻に詰《なじ》られるのでは、もう怒鳴るしかありませんね。

ますますみっともないけれど、それを正論でやっつけてしまうんじゃあ、それこそ可哀相なことになります。ええ、夫の気持ちは手に取るようにわかりましたから、私としてはあきらめるしかありませんでした。

バッと踵を返して、私は部屋を出ました。してみますと、私の部屋まで追いかけてきたのが、なんたることか、ディアーヌ・ドゥ・ポワティエだったのです。

「大丈夫ですか、王妃さま」

なんて、そのときも宥めるような口ぶりでした。この鉄面皮な女が十八番にしてきた、例の友達面です。親切ごかした態度の裏側には、そうした心の余裕を許すだけの悪意が隠されていることも、経験からわかっていました。

ええ、私はピンと来ました。この女なんだと。夫王を捕まえて、モンモランシーの馬鹿な講和を容れろ容れろと、後押ししていたんだと。まだまだ自分の天下は続くのだと、そのことを誇示するためだけに、フランスの国益も、アンリの傷心すら無視して捨てて、平気で全てを捻《ね》じ曲げてしまったんだと。

なるだけ昂らず、なるだけ平らな声で、私は答えてやりました。

「なんでもありません」

「けれど、涙まで流されて」

「それは本を読んでいたせいです。読んでいるうち、悔しくなってきたのです」

「まあ、どんな本ですの」

「フランスの歴史の本です。なんたることか、この王国では淫売女《ピュタン》が、しばしば王の仕事に口を出してきたのですね」

「………」

ディアーヌは絶句しました。私のほうとて、取り繕う言葉は足しませんでした。ええ、そうです。宣戦布告でした。

26 ✦ イタリアの女ですものね

六月二十六日、国王顧問会議は賛成多数でモンス派兵を否決した。

コリニィは不満顔を隠そうともしなかった。

「いや、決定に逆らうつもりはありません。ただ小生はオラニエ公に援助を約束しております。友や一族郎党を動員し、また必要とあらば小生自身が出征することを、よもや陛下は御咎めになりますまいな」

「待たれよ、父上、しばし待たれよ」

脅すような捨て台詞《ぜりふ》まで吐かれながら、シャルル九世は退室する寵臣を追いかけた。

実際のところ、ほどなくして四千の兵団が、モンスに向けて出発した。コリニィ提督の命令でジャンリスとブリクモールが指揮官の任に着き、軍資金はシャルル九世の支払いだったとされる。

成り行きによっては、大事に発展しかねなかった。が、もう七月十七日にはキエヴランの戦いでスペイン軍に一蹴されて、これも挿話の程度で終息している。

「一件落着と思いきや……」

大慌ての顚末を思い出すほどに、黒王妃カトリーヌは溜め息を吐かずにいられなかった。コリニィは思いのほかに執拗だったからだ。ほんの僅かな隙も見逃さなかったからだ。

マルゴとナヴァール王アンリ・ドゥ・ブルボンの結婚の日取りが、八月十八日に決まっていた。招待客のひとりがカトリーヌ・ドゥ・メディシスの次女で、マルゴの姉にあたるロレーヌ公妃クロードだったが、このクロードが途上のシャロンで足止めされていた。

聞くところによると、体調を崩したとのことだった。黒王妃カトリーヌはアンジュー公アンリを伴い、シャロンまで迎えに行くことにした。パリ出発が八月四日だったが、この隙にコリニィは動いたのだ。

一万人のユグノー兵を率いながらルーヴル宮を占拠、シャルル九世を捕まえると、スペインに対する宣戦布告をなさしめようとしたのだ。

黒王妃は宮廷に残していた側近のイタリア人、ビラーグとゴンディがシャロンに飛んできたことで、かかる急転を知ることができた。大慌てでパリに引き返したのが九日、再度の顧問会議を開いたのが十日である。

「モンス派兵は行わない。宣戦布告は取り消される」

再否決を受けて、今度もコリニィは捨て台詞だった。

「王母陛下、あなた様は益さえ得られる戦争を放棄なさいました。かわりに不本意な、それも逃れるに逃れられない別な戦争が起こらないよう、せいぜい神に祈られることですな」

再度の内乱を予告した高慢な吠え声が、まだ部屋の四壁に響いているような気がした。深呼吸を繰り返さずにいられないのは、黒王妃としては大袈裟でなく、まさに息が詰まる思いがしたからである。まったく、コリニィには少しの油断もできやしない。増長も極まって、なにをやっても許されると思っているのだ。

「こうなってしまったら、もう……」

独り言にして、そう洩らしたときだった。扉に訪いの音が響き、応じるとビラーグが告げてきた。

「ヌムール公妃がおみえになられました」

一番に香水の匂いが流れてきた。が、薔薇の花びらを煎じたと思しき、ごくごく上品なもので、押しつけがましくはなかった。

むっと煙るほどの香りでなければ隠せないほど、もう体臭は強くないということだ。哀しいかな、それも衰えということで、銀色に変わろうとする髪の毛をいくら金色に染めたところで、隠せないものは隠せないのだ。

事実、それは若い女ではなかった。といって、老女というわけでなく、黒王妃にはまさしく同世代である。ああ、話しやすい。これこそ所望の客だ。黒王妃は常にないくらいの高い声で呼びかけた。

「コメ・スターテ・オッジ、シニョーラ（御機嫌いかがですか、奥さま）」

相手の女はといえば、ちょっと驚いたような表情だった。手ぶりで椅子を勧めながら、黒王妃はさらに笑みを大きくする。なにも、おかしなことはないでしょう。

「みんなイタリア人なのです。イタリア語で話しましょうよ」

「ええ、それは、その通りですね」

と、相手もイタリア語で答えた。実際、ヌムール公妃アンヌ・デステはイタリア人だった。あるいはアンナと呼ぶべきなのかもしれないが、いずれにせよ、実家のエステ家は中部イタリアでフェッラーラ公の位を占める半島の名門である。

が、それにしては臆した表情だった。黒王妃のほうには取り上げる様子もないが、それもその日にかぎった話ではなかった。

かつては萎縮するどころか、かえって鼻で笑うような高慢顔をしていた。それこそイタリア人の地元感覚で、商人あがりのメディチ家の娘など、うちの実家では侍女にも雇わないと、カトリーヌ・ドゥ・メディシスを馬鹿にしたことがある。

じき追い出されるといわれたオルレアン公妃は、そのうち王太子妃になり、そのままフランス王妃になった。地味な王妃、日蔭者の王妃、大人しい王妃と、なお馬鹿にする向きもないではなかったが、息子王を守《も》り立てながら、国政を切り盛りして、今や黒王妃カトリーヌは絶対の権力者なのである。

立場は完全に逆転した。イタリア語には直したものの、ヌムール公妃は殊勝な態度を崩さなかった。

「左様に親しくしていただけるなど、恐れ多いことです」

「なにが？　イタリア語で話すことが？　それは関係ありませんよ」

「………」

「ただ、あなたも、私も、イタリアの女です。そのことを、今日は思い出してもらいたいのです。ともにイタリアの女として話したいというのです」

「それは、どういう……」

「お互い様で、もうフランスが長くなりましたから、中身もフランス人に近くなってしまったかもしれません。ですが、芯までは変わってないと、そうは思いませんこと」

「え、ええ、そう思います」

「ああ、よかった。それなら、ひとつ思い出してほしいのです。イタリアの女にとって、一番大切なものは何なのかということを」

「イタリアの女にとって、一番大切なもの……」

ヌムール公妃は少し考えた。俄かに頬を強張らせ、まるで教師に試験を課された子供のように、小刻みに震えてさえいた。おずおずと答える声も消え入りそうに小さかった。

「それは、家族でしょうか」

我が意をえたりと、黒王妃は手を叩いた。うんうん何度も頷きながら、拍手と一緒に相手を褒める。御名答、御名答。ああ、よかった。あなたとは、やっぱり心が通じるわ。

「イタリアの女ですものね。わざわざ確かめるまでもありませんね。ええ、当然の話です。夫の妻であり、子供たちの母親であること、それがイタリアの女にとっては全てなのです」

「いくらか古風なのかもしれませんが……」

「古いも、新しいもありませんよ。本当はイタリアも、フランスもないんだと考えているくらいです。正しい女の摂理なんですよ、それは」

「でございますね」

「ですから、あなたには済まないと思ってきました」

そう続けられて、ヌムール公妃は臆病顔に微かに怪訝な色を加えた。黒王妃は大きく頷いてみせた。

「九年前のことです」

「九年前というと」

一度は繰り返したが、直後にヌムール公妃はハッと表情を変えた。九年前というと、前の夫が……。

「ええ、早いものですね。ギーズ公フランソワ殿が卑劣な暗殺に果てたのが、九年前の二月二十四日のことでした」

と、黒王妃カトリーヌは引きとった。

アンヌ・デステは元々ギーズ公妃だった。夫に死なれた後に再婚して、今はヌムール公妃なのである。

「といって、忘れたわけではないでしょう」

確かめられると、そこはアンヌ・デステも間髪いれずに頷いた。

「ええ、それはそうです」

「当たり前ですね。ギーズ公アンリはじめ、今も生きている子供たちの父親なわけですから。それを、あんな組織ぐるみの暗殺に見舞われて……」

「組織ぐるみだったのですか」

「と、私は考えています」

「王母陛下、それならば教えてください。ギーズ公フランソワの暗殺を命令した黒幕は、ぜんたい誰だったというのです」

「それは……」

黒王妃はいいよどんだ。アンヌ・デステのほうは前屈《まえかが》みの勢いだった。誰なのですか。前の夫を殺したのは、誰なのですか。

「コリニィですか。コリニィなのですね」

問い詰められる格好になって、黒王妃はようやく小さな頷きだけ示した。とにかく、シニョーラ、あなたには済まないことをしてきました。フランスは受難続きでしたからね。新教派の力と旧教派の力を、精妙に均衡させなければなりませんでしたから、馬鹿な復讐など考えるなと、あなたの無念を黙らせることになってしまいました。

「これまでは、ね」

「それでは、これからは……。もうコリニィを殺しても……」

確かめられても、黒王妃は曖昧な笑顔を作りなおすだけだった。

アンヌ・デステは困惑した顔にならざるをえない。今さらそんなことを仰られても……。仮に許されるのだとしても、私のような女が復讐などと……。

「お望みとあらば、相談に乗りますよ」

「ですから、王母陛下、相談と仰られても、女の身で剣を振るうわけにも、銃を構えるわけにも……」

「あなた、それでもイタリアの女なの。そんなことという自分が情けないとは思わないの」

「しかし……」

「あなたにも息子たちがいるでしょう」

「それは、ええ、おります」

「わけてもアンリ殿などは、怖気づく玉ではないのでなくて」

「かもしれませんが……」

アンヌ・デステは俯いた。息子のギーズ公アンリに話せば、確かに復讐に乗り出すだろう。それも鎖を解かれた猟犬のように、コリニィめがけて猛然と走り出すだろう。

とはいえ、イタリアの女であるといい、それも母親《マンマ》であるというならば、自分の息子を好んで危険の渦に落としたくない心理もある。王母陛下もイタリアの女であり、しかも息子を持つ母親ではありませんかと返されれば、さすがのカトリーヌ・ドゥ・メディシスも言葉がなくなるに違いなかった。

見越したからか、黒王妃は話題を変えたようだった。

「さしあたりは、お祝いです」

「はい?」

「そんな惚《ほう》けた顔をなさらないで。私の娘の結婚式に決まっているじゃないですか。いろいろありましたけれど、うちのマルゴもようやく嫁ぎ先が決まりましてね」

「………」

アンヌ・デステは再び顔を俯かせた。隠されたのは、今度は決まり悪そうな表情だった。いうまでもなく、マルゴの「いろいろありました」相手というのが、自分の息子のギーズ公アンリだったからだ。

あれからギーズ公アンリは急ぎ結婚していた。カトリーヌ・ドゥ・クレーヴという適当な未亡人をみつけると、さっさと身を固めてしまうことで、王女と結婚したいなどという野望は皆無であることを示した。それをけじめとして、ギーズ一門としては片づけたいところだったが、他面そう簡単にはいかないことも意識せずにはいられない。

アンヌ・デステは弱みを握られていた。王家に対して、借りがあるともいえる。

「いずれにせよ、お祝いです。そろそろパリも賑やかになっておりますよ」

イタリア語を勧めた黒王妃カトリーヌも、最後はフランス語でそうまとめた。

あの日もパリは賑やかでした。同じように陽気に華やいでいました。やはり婚礼でしたからね。一五五九年六月二十八日、ノートルダム大聖堂で挙げられたのが、私の長女エリザベートとスペイン王フェリペ二世の結婚式でした。もっとも「慎重王」と呼ばれるスペイン王ですから、このときもパリには来ませんでした。スペイン領内のブリュッセルで待機して、結婚式には自分の代理としてアルバ公をよこしたものです。

このアルバ公がエリザベートのふくらはぎに、ちょんと自分のふくらはぎを合わせ、これで夫婦の初夜も無事に済まされたことになりました。カトリックは形式主義だなんていう、プロテスタントの悪口も頷けないではありませんね。

それはさておき、私としては複雑な気持ちでした。エリザベートはまだ十四歳でしかありませんでしたから、そんな幼い娘を嫁に出してやるなんて、まずは心配でなりませんでした。

いえ、私も十四歳で嫁ぎましたから、常識外れに幼かったわけではありません。ですから、もともと気乗りがしなかったというほうが、正しいかもしれませんね。

婚礼はもうひとつ、王妹マルグリット様とサヴォイア公エマヌエーレ・フィリベルト様のそれも予定されていました。スペイン王とサヴォイア公と来れば、すぐさまサン・カンタンの大敗が連想されるわけで、その二重の縁談はカトー・カンブレジ条約の一環として結ばれた、いうなれば和平の証だったわけです。

それが納得できる和平だったら、もっと素直に喜べたのかもしれません。負けに等しい講和だったからこそ、あんな事件も起きたのじゃないかと、私としては恨み言も零したくなってしまいますが、ううん、まずは祝い事ということにいたしましょう。

それが慶事であれ、凶事であれ、ですから、パリは非常な喜びようだったんです。

初夏の陽射しが眩《まばゆ》い頃でしたから、見た目にも花が咲いたようでした。

ひしめく建物という建物に、趣向を凝らした色とりどりの飾りが施されましたからね。四辻《よつつじ》には凱旋門が作られ、壁には絨毯が吊るされ、窓辺からは絶えず花びらが撒かれと、数日は夢の世界にいるようでした。

なかんずく、六月三十日のサン・タントワーヌ通りです。

通りと申しましても、城門の工事かなにかで、都市計画に齟齬《そご》が生じたのでしょうね。広くなったり狭くなったり、なんだか歪《いびつ》な形をしていて、場所によっては広場のような感じにもなっていました。

その幅を数字でいえば、八十ピエ（約二十五メートル）から百ピエ（約三十三メートル）といったところになりましょうか。

いずれにせよ、王都一番の広さを誇る通りです。この道路の敷石が東端のバスティーユ要塞からサン・ポル通りに達するまで、すっかり撤去されたのです。かわりに運びこまれたのが、大量の砂でした。一面に均《なら》されると、ぐるりと囲むようにして、今度は矢来が並べられました。その外縁に築かれたのが、階段状に迫《せ》り上がる観客席で、厚ぼったい垂れ幕まで設《しつら》えましたから、ムシムシする日陰に暮らすことになった住民だけは、大いに不満をもらしました。それでも全体としては、パリは喜んでいたのです。

会場の普請を一瞥しただけで、わかります。結婚式はじめ、祝い事にはつきものの行事です。でなくたって、一月前の五月にはルーヴル宮の壁に予告が貼り出されていたのです。

「良きキリスト教徒たる王アンリ、王太子フランソワ、フェッラーラ公アルフォンソ、ロレーヌ公シャルル三世、ギーズ公フランソワ、ヌムール公ジャックは、王侯であれ平貴族であれ、騎士であれ郷士であれ、若者たちに美徳を喚起するために、試合場に馳せ参じれば、誰の挑戦でも受けて立つ。

我と思わん者は奮って挑戦されたし。希望者は競技場の矢来に架けられる盾にさわりに来るべし。そこで係の者が参加者名簿に記入する。挑戦者は試合の三日前に、家紋が入れられた盾と甲冑を従者に運ばせ、他と同じように矢来に架けておくこと」

そうです。古の騎士の一騎討ちを模した遊戯――フランス人が大好きな、例の騎馬槍試合です。これに夫のアンリ二世も出場するというのです。

「後生ですから、陛下、お止め下さい」

そうやって、声を張り上げたことを覚えています。

場所はトゥールネル宮でした。外壁に等間隔で小塔《トゥールネル》が設けられているので、そういう名前で呼ばれていた王宮ですが、パリにいくつかあるなかでは、サン・タントワーヌ通りに最も近く立地していました。そこで夫は騎馬槍試合のための身支度をしていたのです。

ええ、今も目の前に浮かんでくるほど、はっきり思い出すことができます。

アンリは革の下衣姿で、床几《しょうぎ》に腰を下ろしていました。その周りを小姓たちが忙しく立ち働き、鉄靴《てつか》を履かせ、脚甲《あしこう》をつけ、鎖帷子に首をくぐらせ、胸部と背部の二つからなる胴鎧を前後から身体に嵌め合わせと、みるみる武装を整えていくのでした。

私が止めてほしいと頼んでも、アンリは両の腕を前に差し出す格好のまま、決して下ろそうとはしませんでした。側仕えの小姓たちも、私の金切り声に一瞬仕事の手を止めましたが、それだけで、鉄板で作られた腕甲を、そそくさと夫の上腕に載せてしまいました。

特別な加工で金色がかった鉄板でした。艶めかしき美女が微笑み、筋骨たくましき古代ローマの勇者が戦いと、そこに細密画さながらの浮き彫りが施され、また縁どりには草木や花々に似せた螺旋《らせん》模様が彫刻されと、具足は工芸品よろしく逸品でした。革手袋に手甲まで重ねてしまうと、アンリはいよいよ床几から腰を上げたのです。

あらためて、背の高いひとでした。胸も厚く、総身に具足をまとうほどに、まさしく見事な騎士ぶりでした。

この身体つきですから、運動に類するものが苦手だったわけではありません。それどころか、ほとんど万能といってよいくらいで、なかでも騎馬槍試合は得意中の得意でした。

本番は初めてという話でもなく、これまでもアンリは何度となく出場して、無類の強さを誇ることさえしてきました。掠《かす》り傷くらいはあったかもしれませんが、大きな怪我をしたこともありません。それでも私は反対しないでいられなかったのです。

「ええ、お止め下さいといったら、お止め下さい。今は火星が陛下の運命を支配しているのです」

占星術では、人間の運命は火星、金星、土星のいずれかに影響されます。三十三歳と四十歳を支配する火星は、剣難もしくは火の凶事を意味します。

そのときアンリは四十歳と四ヵ月、まさに危険な星回りにあったのです。

「ははは、マダムは心配性だなあ。それともイタリアの婦人というのは、皆がそんな風に迷信深いのかい」

笑いながら、夫はとりあってくれませんでした。イタリアは文化の先進地であるにもかかわらず、迷信深い。それがフランスでの定評でしたから、普段の私であれば、あえて占星術云々《うんぬん》とはやりませんでした。ところが、このときばかりは騒がずにいられなかったのです。

「シメオーニの予言もあります」

シメオーニというのは、占星術師ルーカス・ガウリエの異名です。

フランス王家の宮廷に客として迎えたこともありましたので、「リュック・ドゥ・ゴーリック」というようなフランス風の名前で知られる向きもありますが、元はイタリア人で間違いありません。今世紀最高の呼び声も高い占い師で、それが一五五二年に予言したことがあったのです。

「こうです。『世に知られた決闘によりその即位が記憶されたる王は、齢四十のとき、いまひとつの決闘により傷を負うだろう。盲目となり、そして落命するだろう』と」

「ジャルナックとラ・シャタイニュレの決闘が、即位のときのそれだというのかい。ははは、だとしても、だよ。これから私が向かうのは決闘じゃない。ただの騎馬槍試合じゃないか」

「それでも危険はございましょう」

「ないよ。槍先に刃がつけられるかわりに、厚手の革が巻かれるのだから」

「それでも目を突かれれば……」

「ああ、『盲目となり』という件だね。けれど、それなら心配いらない」

いいながら、夫が取り上げたのが、黄金の兜でした。鉢一面にやはり彫刻が入れられて、頭頂部には羽根飾りも揺れていました。

なかんずく、アンリが動かしてみせたのが、面頬《めんぼお》です。

「ほら、みなさい。これを下ろしてしまえば、目はすっかり守られる。スリット越しにみるしかないから、視界は悪くなってしまうんだが、うん、それなら、マダム、今日は必ず面頬を下ろして戦うことを約束しよう」

「面頬を下ろしたとしても、です。なにかの拍子に上がってしまわないともかぎりません。万が一のことがあっては、もう取り返しがつかない……」

「少し、しつこいよ」

怒鳴り声ではありませんでしたが、そうやって、アンリはぴしゃりと撥ねつけてきました。

もう他に仕様がなかったということです。突かれたくない弱みを突かれてしまったということです。ええ、あのひとは心が追い詰められたとき、泣くような顔をして怒るのです。

「………」

私としては、一瞬の空白に捕われざるをえませんでした。

私の心配は心配として、アンリにすれば、いつも通りの、ただの騎馬槍試合でしかなかったはずです。心が追い詰められるような話ではなかったはずです。いえ、もしかすると——。ええ、なんでもない試合なら、欠場しても構わなかったでしょうし——。

私は気がつきました。あるいは気がついてしまったというべきかもしれません。夫にとってそれは、いつもの試合でもなければ、ただの試合でもなかったのです。

その日のサン・タントワーヌ通りで行われるのは、どうでも出なくてはならない試合、こだわらずにはいられない試合、特別な意味がこめられている試合、それこそアンリにすれば、人生の節目と目するくらいの試合だったのです。

アンリには収まらない感情があったと、そう換言しても差し支えないと思います。ええ、容易に想像できますね。ええ、ええ、私だって悔しくて仕方がありませんでした。

カトー・カンブレジ条約のことです。サン・カンタンで大敗を喫したものの、カレーの大勝で挽回し、その勢いに乗じて、もっともっと勝てたかもしれない戦争を、モンモランシーとディアーヌ・ドゥ・ポワティエのせいで、止めなければならなくなったのです。

もっと戦いたかった。その無念をアンリとしては、なにかにぶつけないではいられなかったのでしょう。その騎馬槍試合が結婚に添えられるものであり、その結婚がカトー・カンブレジ条約で決められたものであれば、なおのこと戦わなければならなかったのでしょう。

自分ならば、という思いもあったかもしれません。モンモランシーなどに任せなければ、戦場に出ていたのが自分ならば、そもそもサン・カンタンでも負けなかったと、それくらいの自負と後悔をアンリが胸に宿していたとしても、少しも不思議でないのです。

もとより、これだけの肉体を持ちながら、もう刀槍の戦争ではない、銃火器の時代になったからと、戦争の現場を自重させられた王、それを歴史的な画期とするなら、フランスで初めての王なのです。

単なる憂さ晴らしなのだとしても、騎士の一騎討ちを模した騎馬槍試合、つまりは先祖返りの模擬戦が行われるとなれば、ここぞとばかりに肉体の蛮勇を誇りたくなるはずです。

馬の疾駆に総身の血潮を逆流させ、力のかぎりに武器を振るい、敵を完膚なきまで打ち据える。そうすることでかいた汗と一緒に、全ての無念を洗い流したいと考えるのが、たぶん殿方というものなのです。

ひいてはスペインに幽閉された子供時代の心の傷とて、女のようにあれこれ頭で考えて、うまく心を整理するだけでは、決して癒やされないものだったのでしょう。

かてて加えて、このときのアンリは、ある種の誓いも秘めていたように思います。ですから、心が追い詰められていたのです。追い詰められたのは、自分の情けなさを直視させられたからなんです。また折れるわけにはいかない、今度こそ自分を通さなければならないと、あるいは自分を叱咤《しった》していたのかもしれません。

誓いというのは、昨日までの自分、不甲斐ない自分、周囲に流され続けた自分、つまるところ弱い自分と戦い抜くという決意、そうして今こそ過去と決別したいという願いではなかったかと、それが私の想像です。

そこまでの意味がなければ、いくらでも引き返せたはずですしね。自分をあきらめていたのなら、祝いの騎馬槍試合くらい、家臣なり、息子なりに任せて、それで構わないわけですからね。

「よくよく気をつけるよう、心がけるよ」

そういって、ひとつ済まなそうに笑うと、アンリは出かけていきました。夫の心情は心情として、それに理解が至ったとしても、私の心配は心配として、全く別にあるものです。なお笑顔で送り出す気にはなれませんでしたが、それでも……。

止められませんよね。ええ、好きでしたもの、夫のことは。もとより女の一存では、止められないことがあります。というか、それぱっかりです、世のなかなんて。

27 ◆ 今なら多少の物音くらい

　ナヴァール王アンリ・ドゥ・ブルボンは、ひどかった。なにがひどいといって、新教派の次代を担う若き指導者というのは、垢《あか》ぬけない田舎者を絵に描いたような男なのだ。フランス語にも聞こえないような訛り丸出しの喋り方で、雅やかな作法はＡＢＣ《アーベーセー》も知らず、物を食べるときは手づかみ、プロテスタントは華美を嫌うといいながら、黒羅紗の一丁羅にしても、だらしなく着崩され、おまけに埃で白くなっているような塩梅《あんばい》なのだ。

　あるいは白いものは、頭のフケだったろうか。もじゃもじゃ癖毛の髪を後ろに撫でつけた、ずんぐりむっくりの短軀の男で、そこは叔父のコンデ公に似たのかもしれない。ぎょろぎょろした目を活発に動かしながら、絶えず何かを探り出そうとしているのは、物見高いと評判のガスコーニュ人の属性か。

　ピレネの麓、南フランスも最果ての土地からやってきたといえば、あげくが臭かったのだ。

　それをマルゴは獣の臭いのようだと嫌がった。片づけたのが、黒王妃カトリーヌだった。

「大蒜《にんにく》の匂いです。大蒜はイタリアでも食べますよ」

もとより、女の一存では止められない。ナヴァール王との結婚は、とっくに決まった話なのだ。

宗派の違いを理由に、断ろうとしたときもあった。アンジュー公アンリがエリザベス女王を袖にするとき、新教には改宗できないからで通した前例を真似たわけだが、兄は理屈が容れられても、マルゴの理屈は容れられなかった。

娘を無視する以前に、黒王妃カトリーヌは強引だった。なにしろマルグリット・ドゥ・フランスとアンリ・ドゥ・ブルボンの結婚については、ローマ教皇庁の特免も下りていなかった。

特免というのは、本来は結婚が許されない男女について、特に禁止を免ずるという証書のことである。

マルゴはフランス王フランソワ一世の孫娘にあたり、アンリはフランソワ一世の姉、ナヴァール王家に嫁いだマルグリットの孫息子にあたる。一種の近親結婚になるために、ローマ教皇じきじきの許しが必要だったのだ。

でなくとも、アンリは新教徒である。ローマ教皇庁の見解に倣えば、「異端」ということになる。この文脈でも結婚には特免が必要だったのだが、この文脈では特免など出してもらえるはずもなかった。

だから、黒王妃は無視した。リヨン総督に手紙を書いて、結婚式が終わるまではローマからの使者も手紙も、パリに向かわせないよう厳命したほどだった。

プロテスタントの花婿とカトリックの花嫁——宥和政策の到達点、新旧両派の記念碑的和解とはいいながら、まさに異例の結婚、それも前代未聞の結婚だった。

神罰が下るともいわれながら、その一五七二年八月十八日、パリは雲ひとつなく晴れた。

真夏の頃でもあれば、朝一番から茹だるような暑さも予想された。もっとも、陽が昇るのを待つまでもなかった。ひとつところに居合わせる人、人、人が吐き出す息が、ひしめく建物の狭間に留まり籠ることで、ぐんぐん温度が上がるような一日でもあった。

飾り立てられたパリは、人だらけになってもいた。正式な招待客から勝手な野次馬まで、王侯貴族から残飯めあての乞食まで、世紀の結婚に立ち会いたいという輩が、続々と詰めかけていた。

なかんずくプロテスタントが、フランス中から大挙してやってきた。しかも、そのほとんどが武装していた。ひとつにはカトリックの牙城で知られたパリは、敵地も同然だという理屈があった。

ナヴァール王アンリ・ドゥ・ブルボンからして、パリに入城するに際しては、全てガスコーニュ人というのみならず、全て新教徒という八百の騎兵隊を従えたほどである。指導者から、要人からを警護するという以前に、銃を担いで、皆で寄り固まっていないでは自分の命も危ないと、プロテスタントたちはのっけから身構えたのである。

もうひとつには、そのままネーデルラントに出兵する算段があった。

かねてコリニィが打《ぶ》ち上げていた通りで、提督がオラニエ公に約束した数として、火縄銃兵一万二千、騎兵二千と挙げられていた。その動員が、ほぼ予定通りに達せられたのだ。

別な言い方をするならば、新教派はパリを軍勢の集結地として、不遜にも世紀の結婚を利用した。その勝手でフランスを、スペインとの全面戦争にも引きずりこみかねないにもかかわらず、だ。とんでもないとパリに白眼視されるほど、いっそう武器を高く掲げながら、だ。

勢い、ノートルダム大聖堂は非常な警戒下に置かれた。結婚式が予定される教会なわけだが、立地のシテ島には国王近衛隊が出動し、数日前から精力的な哨戒《しょうかい》を怠らなかった。

甲斐あって、結婚式の準備そのものは滞りなかった。新郎新婦の親族ならびに付き添い、あるいは普段通りに宮廷というべきなのかもしれないが、いずれにせよ関係各氏が前夜をすごしたのが、大聖堂の南側に隣接しているパリ司教宮殿だった。

その司教宮殿から大聖堂の入口まで、渡り台が築かれていた。それに沿うような形で、列席者のための桟敷席も設けられた。ことごとくが金糸織の垂れ幕で飾られるなか、合図の喇叭が甲高い音を走らせると同時に、宮廷の一行がその豪華絢爛たる姿を現したのだ。

花嫁マルゴに付き添うのは、フランス王シャルル九世、王母カトリーヌ・ドゥ・メディシス、アンジュー公アンリ、アランソン公エルキュール・フランソワ、さらにギーズ公家の面々をはじめとする大貴族たち、モンモランシー家の面々をはじめとする高官たち。

花婿アンリに付き添うのは、従兄弟にあたるコンデ公アンリ、コリニィ提督、ラ・ロシュフコー公爵といった新教派の大物たち。

華やかさも、極めつきがマルゴ王女だった。

黄金色の婦人服は光沢ある生地で仕立てられていたため太陽のように眩く輝き、また胸板にあしらわれた毛皮にしても、黒の斑点が走る最高級の白貂だった。青羅紗で仕立てられた引き裾にいたっては、長さ四オーヌ（約五メートル）に達し、三人の侍女が捧げ持たなければならないほどだった。

各所に七色の宝石が嵌められた黄金の王冠から、大粒の真珠ばかりが繋がれた首飾りから、袖となく、裾となく、いたるところに縫いこまれたダイヤモンドから、透明度の高い光を発する石の類は数え切れず、それこそ零れたものを拾うだけで、一財産築くことができるといわれたくらいである。

だから引け目を覚えたというわけではないながら、精一杯に着飾って、なお野暮ったい花婿のほうは、ほどなく台を降りてしまった。

渡り台はノートルダム大聖堂の薔薇窓の下、中央玄関を潜り、さらに堂内へと続いていた。

桟敷席は屋内にも設けられ、それこそ祭壇の際まで聳えていた。身分の高い招待客が座を占めていたわけだが、宮廷の行進のほうはといえば、内陣の手前まで達すると、そこで歩みを止めたのだ。

渡り台は終わりだった。床に降りる階段が作られていたが、それが二つだった。ひとつは、そのまま内陣に降りていく。もうひとつは袖廊の出口に通じていく。花嫁マルゴとその付き添いは内陣に進んだものの、花婿アンリとその付き添いは御堂を出ていってしまったのだ。

結婚式に先立ち、まずは聖餐式《ミサ》が挙げられる。が、この聖餐式をプロテスタントは認めていなかった。

またカトリックのほうでも、内陣に信徒以外が立ち入ることを禁じている。ために新教徒のアンリ・ドゥ・ブルボンは外に出なければならない。聖餐式が終わるまで、大聖堂の周りをブラブラしていなければならない。

かたわら、マルゴのほうは執式に与るも、アンジュー公アンリに花婿代理を務めさせなければならない。

新旧両派の宥和の象徴といって、そこが混合結婚の難しさだった。細かな段取りにいたるまで、いちいち協議し、互いの妥協を見出していかなければならないからだ。

聖餐式が終わると、一同は再び大聖堂の前庭に戻った。双子の鐘楼に見下ろされる野外、その前庭において行われるのが、いよいよ結婚の誓いだった。

「汝アンリ・ドゥ・ブルボンは、マルグリット・ドゥ・フランスを妻とし、順境にあるときも逆境にあるときも、ともに夫婦であることを誓いますか」

そう尋ねた執式の司祭が、ブルボン枢機卿だった。が、新教徒のアンリにとって、それは聖職者ではない。牧師でなければ、誓いに応える義務などない。

「はい、誓います」

と答えたのは、ブルボン枢機卿が肉親だったからである。結婚を祝福する叔父の確めに、甥として誠意を尽くすという形でならば、問答は成立するというわけだ。

「汝マルグリット・ドゥ・フランスは、アンリ・ドゥ・ブルボンを夫とし、順境にあるときも逆境にあるときも、ともに夫婦であることを誓いますか」

ブルボン枢機卿に問われても、マルゴのほうは困らなかった。カトリックの信徒であるなら、なんの躊躇も感じる必要がない。

「………」

沈黙が流れた。固唾を呑んで見守っていた列席者たちも、どうしたことかと囁き合い、それがざわめきの波として高まるくらいに長い、あまりにも不自然な沈黙だった。

いつまでも答えないどころか、マルゴは余所見までしていた。

やはりというか、テノールの歌声が響くことになった。

結婚式に祝宴が続くとなれば、イタリア風の歌謡が盛りこまれないわけがなかった。それが王母カトリーヌ・ドゥ・メディシスの好みだからだ。

実際のところ、宴のプティ・ブルボン宮には、黒王妃も姿を現していた。その日もヌムール公妃アンヌ・デステと並んで話し、しかも周囲には聞き取りにくいイタリア語だった。

「いえね、馬鹿な娘ですよ。自分の結婚式でまで、兄に殴られたのですもの」

話していたのは、結婚式の顛末だった。

アンリ・ドゥ・ブルボンを夫とするかと尋ねられて、マルゴは答えようとしなかった。いつまでも答えないので、シャルル九世が苛立ち始めた。となれば激情家の王であり、すっくと席を立ち上がると、つかつかと前に進んで、強情な妹の頭を後ろから殴りつけたのだ。

「うっ」

と、マルゴは思わず呻いた。それが「はい《ウィ》」と解釈されて、晴れて結婚が成立したというわけだった。

それからがフランス王家の十八番、というより、王母カトリーヌ・ドゥ・メディシスの真骨頂というべき、豪壮にして華麗、優雅にして絢爛たる祝祭の始まりだった。

結婚式の直後こそ、同じシテ島の高等法院を借りて、月並な披露宴を催すに留めた。

本番が八月十九日からで、舞台をルーヴル宮に移しながら、大がかりな仮装行列が演じられた。

銀色の岩を模した張りぼてを造作した馬車が三台、これらには人気の歌手エティエンヌ・ル・ロワと王宮付きの楽師たちが分乗した。

四台目が銀色の脚を持つ壁龕《へきがん》が拵えられた馬車で、これには海神の仮装が乗りこんだ。五台目が黄金のセイウチに黄金の帆立貝という馬車で、こちらにも海神たちが座していた。

最後の六台目が黄金のカバの馬車で、黄金の貝に乗るのが、三叉の矛を捧げ持つ大海神《ネプチューン》だった。

これが誰あろう、シャルル九世の扮装だった。他の海神たちも、その正体はナヴァール王やアンジュー公なのだ。王族自らが演じる大掛かりにして陽気な仮装行列が、プロの音楽家たちの演奏に送られながら、ルーヴル宮を何度も練り歩いたのだ。

今日二十日には、会場がプティ・ブルボン宮に移された。王宮の発表によると、演じられるのは『三世界の神秘』という出し物だった。

舞台装置は今度も周到だった。

星々がちりばめられた背景では、黄道十二宮と七星が描かれた車輪が回っていた。いずれも燦々と輝くのは、裏方が陰で切り抜きの箇所に、いちいち行燈《あんどん》を翳しているからである。

かたわら、花々が咲き乱れる舞台では、半裸の女たちが舞いを始めていた。妖精ということらしいが、いうまでもなく演じているのは、黒王妃の「遊撃騎兵隊《エスカドロン・ヴォラン》」である。

「あれ、もしやマルゴ様もおられるのじゃありません」

会話の途中でヌムール公妃に指摘されて、黒王妃は丸い目を見開いた。あら、本当だわ。

「返す返すも、馬鹿な娘……。花嫁が自分の祝宴で肌をさらすだなんて……」

といって、もう結婚は果たしたのだからと思うのか、黒王妃は別段に騒がなかった。舞台に設けられたのは、星が閃《ひらめ》き、妖精が踊る極楽だけではなかった。三途の川とその渡し守カロンを挟んで、これと対峙《たいじ》するのが地獄だった。

地獄では悪魔たちが鈴を下げた車輪を回して、耳障りな音を立てていた。奥から登場してくるのが、昔話を彷彿とさせる遍歴の騎士たちだ。

「花婿も出演されますのね」

とも、ヌムール公妃は続けた。汚れ、傷つき、疲れた修行の騎士というのは、確かにナヴァール王アンリと、それにコンデ公アンリの二人だった。

「野卑な婿ですから、はまり役でしょう」

黒王妃も答える。

騎士たちは悪魔のいる地獄を嫌い、妖精が踊る極楽に入ろうとする。が、その袖から飛び出すと、ぶんぶんと槍を振るい、騎士たちの侵入を阻もうとするのが、二人の天使たちなのだ。

「あちらは」

「ええ、うちの息子たちです」

つまりはシャルル九世とアンジュー公アンリが、二人ながら天使を演じていた。

「うってかわって、輝くばかりのお二人ですね」

「張りあってばかりで、困ります」

実際のところ、白の光沢生地で作られた、身体にぴったりした衣装には、いくら天使の扮装でも光りすぎだというくらい、無数の宝石が下げられていた。

マルゴの花嫁衣装に使った分と合わせると、フランス王家の宝石という宝石が、全て持ち出されたのではないかと思わせるほどだった。

「それで、このお話は、これからどうなりますの」

「妖精たちの取り合いになります。三途の川で騎士たちと天使たちの戦いが始まるのです。舞台には噴水の導管を巡らせて、一緒に火薬も仕込んでありますから、しゅううと水飛沫が上がり、もくもくと煙が広がり、加えるに爆発の音響がある……」

「なんだか怖い感じがいたします」

「怖い、ですって。噴水も、火薬も、ただのまやかし、見世物にすぎません。本当に怖いことがあるとすれば、まがりなりにも槍をぶつけあうことのほうでしょう」

「事故が起こるかもしれないと仰るのですか」

「なにかの拍子で、力が入ってしまえば、ええ、本気の喧嘩に発展しかねませんから。ですから、シニョーラ、わかってくださいますね」

「恐れながら、なんの話でございましょう」

「ギーズ公を今日の出し物から外したことです」

「…………」

「ナヴァール王を叩き殺しかねませんでしょう」

そう続けられれば、今度はヌムール公妃も気まずい顔にならないではいられなかった。結婚式のとき、マルゴは誓いの言葉を拒絶したのみならず、余所見までしていた。その視線の先に、招待客のひとりとして座していたのが、ギーズ公アンリに他ならなかったのだ。

まだ続いている。二人ともあきらめていない。だからと、黒王妃は続けた。

「落ちこんでいましたか、ギーズ公は」

「だとしても、仕方ありません」

「あるいは、他に頭が行っていると」

気まずいどころか、そのときヌムール公妃は俄かに血色まで失った。顔面蒼白になりながら、それでも決意の印にいったん唇を強く引き結び、それから始めた。

「九年前のけじめの話でございますが……」

「もちろん、ギーズ公が自ら手を下すことはありませんよ」

「えっ、そ、そうなのですか」

ヌムール公妃は瞠目した。救われたかのように、同時に顔が晴れていた。恐らくは復讐を躊躇していたのだろう。息子を巻きこんでしまうことを恐れて、あるいはギーズ公には話さえしていなかったかもしれない。

こちらの黒王妃はといえば、あらかじめ全て見通していたかのような鷹揚《おうよう》な笑顔だった。ええ、シニョーラ、あなた、なにを考えておられて。

「当たり前でしょう。名門の血を引く者が、そんな自ら暗殺だなんて……。その種の仕事を専門にする人間は、きちんといるものなのです」

「けれど、その手の人間となると、あいにく……」

「仕方ありませんね。ええ、わかりました。私のほうで心あたりを探してみましょう。ギーズ家のほうでは、銃だけ用意してくださいな」

「銃で、撃つのですか、コリニィを」

「いけませんか」

「銃声が大きく響くのではありませんか」

「なに、今なら多少の物音くらい平気です。結婚式の祝宴は全部で四日、あと二日もあるのです。宮廷ばかりか、パリ中が飲めや歌えやの大騒ぎになっている今なら、銃声のひとつやふたつ、誰も気に留めやしませんよ」

バンと大きな物音が響いたのは、そのときのことだった。ヌムール公妃は飛びあがらんばかりの驚きようだったが、なんのことはない、舞台で火薬が爆発しただけだった。

「ほら、今なら、ね」

黒王妃カトリーヌは動じない笑顔のままだった。


本当に何も聞こえないくらいの歓声でしたから、一五五九年六月三十日の祭りも、あれが最高潮だったのだといえましょうね。

午後の三時を迎えて、騎馬槍試合もその日の主役たちの入場となりました。前座にも飽きてきたころでしたから、観客席の貴族たちから、立ち見の平民たちまで、競技場は声をかぎりに騒がずにはいられなかったのです。

控えのトゥールネル宮から、私もサン・タントワーヌ通りに移動しました。観客席には日除けも設けられていましたが、その陰にいてなお日差しの強さが感じられましたた。ええ、その日の太陽には、ちょっと六月の末とは思われない勢いがありましたね。かえって日陰にいたからなのかもしれませんが、それこそ競技場の砂など金色に輝いてみえたほどです。

もとより祭りですから、心がけて気持ちをしっかり持たないと、たちまち呑まれてしまうものです。色からして、いつもは灰色でしかないパリが、これでもかというほどの極彩色に飾られましたからね。

青に金百合という王家の紋章が垂れ幕になっていたのみか、ずらりと並べられた盾から、陣羽織から、馬飾りから、あげくが頭頂に揺れる羽根飾りにいたるまでが、赤、青、黄、緑、紫、白、水色と、それぞれ家門に伝わる色を、ここぞとばかりに誇示していたわけです。

もちろん、一番の注目はフランス王アンリ二世でした。

誰より美しい軍馬に跨り、誰より見事な鎧をまとい、誰よりの長身と誰よりの美貌を謳われる、誰よりも身分の高い人間なわけですから、注目を集めないわけがありません。

それが自分の夫だというのですから、誇らしく思わないわけもありませんね。とはいえ、私としては、いくらか悔しい思いもないではなく――。

その日も黒と白の羽根飾りが揺れていました。

アンリの印は変わっていませんでした。スペインでの幽閉生活から解放されて、ようやくフランスに戻されて、その祝いと催された騎馬槍試合でまとったまま、羽根飾りから、リボン飾りから、陣羽織から、その黒と白は三十年も途切れず使われ続けたのです。

それはディアーヌ・ドゥ・ポワティエの色、ディアーヌ・ドゥ・ポワティエに心を捧げた証でした。

もっとも、あまりに当たり前になっていたので、もう誰が騒ぎ立てるでもなくなっていました。ただ、それがアンリ二世なのだと思うだけです。

特別席のフランス王妃に並んで、当然のように腰を下ろす厚かましい女がいても、やはり誰も驚きません。同じく、それがアンリ二世の三人世帯《メナージュ・ア・トロワ》なのだと思うだけだからですが、これが私には依然として受け入れがたいものだったのです。

いえ、いよいよもって、我慢しがたい屈辱になっていました。

「それはアンリにしてみたところで……」

そう心には続けても、声に出すことはしませんでした。誰を捕まえ、どう口説いてみたところで、夫がつける白と黒の飾りが変わらないかぎり、ただ滑稽なだけですからね。すでに宣戦布告がなされていたならば、わざわざ騒いで、数歩もないところに座るディアーヌ・ドゥ・ポワティエに、手のうちをみせてやる馬鹿もないわけですからね。

ええ、今にみていなさいと思いながら、さしあたり私には、競技場の砂場を注視することしかできませんでした。

アンリの試合は、けたたましい喇叭の音で始まりました。

時刻をいえば、午後の四時すぎくらい、まだまだ勢いは盛んながら、さすがの太陽もやや傾き、また淡い赤みを帯びてきて、競技場にも微かに淋しいような印象がまぎれていきました。

最初の対戦相手は、ほどなく義弟となる予定の、サヴォイア公エマヌエーレ・フィリベルトでした。そのときを上機嫌で迎えたアンリは、試合に先がけて口に出したものです。

「朕の膝を抱き、許しを請うなら、今のうちですぞ。ひとたび試合が始まれば、同盟も、兄弟愛もない。朕は貴公をこてんぱんにやっつけるつもりでおりますからな」

天上の人物のおどけた言葉は、その一挙手一投足に注目する観衆を、ひときわ大きくわかせました。

義兄となるべき人物の陽気な冗談口については、サヴォイア公も悪くとらず、はにかんだような笑みで応えてくれました。宮廷の雅を垣間みるかのような一場だったわけですが、そうとばかり解釈して、拍手まで捧げた客席にあって、私だけは気づいていました。

やはりアンリは本気だわと。戯れを装いながら、口にしたのは本音なんだわと。なるほど、スペイン王の同盟者です。スペイン軍を率いて、フランスを侵犯した将軍です。

そのサヴォイア公を試合相手に迎えて、アンリは自らの軍の敗北を挽回し、また自らの王国の恥辱を雪《すす》ごうとしていたのです。ここで勝利を収めることで、もしモンモランシーなどでなく、自分が直《じか》に率いていたなら、フランス軍は決して負けなかったのだと、そういいたかったのです。

実際のところ、槍を担いだアンリは、もう真剣な表情になっていました。すぐに面頬が下ろされましたが、その一瞬を私は見逃しませんでした。

数分後、再び顔を覗かせたときには、満面の笑みになっていましたが、それも騎馬槍試合が快勝に終わったからです。アンリの槍の突き出しに、大きく身体を傾かせることになり、サヴォイア公はそのまま落馬を余儀なくされてしまったのです。

次に選ばれた対戦相手は、ギーズ公フランソワでした。

イタリアから引き返して、フランスの危機を救い、カレーを奪還した栄光の記憶も新しい将軍なわけですが、この人選にも夫の気持ちが透けてみえるようでした。モンモランシーより遥かに優れた将軍ながら、そのギーズ公よりも強いのだと、自分こそは本当に強いのだと知らしめたかったわけですが、そうした裏の意味に気づいたのも、やはり私だけだったかもしれません。

試合ですが、さすがギーズ公は巧みな騎手でした。やはりアンリの一撃を喰らいましたが、槍先の衝撃をうまく削《そ》いだこともあって、かろうじて落馬しないで済ませたのです。

結果は引き分けということになります。当然、アンリには不本意なものでした。面頬を上げると、私のところからでも、目が危うい感じで吊り上がっているのがわかりました。

ギーズ公は競技場に留まっていましたから、いっそうハッとせずにはいられなかったのでしょう。主君の不興をみてとるや、大袈裟に痛がってみせながら、大きな声で対戦相手の腕前を褒めそやしてくれました。

「ははは、朕に素晴らしき一撃を突かせてくれるのは、この馬なのだ」

そう受けて、アンリはいくらか機嫌をなおしたようでした。

夫が跨っていた馬は、サヴォイア公からの贈り物でした。しつけの行き届いた軍馬で速歩も安定していましたから、騎馬槍試合には適していました。

けれども、難をいえば名前がよくありませんでした。「不幸《マルール》」なんて、ね。

騎馬槍試合の名手で知られるアンリ二世でしたから、それならば、せめて「不幸」に乗ってもらわなければと、サヴォイア公としても洒落たわけです。そうした前ふりがあったうえでの、こてんぱん云々という夫の冗談口でもあったのです。

サヴォイア公は具足を外して、観客席に進んでいました。王妹マルグリット様を挟んだ、私の隣の隣という席でした。

皆の拍手を受けて、サヴォイア公は立ち上がりました。

「私の贈りました馬が、そのように良いご奉公ができましたならば、幸運至極にございます、陛下」

そこまで述べてから、公は言葉を途切れさせました。婚約者のマルグリット様から袖を引かれ、一緒に小さく首を振られて、もう止めさせてほしいと頼まれたからです。

マルグリット様の哀願は、いうまでもなく、私の意を受けたものでした。

試合で手合わせした感じから、サヴォイア公も尋常でない気配を感じていたらしく、それならばと強いて頼みを断ることはありませんでした。実際に続けてくれました。

「ところで、アンリ陛下。武名高きフランス王にかなうものなど、もうおりませんでしょう。やっつけられるのは次は自分の番ではないかと、皆が心穏やかでいられませんので、そろそろ一同のものに、胸を撫でおろさせてくださいませ」

「それはならん。それはできぬ相談だ」

アンリのほうは直ちに断り、すぐさま理屈も加えたものです。

「定めにより、騎馬槍試合の発起人は、三試合をこなさなければならないのだ」

そう定められていたことは、事実です。しかし、定めがなんだというのでしょう。サヴォイア公も説得を続けてくれました。

「しかし、陛下。お相手を務められるほどの猛者が、もういないという有様なのです」

「そんなことはない。朕の近衛隊に、格好の相手がおるぞ」

アンリに返されてみれば、確かに近衛隊は来ておりました。赤、青、緑と、それぞれ部隊ごとに同じ色の陣羽織を揃えて、洒落心を発揮していましたが、単なる賑やかしというのではありません。総出で駆けつけたのは、主君の晴れ舞台を守るためだったのです。

猛者といえば猛者で、これまた間違いではありません。なにせ近衛隊です。その全員が、体格から、武芸から、忠誠心の確かさに至るまで、選び抜かれた精鋭ばかりなのです。

「モンゴメリー伯、前に出《い》でよ」

アンリは指名も下しました。近衛隊の一隊、スコットランド百人隊の隊長代理、モンゴメリー伯ガブリエル・ドゥ・ロルジュは、その昔にイングランド王の迫害を逃れてフランスに亡命したスコットランド貴族の末裔でした。

近衛兵として代々フランス王に仕えるというのが、この男にとっては家門の伝統だったわけですが、モンゴメリー伯は他をよせつけない騎馬槍試合の名手としても、その勇名を馳せていたようでした。

とはいえ、おや、という空気が流れたことは事実です。サヴォイア公やギーズ公とは、明らかに違ったからです。

モンゴメリーとて貴族ではありましたが、嗜みとして騎馬槍試合をこなすような王侯とは、やや趣が違っていました。いってみれば、騎馬槍試合も本気の武芸の延長であり、純粋な強さの追求であるわけです。

サヴォイア公やギーズ公と違うといえば、この二人は身分の高さから、生まれついての将軍でした。戦場に出たからといって、自分で武器を振るうことはありません。モンゴメリーの場合は現役の近衛将校でした。身体を張って王を守ることこそ、自らの仕事とする男なわけです。

そうしたモンゴメリー伯を、あえて選ぶ。それほどの強敵を打ち負かし、見事な勝利を収める。それこそ自分の強さの証明になる。絶対の強さの証明になる。

アンリはそう考えたようでした。

正直なところ、やめさせたいと思いました。

ええ、そんな本気の相手と、冗談じゃない。けれど、そのときアンリは観客席に私の姿を探したのです。目を合わせ、それこそ夫婦の呼吸で、意思を通じさせようとしたのです。

これまでの弱い自分と決別する――決意の固さが、ひしひしと感じられるばかりでした。

実際のところ、ディアーヌ・ドゥ・ポワティエではなかったわけですからね。私を探したこと自体が、過去にけりをつけたいという意欲の表れだったわけですからね。そこまで理解してしまえば、妻として夫を止める術などあろうはずもありません。

「おやりくださいませ」

そうした意を込めて頷くと、夫のほうでも面頬を下ろしました。再び喇叭が吹き鳴らされると、モンゴメリー伯も漆黒の闇のなかから現れました。

闇といえば、言葉が強すぎるでしょうか。サン・タントワーヌ通り沿いに、サン・ポル教会が建っていますが、その三角に尖る影が傾斜を強めるばかりの夕焼けに、ずいぶんと長くなっていたのです。

その暗がりから進んできた。それだけといえば、それだけの話ですが、やはり不気味な印象を受けざるをえませんでした。モンゴメリーは鎧の色まで、黒一色だったからです。

スコットランド百人隊の決まりで、陣羽織こそ緑でしたが、その色が鮮やかであるほどに、やはり鎧の黒ばかりが目についたのです。

胸騒ぎを覚えたのは、私だけではなかったようです。いえ、私の胸中をいうならば、そのとき充満していたのは、まさに恐怖そのものでした。

「モンゴメリー伯の御歳は」

と、私は隣のマルグリット様に聞きました。マルグリット様も知りませんでしたが、周囲に聞いて、間もなく突き止めてくださいました。

「今年で二十九とか」

「若いですね」

なるほど、強敵です。ほどよく経験を積みながら、まだ肉体の衰えを知らないという年齢ですから、どんな競技であっても手強い、まさに名手と呼ばれるに相応《ふさわ》しい年齢だったといえましょう。

けれど、私を戦慄させたのは、そんなことではありませんでした。黒という不気味な色のせいなのか、不意に私は思い出すことになったのです。

「ええ、シメオーニだけではありません」

「なんです、お義姉《ねえ》さま」

「ですから、ミシェル・ドゥ・ノストラダムスが……」
それも王宮で抱えたことがある占星術師です。この話から四年ほど前に『予言集《レ・プロフェティ》』、または『百詩篇《レ・サンテユリ》』という書物を出版し、王家に献本していたのですが、わけもなく頭にこびりついたその一節のことを、不意に私は思い出していたのです。
百詩第一の三十五に、こうあります。
「若き獅子、老いた獅子を打ち倒さん
戦いの場にて、一騎討ちの勝負により
金色の囲いのなか、男は目を破られる
ふたつがひとつに、それから死が訪れる
残酷な死」
私は問わずにいられませんでした。若獅子とはモンゴメリー伯のことだろうかと。
「だめ」
と、私は呟きました。だめ、陛下、あなた、おやめください。ただならぬ様子に、王妹マルグリット様が気づかれました。ええ、もう私は真っ青になっていたといいます。
「お義姉さま、どうなさいまして。お義姉さま、カトリーヌお義姉さま」
「だめ、やめさせて、陛下をやめさせ……」
やめさせることなどできません。できたとしても、手遅れになっていました。もう金色の砂煙が上がり、二人の騎手は走り出していたからです。
ぐいと低く槍が構えられたと思うや、ものすごい音までが耳に聞こえてしまいました。

28 これも神の配剤でございましょうぞ

コリニィの頭上において、響いた銃声は二発だった。

その八月二十二日、ルーヴル宮で開かれた国王顧問会議は、予定より早い午前十一時半で終了した。

議題が新教派からの請願の吟味、ならびに二人のブールゴーニュ貴族、ゲルシィ卿フランソワ・マラファンとティアンジュ卿レオナール・ドゥ・ダマの間に持ち上がっていた係争の解決だったが、すぐに結論が出るとは到底思われなかったからだ。

ひとつにはシャルル九世が欠席して、アンジュー公アンリが主催していたことがある。コリニィと向き合って、合意のうえでの解決になど運べるわけがない。新教派の請願は無論のこと、係争の一方であるゲルシィ卿とて提督の腹心だったのだ。それを優遇しようとすれば、王弟がムキになって反対するのは、火をみるよりも明らかだった。

顧問会議が引けて、昼食を一緒にと王に誘われることもなかったので、コリニィは帰路についた。十五人ほどの郎党に囲まれながら、フォッセ・サン・ジェルマン通り、すなわち、ルーヴル宮に隣接しているサン・ジェルマン・ロ－セロワ修道院前の通りを歩いていたところ、頭上の建物から銃撃されてしまったのだ。

コリニィの郎党は急ぎ建物に踏みこんだが、すでに部屋は無人だった。

ただ卓上に捨て置かれた火縄銃は、その銃口からまだ白い煙を立ち昇らせていた。開け放たれた窓の向こうをみやると、逃亡を急ぐ犯人の後ろ姿も確かめられた。

「提督は死んだ。カトリックの宿敵は討たれた」

そう叫びながら、馬でサン・タントワーヌ門のほうへ駆けていったという。

「それで、本当に父上は、……」

大声で質しながら、シャルル九世は飛びこんだ。

コリニィ暗殺の報せを受けたとき、王はルーヴル宮の球戯場にいた。

ギーズ公、それにコリニィの娘婿にあたるテリニィが一緒だった。予定の顧問会議を欠席したのも、二人を相手に試合に熱中してしまったからだが、その熱戦がまだ終わりになっていなかった。

さすがのシャルル九世もラケットを放り出さずにいられなかった。撃たれたコリニィは、ひとまず自宅に運ばれたとも聞かされて、汗まみれの衣服だけ取りかえると、とるものもとりあえず、急ぎベティズィ通りに駆けつけたのだ。

「生きておりますぞ」

と、王の問いに返した言葉があった。

男たちの背中が壁になっていたが、なかの数人が身を引くと、奥に天蓋付きの寝台が覗いた。そこで横向きになっていたのが、コリニィの顔だったのだ。

死人と思うほどに青白い顔だったが、双眼は開いていた。瞳の奥には、まだ命の力も感じられた。

「おお、父上。おお、おお、御無事で」

シャルル九世は寝台に駆けよった。さらに数人が道を空けたので、枕元に取りつくことができた。おお、おお、父上、よくぞ、御無事で。撃たれたと聞きましたのに、よくぞ御無事で。

「暗殺は失敗です」

と、コリニィは答えた。ええ、確かに撃たれましたが、まだ生きております。

「陛下、これも神の配剤でございましょうぞ」

「それは……」

「そのとき小生は靴の紐をなおそうと屈《かが》んだのです。ために弾丸は狙いを外れてしまったのです」

「そうなのか」

シャルル九世が確かめたのは、自分に先がけて遣わしていた、名医アンブロワーズ・パレだった。反対側の枕元にいて、傷をみていた顔を上げて、パレは答えた。

「ええ、外れております。命に別状ありません。一発は右の人差し指を吹き飛ばしました。もう一発は左の肘に食いこんで、今も骨の深いところに留まっております。それだけですので、治療は十分可能です」

いいながら、パレは持参の鞄《かばん》を探っていた。取り出した黒鉄《くろがね》の道具は鋏《はさみ》のようだった。ちょっと痛みますよとコリニィに断り、なにを始めるのかとみていると、その鋏で人差し指の根元の残りを、めりめりと音をいわせて切りとった。

その間も目を見開き、コリニィは無言で堪えた。息を止めるほどに、その額にはブワッと脂汗が噴き出したが、それでも呻き声ひとつ上げなかった。

我慢強さは狂信家の美点なのか、続いて左の腕を取られ、入ったままの弾丸を取り出すために今度はメスを入れられたが、声ひとつ上げずに堪える姿は変わらなかった。

その様子を横目にしながら、シャルル九世は言葉を絞り出すようにして続けた。

「父上、あなたは痛みに堪えなければならないが、私は恥辱に堪えなければなりません。私の王国において、このような……」

王は本当に涙を流した。

「しかし、父上、もう安心してください。私は今この場で、あなたのための復讐を宣言いたします。ええ、父上が神意によって生き延びたものならば、あなたの恨みを晴らさずして、私の魂が救われることはありますまい。ええ、ええ、捜査の開始を宣言いたします。いいえ、犯人探しはすでに始められております」

シャルル九世は、ひとつ大きく洟を啜った。犯人が発砲した屋敷で、事件に連座したと思われる二人の身柄が押さえられたそうです。今このときも取り調べが行われております。事件の全容が明らかになるのも、もう時間の問題です。

王に続けられて、コリニィはふっと苦笑を浮かべた。

「恐れながら、陛下、犯人はギーズ以外に考えられないのでは……」

「いや、ギーズは犯人ではありません。父上が撃たれたときには、この私と一緒だった。球戯の試合を戦っていた」

「真犯人は必ずしも発砲した人間とはかぎりませんよ」

窘めるような言葉を後ろから差し挟んだのは、王母カトリーヌ・ドゥ・メディシスだった。

ベティズィ通りに行かなければならない。コリニィの安否を確かめなければならない。そうやって騒いだのはシャルル九世だったが、それも一国の王の話であれば、気が向くまま、ひとり勝手にというわけにはいかなかった。

侍従を引き連れ、警護の近衛隊を動員しているうちに、王母カトリーヌ、王弟アンジュー公アンリにアランソン公フランソワ・エルキュール、さらにブルボン枢機卿、モンパンシエ公と、ルーヴル宮の門を出る時までには、大袈裟な行列になってしまったのだ。とはいえ、シャルル九世としては、特段に意識するでもなかった。アンブロワーズ・パレが取り出し、鉄皿にコンと落とした弾丸のひしゃげ方のほうが、よほど気にかかる様子だった。母親の言葉など聞こえないかのように、さっさと自分たちの会話を再開した。

「とにかく、です。真犯人が誰であれ、私は父上に傷を負わせた輩に復讐します。このフランス王国の記憶から末代まで消えることのないような、それは残虐な復讐を」

「いえ、陛下、お心遣いには感涙さえ禁じえない小生ながら、あえて申し上げたいことがございます」

「なんです、父上」

「復讐よりも、今は戦争を優先なされよ」

「戦争と」

「小生の命拾いが神の配剤だというのも、そこです。ネーデルラントに火の手が上がっております。この戦いから逃げるような真似だけはなさらないでほしい。我々にオラニエ公との約束を破らせるような真似だけはなさらないでほしい。なんとなれば、この戦争こそ神が我々に与えられた試練なのです」

　シャルル九世は頷いた。

「わかりました、父上。必ずや、その通りにいたします」

「ありがたき幸せ。ときに陛下、二人だけでは話せませんか」

　そうやって、コリニィ提督のほうは気にした。何をといって、黒王妃カトリーヌはじめ、宮廷から付いてきた面々は、シャルル九世の背中に張りつかんばかりの体だった。二人の間に交わされる言葉なら、それこそ一語も聞き漏らすまいとする勢いだ。

　シャルル九世は頷くと同時に命令した。皆のもの、下がれ。声に応じて、ばらばらと動きがあったが、まだ足りないとばかりに、さらに言葉が加えられた。

「母上も下がってください。ああ、アンリ、おまえもだ」

二人になると、シャルル九世は提督の枕元に耳を寄せた。またコリニィも熱心に言葉を吹きこんだようだった。

が、それも数分の話にすぎなかった。黒王妃が我慢できずに道理を説いたからだ。

「陛下、提督閣下は静かに休まなければなりません。長々と御邪魔をしては……」


コリニィ暗殺未遂事件に関する捜査は、パリ高等法院長ドゥ・トゥー、ならびに評定官カヴェーニュの手に委ねられた。八月二十三日に開かれた国王顧問会議では、その両名により早速の経過報告がもたらされた。

発砲現場となった建物は、ピエール・ドゥ・ピィル・ドゥ・ヴィルムールの家だった。ヴィルムール本人は留守にしていて、事件に居合わせたのはその従者だった。尋問にかけたところ、興味深い事実が数々判明した。

ヴィルムールは聖職者で、サンス司教区の聖堂参事会員だった。その世界でロレーヌ枢機卿の腹心でもあり、のみならず、その伝《つて》から数年前までギーズ公アンリの家庭教師を務めていた。

もうひとり身柄を押さえられたのは、犯人が逃走に用いた馬を引いてきた男だった。こちらも尋問にかけたところ、その馬はギーズ公家の厩《うまや》から連れ出されたことがわかった。

やはり、嫌疑は濃厚だった。数々の証拠が上がってくる以前に、新教徒たちはギーズ公を犯人と決めつけて、怒り心頭に発していた。

二度と暴挙を許すまいと、コリニィ屋敷の周囲を固めたのみならず、パヴェ通りのギーズ屋敷に近づいて、投石を試みる者まで出ていた。それが明日には銃撃になり、明後日には武装集団の突撃になったとしても、なんの不思議もないような雰囲気なのだ。

それでも、ギーズ公アンリは参内してきた。シャルル九世の面前に進むと、まっすぐな問いで王の返事を求めた。

「私は逮捕されるのですか」

「そうと決まったわけではない」

答えたとき、シャルル九世は複雑な顔をした。一瞬だけ目をギーズ公からそらしたが、その先で壁にもたれていたのが、アンジュー公アンリだった。

「第三者がギーズ公家の仕業にみせかけようとした線も考えられないではない」

ドゥ・トゥーとカヴェーニュの報告には、もうひとつ続きがあった。周知のように現場となった建物には、暗殺未遂に使用された銃が、まだ熱いままで残されていた。この物的証拠を調べていくと、アンジュー公アンリの護衛隊の兵士のものだと判明したのだ。

真犯人はアンジュー公アンリ——ありえない話ではなかった。

シャルル九世にしてみれば、あってはならない話でもなかった。が、軽々に動けない話であることも、承知しないでいられなかった。

　ギーズ公は問いを続けた。

「それならば、陛下、小生はパリを辞してもよろしいでしょうか」

「好きにせよ。しかし、覚えておくがよい。私が望んだときは、いつでも逮捕してやるからな」

「逃げも隠れもいたしません。ただ噂程度のものに撲殺されたくはないだけです」

　そう断ると、ギーズ公アンリは丁寧な辞儀をして、それから踵を返した。大男は大股の歩き方で去ろうとしたが、それを呼び止めた声があった。

「待ちなさい、ギーズ公」

　王母カトリーヌ・ドゥ・メディシスだった。シャルル九世が話す間はいるとも感じさせなかったが、まさしく影さながらに、その日も王の居室に詰めていた。

「私からと、ヌムール公妃に伝えてくださいな」

「母上に……。なんと」

「あなたもイタリア女ですね、と」

「どういう意味でしょうか」

「命に代えても家族を守ろうとする、という意味です」

「…………」

「ええ、母とは尊いものです。ギーズ公、あなたは母に救われたのですよ」

怪訝な顔で、ギーズ公アンリは去った。

その大きな背中を見送ってから、黒王妃は前に出た。ずんずん歩を進めていったが、シャルル九世のほうは一度も目をくれなかった。さほどの枚数もない報告書を、ああ、忙しいといわんばかりのせわしなさで、やたらと捲りなおしていた。

「母を無視するつもりですか」

「えっ、なんですか、マダム」

「顔を上げなさい、シャルル」

打ち据えるような声の調子に、さすがのシャルル九世も無視を続けられなくなった。顔を上げたときには、もう目を泳がせてさえいた。が、それに自分で気づいて恥じたか、直後には肩を竦めて、おどけに逃げた。わかりました。わかりましたよ、母上。

「そのかわり、お手柔らかに頼みますよ」

「提督は何を話したのです」

黒王妃は前置きもなく聞いてきた。シャルル九世は惚《とぼ》けてみせた。さて、なんのことでしょう。

「いろいろな話をしていますからね、父上とは」

「コリニィは父などではありません」

「…………」

「昨日のことです。人払いまでして、あの男はあなたに何を」

「ああ、あれのこと。いや、大した話はしておりませんよ。大した話ができる時間もありませんでしたからね」

「それでも、何かは話したはずです。それは何だったのかと聞いています」

「さて、何だったでしょうか」

シャルル九世は再び肩を竦めて惚けてみせた。そうした息子を黒王妃のほうは、まさに射るような眼光で見据え続けた。

「わかりました、わかりました。ええ、母上、あなたが知りたいと仰るからいうのですよ」

「ええ、いいなさい」

「コリニィはこういいました。他に口にする者もないだろうから、あえていうのだと前置きして、父上は……」

「前置きはどうでもいい。ですから、なんと」

「陛下の権力は母上の手で、切れ切れにされてしまっていると。陛下にとっても、王国にとっても、それが全ての不幸の元凶なのだと」

「ああ、そんなこと」

と、黒王妃は引きとった。物凄い剣幕で怒り出すかと思いきや、刹那は気の利いた冗談でも聞いたような笑みになった。

シャルル九世のほうは少し驚いた顔になった。

「もしや、お認めになるのですか」

「まさか。ただコリニィの思惑ばかりは、はっきりしたというのです」

「ほお、父上はどういう」

「私から息子を奪うつもりのようです」

「…………」

「当たり前すぎて、ええ、ホッといたしました」


ホッとしたといえば、あまりに月並でしょうか。いえ、まわりは慌てたようですよ。物凄い音が響いた次の瞬間、観客席の注目を浴びていたのは、この私のほうでした。刹那は空気を縦に裂くような鋭い悲鳴を上げたといいますから、それも無理ない話ですね。


競技場のなかはといえば、二人の騎手は相討ちになりながら、どちらも鞍上で持ちこたえました。何事もないかのように交差したというのですから、なるほど注目に値したのは、時ならぬ叫びを発した私のほうだったのです。

「しっかりして下さいませ、王妃さま。陛下はなんともありませんよ」

王妹マルグリット様に励まされて、私は恐る恐る目を開けました。

アンリは息を荒らげる馬を御していました。その姿を確かめることができて、そのときの心情をいうならば、ええ、ただホッとしたなんてものじゃなく、生きた心地もしなかったところから助け出された、まさしく生き返ったと、それくらいの救われ方だったものです。

「ああ、よかった」

そう声に出すと、くすくすという忍び笑いが聞こえました。

いくら相手が強敵でも、その黒装束が不気味にみえたとしても、この程度の話に長々と息を吐くなど、心配性の女にしても大袈裟とみえたのでしょう。地味で目立たない王妃が、なにを可愛らしいふりをしていると、ことによると、嘲笑されていたのかもしれません。

いずれにせよ、笑いものは私です。けれど、ただ一言で、それを皆の喉奥に呑ませた人間がおりました。他でもない、競技場のアンリです。

「モンゴメリー、もう一度だ」

そう大きく叫ばれて、サン・タントワーヌ通り全体が静まりかえりました。

ギーズ公と分けた試合でも、大いに不服そうでしたから、それほど意外という話ではありません。危うい表情に気づいたのは、ごくごく一部の人間だけで、あるいは観戦していた大半にとっては、陽気な冗談口のやりとりばかりが記憶に残っていたのでしょうか。それともアンリ二世という王の、平素の穏やかさを知るだけに、こうまで勝負に固執する様子には、驚きを禁じえなかったのか。

相手が明らかな強敵であれば、引き分けられれば上出来、再戦を望んで、あくまで勝ちを狙うなど、それこそ無謀な挑戦とみえたのかもしれません。今度こそ無事で済むわけがないと、いよいよもって王の身体が危ぶまれたのかもしれません。

わかりません。けれど、事実として刹那のサン・タントワーヌ通りは、はっきり凍りつきました。その静寂に響かせて、なおもアンリは念押しの言葉を響かせたのです。

「いいな、モンゴメリー」

当惑するモンゴメリー伯は、辞退の様子をみせました。宮廷の近臣たちも、目の色を変えて、砂場に踏みこみました。大急ぎで主君を囲み、皆で説得にかかったのです。

「もう馬の体力も限界でしょう」

「ええ、鎧の重さは皆で百リーヴル（約五十キロ）を超えます。陛下の体重と合わせて背に負いながら、四度の全力疾走は殺生というものにございます」

「鎧の重さといえば、こんな重たいものを着こんで、陛下とてお疲れのはず」

「じき時刻も五時になります。薄闇に敵の姿もみえにくくなっています」

「うるさい、まだまだ明るい。うるさい、屁理屈を申すな、あと一度くらい造作もない」

あくまで馬上に留まるアンリは、断乎《だんこ》あきらめませんでした。

となれば、自分の出番とばかりに出てくるのが、一番の寵臣を自任するアンヌ・ドゥ・モンモランシーです。「父親がわり」の自分のいうことならば、さすがの意固地な王も聞き入れるに決まっていると、砂場を踏んで進む歩き方からして、ふてぶてしい感じがしたものでした。

「陛下、どうか落ち着かれよ。なにより、それは作法にかなわないのです」

「作法だと」

「ええ、三試合を済ませた発起人が、四度目を行うのでは、規則違反になってしまいます。陛下ともあろう騎士道の雅に通じる御仁が、そのような誤謬《ごびゅう》を犯すのでは……」

「作法など知ったことか」

アンリは吠えるような言い方で退けました。モンモランシーが二度三度と目を瞬かせなければならなかったほど、思いがけない乱暴さだったのですが、妻の私にいわせるならば、なんら首を傾《かし》げるまでもありませんでした。

そもそもが、そういうことだったからです。誰に流されることもない、強い自分を手に入れたいからこそ、このときのアンリは勝負にこだわっていたのです。

モンモランシーがしゃしゃり出てくること自体が、むしろ逆効果でした。私にすれば、歯がゆくて、歯がゆくて、仕方がないほどでした。というのも、この男に説かれては、夫は意地になるばかりだからです。私は今度こそ止めなければならなかったのです。

ええ、どれだけ周囲に笑われようと、シメオーニの占いがあり、ノストラダムスの予言まであるかぎり、アンリを危険な騎馬槍試合に送り出すわけにはいきません。

私は観客席にいたヌムール公に、走り書きを記した小さな紙片を託しました。

「この私のことを妻と思い、少しでも気にかけてくださるなら、陛下、もう試合はお止めください」

ありきたりの内容でしかありません。あれこれ凝った文面を考える余裕もありませんでした。それでも様子を横目にみていたのでしょう。

観客席の空気が俄かに弛みました。にやにやして、ざわざわして、それまでの静まり返り方に比べると、ほとんど不謹慎なくらいの弛み方は、いうまでもなく下世話な関心に発したものです。

ええ、宮廷の事情に通じる者ばかりでしたからね。寵姫ディアーヌ・ドゥ・ポワティエを加えた三人世帯において、妻が夫にいかなる力をふるえるのかと、そうした野次馬的な関心に皆が駆られていたわけです。

ディアーヌ・ドゥ・ポワティエはといえば、あえて動きませんでした。

私のほうが先に動いたということがありますし、それに「父親がわり」のモンモランシーが撥ねつけられるところを、間近にみているわけですからね。

アンリのこだわりようから推して、「母親がわり」とて耳を貸されるかどうかと、もとより勝てる勝負しかやらない卑怯な女でしたから、動かないのは当然でした。

冴えない王妃の言葉など、もとより御話にもならないと踏んだのでしょうが、万が一こちらがアンリの説得に成功しても、競っていない自分に負けはつかないという論法です。自分が動くのは、あちらが説得に失敗してからでも遅くはないと、そういう計算もあったでしょう。

そこでアンリが折れれば自分の勝ち、折れなくても引き分けで、やはりカトリーヌ・ドゥ・メディシスなんかに負けるわけではないという理屈ですが、わかりますね、あの女の身勝手さのほどが。ディアーヌ・ドゥ・ポワティエの頭のなかには、アンリが怪我をするとか、命の危険にさらされるとか、そういう心配が一切ないのです。あるのは寵姫としての自分の体面ばかりなのです。

かまっちゃいられません。私のほうは必死なんです。たとえ無駄な努力でも、それを周囲に笑われてしまうとしても、アンリの無事のためには動かないではいられないのです。

その真心を値踏みしようというのですから、思えば嫌な宮廷もあったものですね。

いずれにせよ、観客席は興味津々で、アンリの出方を窺いました。夫のほうはといえば、遣いのヌムール公を迎えて、確かに私の紙片を読んでくれたようでした。

公に何事か告げると、アンリは馬を砂場の中央まで進めました。きつく射しこむ夕陽のなかに、その腕を高く差し上げ、それからこう宣言してみせたのです。

「高貴な人間の名誉にかけて誓う。王妃を愛するがため、朕はこの試合を生涯最後の試合としよう」

　しよう、よう、ようと声の響きが収束した刹那から、わあああと観客席に大きな波が立ちました。右からも左からも、わあああ、わあああと歓声がわき上がり、中央に座る私を一気に呑みこんでしまったものです。

　まさに割れんばかりの拍手喝采でした。その視線と、そこに籠められた讃辞が注がれていたのが、ひとえに私のところだったというのです。

　全身が震えました。

　頭の後ろのほうが寒く感じられるくらいの、それは巨大な優越感でした。

　女として生まれた者が望みうる最高の優越感――宮廷風の雅が、ここぞと発揮されていました。そのとき私は騎士道物語の女主人公でさえありました。

　誰しもが憧れながら、誰しもがなれるわけではない女主人公の座――些かとうの立った女主人公だったかもしれませんが、それだけに、ふわふわと座り心地も覚束《おぼつか》ないわけではなく、それはしっかりとして揺るぎのない玉座でした。

　もう軽やかな夢などみられないかもしれないけれど、ずっしりと重たい中身が詰まった、それこそ嫌になるくらいまで詰まった現実を、そのとき私は総取りにしていたのです。

　たとえ周囲に目の動きを気取られようと、私は覗きみないではいられませんでした。

　もちろん、ディアーヌ・ドゥ・ポワティエの顔です。つい先刻まで主役然と特別席に着いていた、あの鼻もちならない寵姫の表情です。

ディアーヌ・ドゥ・ポワティエは目を下げていました。こめかみのあたりの皮膚をきつく張りつめさせながら、少なくとも頬にかけては、羞恥心のあまり真っ赤になっていました。

ええ、醜い横顔でした。いたのは、枯れて乾いた頬に、どうやっても乗らない化粧の粉を噴かせている、無理な若造りの哀れな老婆でしかなかったのです。

「勝った」

と、私は思いました。ええ、勝ったのです。自ら宣戦布告したあげくに、ディアーヌ・ドゥ・ポワティエに勝ったのです。アンリの言葉は、そういう意味だったのです。

「王妃を愛するがため、朕はこの試合を生涯最後の試合としよう」

もう白と黒の飾りをつけることもありません。ええ、もうアンリはディアーヌ・ドゥ・ポワティエの印を捨てるのです。それというのも、妻のためだというのです。

「私だけの夫になる」

私は人生に勝ちました。ほとんど暴力的なくらいの快感に流されそうになりながら、かたわらで忘れたわけではありませんでした。ええ、アンリを止めなければと。不吉な予言を思い出させる、この危険きわまりない遊戯を止めさせなければと。

「しかし、最後なのだし」

そう心に呟いたことを、覚えています。というのも、この試合さえ終われば、あと数分だけ無事にすぎれば、もう夫は白と黒の飾りなんか、二度と身に帯びないというのです。ディアーヌ・ドゥ・ポワティエの顔なんか、もう二度とみなくて済むというのです。

逆に無理に止めてしまったら、どうでしょう。

アンリは無念を残してしまいます。また騎馬槍試合を所望するかもしれません。いえ、それどころか、敗北感に心が挫けて、またディアーヌ・ドゥ・ポワティエの愛撫に逃れるかもしれない。またアンヌ・ドゥ・モンモランシーの庇護と支配に安住してしまうかもしれない。

「それは嫌だわ」

つまるところ、私は勝利を手放したくなかったのです。あまりに切に欲した勝利であったがために、ことによると、欲張りになっていたのかもしれません。

試合が再開されました。やんやの拍手に送られながら、アンリは馬を御し御し所定の位置まで戻りました。槍を新しいものに替えると、さっと面頬を下ろし、あれよあれよという間に審判の合図を待つのみになりました。

モンゴメリー伯はといえば、ぎりぎりまで渋りました。そのために槍を取り替える余裕もなく、慌ただしく位置につくことになったのです。

「若き獅子、老いた獅子を打ち倒さん

戦いの場にて、一騎討ちの勝負により

金色の囲いのなか、男は目を破られる
ふたつがひとつに、それから死が訪れる
残酷な死」

その間も頭のなかでは、ノストラダムスの予言が聞こえ続けました。だからこそ、私は目を凝らしました。そうして必死の思いで、文言をひとつひとつ打ち消したのです。

モンゴメリー伯は本当に若き獅子か。いえ、十代の若さというわけではない。二十九歳が強敵なのは、そこに経験による円熟が加わるからだ。

アンリは本当に老いた獅子か。四十歳は老年というわけではない。もう若くないだけで、いまだ衰えたわけではない。

なにより、金色の囲いなど、どこにある。競技場を形づくる矢来が金色なわけではない。フランス王家の紋は確かに金百合だが、ちりばめられる地の色は青色であり、その垂れ幕がなびくことを指すとするなら、むしろ青色の囲いだ。

なにより、目は大丈夫。アンリは面頬を下ろしている。しっかりと下ろして、その兜ときたら、さながら金色の囲いのようだ。

「…………」

審判の合図で、アンリを乗せた「不幸」が走り出しました。馬の蹄が砂を叩く気配までが、尻の下から重々しく響いてきます。ほんの一瞬の出来事であるはずなのに、なんだか私には、ゆっくりした時間が長く続くように感じられました。

ええ、二人の騎手は槍を低く構えなおし、いよいよ矛を交えんとしています。それは同時なのですが、アンリのほうが馬の勢いに勝るため、槍先の迫り方が速いようにも感じられました。あるいはモンゴメリーが気後れしたのかもしれません。

ああ、やっぱり。アンリの槍のほうが先に相手に届きました。胸甲を突かれて、モンゴメリーは仰け反り加減になっています。このまま落馬するでしょう。ええ、負けてしまえと、私が心に叫んだときでした。

モンゴメリーが体勢を崩したため、その槍はおかしな角度でアンリの胸甲を突きました。威力などありません。アンリはぐらりともしません。逆に情けなく音を上げたのは、モンゴメリーの槍のほうでした。

最初の試合で、すでに傷んでいたのでしょう。さほどでもない衝撃にも、パキッと乾いた音を立てて、あえなく折れてしまったのです。

弾け飛んだ先端は、くるくると宙を舞いました。危険です。穂先に鋼がついているわけではありません。かえって木の折れたところが、鋭くささくれて危険でした。

それが面頬を下から潜り、兜のなかに飛びこんだのは、勝利の直後の事故でした。

ええ、勝利は勝利で間違いありません。白と黒の飾りは噴き出す鮮血のあまり、もう真っ赤に汚れて、見分けもつかなくなっていましたから。

ええ、ええ、金色の囲いのなか、男は目を破られて……。

29 怖いのですね

「嫌な予感が的中してしまいました」

と、黒王妃は始めた。ええ、陛下も御存じのように、ブーシャヴァンヌは新教徒として、さらにはコリニィの腹心としても通っています。ところが、その実は私に仕える密偵なのです。

「そのブーシャヴァンヌが報告を寄せました。提督にせよ、その周囲を固める面々にせよ、ベティズィ通りの誰ひとりとして、王が約束した正義の実行を、いえ、王の誠意さえ信じてはいないと。連中の望みは、その正義なるものを自らの手で実行することだと」

「…………」

「新教派は近郊から四千人を動員できる。これでパリを包囲する。すでに八千人を市内に逗留させている。これでルーヴル宮を占拠する。あげくに王と王母の身柄を押さえ、フランス王国の政権を掌握する。これが正義を実行するというときの、中身なのだとも」

「…………」

「八月二十六日に決行の予定だそうです。要するにコリニィ屋敷では、新たな陰謀が企まれているのです」

シャルル九世の沈黙をよいことに、さらに数人が続いた。

「ブーシャヴァンヌだけではない。グラモン公爵も同じ注進に及んでおります」

「いわずと知れたガスコーニュ貴族の筆頭格は、新教徒であり、ナヴァール王の第一の家臣なわけですが、そのナヴァール王とコンデ公の二人は計画に反対した、陰謀とは無関係なのだと、こちらは弁明かたがたというところです」

黒王妃の側近、ビラーグとゴンディという二人のイタリア人が続けば、最後が黒王妃の秘蔵っ子アンジュー公アンリになる。

「もっとも、同じガスコーニュ貴族でも、パルダイヤン某とかいう熱血漢なんかは、やる気満々のようですがね。ええ、このルーヴル宮で先ほどまで行われていた、晩餐会《ばんさんかい》での話です。『もし正義が行われないなら、それを我々は我々の手で果たすまでだ』なんて、大きく叫んでみせましたからね」

「本気で陰謀を考えているなら、それを叫ぶ馬鹿がいるものか」

そうやって、ようやくシャルル九世は返した。

八月二十三日も夜の八時をすぎてから、黒王妃はアンジュー公アンリ、さらにビラーグ、ゴンディ、ヌヴェール、レッツ、タヴァンヌ、モンパンシェ、モルヴィリエら、数人の側近を引き連れて、再び王の私室を訪ねた。

出し抜けに告げたのが、コリニィ提督の陰謀発覚という報せだったが、それをシャルル九世は容易に信じようとはしなかった。

「ああ、陰謀など噂にすぎない。でなければ、でっちあげだ。大方パリの連中が、中傷して回っているだけなのだ」

そう片づける王にも、一理ないわけではなかった。

実際のところ、パリは緊迫していた。コリニィという指導者を暗殺されかけ、最初に激怒したのはプロテスタントたちだったが、その物々しいまでの身構え方に、王都の人々も心穏やかでいられなくなったのだ。

もとより、パリはカトリックが強い都市である。いくら婚礼のためだとはいえ、我が物顔で長居しているプロテスタントには、反感を覚えてこないではなかった。

それが一騒動起こしかねないというのだ。戦いに巻きこんで、自分たちの日々の暮らしまで、粉々に壊してしまいかねないというのだ。

自衛が叫ばれ、パリ市政庁は人々に、火縄銃、矛槍、刀と武器を配り始めていた。たちまち民兵隊が組織され、グレーヴ広場に整列を遂げるにつけても、ユグノーどもの鼻っ柱を叩き折るに、あと必要なのは口実だけだと語られる向きはあった。

「しかし、証拠が揃っているのです。もはやコリニィは、はっきり反逆者なのです」

と、黒王妃も譲らなかった。その一党も嵩《かさ》にかかって、王を説得しようとする。

「新教派の首領たち、全部で十人ほどの指導者たちを、直ちに処刑しなければなりません」

「ええ、もはや一刻の猶予もありません。手を拱《こまね》いて、このままユグノーたちを放置すれば、もう数日後には武装蜂起を遂げてしまうというのです」

「馬鹿な、馬鹿な、そんなものは出鱈目《でたらめ》に決まっている」

ビラーグ、ゴンディを向こうに回して、シャルル九世が睥睨するかの目つきになれば、再び前に出てくるのは、黒王妃カトリーヌしかありえなかった。

「どうして出鱈目なのです」

「それは出鱈目でしょう。提督は私のことを本当の息子のように愛してくれています。私に危害を加える陰謀など、企もうとするわけがない」

「企もうとするわけがない？　もしや陛下はお忘れなのですか。ええ、モー事件のことです。なんとかパリに逃げこむまで、泥の夜道を駆けさせられた、あの五年前の屈辱のことです」

「………」

「陛下は涙ながらにプロテスタントへの報復を宣言なされました」

「しかし、モー事件を起こしたのは……」

「コンデだけではありません。コリニィもいたのです。ええ、陛下が父親がわりと慕う提督こそ、あの陰謀の首謀者なのです。その同じ人物が、今また同じような陰謀を計画したとして、全体なんの不思議があるという……」

「お止めください。母上、どうか黙られて」

「黙るわけにはまいりません。陛下と陛下の王国が危機に見舞われようとしているときに、どうして黙っていられますか」

強く押されると、それに反発するかのように、シャルル九世はバッと立ち上がった。

握り拳を左右とも上下させて、なにやら訴えるようだった。違う、違う。だから、全体なんの話をしているのです。逆だ、逆だ。コリニィはあくまでも被害者なのです。

「私はコリニィを救うと誓いを立てております。私は正義を行いたいのです。提督を殺そうとした輩、火縄銃を撃ち放した男は無論のこと、その背後で絵図を描いた黒幕にいたるまで、全て捕らえて、厳しく罰してやりたいのです」

そう叫ぶだけ叫んでから、今度のシャルル九世は拗ね子のように背を向けて、そのまま椅子にうずくまった。

黒王妃はゆっくり近づいてきた。こちらも幼子にするように、息子の頭を優しく撫でた。

「それでは、陛下、暗殺未遂の黒幕は誰だと考えておられるのです」

「挙げられた証拠からすれば、ギーズでしょう。あるいは……」

シャルル九世はまたも乱暴な勢いで立ち上がった。目で探していたのは、アンジュー公アンリだと思われた。部屋の隅に弟の姿をみつけると、実際に糾弾の指をさそうとした。

その一瞬前のことだった。黒王妃は答えて出た。

「私です」

「………………」

「ええ、コリニィの暗殺を計画したのは、この私です」

シャルル九世は再び椅子に座した。あるいは頽れたというほうが正確かもしれない。

「母上が、あなたが……、なぜ……」

「私がコリニィを亡きものにしようと考えるのは当然です」

「どうして当然なのです」

「提督は陛下から私を引き離そうとしたではありませんか」

「それは……」

「私はあなたを守らなければなりません」

「コリニィも私を守ってくれます」

「そうみせかけて、利用しているだけです」

黒王妃は変わらず、あやすような口調だった。ええ、陛下のことなど少しも考えておりません。ただ戦争がしたいだけです。オラニエ公との約束を守りたいだけなのです。フランスの新教派を代表する顔として、要するに自分のメンツを保ちたいだけなんです。

「母上は違うのですか」

「違います。あなたを守って、なんのメンツが立つというのです。かえって嫌われるばかりです。女だてらに政治だなんて、まさに権力の亡者だと、悪口をいわれるだけなのです」

「…………」

「それでも、私は母親です。家族を守らなければならないのです」

打《ぶ》ち上げながら、黒王妃はまっすぐの目で息子をみつめた。

シャルル九世は、ぽつりと始めた。

「コリニィの裏切りは、本当に本当なのですか」

「本当です」

「ならば、私がパリ退去を命じます」

「恐れながら、陛下、あの男が大人しく引き下がるとお思いですか」

「提督には八千のユグノーがついているのです。さらに四千をパリに呼び寄せることができるのです。すでにベティズィ通りには、大量の武器弾薬が運びこまれている……」

またビラーグとゴンディが続いたが、それを黒王妃は手を差し出して止めた。再び自分が前に出ると、王に投げたのは、ほんの数語の問いだった。

「この母を見捨てるのですか」

シャルル九世はハッとしたような顔を向けた。その泳いだ目に、黒王妃は畳みかけた。

「仮にパリを退いたとして、自分の暗殺を計画した私を、コリニィが許すと思いますか」

　詰問された王は、ふらふらと手を伸ばした。母親を抱きしめようとしたかにみえたが、黒王妃のほうはそれをかわして、なぜだか背中を向けてしまった。

「アンリ、おいでなさい」

　そうして弟息子《おとむすこ》を呼んでから、黒王妃はシャルル九世に続けた。

「ここまで申し上げても、陛下が耳を貸してくださらないなら、私はアンリを連れて、パリを出ることにいたします」

「パリを出て、どこに」

「さあ」

「それに、どうしてアンリを連れるのです」

「ユグノーを恐れないからです」

「………」

「ジャルナックとモンコントゥールの英雄ですもの」

「………」

「つまるところ、陛下は怖いのですね」

「………」

「動かないのは、ユグノーが怖いからなのですね」

　シャルル九世の目尻が上がった。猟犬の群れに囲まれて、今にも逆上せんとする、手負いの狐そっくりの顔だった。

怒っている。否むしろ追い詰められている。当たり前だ。そもそもシャルル九世を突き動かしていたのは、恵まれた弟に対して抱かずにいられない激しい嫉妬だったのだ。

シャルル九世は立ち上がった。そこまで仰るなら、私も母上に従いましょう。

「そのかわり、だ。十人程度の指導者だけでは足りない。生き延びた輩が後から私を非難することがないように、ユグノーはひとり残らず殺します」

黒王妃の側近たちを押しのけると、シャルル九世は部屋を出ていった。その間も裏返りかけた声で、何度となく繰り返した。ああ、決めた、決めた。

「皆殺しだ。本当の皆殺しだ」

残された面々は、自然と黒王妃の周囲に集まってきた。皆が額を寄せたところで、即席に顧問会議が始められた。ええ、王の命令は発せられました。我らは、それを実行するまでです。

「ギーズを呼びなさい」

黒王妃が指示を出すと、ひとつ辞儀して、ビラーグが駆け出した。

王がいう「皆殺し」に乗り出そうにも、実働部隊が必要だった。王の近衛隊や、王弟の護衛隊だけでは、まるで足りない。まだまだ足りない。

「それにパリ商人頭のル・シャロンを」

「前の商人頭クロード・マルセルは、いかがいたしましょう」

「それは？」

「ギーズ公家と親しいようです。パリの旧教派の急先鋒《きゅうせんぽう》で、こたびも自ら率先して民兵隊を組織しました」

「ならば、そのマルセルも呼びなさい」

今度はゴンディが走り出す。見送りながら、アンジュー公アンリが後を受けた。

「皆殺しといって、ナヴァール王とコンデ公は見逃すわけですね」

「それにフランソワとアンリのモンモランシー兄弟も。ギーズをのさばらせるつもりはありませんから」

答えた母親に頷きながら、それならばと息子のほうは、女のように白い指を折り始める。

「反対に討ち洩らしてならないのは、一番にコリニィ、それに娘婿のテリニィ、あとはラ・ロシュフコー……」

「モンゴメリーも忘れてはなりません」


目が覚めたとき、私は元のトゥールネル宮にいました。どうやらサン・タントワーヌ通りで、気絶してしまったようでした。

ああ、競技場の観客席にいたのだと呟いてから、事故のことを思い出しました。お付きの侍女を捕まえると、私は急ぎ夫はどうなったのだと尋ねました。

アンリもトゥールネル宮に運ばれて、医師の治療に委ねられているという話でした。しまったと思いながら、私は確かめないではいられませんでした。

「ヴァランティノワ公妃はおりますか」

ディアーヌ・ドゥ・ポワティエのことです。侍女は一言で答えました。

「いいえ」

私の勝利は、やはり揺るぎないようでした。

ああまではっきり白黒がついてしまえば、いかな厚顔な女でも自分の居場所がないことくらいわかります。いや、あれだけ厚かましい女ですから、それでもわからないかもしれない、私が意識を失ったことを幸いとして、またぞろアンリの枕元を占領しようとするかもしれないと、なお私としては確信を持てなかったわけですが、さすがのディアーヌ・ドゥ・ポワティエも承知したようでした。

「よろしい。以後ヴァランティノワ公妃の宮廷への立ち入りを禁じます」

私は命令を発しました。なんのひっかかりもなく命令を発したとき、えもいわれぬ快感が走ったことを覚えています。

ええ、もう私は命令できる立場でした。王が国務を果たせないがゆえに、王妃が摂政となるとかなんとかは関係なく、アンリの妻としての私の立場は、もはやひとつも割り引かれるものがなかったのです。

夫の枕元に急いで、いくつも部屋を抜けていると、その途中でもう呻き声が聞こえてきました。それがときおり、叫び声になったりもしていました。

王家の筆頭侍医ジャン・シャプランとその医師団は、最初に卵の白身を用いて、傷口を綺麗にしたそうです。

傷は大きく、ふたつでした。右目から入った槍先が、こめかみへと抜けていったのです。

こびりついた血を拭ったところで、あらためて調べてみると、槍先が折れて、ささくれていたために、細かな木片が食いこんだままになっていることがわかりました。私が枕元に急いだとき、行われていたのは、その摘出手術だったのです。

メスで傷口を切り開いて、右目と、額と、こめかみの三ヵ所から、全部で五つの木片が取り出されました。さすがのアンリも痛みに声を上げずにいられなかったわけですが、再び傷口を卵の白身で洗われ、ダイオウと乾燥薔薇、そして薔薇エキスを煎じた鎮痛剤を処方されると、あとは眠りについてしまいました。

夜になると、熱が上がりました。もちろん私は、なおも枕元に張りつきました。サヴォイア公とロレーヌ枢機卿は翌朝まで付き添いました。ギーズ公夫妻も交替で詰めました。

けれど、やはりディアーヌ・ドゥ・ポワティエは来ませんでした。何かが変わったことだけは感じたのか、一番の寵臣であるはずのモンモランシーも、その日は姿を現しませんでした。

さておき、医師の説明を待たずして、もう右の眼球が再生しないだろうことは明らかでした。さらにシャプランが報告したところでは、まだ頭部の数ヵ所には、細かな木片が食いこんだままになっていると。それを摘出する技術は自分たちにはないとも。もしやるなら、眼部から頭部を開く大手術にならざるをえないと。

名医アンブロワーズ・パレには、すでに召集がかけられていました。サヴォイア公の計らいで、ブリュッセルにも使者が送られ、スペイン王フェリペ二世の筆頭侍医アンドレアス・ヴェサルこと、解剖学の権威ヴェサリウスも、パリに招聘されることになりました。

いずれにせよ、事故当夜の段階では、生き死にの問題ではありませんでした。重傷は重傷でしたが、命の危険まではないだろうというのが、大方の見方でした。

これくらいの怪我なら騎馬槍試合ではないこともないのだと。その昔の騎士といえば、半分までが片目だったくらいなのだと。

シメオーニの占い、あるいはノストラダムスの予言を聞いていなければ、それで片づけるのが、順当だったのかもしれません。

実際、アンリは持ち直したかにみえました。翌七月一日には熱も下がり、飲みものと、食事もジェリーなど軽いものなら、取れるようになりました。

二日になると、話までできるようになりました。一番にモンゴメリーに会いたいと訴え、もうパリにいないようだと答えると、是非にも伝えてほしいと訴えたのです。この事故は君の落ち度ではないと。悪い偶然が重なったものでしかないと。

容態は三日、四日と安定しました。口述筆記でローマ教皇庁に手紙を出すなど、少しなら執務もこなせるようになったほどです。

「ねえ、マダム、音楽でも聴きましょう」

そうも私に促して、夫は憑きものが取れたかのように清々《すがすが》しい顔になっていました。

イタリア風の楽曲を奏でながら、フルートとヴィオラの音が私たちの部屋の空気を潤していたとき、見苦しく顔を歪めていたのはモンモランシーのほうでした。

七月三日には、パレもヴェサルもパリに到着していました。これら名医に期待をかけたのがモンモランシーで、なにをするのかとみていれば、死刑を宣告された囚人を六人ほど、次から次と牢屋から出しました。

処刑の名の下に強行したのが実験で、アンリが怪我をした同じ個所に、モンゴメリーと同じように槍をつき、傷ついた遺体の頭部を解剖させて、医師に執刀の参考にさせようとしたのです。

なるほど、さらなる手術が行われるなら、万が一にも失敗は許されません。けれど、それも己が寵臣の地位を守りたい、主君に死なれては終わりだという思いがなせる業だとしたら、男の妄執というものは女のそれより、かえって質が悪いのかもしれませんね。

もしやアンリ二世は落命するかもしれない、フランソワ二世の御世になれば、王妃マリー・ステュアールの親戚ギーズ家の天下になる、なんて、先また先と読んで目の色を変えたのは、この時点ではモンモランシーだけだったわけですからね。

とすると、あれは神罰だったのでしょうか。四日の夜、またアンリは高熱に見舞われました。うなじのあたりが痛いとも訴えて、そうこうする間に顔まで紫色に腫れ始めました。

なにか予感するところがあったのか、アンリは口述筆記でスペイン王フェリペ二世に手紙を書き、フランス王国と息子の庇護を頼みました。一仕事かたづくと、そのまま意識を失ってしまったのです。

意識ある者たちの間では、開頭手術をするかどうか、話し合いがもたれました。管《くだ》鋸《のこぎり》で頭蓋骨に穴を開け、細かな破片まで全て取り除くべきか否かの議論です。

モンモランシーは可能性にかけるべきだと主張しました。パレにヴェサルと、名医が二人もいるのだから、やってやれないことはないと。参考にするべき頭蓋骨とて六つも用意したのだから、やってもらわないと困ると。

ところが、医師の見立ては別でした。四日の夜からアンリは汗もかきましたが、それは「死の汗」だというのです。

脳膜炎、脳炎、そして後頭部の脳膜出血の疑いが濃厚であり、恐らくは脳味噌にまで達した細かな木片が、なかで膿瘍《のうよう》を起こしているのだろうと。その膿は脳のなかで少しずつ腐っていくしかないものであり、それが王に大量の汗をかかせているのだと。

私は医師たちに確かめました。

「開頭手術をしても、無駄だということですね」

「御意にございます、王妃さま」

「それならば、やめましょう」

「しかし、王妃」

「よいのです。妻の私がよいといったら、よいのです」

「と申されましても……」

「もう下がりなさい、モンモランシー」

ようやく静かになりました。

アンリの枕元には私だけが残りました。ええ、妻の当然の権利ですから、私は離れませんでした。一日中、身動きもせず、夫の手を握りながら、ずっと、ずっと。

なんて落ちつける場所だろうか、と思いました。ここが私の家なのだわ、とも自然に合点されました。ええ、誰に邪魔されることもありません。ええ、誰に縛られるわけでもない。それどころか、全ては私の思うがままです。どうしてって、私は夫の妻であり、子供たちの母親なのです。

邪魔が入ってはなりません。自由でなければなりません。家というのは、元来が女のものですからね。家族については、女のすることに口出しできないものですからね。ええ、この幸せを手に入れた女の勝ちなのです。その勝利を覆せる者など、この世にはいないのです。

七月九日には贖罪《しょくざい》神父が呼ばれ、アンリに臨終の秘蹟《ひせき》が与えられました。奇蹟が起きたのは、その日のことです。昏睡状態が続いた夫が、不意に意識を取り戻したのです。

もう目はみえないようでした。それは残された左目も同じでした。それでも握り締めた手の感触から、私が側にいることはわかったのでしょう。

アンリは嬉しそうな顔をしてみせたものです。

「ああ、よかった。マダム、あなたに頼みがあったんだ」

「なんでしょう、陛下」

「妹の結婚式を忘れないでほしい」

「わかりました。この妻に全てお任せください」

その七月九日の夜、サヴォイア公エマヌエーレ・フィリベルト様と王妹マルグリット様の結婚式が行われることになりました。トゥールネル宮の近く、真夜中のサン・ポル教会で急遽挙げられたものですが、なにひとつ非の打ちどころなどなかったと思います。

「ええ、立派な結婚式でございました」

そうした私の声は果たして耳に届いたものか。七月十日の午後一時すぎ、柔らかな午後の光のなかで、アンリは静かに息を引き取りました。

30 ✦ 血なんか珍しいものじゃありません

フランス王の崩御には、白い喪服をつけるのがしきたりだった。

アンリ二世が死んだ後も、王宮は白一色に染まった。

唯一の例外がカトリーヌ・ドゥ・メディシスで、この王妃だけは世の未亡人と全く同じに、黒い喪服を身にまとった。

「亡くしたのは主君ではありません。私の夫であり、子供たちの父親なのです」

そう口上されたところで、違和感は否めなかった。

王家の格式を汚すとか、やはり卑しい平民出だとか、悪口をいわれないでもなかったが、それでも「黒王妃」と呼ばれるようになるくらい、いつも黒い喪服で通した。喪に服するべき期間が終わっても、祝いの席に列するときであろうとも、黒い喪服を着続けた。

が、それこそ心得た服装であるかに感じられるときもある。

一五七二年八月二十六日、カトリーヌ・ドゥ・メディシスはルーヴル宮の大回廊を抜けていた。

鼻の穴が白いのは、臭いよけの薬を塗っていたからだった。魚市場を思わせる腐肉の臭い、道路の側溝よろしき糞尿《ふんにょう》の臭い、あげくが目が痛くなるほどの血の臭いと、確かにひどいことになっていた。

大回廊が囲んでいるルーヴル宮の中庭に、青白い山ができていた。積み上げられていたのは、人間の死体だった。

男がいれば女もいて、老人がいれば若者もいる。

ただ眠っているような死体もあれば、脚があらぬ方向に曲がった歪な死体がある。目玉が飛び出している死体、首にパックリ裂け目を走らせている死体、すっかり切り離されて、首なしの胴体になっている死体、果ては切り刻まれすぎて、死体というより肉片といったほうが正しい塊までが、文字通り山積みになっていたのだ。

ルーヴル宮に隣接する王家の菩提寺、サン・ジェルマン・ローセロワ修道院付聖堂の鐘楼が打ち鳴らした、不意の警鐘が合図になった。

八月二十四日、聖バルテルミーの祝日の早暁、日付が変わって間もない時刻であれば、あるいは深夜というべきなのかもしれないが、いずれにせよ、合図と同時に始められたのが虐殺だった。

プロテスタントも貴族だけなら二百人ほど、その大半がルーヴル宮に部屋を与えられていた。国王シャルル九世の歓迎をよいことに、我が物顔で王宮を占拠する体だったが、それが逆に仇になった。

出動したのは、国王近衛隊ならびにアンジュー公の護衛隊だった。あらかじめ白の墨石で部屋の扉に×を書き、合図が鳴るや、その印めがけて突撃していったのだ。

半分が寝たままの格好で首を斬られた。

四分の一ほどは騒ぎに飛び起きはしたものの、なにが始まったのかもわからないうちに、銃で眉間を撃たれてしまった。

最後の四分の一だけは抵抗したが、それも刺客の意地悪い嘲笑を招いて、自らをなぶりものに落とすだけの愚行だった。

ルーヴル宮が死体で満ちた。

そのまま部屋に捨て置いたのでは血生臭くて仕方がない、ぬるつく血溜まりを拭くことすらできやしないと、かくて積み上げられたのが、がらんとした中庭というわけだった。

「それにしても、どうして裸なのでしょうね」

折り重なる死体を横目に、黒王妃は独り言のようだった。

それを青白い山というだけに、ほとんどの死体は事実として裸だった。いわれてみれば、確かに解せない話だった。裸にしなければ、殺せないわけではないからだ。

「もしや裸で寝ていたということでしょうか。いえ、もともと裸だったということではなく、やはり裸に剝かれたのでしょうね。ボロ布のようなものを手首に絡ませている者も、ちらほらおりますからね。女ならば、襲われたということでしょうか。けれど、宮廷に寝泊まりしていたユグノーたちは、圧倒的に男が多かったはずです。それなのに、どうして皆が裸に剝かれているのでしょう」

答えは返らなかった。他に誰もいなかったわけではなく、それどころか黒王妃は自分よりも背の高い人間に左右から挟まれていた。

こちらがシャルル九世、あちらがアンジュー公アンリで、二人の息子はどちらも小刻みに震えながら、母親の手を握り締めて離さなかったのだ。

これに相好を崩すというのではない。それでも声には張りがあり、潑溂《はつらつ》とした印象さえ否めない。黒王妃は最初に兄息子のほうを窘めた。なんです、陛下、なんなのです。

「なかには、あなたが殺した人間だっているのですよ」

王宮の虐殺が始まると、シャルル九世は中庭に面する上階の露台に立った。逃げ惑うプロテスタントたちが飛び出してくると、それを銃で狙い撃ちにした。

「殺せ、殺せ、ひとりも逃がすな」

甲高い声を上げ、笑い声さえ響かせながら、そのとき王は暴力の快感に憑かれていた。

いつもの話といえば、いつもの話でしかないが、はたと気づけば、その結果が死体の山となっていたのだ。狩りの獲物を惨殺したり、あるいは美しい女を犯したりの程度には、まったく収まっていなかったのだ。

それでも帳消しにできない。後戻りできるわけではない。ならば前に進むしかない。

シャルル九世が率いる、いや、黒王妃カトリーヌに従う王家の行列は、王子、王族、高官、女官、それも「遊撃騎兵隊《エスカドロン・ヴォラン》」と呼ばれる美女たちにいたるまで、決して立ち止まらなかった。

大回廊が尽きれば、ルーヴル宮の門までが開かれた。

パリの市街に進んでも、死体の山は変わらなかった。変わるはずがない。プロテスタントは王宮の外にもいたからだ。

コリニィ提督の殺害を命じられたのは、ギーズ公、オマール公、それに「アングレームの私生児」と呼ばれる庶出の王弟だった。

部隊を率いてベティズィ通りに到着したのが午前四時、コリニィ提督を守って、門を固めていた火縄銃兵二十五人の隊長コッサンは、実のところアンジュー公の腹心だった。玄関を素通りさせてしまえば、あとは時間の問題だった。

コリニィは上階の窓から投げ捨てられた。まだ息があったとも伝えられるが、下で待っていたギーズ公アンリは、その脇腹を思いきり蹴り上げた。ようやく父フランソワの死に報いたことになるが、提督のさらなる受難はなんと説明されるべきか。

死体となったコリニィは、胴体から首を切り離された。やはり裸に剝かれ、全身を切り刻まれ、セーヌ河に投げ捨てられ、いや、まだ足りないと引き揚げられ、二日がすぎた今もモンフォーコンの処刑台に、逆さにして吊るされたままになっていた。

パリの暴走が始まっていた。

王宮に呼び出されたパリ市政庁のル・シャロンならびにマルセルは、速やかに態勢を整えた。門という門を閉ざし、セーヌ河からも逃げられないよう、船という船を鎖でつなぎ、市庁舎の前には大砲まで設置したうえで、一家あたり一人の男を動員したのだ。その全てを武装させて、パリ全市の警戒に当たらせたところ、いつしか自分たちこそが虐殺の急先鋒になっていたのだ。

「殺せ、殺せ、国王陛下のご命令だ」

蒸し蒸しする夏の夜の暑さが、人々を狂わせていた。パリ中が殺戮の渦に呑まれた。王家は二十四日の昼には、全ての暴力を中止するよう触れを出したが、命令に従う者などいなかった。いわゆる「聖バルテルミーの大虐殺」は、三日三晩と途切れず続いた。

「だから、なんです、アンリも、どうしたというのです」

やはり路肩に死体が積まれて、パリの道路も場所によっては、バリケードが組まれたようになっていた。もちろん、青白い肉のバリケードだ。それを横目に黒王妃が窘めたのは、今度はお気に入りの弟息子のほうだった。ええ、アンリ、あなたが震える必要はありませんよ。

「あなたは誰も殺していないでしょう。そういう荒仕事は好みではないのでしょう」

「しかし、母上、あれを……」

アンジュー公アンリが指差したのは、パリに居並ぶ建物の切れ目だった。

「セーヌ河の水が真っ赤です。もう赤く染まって……」

「なんの不思議もありません。市井の者が死体を投げこんでいるのです」

「ですから、血が……。こんなにも血が……」

「血ですって。あらあら、血が怖いのですか。結局のところ、アンリ、あなたも男なのですね」

「それは、どういう……」

「女には血なんか珍しいものじゃありません。ええ、女というのは誰もが血塗《ちまみ》れになりながら、ひとの妻となり、また母とならなければならないのです」

「だ、だから、女のほうが強いと申されるのですか」

「強いとか弱いとか、そんな下らない物差しを持ち出して、どうなるというのです」

だから、シャルルも、アンリも、そんな風に甘えてばかりいないで、しっかりしなさいというのです。二人の息子の手を握ってやりながら、少なくとも黒王妃カトリーヌは揺るがなかった。ええ、胸を張りなさい。ええ、これで家族が救われたのです。

「ええ、ええ、己のなかに確たる正しさがある者は、決して動じたりしないものです」

実際のところ、パリは動じていなかった。どこもかしこも血まみれの死体という地獄絵になっていながら、それを片づける人々の表情には、ある種の晴れやかさすらあった。

国王の行列をみかければ、大きく歓呼の声を上げる。

「異端を撲滅した王シャルル九世ばんざい、カトリックの救世主シャルル九世ばんざい」

耳が痛いくらいだと思えば、あちらでは客寄せめいた声も威勢よく響いている。

なにかと覗けば、「イエズス・マリア」と刻まれたメダイユが護符として、教会の門前で馬鹿高く売られていた。それが眺めているそばから、飛ぶように売れていくのだ。

これだけの大虐殺を行いながら、パリは一切の良心の呵責《かしやく》を覚えていなかった。なんでも、奇蹟が起きたのだという。

イノサン墓地の聖処女像の足元には、サンザシが水不足で枯れ木になっていた。からからに干からびて数年になるが、それが虐殺の夜が明けると、青々とした緑を枝に生やしていたのだ。のみならず、一面を花で覆い尽くしたのだ。

「これは奇蹟だ。ユグノーの虐殺を神は喜んでおられる」

それがパリの人々の解釈だった。

「ええ、解釈というのは、ひとによって様々です。せっかくの正義も、あれこれ誤解されることがあります。だからこそ、解釈の余地を残しておくのが肝要です」

いいながらシャトレ塔の門を潜り、黒王妃が一行を導いた先がシテ島だった。両替屋橋を渡り、旧王宮の門を抜けると、聳えているのがサント・シャペルである。

十三世紀のルイ九世、列聖されて「聖王《サン》ルイ」と呼ばれる王が建てた礼拝堂で、東方十字軍の際に持ち帰ったとされる、キリストの聖遺物が祀られていた。壮麗な焼き硝子でも有名な礼拝堂だが、その上階で神々しい聖餐式を挙げてもらえば、あとが本題ということになる。

同じ旧王宮の敷地にあるのが、パリ高等法院だった。その大広間に歩を進め、フランス全土に触れられるべき文言を、正しく登記しなければならない。厳《いか》めしい法服を着た者たちに迎えられながら、シャルル九世が読み上げた宣言は、次のようなものだった。

「コリニィ提督と一派の処刑は、朕すなわち王自らの緊急命令に基づいて執行された。宗教上の理由からでなく、したがって朕が承認している和解勅令に違反するものではない。王に対する提督の陰謀計画を、未然に防ごうとした結果であり、それが遂げられた今や、朕は新教徒たちが王家の保護のもと、自らの家で、妻、子、そして家族とともに心安らかに暮らす権利を保障し、かつまた承認する」

もちろん皆は、それを黒王妃の言葉として聞いた。非の打ちどころがないだけに、文句などいえなかった。

解説――現代に生きるカトリーヌ・ドゥ・メディシスの遺産

中野香織

佐藤賢一さんが描く「黒王妃」ことカトリーヌ・ドゥ・メディシス（一五一九―一五八九）の物語世界に一気に引き込まれました。読後、脳裏に浮かび上がるイメージは、累々と屍《しかばね》が積み上がる血まみれのフランスの戦場で、顔を上げ、自らも血を浴びながらすっくと立つ黒衣のカトリーヌです。これまでは「ヨーロッパ史において突出した存在感を発揮する凄腕《すごうで》国母」という漠然とした印象しかありませんでしたが、本書に一人称でさしはさまれるカトリーヌの回想によって、自分自身とファミリー（王家）を守るためにあらゆる手段を用いて難局を闘いぬいた、複雑な感情をもつ一人のリアルな女性像が立ち現われてきます。

ちなみに私がもっとも鳥肌が立ったのは、アンリ二世（一五一九―一五五九）を死に追いやった馬上槍《やり》試合とその後の場面です。長い間、夫の愛妾《あいしょう》ディアーヌ・ドゥ・ポワティエ（一四九九―一五六六）の日陰にいる地味な王妃として扱われる屈辱に、耐えに耐えたカトリーヌ。しかし、夫の死に際し、悲嘆と痛恨のどん底にありながら、ようやく屈辱から解放されて「勝利」し、「幸福」に陶酔するのです。その描写のなんと凄《せい》絶《ぜっ》なことでしょうか。ああなってこうなる、ということは史実として知っていても、カトリーヌの心情が一人称で吐露されることで、彼女にとって夫＝国王の死は、一つの解放でもあったのだとエモーショナルに理解できます。

八方の敵に対してうまく立ち回りながらも容赦ないカトリーヌは、しばしば「悪女」「毒婦」呼ばわりもされてきましたが、虚栄よりも将来の実利をとるための並外れた自制心やマキャベリズムは、時代の激動期に生きる現代女性、いや男性にとっても、格好のロールモデルになりうるのではないでしょうか。十代、二十代の若い方々は、インスタグラムでメイクやファッションや流行《はや》りのスイーツを競いあう虚栄はたいがいにして、本書を読んでカトリーヌの立ち居振る舞いやセルフコントロール術を頭に叩《たた》き込み、将来に備えていただきたいと切に思います。

いや、実際、現代人がインスタグラムに投稿しがちなグルメ、コスメ、パフューム、スイーツ、美しい建築、エンタメ、そして無意識のうちにチェックする星占いや密《ひそ》かに集めるランジェリーにも、カトリーヌ・ドゥ・メディシスの影響が及んでいるのです。その意味でも、彼女の功績を知らないわけにはいきません。

フィレンツェの有力家門メディチ家からフランス宮廷に嫁いだカトリーヌは、フィレンツェの洗練された食文化を宮廷に持ち込みました。凝ったソースを使う料理、マカロンやアイスクリーム、シューという新しいお菓子ばかりでなく、手づかみで食べていた慣習を廃し、ナイフ&フォークなどのカトラリーや美しい食器を使って食べるという食卓の礼儀作法も同時に定着させます。高度なフランス料理とその文化をもたらしたのはカトリーヌといっても過言ではありません。

コスメやパフュームに関しては、カトリーヌがフィレンツェからひきつれてきた薬剤師や調香師が、肌をみずみずしく保つクリームや香水を調合しました。この専門職の従者たちは当初、フランスの宮廷でうさんくさい存在として見られたようです。とりわけ薬剤師と占星術師を兼ねていたルッジエーリ兄弟は、黒魔術によって毒薬を調合しているという噂《うわさ》までたてられます。しかし、カトリーヌはこの高機能コスメや香水グッズを戦略的なギフトとして使うのです。自分の美肌に嫉妬する宮廷の女性たちに対し、コスメを贈ります。また調香師もアンリ二世に香りつきの革手袋をプレゼントします。こんなギフトを気前よくくれる人と仲良くなりたい、少なくとも敵対はしたくないと思うのは、今も昔も同じでしょう。当初は八方敵だらけ、誹謗中傷《ひぼうちゅうしょう》陰口に悩んでいたカトリーヌとその従者たちは、コスメと香水によって宮廷に味方を増やしていくことに成功するのです。

さらに、宮廷で香りつき革手袋が流行したことで、皮革産業で栄えていた南フランスの町グラースは、次第に香水産業へとその重点をシフトしていきます。現在ではグラースといえば香水の町としてすっかり有名です。ゲラン、シャネル、ディオールなど巨大資本をもとにグローバル展開するコスメ&香水ブランドの多くはフランスで生まれています。つまり、フランスを現代のようなビューティーブランド大国にする礎を築いたのは、ほかならぬカトリーヌ・ドゥ・メディシスといえるわけです。

コスメや香水で手なずけた女性たちのなかから、三百人を超えるくノ一軍団、「遊撃騎兵隊（エスカドロン・ヴォラン）」を組織したというのも痛快ではありませんか。もともと筋のいい遊撃兵たちがコスメでさらに磨きをかけた美貌とお色気は、政敵を籠絡するための武器として使っていただくのです。美貌に恵まれず、夫にも当初あまり女性として関心をもってもらえなかったカトリーヌは、恵まれなかったゆえに、美貌はどのように使うと政治的に有効なのかを冷静に観察・研究し尽くしていたと思われます。少しはリベンジも入っていたかもしれません。

さらに、ランジェリーですが、これはカトリーヌの乗馬法から生まれたものとされます。カトリーヌはフィレンツェ時代に圧倒的な教養を身に着けていました。音楽、詩、絵画、建築、古典語、地理学、占星術、数学など。こうしたカトリーヌの教養の深さを気に入ったのが、義父にあたるフランソワ一世（一四九四―一五四七）というルネサンス・マンでした。

フランソワ一世はカトリーヌに目をかけ、狩りへ行くにも付き従わせます。当然、馬に乗るのですが、この時カトリーヌは、それまでの常識だった横乗りではなく、新しい乗馬方法を考案します。まだ馬にまたがることまでは女性に許されなかった時代です。カトリーヌは左足をあぶみに乗せ、右の足を折り曲げて鞍《くら》の前輪にあてがうという乗馬法で、男性の乗馬のスピードに追いつこうとしました。バランスのよろしくなさそうな乗り方ですが、スカートの裾がひるがえってセクシーな魅力もアピールできるということで宮廷の女性たちにこの騎乗法が流行します。

ただ、裾が過度にひるがえってめくれあがることがあるのですね。そうなると、見えてほしくない部分まで見えてしまう。そこで女性たちは自衛のため、二股に分かれたカルソンを着用するようになります。もちろん、見えてしまうことが前提となっているので、レース製の高価な美しい布地で仕立てるわけです。これがほかならぬフェティッシュなランジェリーの起源となっていきます。

彼女が遺《のこ》した功績のほんの一部ではありますが、こうして列挙してみると、いかにカトリーヌ・ドゥ・メディシスが現代の私たちの生活文化に影響を及ぼしているのか、あらためてよくわかります。

「黒王妃」ことカトリーヌが着る黒い服についても、少し補足しておきましょう。

ヨーロッパにおいて喪服以外で貴族が黒を着る流行は、イタリアに始まるとされます。一三六〇年から八〇年頃、イタリアでは奢侈《しゃし》禁止令が出され、黒が推奨されます。孔《く》雀色《じゃくいろ》やスカーレット（緋色《ひいろ》）など華やかな色彩をまとっていたイタリア貴族や富裕市民が、黒を着るようになるのです。

本書では「体型をごまかすため」黒を着続けたという描写があり、また「闇に紛れようとしている」、「人目を避けて、秘密の企《たくら》みがある」、「魔法使いの類と交わした契約の一項目」という宮廷の陰口も描かれており、たしかにそのような効果ないし要素も黒衣にはあったと思われます。しかし、識字率が低かった中世ヨーロッパにおいて、色は現在の私たちが想像する以上に多くの意味をもちました。

イタリアの奢侈禁止令で黒が奨励されたのは、謙譲、清貧、慎ましさを表現する修道院由来の黒の意味を込めてのことだったと思われますが、実はこの頃までに染色技術が発展しており、漆黒の上等な黒色が出せるようになっていました。イタリアの富裕市民が、謙譲・質素のふりをして着用した黒は、清貧を伝える修道院的な黒ではなく、実は高価でゴージャスな黒であったのではないかと想定されます。江戸時代の商人が、表地を地味な木綿にして裏地に高価な絹を使ったように、質素・節制は見せかけ、実はわかる人にはわかるというタイプの豪奢だったのではないかと想像します。

ともあれ、イタリアでのこのような粋な黒の流行を受けて、フランスの宮廷が黒を使い始めるのは一三九〇年代です。カトリーヌの黒もそうしたイタリアの「反感を買わないための、地味なフリして隠れた意味をはらむシックでスノッブな黒」でもあったのではないでしょうか。この黒のニュアンスは、やがて二十世紀のココ・シャネルに受け継がれていきます。カトリーヌの肖像画の中でもっとも印象的なドレスは、ふんだんに天然真珠がちりばめられた黒いドレスです。黒いドレスに白い真珠という組み合わせもまさにシャネルが好んだスタイル。さらに、一九五〇年代、六〇年代には黒いドレスに真珠のアクセサリーで装った女性たちが「永遠のシックな美」をスクリーンに刻み付けています。オードリー・ヘップバーンしかり、グレース・ケリーしかり。この黒と白のシックの源流がカトリーヌにあるとみるのも、あながち外れてはいないでしょう。

ちなみに、十五世紀・十六世紀のベネチア、十六世紀のスペイン、十七世紀のオランダ、十九世紀の大英帝国など、各時代においてもっとも権勢を誇った強力な国家の支配階級は、肖像画を描かせるときに黒を着用しています。

この場合の黒は、キリスト教の後ろ盾を意識した禁欲的な黒であると同時に、個性を主張せずむしろ自己を抹消するという意味合いの黒です。国の頂点に立つ支配者たる人間には、個性など不要なのですから。権威の象徴となった黒は、やがて支配者の残虐、それにともなう孤独や苦悩というニュアンスも引き受けていきます。

本書の最後、血まみれの街のなか、すっくと立ちあがる黒衣のカトリーヌのイメージにも、この種の権威の黒のニュアンスが見え隠れします。地味で謙譲な黒子のフリをして宮廷をコントロールし、人民の反感を買わないようにステルス豪奢を堪能し、教養と美と文化の影響力を駆使して人心の支配者となり、孤独や苦悩とひきかえに権威・権力を帯びていく。この比類ない「黒王妃」から、私たちはまだまだ多くを学ぶことができるはずです。

（なかの・かおり　服飾史家）

本書は、二〇一二年十二月、講談社より刊行されました。

初出
「小説現代」二〇一一年九月号～二〇一二年八月号

本文デザイン／アルビレオ

集英社文庫　目録（日本文学）

佐藤愛子　花は六十
佐藤愛子　幸福の絵
佐藤賢一　ジャガーになった男
佐藤賢一　傭兵ピエール(上)(下)
佐藤賢一　赤目のジャック
佐藤賢一　王妃の離婚
佐藤賢一　カルチェ・ラタン
佐藤賢一　オクシタニア(上)(下)
佐藤賢一　革命のライオン　小説フランス革命1
佐藤賢一　パリの蜂起　小説フランス革命2
佐藤賢一　バスティーユの陥落　小説フランス革命3
佐藤賢一　聖者の戦い　小説フランス革命4
佐藤賢一　議会の迷走　小説フランス革命5
佐藤賢一　シスマの危機　小説フランス革命6
佐藤賢一　王の逃亡　小説フランス革命7
佐藤賢一　フイヤン派の野望　小説フランス革命8

佐藤賢一　戦争の足音　小説フランス革命9
佐藤賢一　ジロンド派の興亡　小説フランス革命10
佐藤賢一　八月の蜂起　小説フランス革命11
佐藤賢一　共和政の樹立　小説フランス革命12
佐藤賢一　サン・キュロットの暴走　小説フランス革命13
佐藤賢一　ジャコバン派の独裁　小説フランス革命14
佐藤賢一　粛清の嵐　小説フランス革命15
佐藤賢一　徳の政治　小説フランス革命16
佐藤賢一　ダントン派の処刑　小説フランス革命17
佐藤賢一　革命の終焉　小説フランス革命18
佐藤賢一　黒王妃
佐藤正午　永遠の½
佐藤多佳子　夏から夏へ
佐藤初女　おむすびの祈り　「森のイスキア」こころの歳時記
佐藤初女　いのちの森の台所
佐藤真海　ラッキーガール

佐藤真由美　恋する短歌　22 short love stories
佐藤真由美　恋する歌音《カノン》　こころに効く恋愛短歌50
佐藤真由美　恋する四字熟語
佐藤真由美　恋する世界文学
佐藤真由美　恋する言《コト》ノ葉《ハ》　元気な明日に、恋愛短歌。
佐野眞一　沖縄　だれにも書かれたくなかった戦後史(上)(下)
佐野眞一　沖縄戦いまだ終わらず
佐野藤右衛門／小田豊二　櫻よ　「花見の作法」から「木のこころ」まで
沢木耕太郎　天涯1　鳥は舞い光は流れ
沢木耕太郎　天涯2　水は囁き月は眠る
沢木耕太郎　天涯3　花は揺れ闇は輝き
沢木耕太郎　天涯4　砂は誘い塔は叫ぶ
沢木耕太郎　天涯5　風は踊り星は燃え
沢木耕太郎　天涯6　雲は急ぎ船は漂う
沢木耕太郎　オリンピア　ナチスの森で
澤田瞳子　泣くな道真　大宰府の詩

集英社文庫

黒王妃《くろおうひ》

2020年5月25日　第1刷　　定価はカバーに表示してあります。

著　者　佐藤賢一《さとうけんいち》

発行者　徳永　真

発行所　株式会社　集英社
東京都千代田区一ツ橋2-5-10　〒101-8050
電話　【編集部】03-3230-6095
【読者係】03-3230-6080
【販売部】03-3230-6393(書店専用)

印　刷　凸版印刷株式会社

製　本　加藤製本株式会社

フォーマットデザイン　アリヤマデザインストア　　マークデザイン　居山浩二

ISBN978-4-08-744110-9 C0193